HORA DE BRILLAR

HORA DE BRILLAR

ANGIE THOMAS

Traducción de Daniela Rocío Taboada

Argentina – Chile – Colombia – España
Estados Unidos – México – Perú – Uruguay

Título original: *On the Come Up*
Editor original: Balzer+Bray, un sello de HarperCollins
Traductora: Daniela Rocío Taboada

1.ª edición: abril 2019

© 2018 by Angie Thomas
All Rights Reserved
© de la traducción 2019 *by* Daniela Rocío Taboada
© 2019 by Ediciones Urano, S.A.U.
Plaza de los Reyes Magos, 8, piso 1.º C y D – 28007 Madrid
www.mundopuck.com

ISBN: 978-84-92918-69-0
E-ISBN:978-84-17780-17-3
Depósito legal: B-16.663-2019

Fotocomposición: Ediciones Urano, S.A.U.

Impreso por: Rodesa, S.A. – Polígono Industrial San Miguel
Parcelas E7-E8 – 31132 Villatuerta (Navarra)

Impreso en España – *Printed in Spain*

Para los chicos que tienen cuentas de SoundCloud
y grandes sueños. Los veo.
Y para mi mamá, que lo vio en mí primero que nadie.

PARTE UNO
ESCUELA ANTERIOR

CAPÍTULO UNO

Quizás deba matar a alguien esta noche.

Podría ser alguien que conozco. Podría ser un extraño. Podría ser alguien que nunca antes ha participado de una batalla. Podría ser un profesional en ellas. No importa cuántas frases de remate escupa o cuán bueno sea su ritmo. Tendré que matarlo.

Primero, tengo que recibir la llamada. Para recibirla, tengo que salir de una maldita vez de la clase de la señora Murray.

Unas cuantas preguntas *multiple choice* ocupan la mayor parte de mi laptop, pero el reloj... El reloj es todo. Según él, faltan diez minutos para las cuatro y media y según la tía Pooh, quien conoce a alguien que conoce a alguien, DJ Hype llama entre las cuatro y media y las cinco y media. Si pierdo la llamada, juro que...

No haré una mierda porque la señora Murray tiene mi teléfono y con ella no se juega.

Solo veo la parte superior de sus rizos definidos. El resto de su persona está oculta detrás de su libro de Nikki Giovanni. Cada tanto, hace «mmm» en alguna oración del mismo modo en que lo hace mi abuela durante un sermón. La poesía es la religión de la señora Murray.

Todos salieron de la Escuela de Artes de Midtown hace aproximadamente una hora, excepto nosotros, los estudiantes de tercero, inscriptos por nuestros padres o tutores en la preparación para el examen ACT.

Hacer el curso no garantiza que obtendrás el puntaje máximo, pero Jay dice que más me vale acercarme a él porque «les pagó una cuenta de luz a estos tipos» por esta clase. Cada martes y jueves en la tarde me arrastro hasta este salón y le entrego mi teléfono a la señora Murray.

En general no me molesta pasar una hora entera sin saber qué tuiteó el presidente. O sin recibir mensajes de Sonny y Malik (que a veces son acerca de la mierda que el presidente tuiteó). Pero hoy quiero ir hasta ese escritorio, tomar mi teléfono de la pila y salir corriendo de aquí.

—¡Psst! Brianna —alguien susurra. Malik está detrás de mí y detrás de él, Sonny dice sin emitir sonido: *¿Novedades?*

Inclino la cabeza con una ceja en alto que dice: *cómo se supone que puedo saberlo si no tengo mi teléfono.* Sí, esperar que todo ese mensaje le llegue es demasiado, pero Sonny, Malik y yo hemos estado unidos desde nuestros días en el útero. Nuestras madres son mejores amigas y las tres estuvieron embarazadas al mismo tiempo. Nos llaman «la profana trinidad» porque afirman que pateábamos en el interior de sus panzas cada vez que ellas estaban juntas. Así que, ¿la comunicación no verbal? No es nueva para nosotros.

Sonny encoge los hombros con un: *No lo sé, solo preguntaba,* mezclado con un: *Maldición, no es necesaria esa mala onda.*

Entrecierro los ojos ante su aspecto de hobbit de piel clara: tiene el cabello rizado y las orejas grandes. *No tengo mala onda. Has hecho una pregunta estúpida.*

Volteo. Los ojos de la señora Murray nos observan por encima de su libro con su propia comunicación no verbal. *No deberíais estar hablando en mi clase.*

Técnicamente, no estamos *hablando,* pero ¿qué parecería si le dijera eso de modo verbal o no verbal?

04:27 p. m.

Tres minutos y ese teléfono estará en mis manos.

04:28 p. m.

Dos minutos.

04:29 p. m.

Uno.

La señora Murray cierra el libro.

—Se acabó el tiempo. Entregad vuestros exámenes de práctica como están.

Mierda. El examen.

Para mí «como están» significa que no hay ni una sola pregunta respondida. Afortunadamente, es un *multiple choice*. Al haber cuatro opciones por pregunta, hay un 25 por ciento de probabilidades de que escoja al azar la correcta. Hago clic en las respuestas mientras todos los demás recuperan sus teléfonos.

Todos excepto Malik. Pasa a mi lado como una torre mientras coloca su chaqueta de jean sobre su buzo con capucha. En los últimos dos años, ha pasado de ser más bajo que yo a ser tan alto que debe inclinarse para darme un abrazo. Su peinado *high top fade* lo hace parecer incluso más alto.

—Maldición, Bri —dice Malik—. ¿Has hecho alguna de las...?

—¡Shhh! —Entrego mis respuestas y cuelgo mi morral sobre el hombro—. He hecho el examen.

—Siempre y cuando estés preparada para desaprobar, Breezy.

—Para desaprobar un examen de práctica que ni siquiera es el real. —Coloco mi gorra sobre mi cabeza de nuevo y jalo de la parte frontal hacia abajo lo suficiente como para que cubra los límites de mi cabello. Los bordes están un poco sueltos y permanecerán así hasta que Jay lo trence.

Sonny llega antes que yo al escritorio de la señora Murray. Intenta tomar mi teléfono como el verdadero amigo leal que es, pero la señora Murray lo toma primero.

—No te preocupes, Jackson. —Utiliza su nombre real, que resulta ser también mi apellido. Su mamá lo llamó así en honor a mis abuelos, sus padrinos—. Necesito hablar con Brianna un segundo.

Sonny y Malik me miran. *¿Qué diablos has hecho?*

Probablemente mis ojos están tan abiertos como los de ellos. *¿Acaso parece que lo sé?*

La señora Murray señala la puerta con la cabeza.

—Malik y tú pueden irse. Solo tardaré un minuto.

Sonny me mira. *Estás jodida.*

Es probable. No me malinterpreten; la señora Murray es dulce, pero no se anda con juegos. Una vez, hice sin esfuerzo un ensayo sobre el uso de los sueños en la obra de Langston Hughes. La señora Murray se enfureció tanto conmigo que deseé que Jay lo hubiera hecho en su lugar. Y eso es decir mucho.

Sonny y Malik parten. La señora Murray toma asiento al borde del escritorio y coloca mi teléfono a su lado. La pantalla está apagada. Aún no hay llamadas.

—¿Qué ocurre, Brianna? —pregunta.

Paso la mirada de ella al teléfono y luego la miro.

—¿A qué se refiere?

—Has estado extremadamente distraída hoy —dice—. Ni siquiera has hecho tu examen de práctica.

—¡Sí lo he hecho! —Un poco. Algo. En cierto modo. No es cierto. Nah, no lo he hecho.

—Niña, no has escrito ninguna respuesta hasta el último minuto. Sinceramente, ya hace un tiempo que no estás concentrada. Créeme, cuando recibas el boletín de calificaciones la semana próxima, tendrás evidencia de ello. Los 8 no se convierten en 6 y 4 por nada.

Mierda.

—¿4?

—Te di la calificación que te ganaste. Dime, ¿qué ocurre? Porque no has faltado a clase últimamente.

Últimamente. Ha pasado un mes exacto desde mi última suspensión y no me han enviado a la oficina de la directora en dos semanas. Es un nuevo récord.

—¿Está todo bien en casa? —pregunta la señora Murray.

—Suena como la señorita Collins. —Ella es la consejera joven y rubia; es amable, pero se esfuerza demasiado. Cada vez que me envían a verla, me hace preguntas que parecen salidas de un manual llamado: «Cómo hablar con la estadística de niños negros que asisten con frecuencia a tu oficina».

¿Cómo es la vida en tu hogar? (No te incumbe).

¿Has presenciado algún evento traumático últimamente, como ser tiroteos? (Que viva en el «gueto» no significa que esquivo balas todos los días).

¿Te resulta difícil aceptar el asesinato de tu padre? (Fue hace doce años. Apenas lo recuerdo a él o al evento).

¿Te resulta difícil aceptar la adicción de tu madre? (Ha estado limpia por ocho años. Hoy en día, solo es adicta a las telenovelas).

¿Cómo anda todo, mi chica? ¿Me entiendes? (Bueno, no ha dicho eso, pero denle tiempo).

La señora Murray sonríe.

—Solo intento descubrir qué te sucede. ¿Qué te distrajo tanto hoy que desperdiciaste mi tiempo y el dinero que a tu mamá le ha costado mucho esfuerzo conseguir?

Suspiro. No me dará el teléfono hasta que hable. Muy bien. Hablaré.

—Estoy esperando que DJ Hype me avise si puedo batallar en el Ring esta noche.

—¿El Ring?

—Sí. El Ring de boxeo de Jimmy. Organizan batallas de estilo libre cada jueves. Me inscribí para tener la oportunidad de batallar esta noche.

—Oh, ya sé lo que es el Ring. Solo me sorprende que *tú* subas a él.

El modo en que dice «tú» hace que mi estómago dé un vuelco, como si tuviera más sentido que cualquier otra persona en el mundo fuera al Ring excepto yo.

—¿Por qué le sorprende?

—No quiero decir nada con eso —responde, alzando las manos—. Sé que tienes talento. He leído tu poesía. Solo no sabía que querías ser rapera.

—Muchas personas no lo saben. —Y ese es el problema. He estado rapeando desde los diez años, pero nunca me he expuesto con ello. Es decir, sí, Sonny y Malik lo saben, mi familia lo sabe. Pero seamos sinceros: que tu mamá diga que eres una buena rapera es como que tu mamá diga que eres bonita cuando luces como un absoluto desastre. Los cumplidos como esos son parte de las responsabilidades parentales que ella aceptó cuando me expulsó de su útero.

Quizás soy buena, no lo sé. He estado esperando el momento adecuado.

Tal vez esta noche sea el momento perfecto y el Ring sea el lugar perfecto. Es uno de los sitios más sagrados de Garden Heights, solo está segundo después de la iglesia Templo de Cristo. No puedes llamarte rapero hasta haber batallado en el Ring.

Por eso debo ser demoledora. Si gano esta noche, conseguiré un lugar en el lineup del Ring, y si consigo un lugar en el lineup, podré participar de más batallas, y si participo de más batallas, obtendré una reputación. ¿Quién sabe lo que podría ocurrir después?

La expresión de la señora Murray se suaviza.

—Sigues los pasos de tu padre, ¿eh?

Es raro. Cada vez que otras personas lo mencionan, es como si confirmaran que él no es una persona imaginaria de la que solo recuerdo partes y fragmentos. Y cuando lo llaman mi papá y no Lawless, la leyenda del rap *underground*, es como si me recordaran que yo soy de él y él es mío.

—Supongo. He estado preparándome para el Ring desde siempre. Es decir, es difícil preparase para una *batalla*, pero ganar podría disparar mi carrera, ¿sabe?

—Déjame ver si comprendo —dice, enderezando la espalda.

Una alarma imaginaria suena en mi cabeza. Advertencia: tu maestra está a punto de exponerte, cariño.

—Has estado tan concentrada en rapear que tus calificaciones han empeorado drásticamente este semestre. Has olvidado que las calificaciones de este año son vitales para la admisión a la universidad. Has olvidado que una vez me dijiste que querías entrar en Markham o Howard.

—Señora Murray...

—No, piénsalo un segundo. La universidad es tu objetivo, ¿cierto?

—Supongo.

—¿Supones?

—La universidad no es para todos, ¿sabe? —digo encogiéndome de hombros.

—Tal vez no. Pero ¿la educación secundaria? Es crítica. Ahora es un 4, pero ese 4 será un reprobado si continúas a este ritmo. Una vez, tuve una conversación similar con tu hermano.

Intento no poner los ojos en blanco. No tengo nada contra Trey o la señora Murray, pero cuando tienes un hermano mayor al que le fue excelente antes que a ti, si no igualas su grandeza las personas tendrán algo que decir al respecto.

Nunca he sido capaz de igualar a Trey aquí, en Midtown. Todavía conservan programas y recortes exhibidos de cuando él actuó en *Uva pasa bajo el sol*. Me sorprende que no hayan renombrado a Midtown: «Escuela de las artes Trey Jackson porque amamos su trasero con fervor».

Como sea.

—Una vez pasó de obtener 10 a 6 —dice la señora Murray—, pero logró remediarlo. Ahora míralo. Se graduó de Markham con honores.

También se mudó de nuevo a casa este verano. No pudo encontrar un empleo decente, y desde hace tres semanas hace pizzas por un salario mínimo. No me da muchas esperanzas.

No estoy criticándolo. En absoluto. Es genial que se haya graduado. Nadie en la familia de nuestra madre tiene un diploma universitario, y a la abuela, la mamá de nuestro padre, le encanta decir que su nieto fue «magnum cum laude» (así no es cómo se dice en absoluto, pero suerte diciéndole eso a la abuela).

Pero la señora Murray no le prestará atención a eso.

—Mejoraré mis calificaciones, lo juro —digo—. Solo debo hacer esta batalla primero y ver qué ocurre.

—Entiendo. —Asiente—. Seguro tu madre también lo hará.

Me lanza mi teléfono.

Mieeeeerda.

Voy al pasillo. Sonny y Malik están apoyados contra los casilleros. Sonny escribe en su teléfono. Malik toquetea su cámara. Siempre está en modo cineasta. A pocos metros, los guardias de seguridad de la escuela, Long y Tate, los vigilan. Esos dos siempre están buscando problemas. Nadie quiere decirlo, pero si eres negro o moreno, es más probable que termines bajo su radar, incluso aunque Long sea negro.

Malik alza la vista del teléfono.

—¿Estás bien, Bri?

—Andando —dice Long—. No holgazaneéis por aquí.

—Rayos, ¿no podemos hablar ni un segundo? —pregunto.

—Ya lo habéis oído —añade Tate, señalando las puertas. Tiene cabello rubio engrasado—. Salid de aquí.

Abro la boca, pero Sonny dice:

—Vámonos, Bri.

De acuerdo. Sigo a Sonny y a Malik hacia las puertas y miro mi teléfono.

Son las 04:45 p. m. y Hype aún no ha llamado.

Luego de un viaje en autobús y una caminata a casa, nada.

Llego a mi hogar exactamente a las 05:09 p. m.

El jeep Cherokee de Jay está en la entrada. Oigo música góspel fuerte en el interior de la casa. Es una de esas canciones enérgicas que llevan a bailar ruidosamente en alabanza mientras la abuela corre por el santuario gritando. Es muy vergonzoso.

Como sea, Jay solo pone esa clase de canciones los sábados, cuando es día de limpieza, para que Trey y yo nos levantemos a ayudar. Es difícil insultar mientras alguien canta sobre Jesús, así que me pongo de pie y limpio sin decir ni una palabra.

Me pregunto por qué está escuchando esa música ahora.

El frío golpea mi cuerpo en cuanto ingreso a la casa. No hace tanto frío como en el exterior (puedo quitarme el abrigo), pero la capucha permanecerá sobre mi cabeza. Nos han cortado el gas la semana pasada, y sin gas, no tenemos calefacción. Jay ha colocado un calentador eléctrico en el pasillo, pero apenas extrae un poco del frío en el aire. Debemos calentar agua en ollas sobre la estufa eléctrica si queremos un baño caliente y dormimos con mantas extra en las camas. Algunas cuentas superaron a mi mamá y a Trey, y ella tuvo que pedirle una prórroga a la compañía de gas. Y luego otra. Y otra más. Ellos se cansaron de esperar el dinero y cortaron el servicio.

Cosas que pasan.

—Llegué —digo desde la sala de estar.

Estoy a punto de lanzar mi mochila y mi abrigo sobre el sillón, pero Jay responde desde donde sea que esté:

—¡Cuelga ese abrigo y lleva la mochila a tu habitación!

Maldición, ¿cómo lo hace? Obedezco y luego sigo la música hasta la cocina.

Jay toma dos platos de la alacena, uno para mí y uno para ella. Trey no volverá a casa hasta más tarde. Jay aún tiene su aspecto de «Jay eclesiástica» que debe lucir como secretaria de la iglesia: la coleta de cabello, la falda larga hasta la rodilla y la blusa de mangas largas que oculta sus tatuajes y las cicatrices causadas por su adicción. Es jueves, así que esta noche tiene clases a las que asiste para obtener su diploma de trabajadora social: quiere asegurarse de que otras personas obtengan la ayuda que ella no tuvo cuando usaba drogas. Durante los últimos meses, ha estado asistiendo a la escuela medio tiempo y tomando clases varias noches a la semana. En general, solo tiene tiempo para comer o para cambiarse, no para ambas cosas. Supongo que esta noche escogió comer.

—Hola, enana —dice con toda dulzura, como si no acabara de darme una reprimenda. Típico—. ¿Cómo ha estado tu día?

Son las 05:13 p. m. Tomo asiento en la mesa.

—Aún no ha llamado.

Jay coloca un plato frente a mí y otro a mi lado.

—¿Quién?

—DJ Hype. Me inscribí para conseguir un puesto en el Ring, ¿recuerdas?

—Ah, eso.

Eso, como si no fuera importante. Jay sabe que me gusta rapear, pero creo que no comprende que *quiero* rapear. Actúa como si fuera el último videojuego en el que tengo interés.

—Dale tiempo —dice—. ¿Cómo ha estado la clase de ACT? Habéis hecho exámenes de práctica hoy, ¿cierto?

—Sip. —Eso es lo único que le importa últimamente, ese maldito examen.

—¿Y? —añade, como si esperara más—. ¿Cómo te ha ido?

—Bien, supongo.

—¿Ha sido difícil? ¿Fácil? ¿Ha habido alguna parte más dificultosa que otra para ti?

Aquí vamos con el interrogatorio.

—Es solo un examen de práctica.

—Que nos dará una noción de cómo te irá en el examen real —responde Jay—. Bri, esto es serio.

—Lo sé. —Me lo ha dicho un millón de veces.

Jay coloca trozos de pollo en los platos. Es de *Popeyes*. Hoy es quince. Acaba de cobrar, así que comeremos bien. Aunque Jay jura que el Popeyes de aquí no es tan bueno como el de Nueva Orleans. Allí es donde nacieron ella y mi tía Pooh. A veces escucho a Nueva Orleans en la voz de Jay. Como cuando dice «cariño» y parece que la melaza cubre la palabra y la separa en más sílabas de las necesarias.

—Si queremos que ingreses a una buena universidad, tienes que tomarte esto con más seriedad —dice.

¿Si *queremos*? Más bien si *ella* quiere.

No es que no quiera ir a la universidad. Honestamente, no lo sé. Lo que más quiero principalmente es dedicarme al rap. Si lo logro, seré mejor en ello que en cualquier buen trabajo que un título universitario pueda darme.

Tomo mi teléfono. Son las 05:20 p. m. Ninguna llamada.

Jay succiona las mejillas.

—Ajá.

—¿Qué?

—Ya veo dónde está tu cabeza. Probablemente no has podido concentrarte en el examen por pensar en ese asunto del Ring.

Sí.

—No.

—Mmmm. ¿A qué hora supuestamente llamaría Hype, Bri?

—La tía Pooh ha dicho que entre las cuatro y media y las cinco y media.

—¿*Pooh*? No puedes tomar con seriedad nada de lo que diga. Es la misma que afirmaba que alguien en el Garden había capturado un alienígena y lo había escondido en el sótano.

Es cierto.

—Pero aunque llame entre las cuatro y media y las cinco y media, aún hay tiempo —dice.

—Lo sé, solo soy...

—Impaciente. Como tu papá.

Dejaré que Jay lo diga, soy testaruda como mi papá, insolente como mi papá e impulsiva como mi papá. Como si ella no fuera todas esas cosas y más. También dice que Trey y yo nos parecemos a él. La misma sonrisa, sin los dientes de oro. Los mismos hoyuelos en las mejillas, la misma tez clara que hace que algunos nos llamen «mestizos», los mismos ojos oscuros y grandes. No tengo los pómulos pronunciados de Jay o sus ojos más claros y solo tengo su color de piel cuando permanezco bajo el sol todo el día en verano. A veces, noto que me observa como si buscara un parecido con ella. O como si viera a papá y no pudiera apartar la mirada.

Un poco parecido a cómo me mira en ese momento.

—¿Qué ocurre? —pregunto.

Ella sonríe, pero es una sonrisa débil.

—Nada. Sé paciente, Bri. Si él no llama, ve al gimnasio, participa de tu pequeña batalla...

¿*Pequeña* batalla?

—Y regresa directo a casa. No te quedes allí pasando el rato con el peligro de Pooh.

La tía Pooh ha estado llevándome al Ring durante semanas para que perciba el ambiente. He visto varios videos de YouTube antes que eso, pero es distinto estar allí. Jay no tuvo problema con que fuera (papá batalló allí y el señor Jimmy no tolera tonterías), pero no le fascinó la idea de que fuera con la tía Pooh. Sin dudas no le encantó que ella se autoproclamara mi representante. Según Jay: «¡Esa tonta no es una representante!».

—¿Por qué hablas así de tu hermana? —le pregunto.

Ella sirve cucharadas de arroz cajún en los platos.

—Sé en qué está metida. *Sabes* en qué está metida.

—Sí, pero no permitiría que me sucediera nada...

Pausa.

Se sirve quimbombó frito en los platos. Luego, coloca mazorcas de maíz. Para terminar, coloca sobre ellas bollos suaves y esponjosos. Digan lo que quieran de los bollos de Popeyes, pero no son ni suaves ni esponjosos.

Esto es Popkeniglesia.

Popkeniglesia es cuando compra pollo frito y arroz cajún en Popeyes, bollos en KFC y quimbombó frito y mazorcas de la iglesia. Trey lo llama «pre infarto».

Pero la cuestión es que la Popkeniglesia es problemática y no debido al drama digestivo que puede causar. Jay solo la prepara cuando algo malo ocurre. Cuando nos informó que su tía Norma tenía cáncer terminal hace unos años, compró Popkeniglesia. Cuando supo que no podía comprarme una laptop nueva la última Navidad, Popkeniglesia. Cuando la abuela decidió no mudarse del estado para quedarse a ayudar a su hermana a recuperarse de su derrame cerebral, Jay compró Popkeniglesia. Nunca he visto a nadie desquitar su agresividad con una pechuga de pollo como ella hizo aquel día.

Esto no es bueno.

—¿Qué ocurre?

—Bri, no es nada por lo que tengas que preocuparte...

Mi teléfono vibra sobre la mesa y ambas nos asustamos.

La pantalla se ilumina con un número que no reconozco.

Son las cinco y media.

Jay sonríe.

—Ahí está tu llamada.

Mi mano tiembla hasta la punta de mis dedos, pero toco la pantalla y llevo el teléfono hacia mi oreja. Me obligo a decir:

—¿Hola?

—¿Hablo con Bri? —responde una voz demasiado familiar. De pronto, mi garganta está seca.

—Sí. Ella soy… Soy ella… Soy yo. —Al diablo la gramática.

—¿Cómo estás? ¡Soy DJ Hype! ¿Estás lista, pequeña?

Este es, sin dudas, el peor momento para olvidar cómo hablar. Carraspeo.

—¿Lista para qué?

—¿Estás lista para brillar? Felicitaciones, ¡has conseguido un lugar en el Ring esta noche!

CAPÍTULO DOS

Envío un mensaje de texto a la tía Pooh con una sola palabra:

Entré.

Llega, como mucho, en quince minutos.

La escucho antes de verla. *Flash Light*, de Parliament, suena a todo volumen en el frente. Ella está junto a su automóvil Cutlass, celebrando. Baila haciendo el *milly rocking*, el *disciple walking*, como si fuera *Soul train*, un espectáculo de variedad musical en una sola mujer.

Salgo de la casa y cubro mi gorra con la capucha: hace más frío que en el trasero de un oso polar. Tengo las manos heladas cuando cierro la puerta principal. Jay ha partido rumbo a su clase hace unos minutos.

Algo ha sucedido, lo sé. Además, no ha dicho que no fuera nada. Ha dicho que no era nada *por lo que debía preocuparme*. Es distinto.

—¡Allí está! —La tía Pooh me señala—. ¡La futura leyenda del Ring!

La hebilla que sujeta su coleta de cabello tintinea mientras baila. Es verde como sus tenis. Según la Cultura pandillera de Garden Heights para principiantes, un Discípulo siempre debe vestir de verde.

Sí, ella está metida en esa vida. Tiene los brazos y el cuello cubiertos de tatuajes que solo los DG (Discípulos del Garden) pueden descifrar, excepto por los labios rojos tatuados en su cuello. Esos son de su novia, Lena.

—¡Te lo dije! —Exhibe su parrilla blanca y dorada en una sonrisa y golpea mi palma con cada palabra—. ¡Te-dije-que-entrarías!

Apenas sonrío.

—Sí.

—¡Has entrado al Ring, Bri! *¡El Ring!* ¿Sabes cuántos por aquí desearían tener una oportunidad como esta? ¿Qué te pasa?

Un montón de cosas.

—Ha sucedido algo, pero Jay no me dice qué.

—¿Por qué piensas eso?

—Compró Popkeniglesia.

—Maldición, ¿en serio? —dice y uno creería que eso la alarmaría también, pero luego añade—: ¿Por qué no estás dándome un plato?

Entrecierro los ojos.

—Glotona. Solo compra Popkeniglesia cuando algo anda mal, tía Pooh.

—Nah, mujer. Estás sobreanalizándolo. Esta batalla te tiene nerviosa.

Muerdo mi labio.

—Puede ser.

—*Sin dudas.* Vayamos al Ring para que puedas mostrarles a esos tontos cómo se hace. —Extiende su palma hacia mí—. ¿El cielo es el límite?

Ese es nuestro lema, salió de una canción de Biggie más vieja que yo y prácticamente tan vieja como la tía Pooh. Golpeo su palma.

—El cielo es el límite.

—Veremos a los tontos desde arriba. —Cita a medias la canción y besa mi frente—. Incluso aunque estés vestida con ese buzo nerd.

Tiene a Darth Vader en el frente. Jay lo encontró en la reunión de intercambio hace unas semanas.

—¿Qué? ¡Vader es genial!

—No me importa, ¡es una mierda nerd!

Pongo los ojos en blanco. Cuando tienes una tía que solo tenía diez años cuando naciste, a veces se comporta como una tía y a veces se comporta como una hermana mayor molesta. En especial porque Jay ayudó a criarla: mataron a su madre cuando la tía Pooh tenía un año y su padre murió cuando tenía nueve años. Jay siempre ha tratado a Pooh como su tercera hija.

—Eh, ¿mierda nerd? —le digo—. Más bien una mierda genial. Necesitas expandir tus horizontes.

—Y tú necesitas dejar de comprar cosas del canal Syfy.

La guerra de las galaxias no es técnicamente ciencia ficc... no importa. El techo del Cutlass está bajo, así que salto sobre la puerta para subir al vehículo. La tía Pooh sube sus pantalones caídos antes de entrar al automóvil. ¿Qué sentido tiene dejarlos caer si vas a subirlos todo el tiempo? Sin embargo, quiere criticar *mis* elecciones de moda.

Reclina su asiento hacia atrás y pone la calefacción al máximo. Sí, podría subir el techo descapotable, pero la combinación de aire nocturno frío y la calidez del calentador es fantástica.

—Déjame tomar una de mis porquerías. —Extiende la mano a la guantera. La tía Pooh ha abandonado la marihuana y ha adoptado, en su lugar, las paletas Blow Pop. Supongo que prefiere tener diabetes en vez de estar drogada todo el tiempo.

Mi teléfono vibra dentro del bolsillo de mi abrigo. Les he enviado a Sonny y a Malik la misma palabra que a la tía Pooh y están enloqueciendo.

Yo también debería estar enloquecida, o al menos comenzando a estarlo, pero no puedo apartar la sensación de que el mundo está al revés.

En cualquier segundo puede voltear, y al hacerlo, dejarme caer.

El aparcamiento de Jimmy está prácticamente lleno, pero no todos intentan ingresar al edificio. El «festejo» ya ha empezado. Es la fiesta que ocurre afuera del edificio cada jueves en la noche después de la batalla final en el Ring. Ya hace un año entero que la gente ha estado usando el lugar de Jimmy como lugar de parranda, como hacen en avenida Magnolia los viernes en la noche. Verán, el año anterior, un policía asesinó a un chico a pocas calles de la casa de mis abuelos. El chico estaba desarmado, pero el gran jurado decidió no acusar al oficial. Hubo disturbios y protestas durante semanas. La mitad de las tiendas del Garden fueron quemadas por los manifestantes o fueron víctimas de la guerra. El club Envy, el lugar de fiesta habitual de las noches de jueves, fue una de las víctimas.

La discoteca en el aparcamiento no es lo mío (¿bailar en el frío gélido?, no lo creo), pero es genial ver personas alardeando con sus parachoques nuevos o sus llantas mientras los automóviles rebotan como si no supieran qué es la gravedad. Los policías pasan constantemente con sus patrullas, pero es la nueva normalidad en el Garden. Se supone que debería ser una mierda del tipo: «Hola, soy tu vecino policía amistoso y no te dispararé», pero parece más bien la clase de mierda de: «Estamos vigilando sus traseros negros».

Sigo a la tía Pooh a la entrada. La música sale del gimnasio y los porteros palpan a la gente y pasan detectores de metales a su alrededor. Si alguien tiene algo, la seguridad se encarga de ponerlo en una cubeta cercana y lo devuelve cuando el Ring termina.

—¡La campeona está aquí! —dice la tía Pooh mientras nos acercamos a la fila—. ¡Por qué no coronarla ahora mismo!

Es suficiente para que la tía Pooh y yo recibamos palmadas y gestos positivos con la cabeza.

—Cómo estás, pequeña Law —dicen algunos. Aunque técnicamente estamos saltando la fila, todo está bien. Soy de la realeza gracias a mi papá.

Pero también recibo algunas sonrisas burlonas. Supongo que es gracioso que una chica de dieciséis años vestida con un buzo de Darth Vader crea que tiene oportunidad de ganar en el Ring.

Los porteros chocan palmas con la tía Pooh.

—¿Cómo estás, Bri? —dice el fornido, Reggie—. ¿Finalmente has entrado esta noche?

—¡Sip! Y también los destrozará —responde la tía Pooh.

—Muy bien —dice el más alto, Frank, moviendo el detector a nuestro alrededor—. Llevas la antorcha por Law, ¿eh?

En realidad, no. Más bien hago mi propia antorcha y la cargo. Pero respondo que sí porque eso es lo que se supone que debo decir. Es parte de pertenecer a la realeza.

Reggie indica que pasemos.

—Que la fuerza te ilumine, Scotty. —Señala mi buzo y luego hace el saludo vulcano.

¿Cómo diablos es posible confundir *Viaje a las estrellas* con *La guerra de las galaxias*? ¿Cómo? Por desgracia, para algunas personas del Garden, son «mierdas nerds» o, como algún tonto diría en la reunión de intercambio, «mierdas de blancos».

La gente necesita ordenar su conocimiento sobre la *space opera*.

Entramos. Como es habitual, aquí dentro hay mayoría de hombres, pero también veo algunas chicas (lo cual refleja la proporción pequeña de mujeres en el hip hop comparada con la de los hombres, lo cual es jodidamente misógino, pero bueno...). Hay chicos que parecen haber venido directo desde la escuela Garden Heights High, personas que parecen haber estado vivas cuando Biggie y Tupac estaban de moda, y ancianos que parece que han venido al Ring desde la época en que los sombreros Kangol y las Adidas Shell-toes estaban de moda. El humo de la marihuana y de los cigarrillos flota en el aire y todos están reunidos alrededor del ring de boxeo en el centro de la sala.

La tía Pooh encuentra un lugar para nosotras junto al Ring. Por encima de todas las conversaciones, suena *Kick in the Door*, de Notorious B.I.G. El bajo golpea el suelo como un terremoto y la voz de B.I.G. parece llenar todo el gimnasio.

Unos pocos segundos de Biggie hacen que olvide todo lo demás.

—¡Qué ritmo!

—Esa mierda es un fuego —dice la tía Pooh.

—¿*Un fuego*? ¡Esa mierda es legendaria! Biggie demuestra por su propia cuenta que la forma de hablar es la clave. No todo es una rima exacta, pero funciona. ¡Hizo que «Jesús» y «pene» rimaran! ¡Vamos! ¡«Jesús» y «pene»! Bueno, probablemente es ofensivo si eres Jesús, pero igual. Es legendario.

—Está bien, está bien. —La tía Pooh ríe—. Te entiendo.

Asiento, absorbiendo cada frase. La tía Pooh me observa con una sonrisa, lo que hace que aquella cicatriz que obtuvo en su mejilla cuando la apuñalaron una vez parezca un hoyuelo. El hip hop es adictivo, y la tía Pooh fue la primera en convertirme en adicta. Cuando tenía ocho años, ella reproducía el disco *Illmatic* de Nas para mí y decía: «Este tipo cambiará tu vida con unas pocas líneas».

Lo hizo. Nada ha sido igual desde que Nas me dijo que el mundo era mío. Por más viejo que fuera aquel disco en ese entonces, fue como despertar tras haber estado dormida toda mi vida. Carajo, fue prácticamente espiritual.

Soy fanática de esa sensación. Es la razón por la que rapeo.

Hay alboroto cerca de las puertas. Un tipo con rastas cortas se abre paso entre la multitud y las personas lo saludan en el camino. Dee-Nice, uno de los raperos más famosos del Ring. Todas sus batallas se hicieron virales. Se retiró hace poco de las batallas de rap. Es gracioso que se haya retirado de algo considerando lo joven que es. Egresó de Midtown el año pasado.

—Ey, ¿te has enterado? —pregunta la tía Pooh—. El chico consiguió un contrato para grabar un disco.

—¿De verdad?

—Sí. Seis ceros, por adelantado.

Maldición. Con razón está retirado. ¿Un contrato de un millón de dólares? No solo eso, ¿sino que alguien *del Garden* ha conseguido un contrato de un millón de dólares?

La música desaparece y las luces bajan. Un reflector le apunta directo a Hype y los vítores comienzan.

—¡Preparaos para la batalla! —dice Hype, como si fuera un encuentro de boxeo—. Para nuestra primera batalla, ¡tenemos en esta esquina a M-Dot!

Un chico bajo y tatuado sube al Ring en medio de una mezcla de vítores y abucheos.

—¡Y en esta esquina, tenemos a Ms. Tique! —dice Hype.

Grito fuerte mientras la chica de piel oscura con aretes de argolla y el cabello corto y rizado sube al Ring. Ms. Tique tiene prácticamente la misma edad que Trey, pero habla como un alma vieja, como si hubiera vivido algunas vidas y ninguna le hubiera gustado una mierda.

Es un ejemplo a seguir al máximo nivel.

Hype presenta al jurado. Está el señor Jimmy en persona, Dee-Nice y CZ, campeón invicto del Ring.

Hype lanza una moneda y Ms. Tique gana. Permite que M-Dot comience. El ritmo empieza a sonar. *A Tale of 2 Citiez*, de J. Cole.

El gimnasio enloquece, pero ¿yo? Yo observo el Ring. M-Dot camina y Ms. Tique mantiene la vista clavada en él como un depredador que mira a su presa. Incluso cuando M-Dot la ataca, ella no parpadea, no reacciona, solo lo mira como si supiera que lo destruirá.

Es una belleza.

Él tiene algunas líneas buenas. Su ritmo está bien. Pero cuando llega el turno de Ms. Tique, ella lo golpea con remates que me causan escalofríos. Cada línea genera una reacción en la multitud.

Ella gana las primeras dos batallas maravillosamente y termina.

—Muy bien —dice Hype—. ¡Es hora del duelo de novatos! Dos novatos se enfrentarán en una batalla por primera vez en el Ring.

La tía Pooh rebota sobre sus talones.

—¡Síííííí!

De pronto, siento las rodillas débiles.

—Dos nombres han sido seleccionados —prosigue Hype—, así que sin nada más que añadir, nuestro primer MC es...

Toca un redoblante. Las personas pisan los pies al mismo ritmo y el suelo tiembla, así que no sé con total certeza si mis piernas tiemblan tanto como creo.

—¡Miles! —anuncia Hype.

Hay vítores en el extremo opuesto del gimnasio. La multitud se abre y un chico con piel café y cortes zigzag en el cabello camina hacia el Ring. Parece de mi edad. Tiene una cruz grande colgando de una cadena en el cuello.

Lo conozco, pero a la vez no, si es que eso tiene sentido. Lo he visto en alguna parte.

Un hombre delgado con un chándal blanco y negro lo sigue. Unas gafas oscuras esconden sus ojos a pesar de que es de noche. Le dice algo al chico y dos colmillos dorados resplandecen en su boca.

Golpeo con el codo el costado del cuerpo de la tía Pooh.

—Es Supreme.

—¿Quién? —pregunta con su paleta en la boca.

—¡Supreme! —respondo, como si se supusiera que ella lo sabe. Debería—. El exrepresentante de papá.

—Ah, sí. Lo recuerdo.

Yo no lo recuerdo. Era una niña cuando él estaba cerca, pero he memorizado la historia de mi padre como una canción. Grabó su primera mezcla a los dieciséis. Las personas aún usaban CD en ese entonces, así que él hizo copias y las distribuyó por el vecindario. Supreme recibió una y quedó tan impresionado que le suplicó que le permitiera manejar su carrera. Mi padre aceptó. Desde allí, se convirtió en una leyenda del *underground*, y Supreme, en un representante legendario.

Papá despidió a Supreme justo antes de morir. Jay afirma que tenían «diferencias creativas».

El chico que caminaba junto a Supreme sube al Ring. En cuanto Hype le entrega el micrófono, el chico dice:

—¡Soy su chico Milez con z, el príncipe Swagerífico!

Los vítores suenan fuerte.

—Ahh, él es el que tiene esa estúpida canción —dice la tía Pooh.

Por eso lo conozco. Se llama «Swagerífico» y, lo juro por Dios, es la canción más estúpida que he oído. No puedo caminar por el barrio sin escuchar su voz diciendo «Swagerífico, llámenme el magnífico. Swagerífico. Swag, swag, swag...».

Hay un baile llamado «hasta abajo» que acompaña la canción. A los niños les encanta. El vídeo tiene un millón de reproducciones en línea.

—¡Saludad a mi papá, Supreme! —dice Milez, señalándolo.

Supreme asiente mientras la multitud vitorea.

—Mierda, bueno —dice la tía Pooh—. Enfrentarás al hijo del representante de tu papá.

Maldición, eso creo. No solo eso, sino que enfrentaré a alguien. Por más estúpida que sea esa canción, todos conocen a Milez y ya están alentándolo. En comparación, no soy nadie.

Pero soy una nadie que sabe rapear. *Swagerífico* tiene frases como: «La vida no es justa, pero ¿por qué me importaría? ¿Por qué me importaría? Adonde voy el dinero llovería. Tengo pasta, mucha pasta, mucha pasta...».

Em. Sí. Esto no será difícil. Pero también significa que perder no es una opción. Nunca podría vivir con ello.

Hype toca un redoblante de nuevo.

—Nuestra próxima MC es... —dice, y algunas personas gritan sus propios nombres como si eso fuera a hacer que los llamaran—. ¡Bri!

La tía Pooh alza mi brazo en alto y me lleva al Ring.

—¡La campeona está aquí! —grita, como si fuera Mohamed Ali. Definitivamente no soy Mohamed Ali. Diablos, estoy aterrada.

De todos modos, subo al Ring. El reflector ilumina mi rostro. Cientos de caras me miran y los teléfonos apuntan en mi dirección.

Hype me entrega un micrófono.

—Preséntate —dice.

Se supone que debo alardear, pero solo logro decir:

—Soy Bri.

Parte de la multitud ríe con disimulo. Hype también.

—Muy bien, Bri. ¿Acaso no eres la hija de Law?

¿Qué importancia tiene eso?

—Sí.

—¡Rayos! Si la pequeña es parecida a su padre, estamos a punto de tener una batalla caliente.

La multitud ruge.

No puedo mentir, estoy un poco molesta porque lo haya mencionado. Entiendo por qué lo ha hecho, pero joder. Que sea buena o que no lo sea no debería estar en absoluto relacionado con él. Él no me enseñó a rapear. He aprendido sola. Entonces, ¿por qué él se lleva el crédito?

—Momento de lanzar la moneda —dice Hype—. Bri, tú eliges.

—Cruz —susurro.

Hype lanza la moneda y la aplasta sobre el dorso de su mano.

—Así es, cruz. ¿Quién empieza?

Señalo a Milez con la cabeza. Apenas puedo hablar. Es imposible que sea la primera.

—Bien. ¿Estáis listos?

Para la multitud, es básicamente un jodido *sí*. Pero ¿yo? Para mí es un *diablos, no.*

Pero no tengo opción.

CAPÍTULO TRES

La música empieza: *Niggas in Paris*, de Jay-Z y Kanye.

Mi corazón late más fuerte que el bajo en esta canción. Milez camina hacia mí y se acerca demasiaaaado. Me da la oportunidad de medirlo. Dice mucha mierda, pero maldición, tiene miedo en la mirada.

Comienza a rapear.

Tengo tanto dinero que desearías ser yo, belleza;
tengo estilo de mis Nikes a la cabeza.
Gasto más de un millón en un día,
el chico no juega, no es broma, querida.
El chico toma acción, la quiebra no es opción.
Estoy forrado y esta vida de barrio es una locura.
Pero soy un Gánster con mayúscula, no me asusta, ternura.
La Ferrari es mía y una pistola llevo en el cinturón,
listo para disparar si los paparazzi me siguen en una persecución.

Está bien, le daré crédito. Esas frases son mejores que cualquiera de las de *Swagerífico*, pero este chico no puede hablar en serio. No es un gánster con mayúscula, con minúscula o con G siquiera, así que, ¿por qué se apropia de esa vida? Ni siquiera vive en el barrio. Todos saben que Supreme ahora vive en los suburbios. Pero ¿su hijo vive esa vida?

Nah.

Tengo que derrotarlo. Quizás decir algo como: «¿Tu carrera? La extermino. Tu estatus de gánster es tan real como las joyas en tu collar».

¡Ja! Es buena.

Él aún está rapeando sobre ser un gran gánster. Sonrío con picardía esperando mi turno. Hasta que...

Soy fantástico, no te molestes, lo constato.
Esto más que una batalla ya es un asesinato.
Mato a esta chica a sangre fría, sin dudar
como alguien hizo con su padre idiota, sin vacilar.

¿Qué

Carajo?

Camino hacia Milez.

—¿Qué diablos has dicho?

Hype corta la música y escucho «whoa, whoa, whoa» mientras algunas personas suben rápido al Ring. La tía Pooh me obliga a retroceder.

—¡Imbécil! —grito—. ¡Repítelo!

La tía Pooh me arrastra hasta la esquina.

—¿Qué rayos te ocurre?

—¿Has escuchado la mierda que ha dicho?

—Sí, pero debes enfrentarlo con tus líneas, ¡no con tus puños! ¿Intentas quedar descalificada antes de empezar?

Respiro con más intensidad de la necesaria.

—Esa frase...

—¡Te ha afectado como él quería que ocurriera!

Tiene razón. Maldición, la tiene.

La multitud abuchea. Tampoco puede insultar a mi papá delante de ellos.

—¡Ey! Conocen las reglas. No hay nada prohibido —dice Hype—. Incluso Law es juego limpio en el Ring.

Más abucheos.

—¡Bueno, bueno! —Hype intenta calmar a todos—. Milez, ese fue un golpe bajo, hermano. Vamos.

—Lo siento —dice Milez en el micrófono, pero sonríe con picardía.

Estoy temblando de tantas ganas que tengo de golpearlo. Y empeora el hecho de que mi garganta está tensa y ahora estoy tan furiosa conmigo misma como con Milez.

—Bri, ¿lista? —pregunta Hype.

La tía Pooh me empuja hasta el centro del Ring.

—Sí —replico.

—Bien, entonces —dice Hype—. ¡A por ello!

La música empieza de nuevo, pero, de pronto, todas las frases en mi mente desaparecen.

—Yo...

Mato a esta chica a sangre fría, sin dudar

Todavía escucho los disparos que nos lo arrebataron.

—Él...

como alguien hizo con su padre idiota, sin vacilar.

Todavía escucho a Jay llorando.

—Yo...

Mato... padre idiota.

Todavía lo veo en el ataúd, frío y tieso.

—¡Destruida! —grita alguien.

Mierda.

Se vuelve contagioso y se convierte en un canto. La sonrisa de Milez se llena de satisfacción. Su padre ríe.

Hype detiene la música.

—Maldición —dice—. La primera ronda es para Milez.

Camino inestable hasta mi esquina.

He quedado en blanco.

Joder, he quedado en blanco.

La tía Pooh sube a las cuerdas.

—¿Qué diablos? ¿Has permitido que él te afectara?

—Tía…

—¿Sabes cuánto tienes en juego ahora mismo? —dice—. Ha llegado la *hora*. ¿Es tu oportunidad de brillar y simplemente le entregas esta batalla a él?

—No, pero…

Me empuja de nuevo hacia el Ring.

—¡Quita esa mierda de tu cabeza!

Milez choca los cinco y choca los puños con el público en su esquina. Su padre ríe con orgullo.

Desearía tener eso. No un padre imbécil, sino a mi papá. A esta altura, me conformaría con buenos recuerdos. No solo con los de la noche en que lo asesinaron.

Ocurrió frente a nuestra casa anterior. Él y Jay tendrían una noche de cita. La tía Pooh vivía con nosotros en ese entonces, y aceptó cuidar de Trey y de mí mientras ellos no estaban.

Papá nos dio un beso de despedida y comenzamos a jugar al *Mario Kart*, y él y Jay salieron por la puerta. El motor del carro arrancó afuera. Cuando mi princesa Peach ganó la delantera y dejó atrás al Bowser de Trey y al Toad de la tía Pooh, oímos cinco disparos. Yo tenía solo cuatro años, pero el sonido no ha abandonado mis oídos. Luego, Jay gritó, aulló en verdad, de un modo que no sonó humano.

Dicen que un Corona jaló el gatillo. Los Coronas son el grupo más grande de King Lords asentados en el este. Bien podrían ser una pandilla propia considerando cuán numerosos son. Papá no era un pandillero, pero era tan cercano a tantos Discípulos del Garden que quedó involucrado en sus dramas. Los Coronas lo eliminaron.

Por todo lo que he oído, él no habría permitido que nadie lo hiciera quedar en blanco de este modo. Yo tampoco puedo permitirlo.

—¡Segunda ronda! —anuncia Hype—. Milez, como has ganado la primera ronda, tú decides quién empieza. Responde rápido.

—Yo me encargo.

—Entonces, ¡será al estilo de la vieja escuela! —dice Hype. Pincha el disco y el ritmo suena. *Deep Cover*, de Snoop y Dre. No bromeaba con hacerlo a la vieja escuela. Esa fue la primera canción que hizo Snoop.

Los ancianos del gimnasio enloquecen. Algunos jóvenes parecen confundidos. Milez no me mira cuando rapea, como si ya no fuera alguien relevante.

Ey, el príncipe me llaman,
no soy nuevo en este juego.
Durante años lo he planeado
y no puedo ser domado.
Gánster puedes llamarme,
tu hijo quisiera igualarme,
y cada chica con pulso medio
se enamora sin remedio.
Tengo mucho dinero,
de moda esto no pasa.
Todas mis cosas son nuevas
y Jordan siempre cena en casa.

¿Regla número uno de las batallas? Conoce las debilidades de tu oponente. Nada de lo que ha dicho en esta ronda está dirigido a mí. Tal vez eso no parece una alarma, pero ahora mismo es una enorme. He quedado en blanco. Un verdadero MC iría a matar usando eso. Diablos, yo lo haría. Él ni siquiera lo menciona. Eso significa que hay un 98 por ciento de probabilidades de que su rap esté preescrito.

Preescrito es algo completamente malo para el Ring. ¿Y algo aún peor? Algo preescrito por alguien más.

No sé si él ha escrito esas líneas, quizás lo ha hecho, pero puedo hacer que todos piensen que no ha sido así. ¿Es una jugada absolutamente sucia? Por supuesto. Pero si tu papá no está fuera de los límites, entonces ninguna maldita cosa está fuera de los límites.

Regla número dos de las batallas: usar las circunstancias a tu favor. Supreme no parece preocupado, pero creédme: debería estarlo.

Eso irá en mi arsenal.

Regla número tres: si hay una base musical, asegúrate de que tu *flow* calce como un guante en ella. El flow es el ritmo de las rimas y cada palabra, cada sílaba, lo afecta. Incluso el modo en que pronuncias una palabra puede cambiar el flow. Si bien la mayoría conoce a Snoop y a Dre por *Deep Cover*, una vez encontré una remake de la canción hecha por un rapero llamado Big Pun en YouTube. Su flow en esa canción es uno de los mejores que he escuchado en la vida.

Tal vez puedo imitarlo.

Tal vez puedo borrar esa sonrisa satisfecha y tonta del rostro de Milez.

Tal vez, en verdad puedo ganar.

Milez se detiene y la música desaparece. Recibe algunos vítores, pero no muchos. El Ring ama los remates verbales, no unas líneas pobres sobre ti mismo.

—Muy bien —dice Hype—. Bri, ¡tu turno!

Mis ideas están desparramadas como piezas de un rompecabezas. Ahora, debo unirlas y crear algo que tenga sentido.

La música comienza de nuevo. Muevo la cabeza a su ritmo. No existe nada más que la música, Milez y yo.

Las palabras se han entrelazado en forma de rima creando un flow y permito que salgan, una tras otra, de mi boca.

Milez, ¿estás listo para la guerra? Nah, esta vez si la jodió.
Este mensaje debería ser para el autor,

el mordedor, el que en verdad las rimas escribió.

Ataca a Brianna, ¿quieres convertirte en paria?

Ella escupe como un arma femenina y legendaria.

Veo que tu padre está preocupado.

De rodillas, cariño, quedarás destrozado.

Tienes dinero, pero yo soy la mejor, puedes calmarte.

Pregúntale a tu amigo y a Supreme para cerciorarte,

vengo directo del Garden donde la gente querida parte.

Al diablo tu perdón, mi piel está endurecida

y el corazón de Milez en los carteles de la policía.

Está desaparecido, lo buscan en cada esquina y este juicio...

Me detengo. La multitud enloquece. En-lo-que-ce.

—¿Qué? —grita Hype—. ¿Qué?

Incluso los tipos con aspecto rudo se mueven con los puños sobre la boca diciendo: «¡Uhhh!».

—¿Qué? —grita Hype de nuevo y hace sonar una sirena. *La* sirena. La que utiliza cuando un MC dice algo genial.

Yo, Brianna Jackson, he obtenido la sirena.

Mierda.

—¡Ella ha dado un remate! —dice Hype—. ¡Alguien traiga una manguera! ¡No podemos lidiar con el calor! ¡No podemos!

Es mágico. Creía que las reacciones que obtenía de los amigos de la tía Pooh cuando rapeaba estilo libre para ellos eran sorprendentes. Pero esto es un nuevo nivel, como cuando Luke pasó de ser solo Luke a Luke, el jedi.

—Milez, lo siento, pero te asesinó en unas pocas líneas —dice Hype—. ¡Llamen a la policía! ¡Estamos en la escena de un homicidio! Jueces, ¿qué opinan?

Todos alzan carteles con mi nombre.

La multitud enloquece más.

—¡Bri gana la ronda! —anuncia Hype.

Milez toquetea nervioso la barba incipiente en su mentón.

Sonrío con satisfacción. Lo tengo.

—Hora de la ronda final —dice Hype—. Estamos en un empate y quien gane esta, gana todo el encuentro. Bri, ¿quién empieza?

—Él —respondo—. Deja que quite su basura del camino.

Varios *uuhhh* resuenan a nuestro alrededor. Sí, lo he dicho.

—Milez, será mejor que arregles esto —dice Hype—. ¡Vamos!

La música empieza: *Shook Ones*, de Mobb Deep. Es más lenta que *Deep Cover*, pero es perfecta para el estilo libre. En cada batalla que vi en YouTube, el enfrentamiento era en serio cuando sonaba esa música.

Milez me fulmina con la mirada mientras rapea. Dice algo sobre cuánto dinero tiene, cuántas chicas lo aman, sus prendas, sus joyas, la vida de gánster que lleva. Repetitivo. Obsoleto. Preescrito.

Tengo que ir a matar.

Aquí estoy, atacándolo como si no tuviera modales. Modales. Muchas palabras riman con esa si las uso bien. Brutales. Pañales. Iguales. Lo que me recuerda a MC Hammer. A Vanilla Ice. Los líderes del hip hop los consideran estrellas pop, no raperos de verdad. Puedo compararlo con ellos.

Tengo que incluir mi línea característica: solo puedes escribir «brillante» si primero escribes Bri. La tía Pooh una vez señaló eso antes de burlarse de mí porque soy muy perfeccionista.

La perfección. Puedo usar eso. Perfección, protección, elección. Elección... presidentes. Los presidentes son líderes. Liderar. Arrasar, como en esa canción en la que Nas enfrentó a Jay-Z.

Necesito también incluir algo sobre su nombre. Milez. Suena a millas por hora. Velocidad. Velocidad de la luz. Luego, necesito terminar con algo sobre mí.

Milez baja el micrófono. Hay algunos vítores. Supreme aplaude, pero su rostro está tenso.

—¡Muy bien, Milez! —dice Hype—. Bri, ¡será mejor que saques las armas!

La música instrumental empieza de nuevo. La tía Pooh ha dicho que solo tenía una oportunidad para demostrarles a todos, y a sus madres también, quién soy.

Así que la aprovecho.

Discúlpame, verás, he olvidado mis modales.

El micrófono es mi vida, no necesito que lo abales. Solo alardeas ante chicas y cámaras casuales.

Eres un popstar, no un rapero. Un Vanilla Ice, un Hammer, un cero.

¿Escuchan las tonterías que les dice a sus rivales? Alguien, por favor, tráigale pañales.

Y a mí denme una corona porque los mejores hablan bien de mí.

Solo escribes brillante, si primero escribes Bri.

Verás, naturalmente, hago estragos con mi perfección.

Mejor llamen a un guardaespaldas, que él necesitará protección.

Y en esta elección, el pueblo un nuevo líder corona.

Tu escritor fantasma se sorprendió como tu persona.

He venido a arrasar. No te quise lastimar.

Esto ya no es una batalla, sino que es tu funeral.

Qué pena. Te estoy aniquilando con mi arsenal.

En mi esquina me llaman la campeona, te lo advierto.

Digan la verdad, es aburrido como un muerto.

Como un extranjero, confundido estás. Pero una explicación tendrás:

Eres una víctima en medio del Brihuracán, verás.

Sin mentiras, enveneno el aire que respiras y genero bajas sin sudar,

dañando a los raperos, sin vendas que aplicar.

Imagíname administrando mi propio sello, mi propio salario.

De hecho, no hay rapero que me iguale en adversario.

¿Milez? Qué tierno. Pero no me inspira temor.

Soy veloz como la luz y tú ni pisas el acelerador.

Hablas como tartamudo. Yo, como un ser superior.

Bri es el futuro y tú el hoy, como un presentador.

Cobarde. ¿Te crees un pandillero elocuente? No suenas convincente.

Hablas de ropa y de tus gastos en compras dementes.

Hablas de tus armas, dices ser fulminante.

Pero aquí en este ring, todos hablan sobre mí,

¡Bri!

La multitud enloquece.

—¡Os lo dije! —grita la tía Pooh mientras se pone de pie sobre las cuerdas—. ¡Os lo dije!

Milez no puede mirarme a mí ni a su papá, quien parece fulminarlo con la mirada. También podría estar fulminándome a mí. Es difícil saberlo con esas gafas.

—Muy bien, muy bien. —Hype intenta tranquilizar a todos mientras sale detrás de los tocadiscos—. Depende de este voto. Quien sea que gane esta ronda, será el campeón. Jueces, ¿qué opinan?

El señor Jimmy alza su cartel. Dice Bri.

Dee-Nice alza su cartel. Bri.

CZ alza su cartel. Pequeña Law.

Mierda.

—¡Tenemos una ganadora! —dice Hype sobre los vítores ensordecedores. Alza mi brazo en el aire—. Damas y caballeros, ¡la ganadora del duelo de novatos de hoy es Bri!

CAPÍTULO CUATRO

Horas después de mi batalla, sueño con mi pesadilla.

Tengo cinco años, estoy subiendo al viejo Lexus de mami. Papi se ha ido al cielo hace un año. La tía Pooh ha estado desaparecida durante unos meses. Ha ido a vivir con la tía de ella y mamá en las viviendas subsidiadas.

Pongo el cinturón de seguridad en su lugar y mami me entrega mi mochila extremadamente llena. Su brazo tiene unas marcas oscuras. Una vez me dijo que las obtuvo porque no se sentía bien.

—¿Todavía estás enferma mami? —pregunto.

Ella sigue mi mirada y baja su manga.

—Sí, cariño —susurra.

Mi hermano sube al carro a mi lado y mami dice que iremos de viaje a un lugar especial. Terminamos en la entrada de la casa de mis abuelos.

De pronto, Trey abre los ojos de par en par. Le suplica que no lo haga. Verlo llorar me hace llorar.

Mami le dice que me lleve adentro, pero él no obedece. Ella baja del carro, va hasta su lado, quita el cinturón de seguridad de Trey e intenta sacarlo del vehículo, pero él hunde los pies en el asiento. Ella sujeta los hombros de Trey.

—¡Trey! Necesito que seas mi hombrecito —dice, su voz tiembla—. Por el bien de tu hermana. ¿Sí?

Él me mira y limpia rápido su rostro.

—Estoy... estoy... estoy bien, enana —afirma, pero el hipo por llorar quiebra sus palabras—. Todo está bien.

Él quita mi cinturón de seguridad, toma mi mano y me ayuda a salir del carro.

Mami nos entrega nuestras mochilas.

—Portaos bien, ¿de acuerdo? —dice—. Hacedle caso a vuestros abuelos.

—¿Cuándo regresarás? —pregunto.

Se pone de rodillas ante mí. Sus dedos temblorosos rozan mi cabello y luego sujeta mi mejilla.

—Volveré más tarde. Lo prometo.

—¿Más tarde cuándo?

—Más tarde. Te amo, ¿sí?

Presiona sus labios sobre mi frente y los mantiene allí un largo tiempo. Hace lo mismo con Trey y luego endereza la espalda.

—Mami, ¿cuándo regresarás? —pregunto de nuevo.

Ella sube al carro sin responder y arranca el motor. Las lágrimas caen sobre sus mejillas. Incluso a los cinco años, sé que no regresará por un largo tiempo.

Suelto mi mochila y persigo al automóvil al frente de la casa.

—¡Mami, no me abandones!

Pero ella avanza por la calle y tengo prohibido ir a la calle.

—¡Mami! —lloro. Su carro avanza, avanza y pronto, desaparece—. ¡Mami! Mamá...

—¡Brianna!

Despierto sobresaltada.

Jay está sentada en el costado de mi cama.

—¿Cariño, estás bien?

Intento recobrar el aliento mientras seco la humedad en mis ojos.

—Sí.

—¿Tenías una pesadilla?

Una pesadilla que es un recuerdo. Es verdad que Jay nos abandonó a Trey y a mí en la casa de nuestros abuelos. No podía cuidarnos y ocuparse a la vez de su adicción a las drogas. En ese momento aprendí que cuando las personas mueren, a veces se llevan a los vivos con ellas.

La vi en el parque pocos meses después, parecía más bien un dragón con piel de escamas y ojos rojos que mi mamá. Comencé a llamarla Jay a partir de ahí: era imposible que siguiera siendo mi madre. Se convirtió en mi propio hábito difícil de abandonar. Aún lo es.

Tardó tres años y un período de rehabilitación en regresar. Aunque estaba limpia, un juez decidió que solo podía vernos a Trey y a mí algunos fines de semana y en algunas fiestas. No regresó a estar tiempo completo con nosotros hasta hace cinco años, después de obtener su trabajo y comenzar a alquilar este lugar.

Hace cinco años que estamos juntas y sin embargo, aún sueño con el día en que nos abandonó. A veces, el recuerdo me ataca sin previo aviso. Pero Jay no puede saber qué soñé. La haría sentir culpable y luego yo me sentiría culpable por haberla hecho sentir así.

—No ha sido nada —digo.

Ella suspira y se pone de pie.

—Bueno. Vamos, levántate. Necesitamos conversar antes de que vayas a la escuela.

—¿Sobre qué?

—Sobre cómo has podido decirme que has ganado en el Ring, pero no has podido decirme que tus calificaciones están cayendo en picada más rápido que los pantalones sueltos de Pooh.

—¿Eh?

—¿Eh? —Se burla y me muestra su teléfono—. He recibido un mail de tu profesora de Poesía.

La señora Murray.

La conversación en la clase de preparación para el ACT.

Ah, diablos.

¿Honestamente? Lo había olvidado. Estaba flotando después de mi batalla, de verdad. Esa sensación cuando la multitud me alentó es probablemente parecida a estar drogado, y soy adicta a ella.

No sé qué decirle a mi mamá.

—¿Lo siento?

—¡Nada de lo siento! ¿Cuál es tu responsabilidad principal, Bri?

—La educación por encima de todo —balbuceo.

—Exacto. La educación por encima de todo, incluso de rapear. Creí que lo había dejado en claro.

—Rayos, ¡no es tan grave!

Jay alza las cejas.

—Niña —dice de aquel modo lento que envía una advertencia—. Será mejor que te fijes cómo hablas.

—Solo digo que algunos padres no harían un escándalo por esto.

—Bueno, cielo santo, ¡no soy como algunos padres! Puedes hacerlo mejor, lo has hecho mejor, así que hazlo de nuevo. Los únicos 6 que quiero ver son fotos de seis patitos en hilera, y más te vale que los únicos 4 que vea sean tus extremidades poniéndote en marcha para mejorar estas calificaciones. ¿Entendido?

Juro que es demasiado estricta conmigo.

—Sí, señora.

—Gracias. Prepárate para la escuela.

Sale de mi habitación.

—Maldita sea —susurro en voz baja—. Matar mi onda, la primera tarea de la mañana.

—¡No *tienes* onda! —responde ella desde el pasillo.

Ni siquiera puedo decir *mierda* en esta casa.

Me levanto y prácticamente de inmediato quiero regresar bajo las sábanas. El primer contacto con el frío del aire siempre es lo peor. Moverse ayuda.

Las damas del hip hop observan desde la pared detrás de mi cama. Tengo un poco de todas, desde MC Lyte a Missy Elliott, Nicki Minaj y Rapsody... Y la lista sigue y sigue. Supongo que si quiero ser una reina, las reinas deben velar por mí mientras duermo.

Me visto de nuevo con mi buzo de Vader y mis borceguíes No-Timb. Nah, no son los originales. Esos cuestan lo mismo que la cuenta del agua. Estos cuestan veinte dólares en la reunión de intercambio. Intento lucirlos como si fueran los originales, excepto que...

«Mierda», siseo. Parte del «cuero» negro de uno de los borceguíes se ha salido y la tela blanca queda expuesta. Lo mismo ocurrió con el otro la semana anterior. Tomo un marcador negro y me pongo manos a la obra. Una desgracia, pero debo hacer lo que hay que hacer.

Pronto tendré unos Timb originales. He estado ahorrando el dinero que gané con el tráfico de refrigerios. La tía Pooh compra mis provisiones y permite que conserve las ganancias. Es lo más cercano a darme dinero que Jay le permitirá a la tía Pooh. Gracias a los chicos de Midtown, estoy a medio camino de comprar un par nuevo de Timbs. Técnicamente, se supone que no debemos vender cosas en el campus de la escuela, pero hasta ahora me he salido con la mía. Gracias a Michelle Obama. Su iniciativa saludable hizo que la escuela retirara las cosas buenas de las máquinas expendedoras e hizo que mi negocio fuera muy lucrativo.

Suena un claxon afuera. Son las siete y cuarto, así que debe ser el señor Watson, el conductor del autobús. Afirma que incluso cuando él muera, llegará puntual. Si su trasero zombi aparece en el autobús un día, *no* subiré a bordo.

«Me voy», le digo a Jay. La puerta del cuarto de Trey está cerrada. Probablemente está dormido. Llega a casa del trabajo cuando yo ya estoy prácticamente en la cama y va a trabajar cuando estoy en la escuela.

Un autobús amarillo y pequeño espera frente a la casa. La escuela Midtown está en el vecindario Midtown, donde las personas viven en condominios bonitos y en casas históricas costosas. Yo vivo en la zona de Garden High, pero Jay dice que hay demasiada mierda y una cantidad insuficiente de personas que se ocupen de ello. La escuela privada no está en nuestro presupuesto, así que lo mejor después de ella es la Escuela de Artes de Midtown. Hace pocos años, comenzaron a traer alumnos de toda la ciudad. Lo llamaron «iniciativa para la diversidad». Hay chicos ricos del norte, chicos de clase media del centro y de Midtown y chicos del barrio como yo. Solo somos quince del Garden en Midtown. Así que envían un autobús pequeño a buscarnos.

El señor Watson viste su sombrero de Santa Claus y tararea al ritmo de la versión de Temptations de *Noche de paz* que suena en su teléfono. Faltan menos de dos semanas para Navidad, pero el señor Watson ha tenido espíritu navideño durante meses.

—Hola, señor Watson —digo.

—¡Hola, Brianna! ¿Hace mucho frío para tu gusto?

—Demasiado frío.

—Aw, eso no existe. ¡Este clima es perfecto!

¿Para qué? ¿Para congelar tu trasero?

—Si usted lo dice —balbuceo y camino hacia la parte trasera del vehículo. Soy la tercera persona a la que recoge. Shana está durmiendo adelante, su cabeza apenas toca la ventanilla. No arruinará su moño, con o sin siesta. Por estos días, todas las bailarinas de tercer año lucen exhaustas.

Deon me saluda con la cabeza desde su asiento al fondo del autobús, la funda de su saxofón está apoyada a su lado. Deon también está en tercero, pero como él está en el programa de música, solo lo veo en el autobús.

—Hola, Bri. Quisiera un *Snicker*.

Tomo asiento algunas filas delante de él.

—¿Tienes dinero para *Snickers*?

Me lanza un dólar abollado. Le lanzo la barra dulce.

—Gracias. Estuviste asombrosa en el Ring.

—¿Te has enterado?

—Sí. He visto la batalla en YouTube. Mi primo me la envió. Dijo que habías estado increíble.

Vaya, ¿hay personas que hablan así de mí? Sin dudas di que hablar en el Ring. Fue casi imposible salir de allí por la noche sin que alguien no gritara lo genial que era. Fue la primera vez que comprendí que puedo hacer esto.

Es decir, una cosa es querer hacer algo. Otra distinta es pensar que es posible. Rapear siempre ha sido mi sueño, pero los sueños no son reales. Despiertas de ellos o la realidad hace que parezcan estúpidos. Creedme, cada vez que mi refrigerador está prácticamente vacío, todos mis sueños parecen estúpidos. Pero entre mi triunfo y el contrato de Dee-Nice, en este momento todo parece posible. O estoy desesperada por que las cosas cambien.

El Garden pasa junto a mi ventana. Los mayores riegan sus flores o sacan la basura. Algunos carros escuchan música a todo volumen. Parece normal, pero las cosas no han sido iguales desde los disturbios. El vecindario no parece tan seguro como antes. No es que el Garden haya sido antes una utopía, diablos no, pero antes solo me preocupaban los Discípulos y los Coronas. ¿Ahora también debo preocuparme por los policías? Sí, matan personas por aquí, y no, no siempre mueren a mano de los policías, pero Jay dice que esto fue equivalente a que un extraño ingrese a tu hogar, robe a uno de tus hijos y te culpe por ello porque tu familia es disfuncional mientras que el mundo entero te juzga por estar molesta.

Zane, un estudiante del último año con un arete en la nariz, sube al autobús. Es absolutamente presumido. Sonny dice que Zane piensa que él está bien, pero Sonny y yo también concordamos en que *luce* bien. Es una lucha interna estar molesta por su trasero y maravillada por su rostro.

Y si soy honesta, estar maravillada por su trasero. El chico tiene uno fantástico.

Él nunca habla conmigo, pero hoy dice:

—¡Tu batalla ha estado ardiente, mujer!

Vaya, maldición.

—Gracias.

¿Cuántas personas la han visto?

Aja, de primer año, la ha visto. Me felicita en cuanto sube. Al igual que Keyona, Navaeh y Jabari, los de segundo año. Antes de darme cuenta, todo el autobús habla de mí.

—¡Tienes talento, Bri!

—¡Estuve entusiasmado todo el tiempo!

—Apuesto a que no podría vencerme en una batalla. Lo juro por Dios, hermano.

Aquel comentario malicioso proviene de Curtis Brinkley, un chico de piel morena, bajo, con cabello ondulado, que dice muchas mentiras *jurando por Dios, hermano*. En quinto curso, afirmaba que Rihanna era su prima y que su mamá estaba de gira con ella trabajando como su peluquera. En sexto curso, decía que su mamá estaba de gira con Beyoncé trabajando como su peluquera. En realidad, su mamá estaba en prisión. Aún lo está.

El señor Watson se detiene frente a la casa de Sonny y a la de Malik. Viven uno junto al otro, pero ambos salen de la puerta principal de la casa de Malik.

Me quito la gorra. Mi cabello aún necesita ayuda, pero lo he acomodado lo mejor que he podido. También me he puesto un poco de labial. Es jodidamente estúpido, pero espero que Malik lo note.

Yo noto demasiadas cosas sobre él. El modo en que sus ojos a veces brillan y me hacen pensar que él conoce cada secreto existente sobre mí y que no le molesta ninguno en absoluto. El hecho de que es atractivo y el hecho de que no se da cuenta de que lo es, lo cual de algún modo, hace que lo sea aún más. El modo en que mi corazón acelera la velocidad cada vez que dice «Breezy». Es el único que puede llamarme así, y cuando lo dice, extiende levemente la palabra de un modo que nadie más puede imitar. Como si él quisiera que el nombre le perteneciera solo a él.

Todos estos sentimientos comenzaron cuando teníamos diez años. Tengo el recuerdo vívido de nosotros jugando a luchar en el jardín delantero de Malik. Yo era la Roca y él era John Cena. Estábamos obsesionados con los vídeos de lucha libre en YouTube. Clavé a Malik al suelo y mientras estaba sentada sobre él en su jardín delantero, de pronto, quise besarlo.

Me. Asustó. Mucho.

Así que lo golpeé y dije con mi mejor voz de *la* Roca:

—¡Pateé tu trasero de caramelo!

Básicamente, intenté ignorar mi despertar sexual imitando a la Roca.

Todo el asunto me resultaba tan extraño, aunque esos sentimientos no desaparecieron. Pero me dije a mí misma una y otra vez que él era Malik. El mejor amigo extraordinario, el Luke de mi Leia.

Y aquí estoy, usando mi teléfono para revisar mi labial «Persecución rosada» (¿quién inventa esos nombres?), esperando que él también me vea de ese modo. Patético.

—¿Por qué no admites que te pateé el trasero? —pregunta Sonny mientras suben a bordo.

—Como dije, mi control estaba actuando raro —afirma Malik—. Tenemos que jugar la revancha.

—De acuerdo. Igual patearé tu... ¡Briiii!

Sonny avanza bailando por el pasillo al ritmo de una música que nadie escucha. Cuando se acerca, hace una reverencia ante mí como si estuviera idolatrándome.

—Arrodillaos ante la reina del Ring.

—Una reina no soy —digo riendo.

—Bueno, te has lucido, Yoda. —Chocamos los cinco y terminamos con el saludo de Wakanda. *Wakanda por siempre.* Malik se encoge de hombros.

—No diré *te lo dije.* Pero tampoco *no* diré no te lo dije.

—Eso no tiene sentido —respondo. Sonny toma asiento frente a mí.

—¡Nope!

Malik se desploma a mi lado.

—Es una doble negación.

—Eh, no, señor especializado en cine —respondo—. Como alguien de la especialización en artes literarias, te aseguro que es un desastre. Básicamente has dicho que no dirás que me lo dijiste.

Junta las cejas y abre levemente la boca. Cielos, el Malik confundido es tan lindo.

—¿Qué?

—Exacto. Continúa estudiando cine, cielo.

—Coincido —añade Sonny—. Como decía, la batalla ha sido una locura, Bri. Excepto cuando te quedaste de pie en silencio en la primera ronda. Estaba a punto de hacer como Mariah Carey y decir «no la conozco».

Golpeo su brazo. Troll.

—Pero, de verdad, has estado increíble —dice Sonny—. Milez, en cambio, necesita dejar de rapear.

—Ha sido *Jarjarbinkseo* —dice Malik mientras asiente.

Malik insiste en que Jar Jar Binks debería ser un verbo, adjetivo y adverbio para describir cosas desagradables porque Jar Jar Binks es el peor personaje del universo de *La guerra de las galaxias.*

—Hermano, sabes que nunca empezarán a usar tu término, ¿verdad? —dice Sonny.

—Pero ¡tiene sentido! ¿Quieres decir que algo es desagradable? Llámalo Jar Jar Binks.

—Bueno. *Tú eres* un Jar Jar Binks —responde Sonny—. Entendido.

Malik golpea despacio la frente de Sonny. Sonny empuja el hombro de Malik. Van y vienen, intercambiando golpes suaves y bromas.

Totalmente normal. De hecho, una pelea entre Sonny y Malik es una de las pocas cosas garantizadas en la vida, junto a la muerte, los impuestos y los monólogos agresivos de Kanye West.

El teléfono de Sonny vibra y, de pronto, Malik ya no existe. Su rostro se ilumina prácticamente tanto como la pantalla.

Enderezo la espalda y extiendo el cuello.

—¿Con quién te escribes?

—Cielos, amiga. Qué entrometida.

Me extiendo un poco más para poder ver el nombre en la pantalla, pero Sonny la bloquea y no consigo hacerlo. Solo veo el emoji con ojos de corazones junto a su nombre. Alzo las cejas.

—¿Quisiera contarme algo acerca de alguien, señor?

Sonny mira alrededor, como si tuviera miedo de que alguien me haya oído. Pero todos están metidos en sus propias conversaciones. Sin embargo, él dice:

—Luego, Bri.

Considerando lo nervioso que está, debe haber un chico. Cuando teníamos once años, Sonny salió del armario conmigo. Estábamos viendo la actuación de Justin Bieber en una ceremonia de premios. Me parecía lindo, pero no estaba obsesionada con él como Sonny. Él me miró y dijo: «Creo que me gustan solo los chicos».

Fue de la nada. En cierto modo. Había algunos detalles aquí y allá que me hacían dudar. Como cuando imprimía fotografías de Bieber y las llevaba encima en secreto. Cómo se comportaba cerca de mi hermano: si a Trey le gustaba algo, de pronto, Sonny era fanático de ello; si Trey le hablaba, Sonny se sonrojaba; y si Trey tenía novia, Sonny actuaba como si fuera el fin del mundo.

Pero no puedo mentir; no sabía qué decir en aquel momento. Así que solo respondí «bueno» y no hablé más del tema.

Él le contó a Malik poco después y le preguntó si aún podían ser amigos. Aparentemente, Malik dijo algo como: «Siempre y cuando podamos seguir jugando a la Playstation». Sonny también se lo dijo a sus padres y ellos siempre lo apoyaron. Pero supongo que a veces teme cómo reaccionarán otras personas si se enteran.

El autobús se detiene en una intersección de calles, junto a un grupo de chicos somnolientos. Su aliento se transforma en humo mientras esperan el autobús hacia Garden High.

Curtis baja la ventanilla.

—¡Ey, básicos! ¡Repitan esa mierda que decían ayer!

El orgullo escolar nos convierte en pandillas. Llamamos a los chicos de la escuela Garden High *básicos* porque son «básicos a más no poder». Ellos nos llaman los nerds del autobús miniatura.

—Hombre, vete al carajo, tú y tu cabecita pequeña como una paleta —replica un chico con chaleco inflado—. Apuesto a que no bajarías del autobús para hablar mierda en mi cara.

Sonrío con picardía. Keandre no miente. Me mira.

—¡Ey, Bri! ¡Sí que te luciste en el Ring, chica!

Bajo mi ventanilla. Algunos de los otros chicos asienten o dicen:

—¿Cómo estás, Bri?

Si el orgullo escolar nos convierte en pandillas, yo soy neutral gracias a mi papá.

—¿Has visto la batalla? —le pregunto a Keandre.

—¡Claro que sí! Felicitaciones, reina.

¿Ven? En el vecindario, soy de la realeza. Todos me demuestran afecto.

Pero cuando el autobús se detiene en Midtown, no soy nadie.

En Midtown debes ser maravilloso para que alguien te preste atención. Brillante, de hecho. Y es como si todos intentaran superar a los demás. Lo único importante es quién obtuvo el papel principal en tal obra o en tal concierto. Quién ganó un premio por su escritura o su arte. Quién tiene el mejor rango vocal. Es un concurso de popularidad en su máximo esplendor. Si no eres excepcional, no eres nadie.

Soy el opuesto exacto de excepcional. Mis calificaciones son intermedias. No gano premios. Nada de lo que hago es suficiente. *Yo no soy suficiente.* Excepto cuando soy demasiado que manejar para mis profesores y me envían a la oficina de la directora.

En los escalones de la escuela, unos chicos hacen el baile «hasta abajo» mientras Milez canta «swag, swag, swag» en uno de sus teléfonos. No sé por qué se torturan con esa basura.

—Entonces... —Tomo las tiras de mi mochila—. ¿Qué harán en el almuerzo?

—Tengo clase de preparación para el SAT —responde Sonny.

—Rayos, ¿darás los dos exámenes? —pregunto. Sonny está más obsesionado que Jay con todo esto de la universidad. Se encoge de hombros.

—Hay que hacer lo que hay que hacer.

—¿Y tú? —le pregunto a Malik y, de pronto, mi corazón late súper rápido ante la idea de almorzar a solas con él. Pero frunce el ceño.

—Lo siento, Bri. Tengo que ir al laboratorio y trabajar en este documental. —Alza su cámara.

Maldición, allí va mi idea. Probablemente tampoco los veré hasta regresar al autobús. Verán, Sonny y Malik tienen sus grupos en Midtown. Por desgracia para mí, Sonny y Malik *son* mi grupo. Cuando están con sus grupos, no tengo nada más que ser una don nadie. Ambos también son bastante brillantes. Todos los de artes visuales aman las obras de grafiti de Sonny. Malik ha ganado algunos premios por sus cortos.

Solo debo soportar un año más en este lugar. Un año más siendo la Bri silenciosa y modesta que es reservada mientras sus amigos brillan.

Sí.

Nos ponemos en la fila de seguridad.

—¿Creen que Long y Tate se hayan tranquilizado desde ayer? —pregunta Sonny.

—Probablemente, no. —Siempre están abusando del poder. La semana anterior, sometieron a Curtis a una revisión de seguridad extra aunque el detector de metales no sonó cuando pasó a través de él. Dijeron que querían «estar seguros».

—Ya les digo, el modo en que se ocupan de la seguridad no es normal —dice Malik—. Mi mamá no trata a las personas así y ella lidia con criminales.

La madre de Malik, la tía 'Chelle, es una de las guardias de seguridad del juzgado.

—Han notado que empeoraron desde el año pasado, ¿verdad? —añade Malik—. Ver que aquel policía se libró de aquel asesinato probablemente los hizo pensar que ellos también son invencibles.

—Tal vez tienes razón, Malik X —comenta Sonny.

Ese ha sido nuestro apodo para Malik desde los disturbios. Toda la situación lo movilizó. A mí también, no mentiré, pero a Malik lo afectó a otro nivel, siempre habla sobre justicia social y lee sobre temas como las Panteras Negras. Antes de los disturbios, el único pantera negra que le importaba era T' Challa.

—Necesitamos hacer algo —dice—. Esto no está bien.

—Solo ignóralos —responde Sonny—. Son pura palabrería.

Curtis atraviesa el detector de metales sin problemas. Luego Shana, Deon, los tres de segundo año, Zane. Después Sonny, seguido de Malik. Camino detrás de ellos.

El detector de metal no suena, pero Long coloca su brazo frente a mí.

—Pasa de nuevo.

—¿Por qué? —pregunto.

—Porque él lo dice —responde Tate.

—Pero ¡no ha sonado! —replico.

—No me importa —dice Long—. Te he dicho que pasaras de nuevo.

Bien. Obedezco y atravieso de nuevo el detector de metales. Nada suena.

—Muéstranos el bolso —dice Long.

Ah, mierda. Mis provisiones de dulces. Si los encuentran, podrían suspenderme por vender en el campus. Considerando cuánto me han suspendido por otras cosas, mierda, quizás me expulsen.

—Muéstranos. El. Bolso —repite Long. Trago con dificultad.

—No tengo que...

—Ah, ¿tienes algo que esconder? —pregunta Long.

—¡No!

—¡Aparta esa cámara! —le ordena Tate a Malik. La ha sacado y la ha apuntado hacia nosotros.

—¡Puedo filmar, si quiero!

—¡Muéstranos el bolso! —ordena Long.

—¡No!

—¿Sabes qué...?

Intenta tomar la tira de mi mochila, pero la aparto. A juzgar por la expresión que resplandece en sus ojos, no debería haberlo hecho. Sujeta mi brazo.

—¡Dame esa mochila!

La aparto.

—¡Quítame las manos de encima!

Todo ocurre en un segundo borroso.

Él sujeta mi brazo de nuevo y lo coloca detrás de mi espalda. El otro policía también se ubica detrás de mí. Intento resistirme y liberarme, lo cual solo hace que me sujete más fuerte. Antes de darme cuenta, mi pecho golpea el suelo primero, luego presionan mi rostro contra el suelo frío. La rodilla de Long hace contacto con mi espalda mientras Tate me quita la mochila.

—¡Ey! ¡Qué carajo! —grita Sonny.

—¡Soltadla! —dice Malik, apuntando la cámara hacia nosotros.

—Has traído algo de contrabando, ¿no? —dice Long. Envuelve mis muñecas con plástico y lo ajusta fuerte—. Por eso no querías que la viéramos, ¿verdad? ¡Delincuente! ¿Dónde está esa boca que tenías ayer?

No puedo decir ni una palabra.

Él no es un policía.

No tiene un arma.

Pero no quiero terminar como ese chico.

Quiero a mi mamá.

Quiero a mi papá.

Quiero ir a casa.

CAPÍTULO CINCO

Termino en la oficina de la directora Rhodes.

Tengo los brazos amarrados en la espalda. Long me ha arrastrado hasta aquí y me ha obligado a tomar asiento hace unos minutos. Ahora está dentro de la oficina de la doctora Rhodes. Ella le ha pedido a su secretaria, la señora Clark, que llame a mi madre y que no me pierda de vista, como si yo fuera la que necesita ser vigilada.

La señorita Clark busca entre mis archivos en su computadora el teléfono del trabajo de Jay. Es sorprendente que a esta altura no lo sepa de memoria.

Tengo la vista clavada al frente. La oficina tiene pósteres motivacionales en cada pared. Uno es una absoluta mentira: «No puedes controlar lo que hacen los demás. Solo puedes controlar el modo en que reaccionas».

No, no puedes. No cuando tienes el brazo hacia atrás o estás sobre el suelo con una rodilla en la espalda. En esos casos, no puedes controlar una mierda.

La señorita Clark toma su teléfono y marca. Después de unos segundos, dice:

—Hola. Llamo de parte de la Escuela de Artes Midtown. ¿Podría hablar con la señora Jayda Jackson, por favor?

Jay es la recepcionista de Templo de Cristo, así que espero que la señorita Clark comience directamente a explicarle la situación. Pero ella frunce el ceño.

—Ah. Ya veo. Gracias.

Cuelga. Qué extraño.

—¿Qué ha dicho mi mamá?

—Me informaron que tu madre ya no trabaja allí. ¿Hay algún otro modo de contactarnos con ella?

Enderezo la espalda lo mejor posible.

—¿Qué?

—¿Debería probar con su teléfono móvil o con el teléfono de la casa?

—¿Segura que ha llamado a la iglesia Templo de Cristo?

—Sí —responde la señorita Clark—. ¿Móvil o casa?

Mi corazón deja de latir.

El Popkeniglesia.

Jay solo lo prepara cuando algo malo ocurre.

¿Acaso... ha perdido su trabajo?

Imposible. La señorita Clark debe haberse equivocado de alguna manera. Probablemente ha llamado al lugar erróneo y no se ha dado cuenta.

Sí. Ha ocurrido eso.

Le digo a la señorita Clark que pruebe con el móvil de Jay. Quince minutos después, abren la puerta de la oficina de golpe y Jay ingresa hecha una furia. Está con su uniforme laboral, así que debe haber salido de la iglesia.

—Brianna, cielos, ¿qué ha sucedido?

Se pone de rodillas frente a mí y me mira, prácticamente como lo hizo cuando regresó de rehabilitación. Sus ojos me observan insaciables. Ahora inspeccionan cada centímetro de mi ser... excepto las manos. Voltea hacia la secretaria.

—¿Por qué diablos mi hija está esposada?

La doctora Rhodes aparece en su puerta. Sus gafas ocupan la mayor parte de su rostro y tiene el cabello rojo rizado sujeto en un moño. Ella también era directora cuando Trey era alumno. La conocí en la

Noche de bienvenida de primer año de mi hermano. Ella me dedicó una sonrisa dulce y empalagosa y dijo: «Con suerte, en unos años, tú también te unirás a nosotros».

No mencionó que habría un guardia de seguridad en su oficina despotricando sobre «esos chicos» que traen «esas cosas» a «esta escuela». La puerta estaba cerrada, pero lo escuché.

Esos chicos. *Esta* escuela. Como si uno no perteneciera junto al otro.

—Señora Jackson —dice la doctora Rhodes—, ¿podemos hablar en mi oficina?

—No hasta que suelten a mi hija.

La doctora Rhodes mira hacia atrás por encima del hombro.

—Señor Long, ¿podría soltar a Brianna, por favor?

Él avanza con pesadez y toma las tijeras pequeñas que cuelgan de un gancho en su cintura.

—Levántate —gruñe.

Obedezco y con un corte sencillo libera mis ataduras.

Inmediatamente, Jay sujeta mis mejillas con sus manos.

—¿Estás bien, cariño?

—Señora Jackson, ¿a mi oficina, por favor? —dice la doctora Rhodes—. Tú también, Brianna.

La seguimos dentro. La mirada que le lanza a Long le indica que permanezca afuera.

Mi mochila está apoyada sobre su escritorio. La cremallera está abierta y cada dulce que tenía queda expuesto.

La doctora Rhodes señala las dos sillas frente a ella.

—Por favor, tomen asiento.

Lo hacemos.

—¿Me dirá por qué mi hija estaba esposada? —pregunta Jay.

—Hubo un incidente...

—Obviamente.

—Seré la primera en admitir que los guardias utilizaron fuerza excesiva. Colocaron a Brianna contra el suelo.

—Lanzaron —balbuceo—. Me *lanzaron* al suelo.

Jay abre los ojos de par en par.

—¿Disculpe?

—Hemos tenido problemas con alumnos que trajeron drogas ilegales...

—¡Eso no justifica que maltrataran a mi hija! —dice Jay.

—Brianna no cooperó al principio.

—¡Tampoco lo justifica! —insiste Jay. La doctora Rhodes respira hondo.

—No sucederá de nuevo, señora Jackson. Le garantizo que habrá una investigación y se tomarán medidas disciplinarias si la dirección lo considera apropiado. Sin embargo, es probable que Brianna también tenga que enfrentar medidas disciplinarias. —Me mira—. Brianna, ¿has estado vendiendo dulces en el campus?

Cruzo los brazos. No responderé esa mierda. ¿Permitir que ella manipule esto en mi contra? Diablos, ni hablar.

—Respóndele —me dice Jay.

—Son solo dulces —susurro.

—Quizás —responde la doctora Rhodes—, pero va en contra de la política de la escuela de vender contrabando en el campus.

¿Contrabando?

—¡La única razón por la que descubrieron esto es porque a Long y a Tate les agrada atacar a los chicos negros y latinos!

—Brianna —dice Jay. No es una advertencia. Es un «Yo me encargo». Mira a Rhodes—. ¿Desde cuándo los *dulces* son contrabando? ¿Por qué han atacado a mi hija, en primer lugar?

—Los guardias de seguridad tienen derecho a realizar inspecciones aleatorias. Le aseguro que Brianna no fue «tomada de punto».

—¡Mentira! —Ni siquiera muerdo mi lengua—. Siempre nos acosan.

—Tal vez parece que es así porque...

—¡Es así!

—Brianna —dice Jay. Esa es una advertencia. Mira a la directora—. Directora Rhodes, mi hijo me ha dicho que los guardias tomaban de punto a algunos chicos más que a otros cuando él venía aquí. No creo que mis hijos estén inventando esto. Odiaría pensar que usted está implicando eso.

—Habrá una investigación —responde la doctora Rhodes con tanta calma que me fastidia—. Pero sostengo lo que dije, señora Jackson. Los guardias tratan a todos los alumnos del mismo modo.

—Ah —dice Jay—. ¿Lanzan a todos al suelo, entonces?

Silencio. La doctora Rhodes carraspea.

—Reitero, Brianna no cooperó. Me dijeron que fue reticente y agresiva. No es la primera vez que hemos tenido problemas de conducta con ella.

Aquí vamos.

—¿Qué intenta decir? —pregunta Jay.

—El comportamiento de hoy sigue un patrón...

—Sí, un patrón que indica que mi hija ha sido tomada de punto...

—Como dije, nadie está tomando...

—¿Alguna vez ha recibido en su oficina a chicas blancas que han hecho comentarios astutos en clase? —pregunta Jay.

—Señora Jackson, Brianna es frecuentemente agresiva...

Agresiva. Una palabra. Cuatro sílabas. Rima con excesiva.

Soy tan excesiva,
que soy agresiva.

Utilizan mucho la palabra «agresiva» para describirme. Supuestamente, quieren decir amenazante, pero nunca he amenazado a nadie. Solo digo cosas que no les agradan a mis profesores. A ninguno de ellos, salvo a la señora Murray, quien casualmente es mi única profesora negra. Hubo un momento en clase de Historia durante el mes de historia negra. Le pregunté al señor Kincaid por qué nunca hablábamos de los negros antes de la esclavitud. Sus mejillas se enrojecieron.

«Porque seguimos un plan de estudios, Brianna», dijo.

«Sí, pero ¿por qué usted no arma el plan de estudios?», pregunté.

«No toleraré exabruptos en clase».

«Solo digo que no pretenda que las personas negras no existían antes de...».

Me ordenó ir a la oficina. Escribió en el informe que era «agresiva».

Clase de Ficción. La señora Burns hablaba del canon literario y yo puse los ojos en blanco porque todos los libros sonaban aburridos como la mierda. Me preguntó si había algún problema y le respondí exactamente eso, solo que no dije «como la mierda». Me envió a la oficina. Balbuceé algo en voz baja mientras salía de la clase y ella escribía en el informe que yo tenía comportamiento agresivo.

Imposible de olvidar el incidente en mi clase optativa de Teatro. Habíamos hecho la misma escena cien veces. El señor Ito nos dijo que comenzáramos desde el inicio una vez más. Succioné las mejillas y dije «Dios mío», mientras dejaba caer mis manos a los laterales del cuerpo. Mi guion voló fuera de mis dedos y lo golpeó. Él juró que lo había lanzado a propósito. Eso me concedió una suspensión de dos días.

Todo eso ocurrió este año. Primer y segundo año también estuvieron llenos de incidentes. Ahora, tengo otro más en mi haber.

—Según la política escolar, Brianna tendrá que estar suspendida durante tres días por vender artículos prohibidos en la propiedad de la escuela sin permiso —dice la doctora Rhodes. Cierra la cremallera de mi mochila y me la devuelve.

Salimos al pasillo justo cuando suena la campana del segundo período. Abren las puertas de las aulas y parece que todos y sus madres salen a los pasillos. Recibo miradas desconfiadas que nunca he recibido antes, me miran fijo y susurran.

Ya no soy invisible, pero ahora desearía serlo.

Permanezco en silencio camino a casa en el carro.

Delincuente. Una palabra, cuatro sílabas. Rima con muchas cosas. Sinónimos: matón, bandido, vándalo, escoria, gánster y, según Long, Brianna.

No saldrá nada conveniente
de esta joven delincuente.

No. Al carajo esa palabra.

Al carajo esta escuela.

Al carajo todo esto.

Observo lo que ha quedado del Garden. Estamos en la calle Clover, que solía ser una de las calles más concurridas de Garden Heights, pero desde los disturbios, solo hay basura chamuscada y edificios cubiertos con tablones. La tienda gigante de Todo por un dólar ha sido una de las primeras en recibir el golpe. Cellular Express fue saqueado primero y luego quemado. Quemaron Compre y ahorre hasta los cimientos y ahora tenemos que ir al Walmart al límite del Garden o a la tienda pequeña del lado oeste si queremos hacer las compras.

Soy una delincuente de un lugar insignificante.

—Dudo que arreglen este desastre alguna vez —dice Jay—. Es como si quisiera que recordáramos lo que ocurre si nos pasamos de la raya.

»¿Estás bien, cariño? —pregunta mientras me mira rápido.

Según mi abuelo, los Jackson no lloran: nos aguantamos y lidiamos con ello. No importa cuánto arden mis ojos.

—No hice nada malo.

—No, no lo hiciste —responde Jay—. Tenías todo el derecho de conservar tu mochila. Pero Bri... Prométeme que si algo así ocurre de nuevo, harás lo que ellos ordenen que hagas.

—¿Qué?

—Pueden suceder cosas malas, cariño. Las personas así a veces abusan de su poder.

—Entonces, ¿yo no tengo poder alguno?

—Tienes más poder del que crees. Pero en momentos como ese, necesito... —Traga con dificultad—. Necesito que actúes como si no tuvieras ni un poco. Cuando estés a salvo fuera de la situación, *luego* nos ocuparemos de ello. Pero necesito que salgas *a salvo* de la situación. ¿Está bien?

Esta es como aquella vez que habló conmigo sobre los policías. *Haz lo que sea que ordenen*, dijo. *No les hagas pensar que eres una amenaza*. Básicamente, debo debilitarme y aceptar lo que sea que me ofrezcan para sobrevivir a ese momento.

Comienzo a pensar que no importa lo que haga. Igualmente seré lo que sea que las personas creen que soy.

—Siempre están criticándome en esa escuela.

—Lo sé —responde Jay—. Y no es justo. Pero solo tienes que aguantar dos años más, cariño. Todos estos incidentes... No podemos correr el riesgo de que te expulsen, Bri. Si hacerlo significa que cierres la boca, necesito que lo hagas.

—¿No puedo dar mi opinión?

—Escoge tus batallas —dice—. No todo merece un comentario, una réplica o poner los ojos en blanco...

—¡No soy la única que lo hace!

—No, pero ¡las chicas como tú son las únicas que obtienen marcas en su expediente permanente!

El carro queda en silencio.

Jay suspira por la nariz.

—A veces, las reglas son distintas para los negros, cariño —explica—. Diablos, a veces ellos juegan a las damas mientras nosotros estamos en medio de una partida de ajedrez muy difícil. Es un hecho horrible de la vida, pero es un hecho. Por desgracia, Midtown es uno de esos lugares en los que no solo juegas al ajedrez, sino que debes hacerlo bajo unas reglas diferentes.

Odio esta mierda.

—No quiero regresar allí.

—Lo entiendo, pero no tenemos otra opción.

—¿Por qué no puedo asistir a Garden High?

—Porque tu papá y yo juramos que Trey y tú nunca pondrían un pie en esa escuela —dice—. ¿Crees que los guardias son malos en Midtown? En Garden High tienen policías de verdad, Bri. Tratan a toda la maldita escuela como una prisión. No preparan a nadie para que tenga éxito. Di lo que quieras sobre Midtown, pero allí tienes una mejor oportunidad.

—¿Una mejor oportunidad de qué? ¿De que me lancen de un lado a otro como una muñeca de trapo?

—¡Una mejor oportunidad de tener éxito! —Grita más fuerte que yo. Respira hondo—. Enfrentarás a muchos hombres como Long y Tate en tu vida, cariño. Más de lo que me gustaría. Pero nunca permitas que sus acciones determinen lo que haces. En cuanto lo permitas, les entregarás tu poder. ¿Me escuchas?

Sí, pero ¿ella me escucha? Ninguna de las dos habla más.

—Desearía… Desearía poder darte más opciones, cariño. De verdad. Pero no tenemos ninguna. En especial ahora.

En especial ahora. La miro.

—¿Ha ocurrido algo?

Se mueve un poco en el asiento.

—¿Por qué lo preguntas?

—La señorita Clark llamó a la iglesia. Dijeron que ya no trabajabas allí.

—Brianna, no hablemos de…

Oh, Dios.

—¿Has perdido tu empleo?

—Esto es temporal, ¿sí?

—¿Has perdido tu empleo?

Ella traga con dificultad.

—Sí, así es.

Oh, no.

No.

No.

No.

—La guardería de la iglesia ha sufrido daños durante los disturbios y la compañía de seguros no los cubre —explica—. El pastor y la junta han decidido ajustar el presupuesto para pagar las reparaciones, así que me han despedido.

Mierda.

No soy estúpida. Jay intenta fingir que todo está bien, pero nuestra situación económica es difícil. Ya no tenemos gas. El mes pasado, recibimos un aviso de desalojo. Jay usó la mayor parte de su cheque para pagar la renta y comimos emparedados hasta la próxima paga.

Pero si perdió su empleo, no habrá paga alguna.

Si no tiene paga alguna, quizás nunca más tendremos gas.

O comida.

O una casa.

¿Y si…?

—No te preocupes, Bri —dice Jay—. Dios nos ayudará, cariño.

¿El mismo Dios que permitió que la despidieran de una *iglesia*?

—He tenido entrevistas —añade—. De hecho, he abandonado una para ir a recogerte. Además, ya he solicitado el seguro de desempleo. No es mucho, pero es algo.

¿Ya lo ha solicitado?

—¿Hace cuánto que no trabajas en la iglesia?

—No tiene importancia.

—Sí, la tiene.

—No, no la tiene. Trey y yo estamos ocupándonos de todo.

—¿Trey lo sabía?

Abre y cierra la boca algunas veces.

—Sí.

Lo supuse. Cuando cortaron el gas, Trey sabía que ocurriría. Yo lo descubrí cuando desperté en una casa fría. ¿El aviso de desalojo? Trey sabía. Lo descubrí cuando los escuché a escondidas hablando al respecto. Desearía que no me molestara, pero me molesta. Es como si Jay no confiara en mí lo suficiente como para contarme lo importante. Como si creyera que soy demasiado joven para manejarlo.

He lidiado con su ausencia por años. Puedo lidiar con más de lo que cree.

Aparca en la entrada de nuestra casa detrás del viejo Honda Civic de Trey y luego voltea hacia mí, pero yo miro por la ventanilla.

Está bien, quizás soy un poco inmadura. Como sea.

—Sé que estás preocupada —dice—. Las cosas han sido difíciles por un tiempo. Pero mejorarán. De algún modo. Debemos creer eso, cariño.

Extiende la mano para tocar mi mejilla.

Aparto el cuerpo y abro mi puerta.

—Iré a dar un paseo.

—Brianna, espera —dice Jay, sujetando mi brazo.

Estoy temblando. Aquí estoy, preocupada por problemas reales y ¿ella quiere que «crea»?

—Por favor, suéltame.

—No. No te dejaré huir sin que hables conmigo. Hoy han pasado muchas cosas, cariño.

—Estoy bien.

Desliza su pulgar sobre mi brazo como si intentara hacer que las lágrimas salgan de mí.

—No, no lo estás. Está bien si no es así. Sabes que no tienes que ser fuerte todo el tiempo, ¿cierto?

Quizás no todo el tiempo, pero debo serlo ahora. Aparto el brazo de su mano.

—Estoy bien.

—Brianna...

Coloco la capucha sobre mi cabeza y avanzo por la acera.

A veces, sueño que me ahogo. Siempre es un gran océano azul demasiado profundo en el que no puedo ver el fondo. Pero me digo a mí misma que no moriré sin importar cuánto líquido entre a mis pulmones o cuán profundo me hunda; no moriré. Porque yo lo digo.

De pronto, puedo respirar bajo el agua. Puedo nadar. El océano ya no es tan aterrador. De hecho, es bastante genial. Incluso aprendo cómo controlarlo.

Pero estoy despierta, ahogándome, y no sé cómo controlar nada de esto.

CAPÍTULO SEIS

Las viviendas subsidiadas de Maple Grove son un mundo completamente distinto.

Yo vivo en el lado este del Garden, donde las casas son más bonitas, los dueños son mayores y los disparos, menos frecuentes. Las viviendas subsidiadas de Maple Grove están a quince minutos de caminata en el lado oeste, o como lo llama la abuela: «en aquel lado turbio». Aparece más en las noticias y muchas de las casas lucen deshabitadas. Pero es como decir que un lado de la Estrella de la Muerte es más seguro que el otro. Igual es una maldita Estrella de la Muerte.

En Maple Grove hay seis edificios de tres pisos bastante cerca de la autopista, y la tía Pooh dice que solían subir a los techos a lanzarles rocas a los carros. Fantástico. Había un edificio de siete pisos, pero se quemó hace unos años y, en vez de reconstruirlo, el Estado lo demolió. Ahora en su lugar hay un lote con césped al que los niños van a jugar. El patio de juegos es para los adictos.

«¿Cómo estás, pequeña Law?», grita un chico desde el interior de un automóvil maltrecho mientras atravieso el aparcamiento. Nunca lo he visto en mi vida, pero lo saludo moviendo la mano. Al menos, siempre seré la hija de mi papá.

Él debería estar aquí. Quizás , si él estuviera, yo no estaría preguntándome a mí misma cómo sobreviviremos ahora que Jay no tiene empleo.

Lo juro, nunca podemos simplemente estar «bien». Siempre ocurre algo. O apenas tenemos comida o cancelan algún servicio. Siempre. Ocurre. Algo.

Tampoco tenemos poder alguno. Es decir, pensadlo. Todas estas personas que nunca he conocido tienen mucho más control sobre mi vida del que yo he tenido nunca. Si un Corona no hubiera matado a mi papá, él sería una gran estrella de rap y el dinero no sería un problema. Si un traficante de drogas no le hubiera vendido a mi mamá su primera dosis, ella ya podría haber obtenido un diploma y tendría un buen trabajo. Si aquel policía no hubiera matado a ese chico, no habrían habido disturbios, la guardería no habría sufrido un incendio y la iglesia no habría despedido a Jay.

Todas esas personas que jamás he conocido se convirtieron en dioses con control sobre mi vida. Ahora es momento de recuperar el poder.

Espero que la tía Pooh sepa cómo.

Un chico avanza hacia mí rápido en una bicicleta sucia; está vestido con una camiseta de los Celtics con un abrigo debajo de ella y tiene cuentas nuevas en sus trenzas. Frena a pocos centímetros de mí. Centímetros.

—Niño, juro que si me hubieras golpeado... —digo. Jojo ríe.

—No iba a golpearte.

Jojo no debe tener más de diez años. Vive con su mamá en el apartamento que está sobre el de la tía Pooh. Él se las compone para hablar conmigo cada vez que vengo. La tía Pooh cree que está enamorado de mí, pero nah. Creo que solo quiere a alguien con quien hablar. También me compra dulces. Como hoy.

—¿Tienes Skittles tamaño grande, Bri? —pregunta.

—Sí. Dos dólares.

—¿Dos dólares? Carajo, ¡es carísimo!

El niño tiene mucho dinero guardado al frente de su camiseta (seguro es su cumpleaños) y ¿se atreve a quejarse de mis precios?

—Uno, cuida la lengua —respondo—. Dos, es el mismo precio que en la tienda. Tres, ¿por qué no estás en la escuela?

Hace una pirueta con su bicicleta.

—¿Por qué no estás *tú* en la escuela?

Es justo. Quito mi mochila de la espalda.

—¿Sabes qué? Como es tu cumpleaños, romperé mis propias reglas y permitiré que tengas un paquete gratis.

En el instante en que se lo entrego, él lo abre y coloca muchos en su boca.

—¿Qué se dice? —pregunto, inclinando la cabeza de lado.

—Gracias —responde con la boca llena.

—Tenemos que mejorar tus modales. De verdad.

Jojo me sigue al patio. Ahora es prácticamente tierra gracias a los carros que las personas han aparcado allí, como el vehículo en el que la tía Pooh y su amigo, Scrap, están sentados. Scrap lleva el cabello mitad trenzado mitad afro, como si se hubiera marchado en medio del proceso de las trenzas para hacer otra cosa. Conociendo a Scrap, así ha sido. Sus calcetines asoman debajo de sus sandalias e introduce grandes cucharadas del cereal de un cuenco en su boca. Él y la tía Pooh hablan con los otros Discípulos que los rodean de pie.

La tía Pooh me ve y baja del carro.

—¿Por qué diablos no estás en la escuela?

Scrap y los Discípulos me saludan moviendo la cabeza, como si yo fuera un chico más. Me ocurre con frecuencia.

—Me han suspendido —le informo a la tía Pooh.

—*¿De nuevo? ¿Por qué?*

Subo al carro junto a Scrap.

—Por algo que ha sido una mierda.

Les cuento todo, desde cómo a los guardias de seguridad les encanta tomar de punto a los alumnos negros y morenos hasta cómo me clavaron al suelo. Los Discípulos mueven la cabeza de lado a lado. La tía

Pooh parece sedienta de sangre. Jojo afirma que él «habría pateado el trasero de esos guardias», lo cual hace reír a todos, menos a mí.

—No habrías hecho nada, niño —digo.

—Lo juro por mi ma. —La tía Pooh junta las manos al decir cada palabra—. Juro por mi ma que se metieron con la persona equivocada. Indícame quiénes son y me ocuparé de esos tontos.

La tía Pooh no pasa de cero a cien: pasa de relajada a lista para matar. Pero no quiero que vaya a prisión por culpa de Long y Tate.

—No valen la pena, tía.

—¿Cuánto tiempo te han dado, Bri? —pregunta Scrap.

Maldita sea. Lo hace sonar como si fuera a prisión.

—Tres días.

—No está mal —responde—. ¿Han confiscado tus dulces?

—No, ¿por qué?

—Entonces, dame unos caramelos Starburst.

—Un dólar —respondo.

—No tengo efectivo. Pero puedo pagarte mañana.

El tonto no puede haber dicho eso.

—Entonces, mañana tendrás tus Starburst.

—Maldición, es solo un dólar —dice Scrap.

—Maldición, son solo veinticuatro horas —respondo, haciendo mi mejor imitación de la voz de Scrap. La tía Pooh y los otros ríen a carcajadas—. No fío. Hacerlo va contra los Diez mandamientos de los snacks, hermano.

—¿Los qué? —dice él.

—¡Oh! ¡Esa mierda es genial! —La tía Pooh toca mi brazo con el dorso de su mano—. Ella hizo su versión de *Los diez mandamientos del crack* de Big. También es fantástica. Bri, haz lo tuyo.

La cuestión es así. Permito que la tía Pooh escuche algunas rimas que escribí, ella se entusiasma mucho y me pide que las rapee delante de sus amigos. Creedme, si es un fiasco, un pandillero será el primero en comunicártelo.

—Está bien. —Coloco mi capucha sobre la cabeza. La tía Pooh marca el ritmo sobre el capó del carro. Más personas del patio se acercan.

Asiento al ritmo de la música. Y, en un segundo, estoy en mi zona.

Hace meses juego el juego y el dinero es gradual,
así que puse reglas como Big en su manual.
Algunos pasos únicos que respetar
para seguir en juego y los dulces liquidar.
Número uno, nadie debe saber
cuánto dinero has de poseer,
porque es un hecho
que la envidia está al acecho
en especial cuando de básicos se trata. Intentarán quitarte todo, sabelo-
todo.
Número dos, nunca digas cuál será el próximo paso a dar,
¿no sabes que la competencia y su misión
es hacer exacto lo mismo que tú por su ambición?
Seguirán mis pasos calientes mientras planean armar su tienda para te-
ner clientes.
Número tres, solo confío en Sonny y Leek.
Los demás niños me traicionarán, sus egos inflarán,
con capuchas y máscaras andarán.
Ja, por dos monedas cuando el patio esté vacío me amenazarán.
La regla cuatro es la de más importancia:
no comer las provisiones cuando están dando ganancias.
Número cinco, nunca vendas donde vives.
No importa si solo quieren caramelos, diles que se retiren.
Regla seis: ¿los reembolsos? Nada de eso.
Haz la venta, toma el dinero, que se vayan, con un beso.
Siete, esta regla a la mayoría irritará,
pero nada de créditos o descuentos, ni siquiera para mamá.

Negocios y familia no se han de mezclar, como Taco Bell y el malestar estomacal.

A veces pienso que digo cosas que están mal.

Número ocho, nunca guardarás en los bolsillos las ganancias. Tampoco en la cartera.

Deposita. O compra una caja fuerte y con llave ciérrala, fuera.

Para mí, la novena es tan clave como la primera:

Sin importar dónde estás, cuidado con la policía.

Si creen que soy sospechosa, nada de lo que diga ayudaría.

Sus armas descargarían y en un hashtag me convertirían.

Número diez, tres palabras: el momento indicado.

¿Quiero ganar unos billetes? Compra con antelación,

perder clientes, diablos, no es una opción.

Si no tengo qué darles, irán a la tienda sin excepción.

Siguiendo estos pasos, mucho dinero puedo ganar,

para obtener lo que quiero y con las cuentas ayudar.

Y vendo más dulces que todos esos soñadores.

Lo juro por mamá, por papá y por Big, uno de los mejores.

—¿Qué? —termino.

Un *¡Ohhhhh!* colectivo aparece. Jojo está boquiabierto. Uno o dos Discípulos me hacen una reverencia.

No hay nada en absoluto que se compare a esto. Sí, son pandilleros y han hecho toda clase de mierda turbia de la que ni siquiera quiero saber. Pero soy suficiente para ellos así que, francamente, ellos son suficiente para mí.

—Muy bien, muy bien —les dice la tía Pooh a todos—. Necesito hablar con la superestrella en privado. Deben retirarse.

Todos menos Scrap y Jojo obedecen.

La tía Pooh empuja despacio la cabeza de Jojo.

—Vete, pequeño rufián.

—¡Rayos, Pooh! ¿Cuándo permitirás que jure?

Se refiere a jurar colores, a convertirse en Discípulo del Garden. El niño siempre intenta unirse, como si fuera el equipo de básquetbol de Maple Grove. Ha estado dándoles indicios a los Discípulos desde que lo conozco.

—Nunca jamás —responde la tía Pooh—. Ahora, vete.

Jojo emite un sonido similar a un inflador de neumáticos que escupe aire.

—Hombre —gruñe, pero parte pedaleando.

La tía Pooh voltea hacia Scrap, quien aún no ha partido. Ella inclina la cabeza como si dijera «¿Y bien?».

—¿Qué? —dice él—. Este es mi carro. Me quedaré si quiero.

—Como sea, hombre —responde la tía Pooh—. ¿Te parece bien, Bri?

Me encojo de hombros. Desde que Long me llamó «delincuente» es como si la palabra estuviera escrita en mi frente y no pudiera quitarla. Odio que esto me moleste tanto.

—¿Estás segura de que no quieres que me ocupe de esos guardias? —pregunta la tía Pooh.

Está tan seria que es prácticamente intimidante.

—Lo estoy.

—Bueno. Te apoyo, solo debes pedirme lo que necesites. —Desenvuelve una piruleta y la coloca en su boca—. ¿Qué hará Jay al respecto?

—No permite que abandone esa escuela, así que no importa.

—¿Acaso quieres ir a Garden High?

Acerco más las rodillas a mi pecho.

—Al menos allí no sería invisible.

—No eres invisible —responde la tía Pooh. Resoplo.

—Créeme, básicamente camino por ahí con una capa de invisibilidad.

—¿Una qué? —pregunta Scrap. Clavo la mirada en él.

—Por favor, dime que estás bromeando.

—Son mierdas nerd, Scrap —dice la tía Pooh.

—Em, disculpa, pero Harry Potter es un fenómeno cultural.

—Ahhhh. Es el que tiene el tipo enano con el anillo, ¿verdad?, «mi preciosssssso» —dice haciendo su mejor imitación de Gollum.

Me rindo.

—Lo he dicho, mierdas nerd —comenta la tía Pooh—. Como sea, deja de preocuparte por si los tontos te prestan o no atención en Midtown, Bri. Escúchame. —Apoya los pies sobre el parachoques—. La secundaria no es el comienzo ni el final. Ni siquiera es el intermedio. Harás grandes cosas, lo vean ellos o no. Yo lo veo. Todos lo vieron anoche. Mientras *tú* lo veas, es lo único que importa.

A veces, ella es mi Yoda personal. Si Yoda fuera una mujer con dientes de oro. Por desgracia, ella no sabe quién es Yoda.

—Tienes razón.

—¿Qué tengo? —Alza la mano cerca de su oído—. No escuché bien. ¿Qué tengo?

—¡Rayos, tienes razón! —digo, riendo. Ella jala de mi capucha y cubre mis ojos.

—Eso creí. Por cierto, ¿cómo has llegado hasta aquí? ¿Tu mamá te trajo en su camino de regreso al trabajo? Debería haberme dicho que sería niñera de tu trasero testarudo.

Oh.

Había olvidado el motivo por el que había llegado hasta ahí en primer lugar. Miro mis borceguíes que no son Timb.

—Han despedido a Jay.

—Oh, mierda —dice la tía Pooh—. ¿De verdad?

—Sí. La iglesia la ha despedido para poder pagar las reparaciones de la guardería.

—Carajo, hombre. —La tía Pooh desliza una mano sobre su rostro—. ¿Estás bien?

Los Jackson no lloramos, pero podemos decir la verdad.

—No.

La tía Pooh me abraza. Por muy ruda que sea mi tía, sus abrazos son los mejores. De algún modo, dicen «Te quiero» y «Haré lo que sea por ti» al mismo tiempo.

—Todo estará bien —susurra la tía Pooh—. Los ayudaré, ¿sí?

—Sabes que Jay no te lo permitirá. —Jay nunca acepta dinero de la tía Pooh porque sabe de dónde lo obtiene. La comprendo. Si las drogas por poco me hubieran destruido, yo tampoco aceptaría dinero ganado con ellas.

—Ella y su testarudo trasero —susurra la tía Pooh—. Sé que ahora esta mierda probablemente es atemorizante, pero un día mirarás al pasado y sentirás que esto pasó hace siglos. Es un obstáculo temporal antes de una gran recuperación. No permitiremos que detenga tu hora de brillar.

Así llamamos a nuestra meta, la hora de brillar. Es cuando por fin lo logramos con el rap. Lograrlo significa salir del Garden y tener dinero suficiente como para no preocuparnos nunca más.

—Debo hacer algo, tía —digo—. Sé que Jay está buscando empleo y que Trey trabaja, pero no quiero ser un peso muerto.

—¿De qué hablas? No eres peso muerto.

Sí, lo soy. Mi mamá y mi hermano se rompen el trasero para que yo pueda comer y tener un lugar donde dormir y ¿qué hago yo? Absolutamente nada. Jay no quiere que trabaje: quiere que me concentre por completo en la escuela. He empezado a traficar dulces. Suponía que si me ocupaba de algunos gastos propios, ayudaría.

Necesito hacer más y lo único que sé hacer es rapear.

Ahora, seré honesta: sé que no todos los raperos son millonarios. Muchos de ellos fingen para las cámaras, pero incluso los farsantes tienen más dinero que yo. Después, están los tipos como Dee-Nice que no tienen que fingir gracias a un contrato de un millón de dólares. Ha jugado bien sus cartas y ha obtenido su hora de brillar.

—Tenemos que lograrlo con el rap —le digo a la tía Pooh—. Ya mismo.

—Te entiendo, ¿sí? De todos modos, iba a llamarte. Toda clase de personas se me han acercado debido a la batalla. He organizado algunas cosas para ti hace poco.

—¿De verdad?

—Ajá. Para empezar, regresarás al Ring. Eso ayudará a que ganes una reputación.

¿Una reputación?

—Sí, pero no dará dinero.

—Confía en mí, ¿sí? —dice—. Además, eso no es lo único que he organizado.

—Entonces, ¿qué más?

—No sé si todavía puedes manejar esto. —Frota su mentón.

Dios mío. No es momento de hacerme esperar.

—¡Rayos, solo dime!

La tía Pooh ríe.

—Bueno, bueno. Anoche, un productor se me acercó después de la batalla y me dio su tarjeta. Lo llamé hoy más temprano y coordinamos para que él cree un ritmo y tú vayas a su estudio mañana.

Parpadeo.

—¿Iré...? ¿Iré a un estudio?

—Sip. —La tía Pooh sonríe.

—¿Y haré una canción?

—Claro que la harás.

—¡Ooooooye! —Coloco un puño en mi boca—. ¿De verdad? ¿En serio?

—¡Por supuesto! ¡Te dije que haría que te sucedan cosas buenas!

Cielos. He soñado con ir a un estudio de grabación desde que tenía diez años. Me ponía de pie frente al espejo con los auriculares puestos en los oídos y un cepillo en la mano a modo de micrófono mientras rapeaba al ritmo de Nicki Minaj. Ahora haré mi propia canción.

—Mierda. —Hay un problemita—. Pero ¿qué canción haré?

Tengo cientos en mi cuaderno. Además, tengo miles de ideas más que no he escrito. Pero esta es mi primera canción real. Tiene que ser la correcta.

—Mira, hagas lo hagas, será una bomba —dice la tía Pooh—. No te preocupes.

Scrap introduce una cucharada de cereal en su boca.

—Necesitas hacer algo como la canción del chico con el que te enfrentaste en la batalla.

—¿Esa porquería de Swagerífico? —pregunta la tía Pooh—. Hombre, ¡cállate! Esa mierda no tiene sustancia.

—No tiene que tener sustancia —dice Scrap—. Milez perdió anoche, pero esa canción es tan pegadiza que ha hecho que aún más personas hablen de ella. La mierda era trending topic esta mañana.

—Espera —digo—. ¿Quieres decirme que yo he ganado la batalla y que *claramente* soy mejor rapera pero que sin embargo él está recibiendo toda la atención?

—Básicamente —responde Scrap—, ganaste el voto popular porque todos te amaron en el Ring, pero igual perdiste la elección porque él es quien obtiene fama, ¿entiendes?

Muevo la cabeza de lado a lado.

—Demasiado pronto.

—Touché —dice él, porque es Scrap y a veces dice *touché*.

—Oye, no te preocupes por eso, Bri —afirma la tía Pooh—. Si ese tonto puede hacerse famoso por una basura, sé que tú puedes...

—¡Pooh! —un hombre mayor delgado avanza zigzagueando por el patio—. ¡Déjame saludarte!

—¡Maldición, Tony! —gruñe la tía Pooh—. Estoy en medio de una conversación importante.

No es *tan* importante. Ella camina hacia él.

Muerdo mi labio. No sé cómo lo hace Pooh. No me refiero al hecho en sí de vender drogas. Les entrega la mercancía, ellos le entregan el dinero. Simple. Me refiero a que no sé cómo puede hacerlo sabiendo que en un momento alguien más era el traficante y mi mamá, *su herma-na*, la adicta.

Pero si tengo éxito con el rap, tengo esperanzas de que abandonará todo eso.

—Hablando en serio, Bri —dice Scrap—. Aunque Milez esté acaparando la atención, tienes que estar orgullosa. Tienes talento. Es decir, él está en llamas y no sé qué diablos sucederá contigo, pero sí, tienes talento.

¿Qué clase de halago sospechoso es ese?

—¿Gracias?

—El Garden te necesita, de veras —responde—. Recuerdo cuando tu padre tuvo éxito. Cada vez que él hacía un vídeo musical por el vecindario, yo intentaba participar en él. Solo quería estar ante su presencia. Él nos daba esperanza. Rara vez algo bueno sale de aquí, ¿sabes?

Observo a la tía Pooh deslizando algo en la mano temblorosa de Tony.

—Sí, lo sé.

—Pero tú podrías ser ese algo bueno —responde Scrap.

No había pensado en ello de ese modo. O en el hecho de que tantas personas admiraran a mi padre. ¿Disfrutaban su música? Sí. Pero ¿que él les daba esperanza? No era el rapero «más limpio».

Pero en el Garden, creamos nuestros propios héroes. Los niños de las viviendas subsidiadas aman a la tía Pooh porque ella les da dinero. No les importa cómo lo obtiene. Mi papá hablaba de mierdas desagradables, sí, pero son mierdas que ocurren aquí. Eso lo convirtió en un héroe.

Quizás yo también pueda ser una.

Scrap bebe el resto de leche en su cuenco.

—«Swagerífico, llámenme el magnífico» —rapea moviendo un poco los hombros—. «Swagerífico. Swagerífico... Swag, swag, swag...».

CAPÍTULO SIETE

Esta es la cuestión acerca del carro de mi hermano: lo escuchas antes de verlo.

Scrap aún está rapeando «Swagerífico» en voz baja cuando noto que aquel gruñido demasiado familiar se acerca. El abuelo dice que Trey necesita un caño de escape nuevo. Trey dice que necesita dinero para comprar un caño de escape nuevo.

El viejo Honda Civic detiene la marcha en el aparcamiento de Maple Grove y las cabezas giran en dirección al vehículo como siempre lo hacen. Trey aparca, baja y parece clavar sus ojos en mí.

Rayos. Esto no es bueno.

Atraviesa el aparcamiento. Su cabello y su barba han crecido desde que regresó a vivir a casa. El abuelo dice que parece en medio de una crisis existencial.

La abuela dice que nuestro papá parió a Trey. Son idénticos, incluso tienen los mismos hoyuelos. Jay afirma que él incluso camina como papá, pavoneándose como si ya lo supiera todo. Tiene puesto su uniforme de Sal: una camisa verde con el logo que consiste en una porción de pizza en el pecho y una gorra a juego. Se supone que debería estar camino al trabajo.

Un Discípulo en el patio lo ve y golpea con el codo a uno de sus amigos. Pronto, todos ellos miran a Trey. Sonriendo con suficiencia.

Cuando está cerca de mí, Trey dice:

—Supongo que ahora los teléfonos son inútiles, ¿eh?

—Buenos días a ti también.

—¿Sabes cuánto tiempo he estado conduciendo y buscándote, Bri? Estábamos muertos de preocupación.

—Le dije a Jay que iría a dar un paseo.

—Debes decir a *dónde* irás —responde—. ¿Por qué no atendías el teléfono?

—De qué estás hablan... —Lo extraigo del bolsillo de mi abrigo. Maldición. Tengo cientos de mensajes y llamadas perdidas de él y de Jay. Sonny y Malik también me han enviado mensajes. La pequeña medialuna en la esquina superior explica por qué no lo he escuchado—. Lo siento. Lo puse en «no molestar» por la escuela y olvidé encenderlo de nuevo.

Trey refriega su rostro cansinamente.

—No puedes hablar en...

Los Discípulos estallan en carcajadas del otro lado del patio. Todos miran a Trey.

Él les devuelve la mirada, como si dijera *¿Hay algún problema?*

La tía Pooh se acerca, también sonriendo.

—Mi muchacho —dice ella mientras desliza dinero dentro de su bolsillo—, ¿qué haces?

—Busco a mi hermana, eso hago.

—Nah, hermano. —Ella lo mira de arriba abajo—. Mierda, ¡hablo en serio! ¿Eres un repartidor de pizza? Vamos, Trey. ¿De verdad?

Scrap comienza a reír a carcajadas.

Pero yo no veo nada gracioso. Le ha llevado una eternidad a mi hermano encontrar algo y, está bien, hacer pizzas no es «una gran aspiración», pero está haciendo un esfuerzo.

—Es decir, rayos —prosigue la tía Pooh—. Pasaste todo ese tiempo en la universidad, siendo el Gran hombre del Campus con buenas calificaciones y esas mierdas y ¿*este* es el resultado?

La mandíbula de Trey tiembla. No es nada nuevo que estos dos discutan. Rey tampoco suele contenerse. La tía Pooh no es mucho mayor que él, así que todo el asunto de «respeta a tus mayores» no ocurre.

Pero hoy, él responde:

—¿Sabes qué? No tengo tiempo para personas inmaduras e inseguras. Vamos, Bri.

—¿Inmadura? ¿Insegura? —repite la tía Pooh diciendo las palabras como si fueran desagradables—. ¿De qué diablos hablas?

Trey me lleva hacia el aparcamiento.

Pasamos junto a los Discípulos.

—¿Cómo puede ser el hijo de su padre y hacer pizzas? —comenta uno.

—Es probable que Law esté revolcándose en su tumba por este débil de mierda —dice otro, moviendo la cabeza de lado a lado—. Menos mal que la mujercita mantiene limpio su nombre.

Trey tampoco les responde a ellos. Él siempre ha sido «demasiado nerd para ser el hijo de Law». Demasiado blando, con poca calle, con poco barrio. Pero no creo que a él le importe.

Subimos a su carro. Hay envoltorios de dulces, recibos, bolsas de comida rápida y papeles por todas partes. Trey es increíblemente desordenado. Cuando trabo el cinturón de seguridad, Trey se abre.

Suspira.

—Disculpa si pareció que estaba atacándote, enana.

Trey fue la primera persona de la familia en llamarme así. Dicen que él no comprendía por qué todos estaban obsesionados conmigo cuando nuestros padres me trajeron a casa porque yo solo era «una enana un poco tierna, nada más». Luego, adoptaron el apodo.

Que conste que era súper tierna.

—Nos tenías preocupados —prosigue—. Ma estaba a punto de pedirles a la abuela y al abuelo que te buscaran. *Sabes* que es grave si ella está a punto de hacer eso.

—¿En serio? —La abuela tampoco la habría dejado vivir con eso. De verdad, podría ser adulta con hijos propios y la abuela estar a punto de morir y sin embargo decirle a Jay: «¿Recuerdas esa vez en que no encontrabas a mi nietita y llamaste para pedir ayuda?».

La maldad es intensa en ella.

—Sí, de verdad —dice Trey—. Además, no necesitas pasear por las viviendas subsidiadas.

—No es tan malo por aquí.

—Escúchate. No es *tan* malo. Es lo suficientemente malo. No ayuda que estés pasando el rato con Pooh considerando todo eso en lo que está metida.

—Ella no permitiría que nada me ocurriera.

—Bri, no puede evitar que algo le ocurra a ella misma —responde.

—Lamento lo que ha dicho.

—No me molesta. Ella está insegura con su situación y me ataca para sentirse mejor.

Gracias a su diploma en psicología, mi hermano puede leer a las personas como un profesional.

—Igual, eso no justifica que esté bien.

—Es lo que es. Pero quiero hablar sobre ti, no sobre mí. Ma me contó lo que ha ocurrido en la escuela. ¿Cómo te sientes?

Si cierro los ojos con la fuerza suficiente, aún veo a Long y a Tate lanzándome al suelo. Aún oigo esa palabra. «Delincuente».

Es una maldita palabra, pero siento que tiene control absoluto sobre mí. Pero le respondo a Trey:

—Estoy bien.

—Sí, y Denzel Washington es mi papá.

—Cielos, ¿de veras? No has recibido los genes buenos, ¿eh?

Me mira de reojo. Sonrío. Molestarlo es mi hobby.

—Tonta —dice—. Pero en serio, cuéntame, Bri. ¿Cómo te sientes?

Reclino mi cabeza hacia atrás. Hay algunos motivos por los cuales mi hermano se ha especializado en psicología. Uno: dice que quiere evitar que otra persona termine como nuestra madre. Trey jura que si Jay hubiera tenido asistencia después de presenciar la muerte de papá, no habría recurrido a las drogas para lidiar con el trauma. Dos: siempre quiere saber qué sienten los demás. Siempre. Ahora tiene un diploma para certificar su intromisión.

—Estoy harta de esa escuela —digo—. Siempre me atacan, Trey.

—¿Alguna vez has pensado que quizás deberías dejar de darles motivos para que te ataquen?

—Momento, ¡se supone que estás de mi lado!

—Lo estoy, Bri. Es una mierda que siempre te envíen a la oficina de la directora. Pero también debes calmarte un poco. Eres un caso clásico de Trastorno negativista desafiante.

Ha llegado el doctor Trey.

—Deja de intentar diagnosticarme.

—Simplemente menciono los hechos —responde—. Tiendes a discutir, eres desafiante, eres impulsiva al hablar, te enfureces con facilidad...

—¡Claro que no! ¡Retira esa mierda que has dicho!

Sus labios se afinan.

—Lo dicho, TND.

Apoyo la espalda en el asiento y cruzo los brazos.

—Cállate.

Trey comienza a reír a carcajadas.

—A esta altura, ya eres predecible. Pero parece que el TND te ayudó anoche. Felicitaciones por ganar en el Ring. —Extiende su puño hacia mí.

Lo choco con el mío.

—¿Ya has visto la batalla?

—No he tenido tiempo. Kayla me escribió sobre ella.

—¿Quién?

Pone los ojos en blanco antes de contestar.

—Ms. Tique.

—Ahhhh. —Olvidé que tenía un nombre real—. Es tan genial que trabajes con ella. —Aunque es un poco triste que una persona tan fantástica como Ms. Tique tenga que hacer pizzas para vivir—. Estaría deslumbrada si estuviera cerca de ella.

—Actúas como si fuera Beyoncé —dice Trey riendo.

—¡Lo es! Es la Beyoncé del Ring.

—Está bien, es buena.

Probablemente no se da cuenta de que ahora mismo es todo hoyuelos.

Reclino la cabeza un poco hacia atrás alzando las cejas. Trey nota que lo miro.

—¿Qué?

—¿Intentas ser su Jay-Z?

—Cállate. —Ríe—. Se supone que estamos hablando sobre ti. —Empuja mi brazo—. Ma me dijo que te dio la noticia de su empleo antes de que desaparecieras. ¿Cómo te sientes al respecto?

El doctor Trey aún está trabajando.

—Tengo miedo —admito—. La situación económica ya era difícil. Ahora, solo lo será más.

—Así es —dice—. No mentiré: entre mis préstamos estudiantiles y el arreglo de mi carro, siento que prácticamente toda mi paga ya desapareció. Las cosas estarán más que ajustadas hasta que mamá consiga trabajo o hasta que yo consiga uno mejor.

—¿Cómo va tu búsqueda laboral? —Ha estado buscando algo nuevo desde su primer día en Sal.

Trey desliza los dedos sobre su cabello. Sin dudas necesita un corte.

—Bien. Solo lleva su tiempo. Pensé en regresar a la universidad para obtener mi master. Eso abriría muchas puertas más, pero...

—Pero ¿qué?

—Quitaría horas en las que podría trabajar. Pero está bien.

No, no lo está.

—Pero te prometo que, sin importar lo que pase, todo estará bien, tu hermano mayor superpoderoso y sabio se asegurará de ello.

—No sabía que tenía otro hermano mayor.

—¡Eres tan odiosa! —Ríe—. Pero todo estará bien, ¿sí? —Extiende de nuevo su puño hacia mí.

Lo choco. Nada puede salir mal si el doctor Trey está a cargo.

Pero él no debería tener que reparar esto. No debería haber regresado a Garden Heights. En Markham State, era un rey. Literalmente, fue el rey del baile de graduación. Todos lo conocían por haber protagonizado producciones teatrales del campus y por liderar a la banda escolar. Egresó con honores. En primer lugar, se esforzó mucho por ingresar allí, solo para regresar al barrio y trabajar en una pizzería.

Es una mierda y me asusta, porque si Trey no ha podido lograrlo haciendo todo «bien», ¿quién podrá hacerlo?

—Entonces, para el TND que tienes —dice—, necesitamos llegar a su raíz y luego trabajar en...

—No tengo TND —respondo—. Fin de la discusión.

—Fin de la discusión —se burla.

—No repitas lo que digo.

—No repitas lo que digo.

—Eres un imbécil.

—*Eres* una imbécil.

—Bri tiene razón.

—Bri tiene... —Me mira.

Sonrío. Gané.

Empuja mi hombro.

—Sabelotodo.

Comienzo a reír. Por más terrible que sea esta situación y por más irritante que sea Trey, me alegra tener a mi hermano mayor para que me acompañe en esto.

CAPÍTULO OCHO

Cuando despierto a la mañana siguiente, mis auriculares cuelgan lateralmente de mi cabeza mientras mi papá rapea en ellos. Me he quedado dormida escuchándolo. Su voz es grave como la del abuelo, un poco ronca a veces, y dura, como los temas sobre los que rapea. Para mí, es un abrazo cálido. Siempre me ayuda a conciliar el sueño.

Según mi teléfono, son las 08 a. m. La tía Pooh estará aquí en una hora para llevarme al estudio. He hojeado mi cuaderno durante la mayor parte de la noche, intentando decidir qué canción grabar. Está «Desarmada y peligrosa». La escribí después de que mataran a ese chico, pero no sé si quiero hacer política desde el inicio. También está «Los hechos», que revela demasiada mierda personal… Todavía no estoy lista para eso. También puede ser «Oídos desenchufados», que tiene potencial. En especial por la metáfora.

Pero no lo sé. No tengo ni la más mínima idea.

Oigo risas en alguna parte de la casa, seguidas rápido por un: «¡Shhh! No despierten a mis bebés».

Quito mis auriculares. Es sábado en la mañana, así que sé a quién le pertenecen esas risas.

Me calzo con mis pantuflas de Tweety. Hacen juego con mi pijama. Siempre amaré a ese pajarito amarillo. Sigo las voces hasta la cocina.

Jay está en la mesa rodeada de adictos en recuperación. Un sábado al mes tiene reuniones con personas que conoció cuando vivía en las calles. Las llama *controles*. Solían hacerlas en el centro comunitario, pero el lugar quedó sin fondos y tuvieron que parar. Jay decidió continuar con el programa por su propia cuenta. Algunas de estas personas han recorrido un largo camino, como el señor Daryl, quien ha estado limpio por seis años y ahora trabaja en el área de construcción. O la señora Pat, quien hace poco terminó el secundario. Otros, como la señora Sonja, asisten cada tanto. Jay dice que la vergüenza de haber tropezado en el camino la mantiene alejada.

Las madres de Sonny y Malik también están aquí. La tía Gina está sentada en la mesada con un plato de tortitas sobre el regazo. La tía 'Chelle ya ha comenzado a lavar los platos en el fregadero. Ellas nunca han consumido drogas, pero les agrada ayudar a Jay a preparar el desayuno e incluso preparan almuerzos en bolsas para personas como la señora Sonja, quien de otro modo tal vez no obtendría una buena comida.

A veces apenas tenemos comida, pero Jay halla una manera de alimentarnos a nosotros y también a los demás.

No sé si me causa admiración o molestia. Quizás ambas.

—Te lo aseguro, Pat —dice Jay—, tu mamá cambiará de opinión y te permitirá ver a tus hijos. Continúa esforzándote en ganar su confianza. Dios, te entiendo. Después de terminar la rehabilitación, mis suegros me hicieron pasar un infierno para recuperar a mis bebés.

No sé si debería escuchar esto.

—Me refiero a procesos judiciales, visitas supervisadas... ¿cómo es posible que hagas que un extraño me supervise mientras paso tiempo con *mis* bebés? Tengo todas estas estrías por haber traído sus cabezotas al mundo y ¿no confían en que esté a solas con ellos?

Los demás ríen. Em, mi cabeza es de tamaño normal, muchas gracias.

—Estaba furiosa —prosigue Jay—. Sentía que todos usaban mis errores en mi contra. A veces, aún lo siento así. En especial ahora que estoy buscando trabajo.

—¿Están dificultándote las cosas? —pregunta el señor Doyle.

—Las entrevistas empiezan bien —responde Jay—. Hasta que preguntan por mi período sin trabajar. Les digo la verdad y, de pronto, soy como cualquier otro adicto ante sus ojos. No me contactan.

—Es un desastre —dice la tía 'Chelle mientras toma el plato vacío de la señora Pat. Malik no se parece en nada a su mamá. Ella es baja y regordeta, él es alto y delgado. Ella dice que él es el clon de su padre—. ¿Saben cuántos blancos ricos vienen a la corte por posesión de drogas?

—Muchísimos —responde Jay.

—Demasiados —dice la tía 'Chelle—. Y solo reciben un golpecito en la muñeca y regresan a la sociedad, como si nada hubiera ocurrido. Pero ¿si los negros o los pobres se drogan?

—Nuestras vidas quedan arruinadas —continúa Jay—. Así son las cosas.

—Quieres decir que así son *los blancos* —dice la tía Gina, apuntando con su tenedor. Sonny es el mellizo de su mamá, incluso tiene el mismo cabello corto y rizado.

—Mmm-mmm pero ¿qué puedo hacer? —dice Jay—. Odio no saber qué sucederá a continua...

Me ve en la puerta. Carraspea.

—¿Ven? Han despertado a mi bebé.

Entro despacio a la cocina.

—No, no es así.

—Hola, enana —dice la tía Gina de aquel modo cuidadoso que las personas usan solo si sienten pena por ti—. ¿Cómo estás?

Debe saber lo que ocurrió.

—Estoy bien.

Esa respuesta no es suficiente para Jay. Jala de mi mano.

—Ven aquí.

Tomo asiento en su regazo. Soy demasiado grande para esto, pero, de algún modo, siempre encajo a la perfección en sus brazos. Ella me abraza fuerte, huele a talco de bebés y manteca de cacao.

—Mi Bookie —susurra.

A veces, me trata como si fuera un bebé, como si fuera su manera de compensar el tiempo en que no estuvo cerca. Yo permito que lo haga. Me pregunto si solo me ve como su bebé que solía abrazarla hasta quedarse dormida. No sé si los abrazos se deben a quien soy yo ahora.

Esta vez, creo que el abrazo es para ella.

La tía Pooh me recoge como planeamos. Le digo a Jay que solo pasaremos el rato. Si le dijera que voy a un estudio de grabación, diría que no puedo hacerlo porque mis calificaciones han empeorado.

El estudio está en una casa vieja con la pintura saltada que está en el lado oeste. Cuando la tía Pooh llama a la puerta, una mujer mayor nos habla a través del mosquitero y nos envía a la tía Pooh, a Scrap y a mí al garaje en la parte posterior.

Sí, Scrap ha venido. La tía Pooh debe haberlo traído como refuerzo, porque esta casa...

Esta casa es un desastre.

Es difícil creer que alguien vive aquí. Algunas ventanas están tapiadas y las hierbas y las enredaderas crecen en las paredes. Las latas de cerveza cubren el césped. Creo que también veo algunas agujas allí.

Momento.

—¿Es una casa de drogas? —le pregunto a la tía Pooh.

—No es asunto tuyo —dice ella.

De pronto, un pitbull recostado en el patio alza la cabeza y nos ladra. Corre hacia nosotros, pero una cadena lo mantiene en la proximidad de la cerca.

Adivinen quién estuvo a punto de orinarse encima. Yo.

—¿Quién era este tipo? —le pregunto a la tía Pooh.

—Se llama Doc —responde, con los pulgares enganchados en la cintura del pantalón, ya sea para mantenerlos en alto o para poder acceder rápido a su arma—. No es famoso ni nada parecido, pero tiene talento. Te conseguí una base musical genial por un buen precio. Él hará la mezcla y todo. Hará que suenes profesional. —Me mira de arriba abajo con una sonrisa—. Veo que estás luciendo el estilo *Juicy*.

—¿Eh?

—«En esos días, una camisa leñadora roja y negra tenía».

Jala de mi camisa a cuadros que sobresale debajo de mi chaleco inflado mientras cita *Juicy*, la canción de Biggie.

—«Y con mi gorra combinando la vestía». —Jala de mi gorro también—. Por fin has aprendido algo de estilo de tu tía, ¿eh?

Cualquier cosa buena que haga, ella encuentra un modo de llevarse el crédito.

—Aprende a mantener los pantalones sobre el trasero y luego hablaremos.

El garaje tiene grafitis por todas partes. La tía Pooh llama a la puerta lateral. Oigo pasos y alguien exclama:

—¿Quién es?

—P. —Es todo lo que la tía contesta.

Varias cerraduras hacen *clic* y, cuando abren la puerta, es como aquel momento en *Pantera Negra* en el que atraviesan el holograma e ingresan a la verdadera Wakanda. Es como si hubiéramos cruzado el holograma que les mostraba a todos los demás una casa de drogas y hubiéramos ingresado a un estudio de grabación.

No es el lugar más elegante, pero es mejor de lo que esperaba. Los muros están cubiertos con esos cartones para sujetar tazas que los restaurantes entregan cuando tienes que trasladar muchas bebidas. Insonorización. Hay varios monitores de computadora en la mesa, con pads de batería, teclados y parlantes cercanos. Hay un micrófono sobre un estante en la esquina.

Un tipo barbudo y panzón vestido con una musculosa blanca toma asiento en la mesa.

—¿Cómo estás, P? —dice con la boca llena de oro. Pronuncia las palabras despacio, como si alguien hubiera ralentizado el ritmo de su voz.

—¿Cómo estás, Doc? —La tía Pooh choca los cinco con él y con los demás. Son seis o siete—. Bri, él es Doc, el productor —dice. Doc me saluda moviendo la cabeza—. Doc, ella es Bri, mi sobrina. Está a punto de asesinar el ritmo que le preparaste.

—Espera, ¿has hecho ese ritmo para esta niñita? —pregunta un tipo desde el sofá—. ¿Qué hará? ¿Cantar canciones infantiles?

Allí aparecen las sonrisas burlonas y las risitas.

Esta es la mierda predecible sobre la que me advirtió la tía Pooh cuando le dije por primera vez que quería ser rapera. Dijo que tendría que trabajar el doble para obtener la mitad del respeto. Y encima, que debería ser feroz y no demostrar debilidad alguna. Básicamente, debo ser uno de los chicos y más para lograr sobrevivir.

Miro directo a los ojos al tipo en el sillón.

—Nah, dejaré que tú te encargues de las canciones infantiles, papá Ganso.

—Uuh —dicen algunos de los chicos, y uno o dos de ellos hacen un saludo de manos conmigo mientras ríen. Y así de fácil, me convierto en una de ellos.

Doc ríe.

—Él quisiera que este ritmo fuera para él, eso es todo. Escuchen.

Toca algunos botones en una de las computadoras y un compás fuertemente marcado por un bajo surge de los parlantes.

Joder, vaya. Sí que es bueno. Por algún motivo, me recuerda a soldados marchando.

O a las manos de un guardia de seguridad de la escuela cacheándome en busca de drogas que no tengo.

Rat-tat-tat-tat ta-ta-tat-tat.

Rat-tat-tat-tat ta-ta-tat-tat.

Extraigo mi cuaderno y lo hojeo. Mierda. Nada de lo que poseo parece combinar con este rimo. Necesita algo nuevo. Algo hecho a su medida.

La tía Pooh rebota sobre sus talones.

—¡Geniaaal! Sin duda comenzará nuestra hora de brillar cuando esto salga.

La hora de brillar.

—*Dun-dun-dun-dun, hora de brillar* —susurro—. *Dun-dun-dun-dun, hora de brillar.*

Cierro los ojos. Las palabras están allí, lo juro. Solo esperan que las encuentre.

Veo a Long lanzándome al suelo. Un movimiento en falso habría detenido cualquier oportunidad futura de brillar.

—*Pero no puedes apagar mi hora de brillar* —murmuro—. *No puedes apagar mi hora de brillar.*

Abro los ojos. Todos los presentes me observan.

—*No puedes apagar mi hora de brillar* —digo, más fuerte—. *No puedes apagar mi hora de brillar. No puedes apagar mi hora de brillar. No puedes detenerme, ni hablar, ni hablar.*

Lentamente, las sonrisas aparecen en los rostros y las cabezas asienten y se balancean.

Uno a uno, los presentes se unen. Despacio, las cabezas empiezan a asentir más fuerte y aquellas palabras se convierten en un coro.

—¡Sí! ¡Eso es! —La tía Pooh sacude mi hombro—. Esa es la mierda que...

Suena su teléfono. Mira rápido la pantalla y lo guarda en su bolsillo.

—Debo irme.

Momento, ¿qué?

—Creí que te quedarías conmigo.

—Tengo que ocuparme de un asunto. Scrap se quedará aquí.

Él la mira y asiente como si esto fuera un acuerdo que ya habían hecho.

Entonces, *por ese motivo* está él aquí. ¿Qué diablos?

—Se supone que *esto* es nuestro asunto —digo.

—Dije que regresaré luego, Bri. ¿Sí?

Sale como si eso fuera todo.

—Disculpen —les digo a los otros y corro fuera del lugar. Tengo que trotar para alcanzar a la tía Pooh. Ella abre la puerta de su carro, pero la sujeto y la cierro antes de que ella pueda subir al vehículo—. ¿A dónde vas?

—Como dije, tengo que ocuparme de un asunto.

«Asunto» ha sido su código para referirse a traficar drogas desde que yo tenía siete años y le preguntaba cómo ganaba dinero suficiente para comprar tenis costosas.

—Eres mi representante —digo—. No puedes irte ahora.

—Bri. Apártate —responde, apretando los dientes.

—¡Se supone que debes permanecer conmigo! Se supone que...

Que tiene que dejar todo lo demás de lado. Pero la verdad es que ella nunca dijo que así lo haría. Yo lo asumí.

—Bri, apártate —repite.

Me hago a un lado.

Instantes después, su Cutlass desaparece por la calle y yo quedo en la oscuridad, sin un representante. Peor, sin mi tía.

Ojos curiosos me esperan en el estudio. Pero no puedo demostrar debilidad. Punto final. Carraspeo.

—Está todo bien.

—De acuerdo —dice Doc—. Debes esforzarte mucho y hacerlo bien. Esta es tu presentación ante el mundo, ¿entiendes lo que digo? ¿Qué quieres que el mundo sepa?

Me encojo de hombros.

Él arrastra su silla con rueditas más cerca de mí, inclina el cuerpo hacia delante y pregunta:

—¿Qué te ha hecho el mundo últimamente?

Ha puesto a mi familia en una situación desastrosa.

Me ha inmovilizado contra el suelo.

Me ha llamado delincuente.

—Me ha hecho mucho, joder —digo.

Doc reclina el cuerpo hacia atrás con una sonrisa.

—Entonces, hazle saber cómo te sientes.

Tomo asiento en una esquina con mi cuaderno y mi bolígrafo. Doc deja el ritmo en repetición. La música emite un pulso en el suelo y hace que rebote levemente debajo de mí.

Cierro los ojos e intento asimilarlo, pero cada vez que lo hago, Long y Tate me sonríen con suficiencia.

Si fuera la tía Pooh, habría pateado sus traseros, lo juro. Habría hecho lo que fuera para que esos cobardes se arrepintieran siquiera por haberme mirado dos veces.

Pero no soy la tía Pooh. Soy la débil e impotente Bri, que no ha tenido más opción que permanecer inmovilizada en el suelo. Pero si fuera la tía Pooh, les diría...

—*Enfréntame y prepárate* —susurro y lo escribo. Prepárate. ¿La buena noticia? Muchas cosas riman con «prepárate». ¿La mala noticia? Muchas cosas riman con «prepárate». Golpeteo el bolígrafo contra la palma de mi mano.

En el otro extremo del garaje, Scrap les muestra a Doc y a sus chicos sus armas. Una tiene un silenciador y los chicos prácticamente babean sobre ella. La tía Pooh dice que Scrap arde más que una caldera...

Momento.

—*Enfréntame y prepárate. Mi equipo arde más que una caldera* —susurro mientras escribo—. *El silenciador hay que equipar, que no nos vayan a escuchar.*

No nos vayan a escuchar.

Nadie nos escucha por aquí. Como la doctora Rhodes. O todos esos políticos que invadieron el vecindario después de los disturbios. Organizaron muchas charlas sobre «detener la violencia con armas», como si hubiera sido nuestra culpa la muerte de aquel chico. No les importó que no fuera nuestra culpa.

—*Lo nuestro no es disparar, pero de asesinato nos quieren culpar* —digo en voz baja.

Scrap apunta su arma hacia la puerta para alardear. Incluso mueve el percutor. Si yo hubiera tenido una ayer, hubiera apuntado y movido el percutor.

—*Esta arma la apunto, la preparo* —escribo. Momento, no, debería haber algo antes de eso. Apunto. Cierto. Correcto.

La verdad es que si hubiera tenido un arma, les habría dado a Tate y a Long otra razón para llamarme delincuente. Pues, ¿saben qué?

—*Crees que soy un criminal, pues lo acepto* —susurro—. *Esta arma la apunto, es cierto. Eso es lo que esperas, perra, ¿correcto? La imagen que pintas, en un cuadro la he puesto.*

Lo tengo.

Media hora después, me pongo de pie delante del micrófono y coloco los auriculares sobre mis oídos.

—¿Lista? —dice Doc a través de los auriculares.

—Lista.

La música empieza. Cierro los ojos de nuevo.

¿Quieren llamarme delincuente?

De acuerdo.

Seré una maldita delincuente.

No puedes apagar mi hora de brillar.

No puedes apagar mi hora de brillar.

No puedes apagar mi hora de brillar.

No puedes detenerme, ni hablar, ni hablar.

No puedes apagar mi hora de brillar.

No puedes apagar mi hora de brillar.

No puedes apagar mi hora de brillar.

No puedes detenerme, ni hablar, ni hablar.

Enfréntame y prepárate.

Mi equipo más que una caldera arde.

El silenciador hay que equipar, que no nos vayan a escuchar.

Lo nuestro no es disparar, pero de asesinato nos quieren culpar.

¿Crees que soy una criminal? Pues lo acepto.

Esta arma la apunto, es cierto.

Eso es lo que esperas, perra, ¿correcto?

La imagen que pintas, en un cuadro la he puesto.

Me acerco, me vigilas, en amenaza me convierto.

Crees que disparo, que hablo mal, que a mi barrio represento.

Los policías pueden apuntar y quebrar la ley porque te asustas, ¿no es cierto?

Pero apuesto a que ni siquiera sientes arrepentimiento.

No puedes apagar mi hora de brillar.

No puedes apagar mi hora de brillar.

No puedes apagar mi hora de brillar.

No puedes detenerme, ni hablar, ni hablar.

No puedes apagar mi hora de brillar.
No puedes apagar mi hora de brillar.
No puedes apagar mi hora de brillar.
No puedes detenerme, ni hablar, ni hablar.

Me lanzaste al suelo, niño, cómo la jodiste.
Me golpeaste, pediste refuerzos, pero suerte tuviste.
Si hubiera hecho lo que quería y hubiese tenido valor,
estarías en el suelo, enterrado sin honor.
Uniformes azules por todo mi barrio caminan,
porque al parecer no somos buenos, estiman.
Nos defendemos, atacando, y después dicen que hay que enviar
tropas con botas para el bien mayor garantizar.
Pero permíteme ser honesta, lo juro,
si un policía me ataca, seré despiadada.
Como mi padre, no le temeré a nada.
Me consolaré en que mi vecindario se encargará
y represalias en mi nombre tomará.

No puedes apagar mi hora de brillar.
No puedes apagar mi hora de brillar.
No puedes apagar mi hora de brillar.
No puedes detenerme, ni hablar, ni hablar.

Soy una reina, no necesito gris para demostrarlo.
Llevo mi corona en alto y tú no vas a quitármelo.
La realeza está en mi sangre, lo juro por mi madre,
porque mi papi aún es el verdadero rey, es la ley.
Hasta los dientes armada, disparo como si nada.
Los cartuchos en mi cadera, cambian mi silueta, de veras.
Porque si piensan que soy una asesina,

bien podría disparar como una enloquecida.
Odio que mi mamá tenga que luchar
para las cuentas y la comida poder pagar,
pero juro que como una burbuja voy a estallar
para que ella no tenga más problemas con que lidiar.

No puedes apagar mi hora de brillar.
No puedes apagar mi hora de brillar.
No puedes apagar mi hora de brillar.
No puedes detenerme, ni hablar, ni hablar.

CAPÍTULO NUEVE

La tía Pooh nunca regresó. Scrap me acompañó a casa caminando.

Le dejé mensajes de voz a mi tía, le escribí, todo. Eso fue ayer y aún no he recibido respuesta. Su novia Lena tampoco ha tenido noticias de ella. Pero la tía Pooh a veces hace estas cosas. Desaparece un poco y luego aparece de la nada comportándose como si todo estuviera bien. Si le preguntas dónde ha estado, dirá «No te preocupes por eso» y cambiará de tema.

Honestamente, es mejor que sea así. Miren, sé que mi tía hace cosas turbias, ¿sí? Pero prefiero verla como mi heroína y no como el villano de alguien más. Aunque no puedo mentir, me molesta que me haya abandonado como lo hizo.

Terminé la canción, Doc la pulió, la colocó en un USB para mí y eso fue todo. Ningún problema. Pero la tía Pooh debería haber estado allí. Se suponía que ella me diría si una línea no sonaba bien o que me alentaría cuando un verso fuera bueno. Se suponía que ella me diría qué hacer con la canción.

No la he publicado en Internet. Uno, no sé qué hacer con ella. ¿Cómo la promociono? No quiero ser esa persona aleatoria en Twitter que ingresa a distintos hilos y publica enlaces de Dat Cloud que nadie ha pedido.

Dos, por muy tonto que suene, tengo miedo. Es como postear desnudos en Internet para mí. Bueno, quizás es una exageración, pero es como exponer una parte mía que luego no puedo ocultar de nuevo.

Ya hay una parte de mí que no puedo ocultar. Alguien en la escuela subió un vídeo de Long y Tate inmovilizándome en el suelo. No los muestra lanzándome al suelo ni deja ver lo que ocurrió antes. Quien sea que lo haya grabado lo llamó: «Atrapan a traficante de drogas en MSOA».

Traficante de drogas. Tres palabras.

Como piensan que traficando drogas trabajo,
a nadie en verdad le importa un carajo.

El vídeo apenas tiene reproducciones. Es un desastre, pero me alegra que nadie lo vea.

Trey asoma la cabeza dentro del baño.

—Rayos, ¿aún no estás lista?

—¡Treeey! —gruño. Solo estoy de pie aquí, colocando gel en las puntas de mi cabello, pero ¿quién quiere que su hermano mayor meta sus narices en el cuarto de baño mientras te preparas?—. ¿Sabes lo que es la privacidad?

—¿Sabes lo que es la puntualidad? —Mira su reloj—. La iglesia comienza en veinte minutos, Bri. Mamá está lista para salir.

Peino los pequeños cabellos sueltos.

—No sé por qué vamos en primer lugar. —Sinceramente, Jesús en persona tendría que hacerme regresar a la misma iglesia que me despidió. En serio, de verdad. Y aún si apareciera, le diría: *Déjame pensarlo.*

—Yo tampoco sé por qué mamá quiere ir —dice Trey—. Pero así es. Así que apresúrate.

Esto no tiene sentido, lo juro. Trey sale de la casa y yo lo sigo no demasiado lejos. Jay ya está en el Jeep.

—Muy bien, chicos —dice ella—. Saben que habrá personas hablando de que perdí mi trabajo. Intenten ignorarlas y no se sobrepasen, ¿de acuerdo?

Clava la mirada en mí a través del espejo retrovisor.

—¿Por qué me miras a mí?

—Ah, sabes por qué. —Pone el carro en reversa—. Tienes la boca de tu papá.

Y la suya. Pero como sea.

Templo de Cristo está solo a cuarenta y cinco minutos de viaje. El aparcamiento está tan lleno que los vehículos se ubican en el lote de grava lindante que le pertenece a la iglesia. Terminamos allí en vez de en el lugar reservado para la secretaria de la iglesia que Jay solía tener. Han quitado el cartel que lo marcaba.

Jay saluda a algunas personas dentro con una sonrisa como si nada hubiera pasado. Incluso abraza al pastor Eldridge. Él abre los brazos hacia mí. Asiento con la cabeza a modo de saludo y continúo avanzando. Trey hace lo mismo. Nuestra mezquindad no discrimina.

Tenemos un banco cerca del fondo que bien podría tener nuestros nombres tallados. Desde allí, vemos un poco de todo. La misa aún no ha comenzado, pero hay personas en todas partes del santuario, hablando en pequeños grupos. También están las «madres» mayores, como las llaman, en la primera fila con sus sombreros grandes puestos.

Algunos de los diáconos están en un lateral, incluso el ministro Turner, con su peinado *Jheri curl*. Mi mirada de desprecio se intensifica con él. Unos meses atrás, se puso de pie ante la congregación y vociferó cómo los padres no necesitan abrazar y besar a sus hijos varones porque eso los hará gays. Los padres de Sonny dijeron que aquel discurso fue «una gran pila de mierda». No han traído a Sonny y a sus hermanas a la iglesia desde entonces. Yo le he dedicado el dedo del medio al ministro Turner desde entonces en cada oportunidad que he tenido.

Como ahora. Pero él no tiene puestas sus gafas, lo cual explica por qué solo me saluda moviendo la mano. Así que le doy el especial de dos dedos medios en alto.

Trey empuja mis manos hacia abajo. Le tiemblan los hombros por reprimir la risa.

La abuela está al frente con su grupo del comité de decoración. Su sombrero es el más grande de todos. Les dice algo a sus amigas y ellas nos miran.

—Más le vale a la gorda no estar hablando de mí —dice Jay—. Con ese desastre sintético en la cabeza. Su peluca parece un animal atropellado.

—¡Mamá! —dice Trey. Resoplo.

El abuelo avanza por el pasillo central. No puede dar un paso sin que alguien diga «¡Buenos días, ministro Jackson!». Este es el único lugar donde no lo llaman «anciano». Su estómago redondo parece a punto de estallar fuera de su chaleco. Su corbata violeta y su pañuelo combinan con el vestido y el sombrero de la abuela. Mis abuelos siempre combinan entre sí. No solo los domingos. Asisten a los partidos de fútbol americano de Markham vestidos con equipos deportivos idénticos para ver a Trey. Él no juega (es el líder de la banda) pero la banda es tan importante como el equipo de fútbol en HBCU. Rayos, es más importante.

—Buenas a todos —nos dice el abuelo.

Esa es su manera de decir buenos días. Inclina el torso sobre el banco y besa la mejilla de Jay.

—Qué alegría que todos hayáis podido venir hoy.

—Por supuesto, señor Jackson —dice Jay—. Nada podría mantenerme lejos de la casa del Señor. ¡Alabado sea!

La miro de reojo. No es que Jay no ame al Señor, pero se vuelve extra cristiana cuando estamos en la iglesia. Como si anoche ella, la tía Gina y la tía 'Chelle no hubieran bailando *twerking* al ritmo de la música bounce en nuestra sala de estar. Menos de veinticuatro horas después, cada pocas palabras que salen de la boca de Jay, varias son «alabado sea» o «aleluya». Dudo incluso que Jesús hable así.

El abuelo se inclina hacia mí y apunta con su mejilla. La beso. Es gorda y tiene hoyuelos como los que tenía mi papá.

—Siempre tengo que recibir la dulzura de mi enana —dice con una sonrisa. Mira a Trey y la sonrisa desaparece—. Muchacho, sabes que necesitas ir a la barbería. Tienes más cabello que un hombre blanco que se ha perdido durante una excursión.

Sonrío con sorna. Típico del abuelo.

—¿De verdad debes empezar con eso esta mañana? —dice Trey.

—Tú eres quien tiene un nido salvaje creciéndole en la cabeza. ¿Os las arregláis, Jayda?

Él lo sabe. No me sorprende. Como el ministro principal, el abuelo lo averigua todo.

—Sí, señor —afirma Jay—. Estaremos bien.

—No he preguntado si estaréis bien, he preguntado cómo estáis *ahora*.

—Me estoy ocupando —dice Trey.

—¿Con ese desastre que llamas trabajo? —pregunta el abuelo.

El abuelo piensa que Trey debería conseguir un «trabajo de verdad». La semana anterior, abordó el tema diciendo cómo «esta nueva generación no quiere esforzarse en el trabajo» y que hacer pizzas «no es trabajo para un hombre». Verán, el abuelo fue empleado de mantenimiento de la ciudad durante cuarenta años. También fue uno de los primeros hombres negros en obtener un empleo allí. En sus palabras, si Trey no regresa a casa sudado y sucio, no está trabajando lo suficiente.

—Dije que me estoy ocupando —repite Trey.

—Señor Jackson, estamos bien —dice Jay—. Gracias por preguntar.

El abuelo extrae su cartera.

—Al menos permitidme daros algo.

—No puedo aceptar...

Él cuenta algunos billetes de veinte y los coloca en la mano de Jay.

—Basta de tonterías. Junior querría que lo hiciera.

Junior es mi papá, y la clave para terminar cualquier discusión con mi mamá.

—No —responde Jay—, si él estuviera aquí, estaría *dándole a usted* dinero.

El abuelo ríe.

—El chico era generoso, ¿verdad? El otro día, estaba mirando este reloj que me compró y pensando en ello. —Toca el objeto de oro que lleva en la muñeca—. Es lo último que me dio y estuve a punto de no aceptarlo. Me habría arrepentido de haber sabido que...

El abuelo hace silencio. La pena no ha abandonado a mis abuelos. Se oculta en las sombras y espera el momento para atacar.

—Conserva el dinero, Jayda —dice el abuelo—. No quiero oír nada más al respecto, ¿me oyes?

La abuela se acerca.

—Solo no lo desperdicies.

Jay pone los ojos en blanco antes de responder.

—Hola a usted también, señora Jackson.

La abuela la mira de arriba abajo y frunce los labios.

—Mmm-hmm.

Seré la primera en decir que mi abuela es una estirada. Lo siento, pero lo es. La razón principal por la que Jay no le agrada es porque ella viene de Maple Grove. Ha llamado a Jay «esa rata de las viviendas subsidiadas» muchas veces. Aunque Jay también la ha llamado «esa vieja gorda pretenciosa» la misma cantidad de veces.

—Espero que uses el dinero para mis nietitos y no para algún desastre en el que probablemente estés metida —dice la abuela.

—¿Disculpe? —dice Jay—. ¿De qué desastre habla?

—Louise, ya basta —responde el abuelo.

La abuela chasquea la lengua y me mira.

—Brianna, cielo, ¿no quieres sentarte con nosotros?

Es la misma pregunta cada domingo. Afortunadamente, tengo un sistema para esto. Algunos domingos, tomo asiento con mis abuelos. De ese modo, la abuela no se decepciona porque he elegido a Jay en vez de a ella, y Jay no se decepciona porque haya preferido a mis abuelos por encima de ella. Básicamente, es una custodia compartida: edición banco de iglesia.

Es complicado, pero es mi vida. Así que, dado que estuve con Jay el domingo pasado, este domingo les toca a mis abuelos.

—Sí, señora.

—Esa es mi niña —comenta la abuela de forma engreída. Es claro que no ha descubierto mi plan—. ¿Qué hay de ti, Lawrence?

Se refiere a Trey. Él es Lawrence Marshall Jackson III. La abuela rara vez usa su apodo.

Trey rodea con un brazo a nuestra madre.

—Estoy bien.

Esa es su respuesta cada semana.

La abuela frunce los labios.

—De acuerdo. Vamos, Brianna.

Jay aprieta suavemente mi mano cuando paso a su lado.

—Nos vemos luego, cariño.

Ella sabe que reparto mis domingos entre ellos. Me ha dicho que no era necesario que lo hiciera. Pero haré cualquier cosa para mantener la paz.

Sigo a la abuela hacia el frente del santuario. Ella y el abuelo tienen un lugar propio en la segunda fila. Verán, la primera fila es para aquellos que quieren alardear. La segunda es para quienes desean alardear, pero quieren comportarse como si fueran más sutiles al respecto.

La abuela entrecierra los ojos mientras me mira de arriba abajo.

—Luces cansada. Tienes bolsas en los ojos y todo. Esa mujer ha estado permitiendo que te acuestes a cualquier hora, ¿cierto?

Primero que nada, vaya, qué comentario. Segundo:

—Me acuesto a un horario decente. —A veces. Eso no es culpa de Jay. Es culpa de la PlayStation.

—¡Ja! Seguro que sí. También luces delgaducha.

No delgada, sino *delgaducha*, algo que no soy. Ese es el modo provinciano de decirlo. Por mucho que la abuela quiera fingir, según el abuelo ella está «a un metro del rancho y a una pulgada de la ignorancia».

—Como bien, abuela —respondo.

—Mmm-hmm. No me parece. Probablemente ella no cocina, ¿verdad? Las madres jóvenes viven de comida rápida. Seguro les da hamburguesas todas las noches. ¡Qué desastre!

Ni siquiera digo algo, pero estalla.

La abuela ataca mi cabello.

—¿Y por qué siempre peina tu cabello con esas trenzas? ¡Tienes buen cabello! No es necesario que sea este desastre.

¿Qué diablos es «buen» cabello? Demonios, ¿qué es «mal» cabello?

—Dios, esa mujer no sabe cómo cuidarte —prosigue—. Sabes que puedes regresar a casa, ¿verdad?

En su opinión, la casa de ella y del abuelo siempre será mi «casa». En serio, actúa como si solo estuviera visitando a Jay. No puedo mentir, yo también solía querer regresar con ellos. Cuando tu mamá solo es tu mamá durante los fines de semana y las fechas especiales, está a solo un paso de convertirse en una desconocida. Vivir con ella era algo completamente nuevo.

Pero ahora, sé cuánto se esforzó por recuperarnos en primer lugar y cuánto le dolería si nos marcháramos. Por ese motivo, le digo a la abuela:

—Lo sé. Pero quiero quedarme con mi mamá.

—¡Ja! —responde la abuela, como si dudara de que mis palabras fueran ciertas.

La hermana Daniels camina hacia nosotras. Es otro miembro del grupo «salvados y pretenciosos». Quiere actuar como si cada noche no durmiera en las viviendas subsidiadas de Maple Grove. La abuela la abraza y sonríe ampliamente, sabiendo que habla mal de la hermana Daniels cada vez que tiene la oportunidad. De hecho, la abuela comenzó el rumor de que la mujer tiene cucarachas. Por ese motivo el comité de comida ya nunca le pide a la hermana Daniels que cocine para los eventos y ahora le encargan eso a la abuela.

—Chica, ¡luces elegante hoy! —afirma la hermana Daniels.

Prácticamente veo cómo se le suben los humos a la cabeza a la abuela. Pero hay que tener cuidado con los halagos de la iglesia. Es probable que la persona piense exactamente lo opuesto de lo que dice, y que solo diga algo amable en caso de que Jesús esté escuchando.

—Gracias, chica —dice la abuela—. Mi sobrina lo ha comprado en una de las tiendas de descuento que le agrada.

—Ya veo.

Ah, eso ha sido un comentario ponzoñoso. A juzgar por la mirada fulminante y breve que atraviesa el rostro de la abuela, ella también lo ha notado.

Endereza su falda.

—¿Qué haces aquí, chica? —Que en el lenguaje de la iglesia significa «será mejor que salgas de mi vista».

—Oh, quería saber cómo estaba Brianna —responde la hermana Daniels—. Curtis me ha contado lo que sucedió en la escuela. ¿Estás bien, cielo?

Miro por el pasillo. Curtis me saluda con la mano con una sonrisa enorme.

Curtis es el único nieto de la hermana Daniels. Como su madre está en prisión, él vive con su abuela y siempre está parloteando con ella. Como en quinto curso, cuando él dijo algo que me molestó y yo le di un golpe en la boca. Él fue corriendo a contarle a su abuela. Su abuela le contó a la mía y me castigaron. Soplón.

La abuela voltea hacia mí.

—¿Qué ocurrió en la escuela, Brianna?

No quería decírselo. Llevará a millones de preguntas con las que no quiero lidiar.

—Nada, abuela.

—Oh, sí que fue serio —dice la hermana Daniels—. Curtis ha dicho que el guardia de seguridad la lanzó al suelo.

La abuela da un grito ahogado. La hermana Daniels vive por reacciones como esa.

—¿Te han lanzado al suelo? ¿Por qué rayos harían eso?

—Creían que ella tenía drogas —responde la hermana Daniels antes de que yo pueda decir una palaba.

Otro grito ahogado. Cierro los ojos y a esta altura sujeto mi frente.

—Brianna, ¿qué hacías con drogas? —dice la abuela.

—No tenía drogas, abuela —balbuceo.

—Claro que no —dice la hermana Daniels—. Ha estado vendiendo dulces. Curtis afirma que a los guardias les encanta armar problemas. Ha sido culpa de ellos, pero de todos modos suspendieron a Brianna.

Bueno, no hace falta que cuente mi propia historia. Solo dejaré que la hermana Daniels se encargue. De hecho, ¿por qué no permitir que ella escriba mi autobiografía ya que sabe tanto, maldición?

—Te suspendieron tres días, ¿cierto, cielo? —pregunta.

—¿Tres días? —chilla la abuela.

El dramatismo. Apoyo el mentón sobre mi mano.

—Sí.

—De todos modos, ¿por qué estabas vendiendo dulces? —pregunta la abuela.

—Probablemente para ayudar a su mamá —dice la experta en Bri. ¡Sorpresa! Aparentemente, no soy yo.

—Dios, sabía que no lucías bien —dice la abuela—. No te comportabas así cuando vivías con nosotros.

—Carol y yo estábamos hablando... —La hermana Daniels baja la voz—. Y toda la situación es extraña, ¿no crees? El pastor pagaría un salario con su propio bolsillo antes de permitir que alguien no cobre. No despide empleados fácilmente. A menos que...

Alza las cejas como si hubiera un mensaje oculto en ellas.

—¡Ja! —dice la abuela.

—Mm-hmm.

Em, ¿qué?

—¿A menos que qué? —pregunto.

—No me sorprendería —dice la abuela mientras ambas miran a Jay—. Sabes lo que dicen, ellos nunca están realmente limpios una vez que se han metido en aquel desastre.

Momento, ¿qué?

—Ni que lo digas —dice la hermana Daniels—. Será mejor que mantengas los ojos y los oídos abiertos, Louise. Por el bien de tu nietita.

Estoy sentada aquí.

—Mi mamá no se droga.

La hermana Daniels apoya la mano sobre su cadera.

—¿Estás segura?

El «sí» está en la punta de mi lengua, pero permanece allí un segundo.

Es decir... No creo que esté consumiendo drogas.

Primero, ocho años sin dudas es mucho tiempo limpia. Segundo, Jay no volvería a todo eso. Sabe cuánto nos destrozó. No haría que Trey y yo pasáramos por lo mismo de nuevo.

Pero.

Nos hizo pasar por ello en primer lugar.

El coro llena las gradas y la banda comienza a tocar una canción enérgica. Las personas aplauden en el santuario.

La hermana Daniels le da una palmadita a la abuela en la rodilla.

—Ten cuidado, Louise. Eso es todo lo que digo.

Cuatro horas después, la iglesia termina.

El espíritu ha olvidado el concepto de tiempo: es decir, el espíritu se ha apoderado con fervor del pastor Eldridge. Él ha quedado exhausto hasta generar una alabanza. La abuela ha partido corriendo, como siempre, y su peluca ha salido volando, como siempre. El abuelo la ha recogido y la ha colocado bajo su brazo y parecía que su axila tenía cabello largo.

Después de la misa, todos se dirigen al sótano de la iglesia para la «comunión». No puedo evitar sentir un poco de escalofríos cada vez que bajo allí. Es como si el lugar estuviera maldito. Hay retratos de todos los pastores viejos y muertos en los muros. Ninguno sonríe, solo nos juzgan por no dar suficiente limosna. No ayuda que el lugar esté decorado como una casa fúnebre. Estoy convencida de que un día Jesús saltará de un rincón y me dará un susto de muerte.

Pregunta: si Jesús te asusta, ¿recurres a Jesús? ¿Siquiera exclamas «Dios mío»?

Dudas a meditar.

Como sea, la comunión en Templo de Cristo realmente significa la hora del refrigerio y la hora del refrigerio realmente significa pollo frito u horneado, ensalada de patatas, judías verdes, pastel de chocolate y refrescos. No creo que los asistentes de la iglesia sepan realmente el significado de «refrigerio».

La abuela y algunas de sus amigas sirven la comida, incluso la hermana Daniels. Usan guantes plásticos y redes plásticas en el cabello que parecen un poco delgadas para mi gusto fóbico a los gérmenes. El abuelo y algunos clérigos conversan en una esquina. El abuelo bebe sorbos de refresco bajo en calorías. Si bebe algo que no sea dietético, la abuela le dará un escarmiento por no cuidar su ingesta de azúcar. Trey está arrinconado por otros clérigos no demasiado lejos. Parece que preferiría ser invisible. Jay habla con el pastor Eldridge y ríe y sonríe como si nada estuviera mal.

Aún estoy en la fila para conseguir comida. Hay una regla tácita que dice que cuando tus abuelos sirven, debes ir al final de la fila. No me quejo. La abuela está a cargo del pollo y ella reservará un trozo grande para mí. También le dirá a la hermana Grant que me dé la porción del borde del pastel de durazno. El pastel de durazno es el amor de mi vida, y la porción del borde es la perfección.

Alguien se ubica detrás de mí. Su respiración roza mi oreja cuando dice:

—No te has metido en problemas con tu abuela, ¿verdad, princesa?

Sin vacilar, deslizo mi codo hacia atrás, directo en su estómago. El «¡Ay!» me hace sonreír.

Curtis me ha llamado *princesa* desde que teníamos siete años. Decía que era porque a mi papá lo llamaban «rey del Garden». Siempre me ha fastidiado. No tanto porque me llame «princesa» (lo juro, sería una princesa ruda y genial), sino por el modo en que lo dice. *Princesa*, como si fuera una broma interna que solo él entiende.

Espero que «entienda» mi codazo.

—Rayos —dice él. Volteo y está plegado en dos—. Violenta.

—Soplón —respondo apretando los dientes—. Tenías que ir y contarle a tu abuela lo que pasó, ¿eh? *Sabías* que ella me delataría.

—Oye, solo le he contado lo que ocurrió en la escuela como debe hacer un buen nieto. No es mi culpa que le cuente a todo el mundo que te inmovilizaron contra el suelo.

—Guau. ¿Crees que lo que me hicieron fue gracioso?

La sonrisa burlona desaparece.

—No. De verdad, no.

—Sí, claro.

—En serio, Bri. No pienso eso. Es horrible. Estoy harto de que ellos asuman cosas sobre nosotros.

Lo entiendo perfectamente. Hay más personas con una idea de quién creen que soy que personas que en verdad sepan quién soy.

—Lo juro por Dios, hermano —dice Curtis—, esos guardias un día recibirán su merecido. Lo juro por Dios.

Esta vez creo que no está recurriendo a Dios.

—No hagas nada estúpido, Curtis.

—Miren nada más. ¿La princesa está preocupada *por mí*?

—¡Ja! Diablos, no. Pero ¿piensas que ellos son malos ahora? Espera a que ocurra algo. Tendremos suerte si nos permiten atravesar las puertas de nuevo.

Seamos sinceros: somos adolescentes negros de uno de los peores vecindarios de la ciudad. Lo único que hace falta es que uno de nosotros haga algo mal para que de pronto todos hayamos hecho algo mal. Es probable que yo ya haya empeorado las cosas.

—Tienes razón —admite Curtis—. Preguntaría cómo estás después de todo lo que pasó, pero sería una pregunta estúpida. Los rumores en la escuela probablemente no ayudan, ¿eh?

—¿Qué rumores?

—Que vendes drogas y que por eso Long y Tate te atacaron.

Entonces, aquella persona que publicó el vídeo no es la única que lo piensa.

—¿Qué diablos? ¿Cómo han llegado a esa conclusión?

—Sabes cómo es. Por algún motivo, pasaron de pensar que entregabas a escondidas dulces en los pasillos a que distribuías marihuana a escondidas por los pasillos.

—Guaaaau.

—Oye, ignora todas esas tonterías —dice Curtis—. Solo recuerda que no hiciste nada malo.

Ahora sí que *me* hace reír.

—Vaya. Te comportas como si realmente te preocuparas por mí.

Él muerde su labio y me mira durante un instante largo e incómodo, de un modo en el que no me ha mirado antes. Finalmente, dice:

—Me importas, Bri.

¿Qué?

Curtis extiende un brazo detrás de mí y roza su brazo contra el mío mientras toma un plato descartable de la mesa. Clava sus ojos en los míos.

—Brianna, cielo —dice la hermana Daniels. Es mi turno en la fila—. ¿Qué quieres? ¿Ensalada verde o de patatas?

Mis ojos aún están puestos en los de Curtis.

Él endereza la espalda con una sonrisa traviesa.

—¿Vas a quedarte mirando o vas a comer algo?

CAPÍTULO DIEZ

—¿Crees que Curtis es lindo?

Sonny me mira como si me hubiera crecido otra cabeza.

—¿Qué Curtis?

—Ese Curtis —digo, señalando hacia delante.

Es miércoles, mi primer día de regreso después de la suspensión. Curtis está en una de las hileras delanteras del autobús. Un arete de «diamante» resplandece en una de sus orejas y su gorra combina con sus tenis. Alardea sobre su puntaje en un videojuego de básquetbol con Zane, el del arete en la nariz. Habla fuerte como siempre y «jura por Dios, hermano» que vencerá a Zane en el juego, como siempre.

Sonny entrecierra los ojos. Inclina la cabeza a un lado y luego al otro.

—¿Supongo? No es el bombón de Michael B. Jordan.

Dios. Desde *Pantera Negra*, Sonny ha jurado que Michael B. Jordan es el estándar de belleza. Pero entiendo por qué lo dice. Cuando el actor se quitó la camiseta en la película, Sonny y yo nos miramos y dijimos «¡Cielos!». Durante toda esa escena, Sonny sujetó mi mano diciendo: «Bri... ¡Bri!».

Fue un momento especial.

—Nadie es Michael B. Jordan, Sonny —le recuerdo.

—Tienes razón. Él es único en su clase. Pero ¿supongo que Curtis es lindo del mismo modo en que los roedores son extrañamente adorables? Ya sabes, como cuando ves un ratón bebé y dices «¡qué tierno!». Hasta que el maldito saquea tu armario y come todo el dulce de Halloween que ocultaste de tus hermanitas.

—Eso es extrañamente específico.

—Em, *tú me preguntaste* si Curtis era lindo. La única extrañeza aquí eres tú, Bri.

Touché. Esa pregunta ha estado molestándome desde el domingo. Es decir, ¿tal vez es un poco lindo? Es bajo y algo robusto, lo que me agrada, no puedo mentir, y tiene labios muy carnosos que muerde mucho, en especial cuando sonríe. Sus ojos son más suaves de lo que uno esperaría, como si a pesar de decir mucha mierda, fuera en verdad un oso de felpa. No es un chico bonito, pero de todos modos no soporto a los chicos bonitos. Suelen comportarse como si supieran que lo son. Él posee la cantidad de lindura justa para ser considerado atractivo.

Pero es Curtis.

Curtis.

Sonny mira su teléfono y lo guarda de nuevo en el bolsillo de su chaqueta. Subió solo al autobús esta mañana. Malik quería trabajar con su documental en el laboratorio antes de la escuela.

—¿Qué te ha hecho pensar en el atractivo de Curtis o en la falta de él? —pregunta Sonny—. ¿Estar encerrada te ha vuelto *tan* desesperada?

Lo empujo tan fuerte que se balancea y cae riendo durante todo el trayecto. Sonny endereza la espalda.

—Vio-len-ta. En serio, ¿de dónde ha surgido?

—Hablamos en la iglesia sobre mi suspensión y él fue, de hecho, decente.

—Rayos, Bri. ¿Te habló como si fueras un ser humano y de pronto lo deseas? ¿Qué clase de mierda heterosexual es esa?

Frunzo los labios.

—No quise decir eso, Sonny. Solo digo que... la conversación hizo que lo viera de otro modo, eso es todo.

—Como he dicho, ¿tus estándares son *tan* bajos que de pronto te enamoras de él?

—No estoy enamorada de él, muchas gracias.

—Ves a ese troll como más que un troll. Eso ya es bastante malo —responde Sonny—. *Guau, chile. Wel gueto.*

Pongo los ojos en blanco. Sonny solo mira *Real Housewives of Atlanta* para copiar las frases de NeNe, al igual que mira *Empire* para citar a Cookie y vive esperando momentos en los que pueda usar las citas.

—Como sea, no me has contado cómo te fue en el estudio —dice él—. ¿Grabaste una canción?

—Sip.

Sonny alza las cejas.

—¿Puedo oírla o no?

—Emm...

Conlleva todo mi esfuerzo no responder «¡No!». Me convertí en una persona completamente nueva cuando me puse de pie ante aquel micrófono: ocurre cada vez que rapeo. Pero cuando Sonny escuche *Hora de brillar,* no escuchará a Bri, la rapera. Escuchará a Bri, su mejor amiga.

Debería estar acostumbrada a esto, dado que permito que él y Malik escuchen las rimas que escribo, pero siempre me asusta mostrarle a alguien que me conoce aquel otro lado de mí. ¿Y si no les agrada?

—¿Por favor, Bri? —dice Sonny, juntando las manos—. ¿Por favooooor?

¿Saben qué? De acuerdo. De otro modo me molestará todo el día.

—Está bien.

Por algún motivo, me tiemblan las manos, pero logro encontrar *Hora de brillar* en mi teléfono. Toco *Reproducir* y deseo poder saltar del autobús.

No sé cómo lo hacen los raperos. Cuando estaba con el micrófono, solo éramos el micrófono y yo. No me importaba lo que Sonny o en verdad cualquiera pudiera pensar. Solo dije lo que Bri, la rapera quería decir.

Mierda. ¿Por qué hice eso?

Pero ¿la buena noticia? Sonny mueve la cabeza al ritmo de la música con una sonrisa amplia.

—¡Briiii! —Sacude mi hombro—. ¡Esto es geniaaaal!

—Sí que lo es —añade Deon detrás de nosotros. También mueve la cabeza—. ¿Eres tú, Bri?

Mi corazón está a punto de salir de mi pecho.

—Sí.

Él emite un silbido en cámara lenta.

—Es un fuego.

—¡Sube el volumen! —dice Sonny. El chico toma mi teléfono, sube el volumen lo bastante alto para que todos, sí, *todos* los presentes en el autobús escuchen.

Las conversaciones se detienen, las cabezas giran y se mueven la cabeza al ritmo de la música.

—Ey, ¿de quién es la canción? —pregunta Zane.

—¡De Bri! —dice Deon.

—Vaya, ¿cómo se llama? —pregunta Aja, de primer año.

Estoy sudando. De verdad.

—*Hora de brillar.*

—No puedes apagar mi hora de brillar. —Sonny baila lo mejor posible en su asiento—. No puedes detenerme, ni hablar, ni hablar.

Hay algo en oírlo de su boca que hace que suene diferente, como una canción de verdad y no una mierda que hice.

Me lanzaste al suelo, niño, cómo la jodiste.

Me golpeaste, pediste refuerzos, pero suerte tuviste.

Si hubiera hecho lo que quería y hubiese tenido valor,

estarías en el suelo, enterrado en tu tumba.

—Mieeerda —dice Curtis, con el puño en la boca—. Princesa, ¿atacaste a Long y a Tate?

—Claro que sí. Tenía que hacérselos saber.

Podría pensarse que todos acaban de descubrir que ganaron mil dólares, a juzgar por su reacción. Deon se recuesta sobre su asiento, actuando como si acabara de matarlo.

—Lo. Has. Hecho. —dice Sonny—. ¡Dios mío, lo has hecho!

Sonrío sin parar. Hacen que reproduzca la canción dos veces y estoy segura de que estoy flotando.

Hasta que el autobús se detiene frente a Midtown.

Todos los demás bajan del autobús sin vacilar. El receso de Navidad comienza mañana, así que supongo que están listos para terminar de una vez con el día. Permanezco en el asiento y miro el edificio. Me hubiera gustado que la última vez que iba a estar aquí hubiera sido la última vez que iba a estar aquí, pero Jay me ha dicho esta mañana que «entre con la cabeza bien en alto».

Pero no me ha dicho cómo hacerlo.

—¿Estás bien? —pregunta Sonny.

Me encojo de hombros.

—No te preocupes por esos dos —añade—. Como dije, no han estado aquí en toda la semana.

Long y Tate. Sonny y Malik me escribieron un mensaje el lunes para hacerme saber que los guardias estaban desaparecidos en acción. Pero no estoy realmente preocupada por ellos. Es imposible que regresen. Lo que me molesta son los susurros, las miradas y los rumores.

—Tienes mi apoyo —dice Sonny. Extiende el brazo hacia mí—. ¿Vamos, miladi?

—Vamos —respondo, sonriendo.

Enlazo mi brazo con el de Sonny y bajamos juntos del autobús.

La mitad de la escuela está afuera en la entrada, como es habitual. Las miradas y los susurros comienzan en cuanto bajamos del autobús. Una persona llama a otra con el codo y otra me mira y pronto ambas me miran hasta que todos lo hacen.

No me refería a eso cuando dije que quería ser visible.

—Entonces —comienza a decir Sonny—, hay un chico con el que he estado hablando...

Volteo la cabeza hacia él a toda velocidad.

—Nombre completo, fecha de nacimiento y número de seguro social.

—Maldición, Bri. ¿Puedo terminar?

—No. —Si su plan era distraerme del hecho de que todos hablan de mí en la escuela, lo ha logrado—. ¿Dónde se conocieron? —pregunto.

—No nos conocemos. Solo hablamos en línea.

—¿Cómo se llama?

—Solo sé su usuario.

—¿Cuántos años tiene?

—Dieciséis, como yo.

—¿Cómo luce?

—No he visto fotografías de él.

Alzo las cejas.

—¿Estás seguro de que es un chico?

—Afirmativo. Hemos hablado durante semanas...

De verdad, llevo una mano al pecho.

—Jackson Emmanuel Taylor, ¿hay un chico con el que has estado hablando durante *semanas* y yo *recién* me entero?

Pone los ojos en blanco antes de responder.

—Eres tan jodidamente dramática. Y chusma. Y no puedes guardar secretos. Así que sí, *recién* te enteras.

Golpeo su brazo. Él sonríe.

—Yo también te quiero. El problema es que solo sé el usuario de este chico, *Rapid_One*, y... ¿qué estás haciendo?

Paso la pantalla de mi teléfono.

—Lo stalkeo en Internet. Continúa.

—Rara. Como sea, me envió un mensaje hace unas semanas. Le agrada la fotografía y me envió una imagen de mi puño arcoíris en el Parque Oak.

Sonny hace grafitis por el Garden y los publica en Instagram bajo el seudónimo *Sonn_Shine*. Malik y yo somos los únicos que sabemos que es él.

—¡Oh! Vive aquí. ¿Cuál es su dirección?

—Estoy seguro de que la descubrirás, Olivia Nope.

Sonny y yo estábamos obsesionados con *Scandal*. Kerry Washington es inspiradora.

—Sabes, de hecho me halaga ese comentario.

—Por supuesto que sí. Bueno, ha dicho que conectó con el grafiti y me confesó que era gay. Hemos estado intercambiando mensajes privados todos los días desde entonces.

Dibuja una sonrisa tímida poco propia de Sonny mientras subimos los escalones.

—Dios mío, ¡te gusta! —digo.

—Obvio. Creo que yo también le gusto, pero técnicamente no nos *conocemos*, Bri. Ni siquiera hemos intercambiado fotos. ¿Quién hace esas cosas?

—Dos personas que nacieron en la generación de las redes sociales que, a pesar de ser etiquetada como superficial y vanidosa, es una generación que en realidad es muy vergonzosa y que preferiría esconderse detrás de un avatar en vez de revelar su identidad.

Sonny solo me mira. Encojo los hombros.

—Lo he visto en Instagram —digo. Sonny inclina la cabeza.

—No estoy seguro de si acabas de decirme que eres gay o no. Como sea, hace poco leí un libro sobre dos chicos que se enamoran a través de e-mails. Leerlo hizo que pensara: *Joder. Quizás esto podría funcionar para nosotros también.*

—¿Pero? —pregunto. Es obvio que hay un pero.

—No puedo distraerme. Tengo mucho en juego.

—Si te refieres a los exámenes para la universidad y eso...

—Me refiero a la *vida* en la universidad, Bri. Mis calificaciones en los ACT y SAT harán que ingrese a una buena escuela de arte, me ayudarán a obtener becas. Me sacarán del Garden. Ya sé que no hay nada garantizado, pero al menos durante cuatro años, quizás podré vivir en otro lugar que no sea ese vecindario con toda su mierda. Un lugar donde no tenga que preocuparme por colores, por esquivar balas. Por la homofobia.

Lo entiendo... y a su vez no. He visto atisbos de las cosas con las que Sonny y la tía Pooh lidian en el vecindario, pero nunca lo *sabré* de verdad porque no lo vivo.

—Además, tengo que ser un ejemplo para mis hermanitas —añade Sonny—. Ellas tienen que ver que tengo éxito porque si no, no creerán que ellas pueden tenerlo.

—Las personas van a la universidad y tienen pareja, Sonny.

—Sí, pero no puedo correr el riesgo, Bri. Por suerte, Rapid lo entiende. Nos tomamos nuestro tiempo, o como sea. Supongo que no se los he contado a ti y a Malik porque ha sido agradable no tener que explicar nada y solo... existir, ¿sabes?

Lo que significa que él no siente que pueda «solo existir» conmigo y con Malik. Pero creo que lo entiendo. En cierto modo es parecido a mi costado rapero. No quiero tener que explicar una mierda. Solo quiero ser.

Beso su mejilla.

—Bueno, me alegra que lo tengas a él.

Sonny me mira de reojo.

—No te pondrás sentimental conmigo, ¿cierto?

—Nunca.

—¿Segura? Porque eso ha parecido extra sentimental.

—No ha sido sentimental.

—De hecho, creo que sí —dice.

—¿Esto es sentimental? —Hago un gesto obsceno con el dedo medio.

—Ah. Esa es mi Bri.

Troll.

Nos ponemos en fila para pasar por seguridad. Hay una mujer y un hombre que nunca he visto antes, dirigiendo personas a través de los detectores de metal, una a la vez.

De pronto, siento náuseas.

No tenía nada sospechoso aquel día. No tengo nada sospechoso hoy. Ni siquiera dulces. Ya no venderé esa mierda porque hace que las personas piensen que soy traficante de drogas.

Sin embargo, tiemblo como si realmente fuera traficante de drogas. Es como cuando voy a una tienda en el vecindario Midtown y los empleados me observan con mayor atención o me siguen. Sé que no estoy robando, pero me asusta que piensen que lo estoy haciendo.

No quiero que estos guardias nuevos también asuman cosas. En especial cuando veo el mismo lugar en el que Long y Tate me inmovilizaron en el suelo. No hay sangre allí ni nada, pero es una de esas cosas que nunca olvidaré. Podría apoyar mi rostro en el mismo lugar exacto sin pensarlo.

Es más difícil respirar.

Sonny toca mi espalda.

—Estás bien.

La mujer me indica que avance a través del detector de metales. No suena y soy libre de continuar mi camino. Lo mismo le ocurre a Sonny.

—Tu primera clase es Poesía, ¿cierto? —pregunta, como si no acabara de estar a punto de tener un ataque de pánico. Trago con dificultad.

—Sí. ¿Tú tienes Historia?

—No. Introducción al cálculo. Como si necesitara saber esa mierda para...

—¡Liberad a Long y a Tate!

Ambos volteamos. Un chico blanco con cabello rojo alza el puño mientras nos mira. Sus amigos ríen.

Siempre hay un chico blanco que dice mierdas estúpidas para hacer reír a sus amigos. En general se encuentran en Twitter, trolleando. Nosotros acabamos de ver a uno fuera de su hábitat natural.

—¿Por qué mejor no liberas estas bolas para ti y tus familiares nazis? —pregunta Sonny, sujetando su propio bulto. Tomo su brazo.

—Ignóralos.

Lo arrastro por el pasillo hacia los casilleros. Malik guarda sus libros dentro de su casillero ya lleno. Milagrosamente, siempre logra que todo encaje. Él y Sonny hacen un saludo con las palmas y terminan con el saludo de Wakanda.

—¿Están bien? —pregunta Malik, pero me mira a mí cuando lo dice.

—Estamos bien —respondo.

—Más que bien —dice Sonny—. Bri ha permitido que todo el autobús oyera su canción. Es. Jodidamente. Genial.

—No está mal —añado.

—¿*No está mal*? Te quedas corta —insiste Sonny—. Es mucho mejor que esa basura de «Swagerífico» de Milez.

—Eso no es mucho decir —respondo sonriendo con burla.

Malik me mira con ojos brillantes.

—No me sorprende.

Su sonrisa... Dios santo, sí que afecta mi cerebro.

Pero es Malik.

Es Malik.

Maldición, es Malik.

—Gracias.

—¿Cuándo puedo escucharla? —pregunta él.

¿Cerca de todas esas personas que ya están mirándome? Sin duda ahora no.

—Más tarde.

Él inclina la cabeza a un lado, alzando las cejas.

—¿Qué tan tarde?

Yo también inclino la cabeza a un lado.

—Más tarde cuando tenga ganas.

—No es lo bastante específico. ¿Qué tal más tarde a la hora del almuerzo?

—¿En el almuerzo? —repito.

—Sí. ¿Quieres ir a Sal's?

Creo que tengo unos dólares para ir a comer pizza.

—Claro. ¿Nos vemos allí a las doce?

—No cuenten conmigo —dice Sonny—. Tengo clase de preparación para los SAT.

—Sí —dice Malik, como si ya lo supiera—. Pensé que podríamos pasar el rato juntos, Bri.

Momento. Acaso...

¿Me está invitando a salir?

¿En una cita?

—Em, sí. —No sé cómo logro formar una palabra—. Claro.

—Bien, genial. —Malik sonríe sin mostrar los dientes—. ¿Nos vemos aquí a las doce?

—Sí. A las doce.

—Nos vemos, entonces.

Suena la campana. Sonny nos saluda y parte hacia el ala de artes visuales. Malik y yo nos abrazamos y cada uno va por su camino. A mitad del pasillo, él voltea.

—Ah, y para que quede claro, Breezy —exclama mientras camina de espaldas—. No tengo dudas de que esa canción es genial.

CAPÍTULO ONCE

Tengo la cabeza en cualquier parte excepto donde necesito que esté.

Malik me ha invitado a salir.

Creo.

Bueno, una confesión: según el abuelo, yo «saco conclusiones más rápido de lo que tarda un piojo en saltar entre las cabezas de los niños blancos». Eso es algo que solo mi abuelo diría, pero tal vez tenga razón. La primera vez que lo dijo yo tenía nueve años y él acababa de decirnos a Trey y a mí que tenía diabetes. Rompí en llanto y grité: «¡Cortarán tus piernas y morirás!».

Era una niña dramática. Además, acababa de ver *Alimentando el alma* por primera vez. RIP Big Mama.

Como sea, podría estar sacando conclusiones precipitadamente, pero sentí que Malik estaba invitándome a salir sin invitarme a salir, ¿saben? Algo casual como diciendo: «Ey, somos amigos, es normal que los amigos almuercen juntos, pero me alegra que seamos solo nosotros dos».

Creo que eso existe. O lo estoy inventando. Diré que existe. De ese modo puedo ignorar la manera en que los demás me miran en el pasillo.

Hay lástima. Hay sorpresa, como si supuestamente tuviera que estar en la cárcel o algo así. Algunos parecen querer hablar conmigo, pero no saben qué decir así que, en cambio, me miran. Una o dos personas susurran. Un idiota tose para cubrir el «traficante» que dice mientras paso a su lado.

No camino con la cabeza en alto como mi mamá dijo. De hecho, desearía ser invisible de nuevo.

Cuando llego a la clase de Poesía, mis compañeros de pronto hacen silencio. Apuesto cinco dólares a que hablaban sobre mí.

La señora Murray me mira por encima de un libro desde su escritorio. Lo cierra y lo apoya con una sonrisa que tiene tanta lástima que es prácticamente un ceño fruncido.

—Hola, Bri. Me alegra que hayas regresado.

—Gracias.

Incluso ella parece no saber qué decir a continuación y ahora sé que esto es un desastre: la señora Murray siempre sabe qué decir.

Cada ojo en la sala me sigue hasta mi escritorio.

Ya estoy harta.

Al mediodía, voy directo a mi casillero.

Uso mi teléfono para ver cómo luce mi cabello. El lunes estuve sentada entre las piernas de Jay durante horas mientras trenzaba mi cabello en muchas trenzas espiga que terminan en dos trenzas cosidas. ¿Son bonitas? Sí. ¿Es un proceso? Por desgracia. Están tan ajustadas que siento mis pensamientos.

Malik es bastante alto y lo veo pasar entre las personas mientras avanza por el pasillo. Se ríe y habla con alguien. ¿Sonny, tal vez?

Pero Sonny no es una chica de piel oscura, baja, con un moño.

—Lamento llegar tarde —dice Malik—. Tenía que buscar a Shana.

Shana del autobús se pone su abrigo. Malik la ayuda en una parte.

—Dios mío, estoy tan contenta por esto; no he ido a Sal's en s-i-g-l-o-s.

Creo saber cómo se siente un globo cuando se desinfla.

—Em… No sabía que Shana vendría.

—Guau. ¿En serio, Malik? —Shana golpea el brazo del chico—. Tú y tu trasero olvidadizo.

Ella lo ha golpeado. Yo suelo golpearlo.

Él sujeta su propio brazo y ríe.

—Rayos, mujer. Lo he olvidado, ¿sí? ¿Estás lista, Bri?

¿Qué diablos ocurre?

—Sí. Claro.

Camino delante de ellos. Sabía que ambos se llevaban bien (las bailarinas tienen ensayo después de la escuela y Malik ha estado quedándose hasta tarde para trabajar en su documental, así que él y Shana han terminado tomando juntos, a veces, el autobús de regreso al Garden), pero no sabía que se llevaban *tan* bien.

Ríen y hablan a mis espaldas mientras avanzamos por la acera. Sujeto las tiras de mi mochila. Sal's solo está a pocas calles. En general, cuando vamos a un lugar en el vecindario Midtown tenemos que cumplir las reglas. Son implícitas, pero claras:

1. Si entras a una tienda, mantén las manos fuera de los bolsillos y de la mochila. No les des un motivo para pensar que estás robando.
2. Siempre di «señora» y «señor» y siempre mantén la calma. No les des un motivo para que piensen que eres agresivo.
3. No entres a una tienda, a una cafetería o a ningún lugar a menos que planees comprar algo. No les des un motivo para que crean que estás causando una distracción.
4. Si te siguen por la tienda, mantén la calma. No les des un motivo para que piensen que tramas algo.
5. Básicamente, no les des motivos. Punto.

La cuestión es que a veces sigo las reglas e igual tengo que lidiar con estupideces. Sonny, Malik y yo fuimos a una tienda de historietas hace unos meses y el empleado nos siguió hasta que salimos de allí. Malik grabó todo con su cámara.

Sal's es uno de los pocos lugares en los que las reglas no aplican. Las paredes están sucias y manchadas, y todas las mesas tienen rasgaduras en el cuero. Las comidas más saludables del menú son los pimientos y las cebollas que puedes añadirle a un pastel.

Big Sal toma pedidos en el mostrador y se los pasa a los gritos a los empleados del fondo. Si ellos tardan demasiado en preparar una orden, ella dice: «¿Necesito regresar allí y prepararlo yo misma?».

Es diminuta, pero todos en Midtown y en el Garden saben que no hay que meterse con ella. Este es uno de los pocos lugares que nunca recibe ataques.

—Hola Bri y Malik —dice ella cuando llega nuestro turno. Cuando Trey comenzó a trabajar aquí en la preparatoria, Sal se convirtió en la tía italiana que nunca tuvimos—. ¿Quién es la adorable jovencita que los acompaña?

—Shana —responde Malik—. No viene desde hace una eternidad, así que por favor perdónala.

Shana lo golpea despacio con el codo.

—¿Por qué eres un soplón?

Em, ella está súper cómoda con él.

—Ah, está bien. Sin resentimientos —dice Sal—. Pero cuando comas una porción, regresarás pronto. ¿Qué quieren ordenar?

—¿Una de pepperoni mediana con queso extra? —le pregunto a Malik. Es nuestro plato habitual.

—Ooh, ¿podemos añadir tocino canadiense? —dice Shana.

—Suena bien —responde Malik.

Uno: ¿quién añade tocino canadiense a una pizza?

Dos: esa mierda ni siquiera es tocino. Sin ánimos de ofender, Canadá. Es jamón desgrasado.

Sal encarga nuestro pedido, toma el dinero de Malik (él insiste en pagar), nos da vasos y nos indica que busquemos mesa. También dice que Trey no está. Que ha ido a almorzar. Aparentemente, es posible cansarse de comer pizza.

Llenamos nuestros vasos en el sector de refrescos y Malik y yo guiamos a Shana hasta nuestra pequeña mesa en una esquina que solemos compartir con Sonny. Por algún motivo, siempre está disponible. Honestamente, no imagino sentarme en otro lado. Tratamos la mesa del mismo modo que las ancianas de Templo de Cristo tratan a sus bancos: si alguien ocupa nuestra mesa alguna vez, le dedicaremos una mirada fulminante lo bastante intensa como para achicharrarlo en cuestión de segundos.

Malik extiende el brazo sobre el respaldo del asiento, técnicamente sobre Shana. Pero actuaré como si estuviera solo sobre el respaldo.

—¿Puedo escuchar la canción nueva, Bri? —pregunta él. Shana bebe un sorbo de su refresco.

—¿Qué canción? —pregunta ella.

—Bri grabó su primera canción el otro día. Ha dejado que todos la escucharan en el autobús esta mañana.

—Ooh, quiero oírla —dice Shana.

Si ella hubiera estado en el autobús esta mañana, no habría tenido problema en que la escuchara. ¿Ahora? Ahora es distinto.

—Quizás en otro momento —digo.

—Aaah, vamos, Bri —insiste Malik—. Todos la han escuchado menos yo. Harás que me sienta mal.

Yo ya me siento mal.

—No es tan buena.

—Considerando que has escrito algunas de las mejores rimas que he escuchado en la vida, apuesto que lo es —dice él—. Como: «Hay una bestia que por mis calles camina...»

—«...y se hace llamar cocaína...» —digo mi propia letra.

—«Es extraño cómo en las venas se esconde y convierte a las madres en extrañas que solo comparten un nombre» —concluye Malik—. No puedo olvidar mi favorita de todas: «Desarmada y peligrosa, pero América, tú nos creaste, solo somos famosos...»

—«Cuando morimos y nos culpaste» —termino por él.

—Eso es profundo —dice Shana.

—Bri tiene talento —comenta Malik—. Así que sé que esta canción probablemente sea maravillosa. Solo prométeme que no actuarás como si no nos conocieras cuando seas famosa. Te conozco desde que le tenías miedo a Big Bird.

Shana resopla.

—¿Big Bird?

—Sí. —Malik ríe—. Ella cerraba los ojos cada vez que aparecía en *Sésamo*. Una vez, el papá de Sonny se disfrazó de Big Bird para uno de sus cumpleaños. Bri salió corriendo a los gritos.

Shana ríe a carcajadas.

Aprieto la mandíbula. No era asunto suyo contar eso, en especial no para hacer una broma sobre mí.

—No es lógico que un pájaro sea tan grande —comento.

De verdad, no lo es. ¿Tweety? El amor de mi vida. ¿Big Bird? No confío en esa perra. Además, ¿han *visto* su nido? Es probable que esconda cadáveres allí.

La risa de Malik desaparece. No hay nada jodidamente gracioso para mí.

—Tranquila, Bri. Estoy bromeando.

—Bien —balbuceo—. Como sea.

Tomo mi teléfono, busco la canción y toco Reproducir.

Shana se mueve un poco en su asiento.

—Bieeen. El ritmo está bueno.

Mi primer verso empieza y Malik junta sus cejas. Permanecen juntas durante el resto de la canción. Cuando llega a las líneas sobre el incidente, él y Shana me miran.

Cuando la canción termina, Shana dice:

—Te has lucido, Bri.

Malik muerde su labio.

—Sí. Ha sido genial.

Su rostro expresa más de lo que dice.

—¿Qué está mal? —pregunto.

—Solo que… hablas de hacer cosas que nunca has hecho realmente, Bri.

—Creo que no entiendes el punto, Maliky —comenta Shana.

¿Maliky?

—Ella no dice que realmente haga esas cosas. Dice que eso es lo que esperan que haga.

—Exacto —respondo.

—Lo entiendo, pero no creo que muchas personas lo hagan —dice Malik—. ¿Por qué hablas tanto de armas?

Dios mío. ¿En serio?

—¿Acaso importa, Malik?

Él alza las manos.

—Olvida lo que dije.

Está muy cerca de sacarme de quicio.

—¿Qué te sucede?

Él me mira.

—Yo debería preguntarte eso.

Una mesera coloca nuestra pizza humeante en la mesa. Estamos bastante callados mientras comemos.

Después de un rato, Shana apoya su porción y limpia sus manos en la servilleta.

—De hecho, yo quería hablar contigo, Bri.

—¿Eh?

—Sí. Sobre el otro día.

—Ah.

—Sí... —Hace silencio y mira a Malik. Él asiente, como si estuviera dándole la señal para comenzar—. Algunos de nosotros hemos estado hablando de que Long y Tate parecen tomar de punto a algunos alumnos más que otros.

Bien podría decirlo.

—Te refieres a los alumnos negros y latinos.

—Sí —responde ella—. Es ridículo, ¿sabes? Por supuesto que ahora lo sabes... —Cierra los ojos—. Dios, no quise decirlo así. Soy la peor en esto.

Malik coloca su mano sobre la de Shana.

—Vas bien. Lo prometo.

Centro mi atención en sus manos y todo mi mundo se detiene.

Él... Ellos...

Hay algo entre ellos.

Debería haberlo sabido. Él es el Luke de mi Leia. Nada más.

Shana le sonríe mientras él acaricia su mano con el pulgar y luego ella me mira. De algún modo, logro mantener las lágrimas lejos de mis ojos.

—Algunos de nosotros estuvimos hablando y hemos decidido que haremos algo al respecto.

Intento recordar cómo hablar. Mi corazón intenta recordar cómo latir.

—¿Algo como qué?

—Aún no lo sabemos —responde ella—. Los disturbios y las protestas del año pasado me han inspirado a hacer algo. Ya no puedo permanecer sentada y permitir que las cosas ocurran. Esperábamos que tú sintieras lo mismo.

—Hemos formado una coalición de alumnos negros y latinos no oficial —dice Malik.

Es la primera vez que escucho al respecto.

—Planeamos exigirle cambios a la administración. La realidad es que ellos nos necesitan en la escuela. Solo comenzaron a incorporar alumnos de otros vecindarios para poder obtener subvenciones. Si exponemos que los alumnos negros y latinos son acosados...

—Midtown tendría problemas —concluye Shana.

—Claro —dice Malik—. Y si exponemos lo que ocurrió específicamente contigo...

Whoa, whoa, whoa.

—¿Quién dijo que yo quería ser la representante de esto?

—Escúchame, Bri —dice Malik—. Algunas personas grabaron lo que pasó, pero solo después de que ya estabas en el suelo. Yo grabé todo el incidente. Podría publicarlo en Internet.

—¿Qué?

—Demuestra que no hiciste nada para merecer lo que hicieron —prosigue—. Todos los rumores que se divulgan son solo una manera de intentar justificar lo que ocurrió.

—Sí —dice Shana—. Ya he oído que algunos padres están de acuerdo con la medida porque escucharon que vendías drogas. Quieren que Long y Tate regresen.

Eso sin duda es como una bofetada en mi rostro.

—¿Hablas en serio?

Eso explica por qué aquel chico gritó «liberen a Long y a Tate». Bueno, también es un imbécil, pero igual, esto hace que entienda mejor la situación.

—Es ridículo —insiste Malik—. ¿Quién sabe lo que podría pasar cuando publique el vídeo?

Oh, yo sé lo que podría pasar. Podría terminar en todas las noticias y las redes sociales. Personas de todo el mundo observarán cómo me inmovilizan contra el suelo. Después de un tiempo, lo olvidarán porque, ¿adivinen qué? Algo similar le sucederá a otra persona negra en un Waffle House, Starbucks u otra mierda y todos pasarán a enfocarse en eso.

Preferiría olvidar que siquiera sucedió. Además, no tengo tiempo para preocuparme por eso. Mi familia no tiene calefacción.

Malik inclina el torso hacia delante.

—Tienes la oportunidad de hacer algo, Bri. ¿Si este vídeo se hace público y hablas? Realmente podrían cambiar las cosas en nuestra escuela.

—Entonces, habla tú —digo. Él reclina la espalda hacia atrás.

—Guau. A ver si entendí bien: ¿prefieres rapear sobre armas y cosas que no haces en vez de hablar sobre algo que de verdad te ha sucedido? Eres una mierda de traidora, Bri.

Lo miro de arriba abajo.

—¿Disculpa?

—Seamos sinceros —dice él—. La única razón por la que has rapeado así es porque así es como todos los demás rapean, ¿verdad? Pensabas que sería un modo fácil de tener una canción exitosa y hacer dinero.

—No, ¡porque no todo el mundo tiene frases que hablan sobre que los inmovilicen contra el maldito suelo!

Grito tanto que varias cabezas voltean hacia nosotros.

—No es asunto tuyo por qué he rapeado como lo hice —respondo apretando los dientes—. Pero dije lo que quería decir, incluso sobre el accidente. Eso es todo lo que diré respecto de él. Pero si hubiera rapeado de ese modo solo para tener «una canción exitosa» y hacer dinero, entonces bien por mí, considerando toda la mierda con la que está lidiando mi familia. Espera a despertar en una casa fría y luego hablamos, hermano.

Parece recibir el golpe en cuestión de pocos segundos: abre los ojos de par en par mientras probablemente recuerda que Jay perdió su empleo, luce horrorizado por olvidar que no tenemos gas y abre y cierra la boca como si se arrepintiera de lo que acaba de decir.

—Bri, lo siento...

—Vete al diablo, Malik —respondo, por muchas razones.

Abandono mi asiento, coloco mi capucha sobre mi cabeza y salgo hecha una furia de la tienda.

CAPÍTULO DOCE

No he hablado con Malik durante el resto del día. Nos cruzamos en los pasillos y en lo que a mí respecta, es un desconocido. Ha subido al autobús esa tarde y supongo que el hecho de que no hablara con él ha hecho que tomara asiento al frente, junto a Shana.

Sonny lo detesta.

—Cuando los dos discuten, es como si el Capitán América se enfrentara a Iron Man y yo fuera Peter Parker, mirándolos maravillado —dice él—. Maldición, no puedo elegir un bando.

—No quiero que lo hagas. Pero sabes que técnicamente Peter estaba del lado de Iron Man, ¿cierto?

—¡Ese no es el punto, Bri!

Odio que él esté en esa posición, pero es lo que es. No hablaré con Malik hasta que se disculpe. Es decir, vamos, ¿traidora? Ya estaba enfadada con él por hacer que Shana se riera de mí. Bueno, y un poco enfadada por haberla traído en primer lugar. Pero ¿pueden culparme? No tenía idea de que había algo entre ellos y luego, de pronto, soy la tercera rueda en lo que creí que era un almuerzo con mi mejor amigo.

Y lo que estúpidamente asumí que era una cita. Pero estoy más enfadada conmigo misma por eso. Siempre me gustan chicos que nunca sentirán nada por mí. Estoy destinada a ser esa persona.

Como sea, no puedo preocuparme por Malik. De momento me preocupa más el refrigerador prácticamente vacío ante el que estoy de pie.

Es el segundo día del receso y ya llevo un minuto aquí de pie. Lo suficiente como para contar cuántos artículos hay. Dieciocho, para ser exacta. Ocho huevos, cuatro manzanas, dos panes de mantequilla, un frasco de jalea de fresa (para acompañar un frasco de mantequilla de maní que está en la alacena), un bidón de 4 litros de leche, otro bidón de zumo de naranja, una hogaza de pan. El freezer no está mucho mejor: una bolsa de pollo de cinco kilos, una bolsa de judías y una bolsa de maíz. Esa será la cena esta noche, y mañana también. No sé qué cenaremos después de eso. Navidad es un signo de interrogación gigante.

Trey extiende el brazo a mi lado.

—No dejes que el aire frío salga del refrigerador, Bri.

Ahora son siete huevos. Él toma uno junto con el pan.

—Suenas como la abuela. —Podría abrir el refrigerador diez segundos y ella comenzaría a decir: «¡Cierra la puerta antes de que arruines la comida!».

—Oye, ella tenía un punto —dice Trey—. Además, también aumentas la cuenta de luz.

—Como sea. —Cierro el refrigerador. La puerta está cubierta de cuentas nuevas. Han pagado la cuenta del gas, por ese motivo la casa está cálida y el refrigerador prácticamente vacío. Cuando hubo que elegir entre más comida o calefacción, el clima frío hizo que Jay escogiera la calefacción: se supone que habrá nevadas la próxima semana. Ella dijo que podemos «arreglárnoslas» con la comida que tenemos.

No puedo esperar al día en que no tengamos que «arreglárnoslas» o escoger.

—¿Qué se supone que debo desayunar?

Trey rompe el huevo sobre una plancha chisporroteante.

—Haz un huevo revuelto como yo.

—Pero odio los huevos. —Él lo sabe. Tienen demasiado sabor a... huevo.

—Entonces, prepárate un emparedado de mantequilla de maní —propone Trey.

—¿Para el desayuno?

—Es mejor que nada.

Jay entra a la cocina mientras recoge su cabello en una coleta.

—¿De qué hablan tanto?

—A duras penas hay qué comer —respondo.

—Lo sé. Iré al centro comunitario. Gina dijo que están donando comida. Podemos conseguir algo para resistir hasta el primero.

Trey desliza el huevo sobre una rebanada de pan.

—Ma, quizás deberías ir al centro pronto.

El centro es el código para «oficina de asistencia social». Así es como lo llaman quienes viven en el Garden. Decir «centro» evita que los demás se metan en tus asuntos. Pero todos saben lo que realmente significa. No estoy segura de cuál es el punto.

—Me niego absolutamente a ir allí —responde Jay—. Me niego a permitir que la gente de esa oficina me degrade porque tengo la audacia de pedir ayuda.

—Pero si eso ayudará a...

—No, Brianna. Confía en mí, cariño, el tío Sam no da nada gratis. Te quitará tu dignidad a cambio de centavos. Además, de todos modos no podría obtener nada. No permiten que los alumnos universitarios reciban cupones de alimentos si no tienen un empleo y no abandonaré mis estudios.

¿Qué diablos? Lo juro, esta mierda es como arena movediza: cuanto más intentamos salir, más difícil es hacerlo.

—Solo digo que ayudaría, ma —insiste Trey—. Necesitamos toda la ayuda que podamos conseguir.

—Me aseguraré de que tengamos comida —dice ella—. Deja de preocuparte por eso, ¿sí?

Trey suspira a través de la nariz.

—Bueno.

—Gracias. —Jay besa su mejilla y luego limpia la marca del labial—. Bri, quiero que vengas conmigo a la donación.

—¿Por qué?

—Porque yo lo digo.

Queridos padres negros en todas partes:

Esa no es respuesta suficiente.

Firma: Brianna Jackson en representación de los niños del mundo.

P. D.: no tenemos la valentía suficiente como para decíroslo en la cara, así que nos dirigimos a nuestros cuartos para vestirnos mientras balbuceamos todo lo que queremos decir.

—¿Qué has dicho? —pregunta Jay.

—¡Nada!

Maldición. Incluso escucha mis balbuceos.

El centro comunitario está a pocas cuadras caminando por la calle Ash. Aún no son las ocho en punto, pero hay un aparcamiento lleno de carros, un camión lleno de cajas y una fila larga que sale por la puerta.

También hay una camioneta del noticiario.

Oh, rayos.

—¡No quiero aparecer en las noticias! —digo mientras Jay aparca.

—Niña, no aparecerás en las noticias.

—La cámara podría hacerme una toma o algo así.

—¿Y?

Ella no lo entiende.

—¿Y si me ve alguien de la escuela?

—¿Por qué te preocupa tanto lo que piensan?

Muerdo mi labio. Si alguien nota mi presencia, de pronto seré la chica pobre con calzado Timberland falso que no solo fue inmovilizada contra el suelo, sino que también tiene que obtener comida de una donación.

—Escucha, no puedes preocuparte por lo que los demás piensan, cariño —dice Jay—. Siempre habrá alguien con algo para decir, pero eso no significa que debas escucharlos.

Miro la camioneta del noticiario. Ella actúa como si fuera fácil *no* escuchar.

—¿No podemos...?

—No. Entraremos allí, conseguiremos comida y la agradeceremos. De otro modo, no tendremos *apenas* qué comer. No habrá *nada* qué comer. ¿Entiendes?

Suspiro.

—Está bien.

—Bien. Vamos.

La fila avanza bastante rápido, pero tampoco parece que fuera a acortarse pronto. Nos ponemos en ella y ni un minuto después cuatro personas más se ubican detrás de nosotras. También hay toda clase de personas en la hilera, como mamás con hijos o ancianos con bastones. Algunos están abrigados, otros visten prendas y zapatos que parecen pertenecer a la basura. Suena fuerte la música navideña en el edificio y los voluntarios con sombreros de Santa Claus descargan el camión.

Un hombre en el aparcamiento filma con una cámara del noticiario la fila. Supongo que a alguien en alguna parte le encanta ver pobres del barrio mendigando comida.

Miro mis pies. Jay toma mi mentón y dice solo moviendo los labios: *Cabeza. En. Alto.*

¿Por qué? Esto no es una mierda por la que estar orgullosos.

—¿Es tu hija? —pregunta la mujer detrás de nosotras. Viste un abrigo con la cremallera cerrada, pantuflas y ruleros, como si hubiera salido de la cama para venir aquí. Jay desliza sus dedos sobre mi cabello.

—Sí. Mi bebita. Mi *única* niña.

—Es dulce de su parte venir a ayudarte. Yo no pude despegar a la mía de la televisión.

—Ah, te entiendo. Yo tuve que obligarla a venir.

—Los chicos de hoy no reconocen una bendición cuando la ven. Pero quieren comer todo lo que llevamos.

—¿Verdad? —responde Jay—. ¿Cuántos hijos tienes?

Lo juro, no podemos ir a ninguna parte sin que ella comience a conversar con un completo desconocido. Jay es alguien sociable. Yo soy más bien alguien que dice: «sí, las personas existen, pero eso no significa que necesite hablar con ellas».

Cuando logramos entrar al edificio, ya he oído toda la historia de vida de esa señora. Ella también le cuenta a Jay sobre las iglesias y las organizaciones que distribuyen comida. Jay anota cada una de ellas. Supongo que ahora esta es nuestra vida.

Hay mesas por todo el gimnasio cubiertas con prendas, juguetes, libros y comida empaquetada. Uno de los voluntarios le pide información a Jay, le entrega una caja y nos dice que recorramos el circuito. Otros voluntarios entregan cosas. Cerca de los aros de básquetbol, un Santa Claus negro toma dulces de su bolsa y se los entrega a los niños. Un chico con un corte de cabello con zigzags lo ayuda y posa para las selfies. El frente de su camiseta dice: Señor Swagerífico.

Siempre he tenido la teoría de que Dios es un escritor de programas de comedia que ama ponerme en situaciones ridículas. Como «jajajaja, no solo tiene que mendigar comida, sino que tiene que hacerlo frente a Milez. ¡Qué cómico!».

Este programa necesita tomar un rumbo diferente.

Jay sigue mi mirada hasta Milez.

—Ese es el chico que enfrentaste en la batalla, ¿cierto? ¿El de la canción tonta?

¿Cómo lo sabe?

—Sí.

—Ignóralo.

Si pudiera. Por muy tonta que sea *Swagerífico*, no puedo caminar por el vecindario sin escucharla.

Estoy esperando que la tía Pooh me diga qué hacer con *Hora de brillar*. Pero todavía está desaparecida. No estoy preocupada. Como he dicho, a veces desaparece.

—Vamos. —Jay jala de mi brazo—. Solo estamos buscando comida. Es lo único que necesitamos. Algunas de estas personas no son tan afortunadas.

La primera mesa está cubierta de latas. Dos señoras mayores (una negra y una blanca) llenan la mesa. Visten suéteres de Navidad que hacen juego.

—¿Cuántos son en tu casa, querida? —le pregunta la negra a Jay.

Su compañera de mesa me observa con una sonrisa diminuta, y la mirada en sus ojos me da ganas de gritar.

Lástima.

Quiero decirle que esto no es la normalidad para nosotros. Que no solemos hacer filas largas en centros comunitarios y pedir comida. Que a veces nuestro refrigerador está vacío, sí, pero que solía estar garantizado que estaría lleno de nuevo.

Quiero decirle que deje de mirarme así.

Que arreglaré esto algún día.

Que quiero salir de aquí, maldición.

—Iré a dar un paseo —le susurro a Jay.

La comida está a un lado del gimnasio y las prendas, los juguetes y los libros están del otro. Cerca de los juguetes y los libros, los niños andan en círculos alrededor de Milez y hacen su baile. Una camarógrafa graba la acción.

Me alejo lo máximo que puedo de ellos y voy a la mesa de calzado. Es larga como las mesas de la cafetería de Midtown y está organizada por tamaño. Todos los zapatos son de segunda mano, al menos. Miro la sección de calzado femenino en talla seis solo para hacer algo.

Entonces, los veo.

Son más altos que la mayoría de los otros pares. Hay una pequeña marca en el sector del meñique izquierdo, pero son bastante nuevos y la pequeña etiqueta de cuero cuelga de la cadena.

Borceguíes Timberland.

Los sujeto. Tampoco son los de imitación que obtuve en el intercambio. El arbolito tallado a un lado es prueba de ello.

Timberland de verdad que fácilmente podrían ser míos.

Mis ojos se dirigen hasta mi propio calzado. Jay ha dicho que solo buscaríamos comida. Estos Timberland deberían ser para alguien que tal vez ni siquiera tenga zapatos. No los necesito.

Pero los necesito. Mi suela interna está prácticamente rota. Comenzó hace días. No se lo he dicho a Jay. Puedo tolerar un poco de incomodidad y ahora mismo ella no necesita preocuparse por comprarme zapatos.

Muerdo el interior de mi mejilla. Podría llevarme este par, pero en cuanto salga de aquí con ellos, estaré jodida. *Estaremos* jodidos. Significará que hemos llegado al punto en el que necesitamos los zapatos que alguien ha decidido donar.

No quiero ser esa persona. Sin embargo, creo que soy esa persona.

Cubro mi boca para contener el llanto. Los Jackson no lloran, especialmente en centros comunitarios con ojos llenos de lástima y cámaras del noticiario que buscan momentos de pena. Lo trago, literalmente, respirando hondo y coloco el par de borceguíes sobre la mesa.

—¿Por qué no te los pruebas, pequeña Law? —pregunta alguien detrás de mí.

Volteo. Santa usa gafas oscuras que ocultan sus ojos, tiene dos colmillos de oro en la boca y luce algunas cadenas doradas. A menos que el aspecto tradicional de Santa haya cambiado y nadie me lo haya dicho, es Supreme, el antiguo representante de mi papá.

—No hay nada como los Timb de verdad —dice él—. Adelante. Pruébatelos.

Cruzo los brazos.

—No, estoy bien.

Hay reglas para las batallas y hay reglas para después de las batallas. ¿Regla número uno? Mantén la guardia. La última vez que vi a Supreme, le di una patada en el trasero a su hijo en el Ring. Dudo que esté feliz al respecto. ¿Cómo sé que no está a punto de atacarme?

¿Regla número dos? No olvidar nada. No he olvidado cómo él rio ante la basura que Milez dijo sobre mi papá. No puedo dejarlo pasar.

Supreme ríe.

—Oh, vaya. Eres *igual* a tu papi. Lista para combatir y no te he dicho nada.

—¿Necesito estar lista para combatir? —Es decir, oye, si me buscas, me encuentras.

—No, no estoy enfadado. Dejaste a Milez como un maldito tonto en el Ring, sí, pero no puedo culparte. Milez tenía la cabeza en otra parte.

—No tanto. Dijo una línea irrespetuosa sobre mi papá.

—Sí, sin dudas eres como Law. Furiosa por una línea.

—No fue solo una línea.

—Sí, pero fue *solo* una batalla. Milez solo quería afectarte. Nada personal.

—Bueno, personalmente, tú y él pueden irse al diablo. —Volteo de nuevo.

Hacemos silencio hasta que Supreme dice:

—Necesitas los borceguíes, ¿verdad?

La mentira sale con facilidad.

—No.

—No hay nada de qué avergonzarse si los necesitas. He estado ahí. Mi madre me arrastró a toda clase de donaciones como esta cuando era un enano.

—Mi madre no me ha «arrastrado» a las donaciones.

—Ah, una primeriza —responde—. La primera vez siempre es la más difícil. En especial por las miradas de lástima que uno recibe. Con el tiempo, aprendes a ignorarlas.

Imposible.

—Escucha, no he venido a meterme en tus asuntos —afirma—. Vi que Jayda y tú entraron y pensé en saludar. Estuviste genial en el Ring.

—Lo sé. —No, no lo sé, pero debo actuar como si lo supiera.

—Vi algo en ti que no he visto en mucho tiempo —dice—. Los de la industria lo llamamos «Eso». Nadie pude explicar lo que es, pero lo reconocemos cuando lo vemos. Tú lo tienes. —Ríe—. Maldición, lo tienes.

Volteo.

—¿De verdad?

—Oh, sí. Law estaría jodidamente orgulloso, sin duda.

Siento una puntada en el pecho. No sé si duele o si es agradable. Quizás ambas.

—Gracias.

Coloca un palillo en su boca.

—Es una pena que no estés haciendo nada con Eso.

—¿A qué te refieres?

—Te he investigado. No tienes música publicada ni nada. Has desperdiciado una oportunidad. Mierda, Milez perdió la batalla y aun así obtuvo difusión. Su tuvieras el representante adecuado, ahora mismo serías incluso más popular que él.

—Mi tía es mi representante.

—¿Quién? ¿La niña que solía seguir a Law a todas partes?

La tía Pooh idolatraba a mi papá. Dicen que lo seguía como una sombra.

—Sí, ella.

—Ah. Déjame adivinar: vio que Dee-Nice consiguió un contrato por un millón de dólares y ahora quiere continuar subiéndote al Ring mientras espera que tú también obtengas uno.

Sí, pero eso no es asunto suyo.

Supreme alza las manos.

—Oye, no lo digo con mala intención. Diablos, es lo que la mitad del vecindario intenta hacer ahora. Pero seré honesto, pequeña. Si quieres tener éxito, necesitarás más que el Ring. Debes hacer música. Eso le dije a Dee-Nice. Míralo ahora.

—Espera, ¿*tú eres* su representante?

—Sí. Me contrató hace un año —responde Supreme—. El Ring no le consiguió un contrato. Solo le dio algo de atención. Su música le consiguió un contrato. Lo mismo ocurrió con tu papá. Solo fue necesaria la atención justa, la canción correcta en el momento correcto y luego ¡bum! Estalló.

La canción correcta.

—¿Cómo sabes si algo es «la canción correcta»?

—Reconozco un éxito cuando lo escucho. Todavía no me he equivocado. Mira *Swagerífico*. Lo admitiré, es una canción jodidamente sencilla, pero es un éxito. A veces, solo hace falta una canción.

Tengo una canción.

—Como sea —prosigue Supreme—, solo quería saludar. Probablemente no estaría donde estoy ahora si no fuera por tu papá, así que si alguna vez necesitas ayuda —me entrega una tarjeta—, llámame.

Comienza a alejarse.

Reconoce un éxito cuando lo escucha y yo necesito uno. Quizás entonces no regresaré a esta donación el año próximo.

—Espera —digo.

Supreme voltea.

Extraigo mi teléfono del bolsillo.

—Tengo una canción.

—¿Sí?

Hay una pausa suspendida mientras espera una respuesta.

—Yo, em... —De pronto las palabras son difíciles—. No... No sé si es buena o no... A mis compañeros les ha gustado, pero...

Él sonríe con picardía.

—¿Quieres saber lo que opino de ella?

Quiero y no quiero. ¿Y si dice que es basura? Aunque, ¿por qué de pronto me importa lo que él piensa? Mi papá lo despidió. Su hijo me faltó el respeto.

Pero él convirtió a mi papá en una leyenda. Le consiguió a Dee-Nice un contrato de un millón de dólares. Además, puede que Milez sea basura, pero Supreme está haciendo algo bueno por él.

—Sí —digo—. Me gustaría tu opinión.

—Muy bien. —Extrae unos auriculares del bolsillo—. Déjame oírla.

Busco la canción y le entrego mi teléfono. Supreme conecta los auriculares, los coloca en sus orejas y toca Reproducir.

Cruzo los brazos para mantenerlos quietos. En general puedo leer a las personas, pero su rostro está vacío de expresión como un cuaderno nuevo. No mueve la cabeza al ritmo de la música ni nada.

Podría vomitar.

Después de los tres minutos más largos de mi vida, Supreme quita los auriculares de sus orejas, los desconecta de mi teléfono y me lo devuelve.

Trago con dificultad.

—¿Tan mala es?

Las comisuras de sus labios suben y lentamente forman una sonrisa completa.

—Es un éxito, pequeña.

—¿De verdad?

—¡De verdad! Joder. ¿Esa canción? Podría disparar tu carrera.

Mierda.

—Por favor, no juegues conmigo.

—No lo hago. El ritmo es pegadizo, los versos son buenos. ¿Aún no
la has publicado en Internet?

—No.

—Te diré algo. Publícala y envíame el enlace. Haré algunas llamadas
y veré qué puedo hacer para que obtengas algo de atención. Ahora todos están de vacaciones, así que tendrá que ser después de las fiestas.
Pero, maldición, si hablo con las personas correctas, podrías estar en
camino.

—¿Así de fácil?

Expone sus colmillos de oro al sonreír.

—Así de fácil.

Jay se acerca con una caja.

—Bri, vamos a...

Mira con sospecha a Santa. Le lleva un segundo, pero dice:

—¿Supreme?

—Hace mucho que no nos vemos, Jayda.

No le devuelve la sonrisa, pero tampoco dibuja una expresión de
desprecio.

—¿Qué haces aquí?

Supreme cuelga la bolsa de Santa Claus sobre su hombro.

—Solo le decía a Bri que solía venir a donaciones como esta cuando
era pequeño. Supuse que mi hijo y yo debíamos devolverles a los demás

ahora que estamos en una mejor posición. Además, es bueno para él recordar cuán bendecido es.

Por poco pongo los ojos en blanco. ¿Cómo se sentirían estas personas si supieran que Milez ha venido para ver cuán desastrosos somos para recordar lo bien que le va? Regresará a su bonita casa en los suburbios y olvidará esto en una semana, como mucho, mientras que nosotros seguiremos luchando.

Mi situación no debería ser su programa especial después de la escuela.

—Te ves bien —le dice Supreme a Jay. No lo hace coqueteando, sino que lo dice como lo hacen las personas cuando alguien se ha recuperado de una adicción—. ¿Están resistiendo?

—Sí —dice Jay—. No tenemos otra opción.

—Sabes, siempre puedes llamarme si necesitas ayuda —responde Supreme—. Law era como un hermano menor para mí. Sin importar lo que pasó entre nosotros, él querría que yo...

—Brianna y yo debemos irnos —dice Jay.

Papá es lo que llamo un tema que «depende del día». Algunos días, Jay me cuenta historias que compensan los recuerdos que no tengo. Otros días, es como si su nombre fuera una mala palabra que no deberíamos decir. Hoy, debe ser una mala palabra.

Jay voltea hacia mí.

—Vamos.

La sigo por el gimnasio y miro hacia atrás a Supreme. Él dibuja la sonrisa más triste.

La fila de la donación ha sido cancelada. Algunos voluntarios les indican a muchas personas en la acera que partan. No hay cámaras cerca para grabar los insultos que vuelan o para ver a la madre con el bebé sobre la cadera que suplica que le den comida.

La peor parte es pasar a su lado mientras tu mamá lleva una caja de comida, sabiendo que no puedes darles ni una sola cosa porque las necesitas todas.

Ayudo a Jay a cargar la caja en su Jeep. Está llena de latas, cajas de comida y un pavo congelado.

—Deberíamos estar bien un tiempo —dice ella—. Seré como Bubba en *Forrest Gump* con ese pavo.

Forrest Gump es mi película favorita (esperen, no, mi segunda favorita. Wakanda por siempre). No sé, hay algo en la idea de que ese tipo simple fue testigo de tanta historia. Me hace pensar que cualquier cosa es posible. Es decir, si Forrest Gump pudo conocer a tres presidentes, yo algún día podré salir del Garden.

Partimos mientras más carros aparcan en el estacionamiento. La cámara del noticiario tal vez tendrá que regresar. A este ritmo, alguien hará un escándalo.

—Tenemos suerte de haber llegado cuando lo hicimos —comenta Jay.

Es atemorizante que la suerte haya decidido que consiguiéramos comida. Pero eso ocurrió con Forrest Gump. La suerte lo puso en los lugares correctos en el momento correcto.

¿Y si solo he tenido un momento Forrest Gump con Supreme?

Jay me mira.

—¿De qué hablabas con Supreme?

Me muevo en el asiento. No le he contado sobre la canción. La cuestión es que si yo llego a conclusiones precipitadas, Jay se teletransporta a ellas. No importa de qué se trata la canción, ella oirá una línea sobre armas y me enterrará tres metros bajo tierra. Tres metros no serían suficientes.

Primero quiero ver qué puedo hacer con la canción. Es decir, será difícil para ella estar furiosa si la canción me otorga un contrato de un millón de dólares como Dee-Nice, ¿cierto?

—Solo hablábamos sobre la batalla y esas cosas —respondo—. Supreme piensa que tengo Eso. Ya sabes, lo que hace que las estrellas sean *estrellas*.

—En eso tiene razón. Rayos, yo misma lo vi en aquel vídeo de la batalla.

—¿Has visto mi batalla?

—Por supuesto. ¿Por qué no lo haría?

—Nunca lo mencionaste.

—Estaba enfadada por tus calificaciones. Eso es más importante. Pero vi la grabación justo después de que la subieran al canal de YouTube del Ring. Estuviste increíble, Bri. No me sorprende. Cuando eras pequeña, convertías todo en un micrófono. Si no podía hallar mi cepillo, sabía que estabas hablando con él en alguna parte. Tu papá decía —habla con voz más grave—: «Nuestro milagrito será una superestrella».

—¿Milagrito?

—Tuve cuatro abortos espontáneos antes de por fin tenerte.

—Oh.

Milagro. Una palabra. En cierto modo, rima con legendario.

Parece legendario
que me llamaran su milagro.

Jay parpadea rápido, pero mantiene la vista en la carretera. A veces me mira como si estuviera buscándose a sí misma, y a veces yo la miro cuando no presta atención. No de un modo creepy, sino lo suficiente como para tener una idea de quién solía ser y para ver un atisbo de lo que yo podría ser.

Ella me da esperanza y me asusta a la vez.

—Nuestro milagrito. —Me mira—. Te quiero. Lo sabes, ¿verdad?

Siento otra vez una puntada leve en el pecho. Esta sin dudas es agradable.

—Lo sé —respondo—. Yo también te quiero.

CAPÍTULO TRECE

La Navidad logra ser Navidad.

A pesar de que es domingo y de que en cierto modo le debemos a Jesús ir a la iglesia en su cumpleaños, ninguno de nosotros despierta hasta aproximadamente las once, así que nos perdemos la misa. Nunca he comprendido esas películas que muestran familias despiertas al amanecer, muy felices porque «¡Sí, Navidad!». Para nosotros es «¡Sí! ¡Dormir!». Pero hablando en serio, dormir es la mejor parte de la Navidad. Vestir pijamas la mayor parte del día es el mejor bonus. Mi mono de Pikachu se siente como la perfección.

Es mediodía antes de que comencemos a desayunar. Jay siempre prepara tortitas de canela y manzana en Navidad, y hoy también lo hace, gracias al paquete de harina que estaba en la caja de nuestro centro comunitario. Se supone que también comemos tocino, la variedad gruesa con la que me casaría si no fuera ilegal, pero no había tocino en la caja.

Llevamos los platos a la sala de estar y los tres tomamos asiento en el sillón mientras untamos nuestros pancakes con jalea y mantequilla. Después del desayuno, en general llega el momento de los regalos, excepto que este año no hay absolutamente nada debajo del árbol. Jay no podía costear la Navidad y Trey, obviamente, tampoco. Además, estoy acostumbrada. Si hay regalos bajo nuestro árbol, es un milagro. Cero regalos no está muy lejos de ello.

Está bien.

Jay va a su habitación para llamar a los parientes mayores que sorprendentemente aún viven, y Trey y yo cargamos un videojuego de Michael Jackson en la Wii que papá compró cuando éramos pequeños. Lo juro por Dios, este juego es una de las mejores cosas que existen. Te enseña cómo bailar como MJ. Técnicamente, uno puede mover los controles de la Wii en la dirección correcta y ganar, pero Trey y yo nos comprometemos de lleno. Las patadas, los movimientos pélvicos, todo. No ayuda el hecho de que ambos seamos extremadamente competitivos.

—¡Mira esa patada! —dice Trey mientras hace una. Obtiene un puntaje «perfecto» en el juego. Sus patadas siempre son súper altas. Es una habilidad que trae de sus días de líder de la banda—. ¡Eso es! ¡No puedes igualarme, chica!

—¡Mentira! —Hago un giro que califican como «perfecto». Por supuesto. Conozco de memoria cada paso. Mi amor por Mike comenzó cuando vi un vídeo de YouTube de la primera vez que él tocó en público *Billie Jean*. Yo tenía seis años y Michael fue mágico. El modo en que se movía sin esfuerzo. El modo en que la multitud reaccionaba ante cada patada, cada paso. Además, compartíamos apellido. Lo amaba como si lo conociera.

Vi ese vídeo hasta que aprendí cada paso. Mis abuelos reproducían *Billie Jean* en las reuniones familiares y yo daba un espectáculo. Barbacoas, cenas dominicales, recepciones funerarias, no importaba. A todos les encantaba mi espectáculo y a mí me encantaban sus reacciones.

Sí, el tipo tenía sus problemas (cosas que no intentaré comprender), pero su talento permaneció intacto. A pesar de todo, siempre fue el maldito Michael Jackson.

Quiero ser así. Esperen, no exactamente así, sin ofender a Mike, pero un día quiero que las personas me miren y digan: «A pesar de que esta chica perdió a su padre por la violencia armada, que tuvo una adicta a las drogas como madre y que técnicamente es parte de una estadística del gueto, es la maldita Brianna Jackson, y ha hecho mierdas maravillosas».

Empujo el pecho de Trey, me alejo de él haciendo la caminata lunar, giro y aterrizo en la puntilla de mis pies mientras le hago un gesto obsceno con los dos dedos medios. Como una leyenda.

Trey ríe a carcajadas.

—¡Ese no es un paso de MJ!

—No, es uno de BJ —respondo.

—No suena bien.

—Lo sé, cállate.

Él cae de espaldas en el sillón.

—De acuerdo, tú ganas esta ronda. No puedo superar eso.

—Lo sé. —Me desplomo a su lado—. Como he ganado, ya sabes lo que debes hacer.

—Diablos, no.

—¡Es la regla!

—Es el cumpleaños de Jesús, por lo tanto la regla no aplica dado que es una violación indudable de uno de los Diez Mandamientos.

—¿Te haces el religioso conmigo? —pregunto, inclinando la cabeza.

—¡No has ganado! Yo me he dado por vencido.

—Eso. Es. Que. Gané. —Aplaudo al decir cada palabra—. Así que hazlo.

—Hombre —gruñe, pero se pone de rodillas y me hace una alabanza—. Salve Bri, la excelente.

—Que es mejor que yo bailando como MJ —añado.

—Que es mejor que yo bailando como MJ.

—Y quien hermosamente ha pateado mi trasero.

—Y quien hermosamente... —balbucea el resto a tal punto que no se entiende.

—¿Qué has dicho?

—¡Quien hermosamente ha pateado mi trasero! —repite más fuerte—. ¿Listo? ¿Feliz?

—¡Sí! —Sonrío.

—Como sea —murmura mientras regresa al sillón—. La próxima vez, prepárate.

Jay regresa a la sala de estar sujetando el teléfono con su mejilla y su hombro. Tiene las manos ocupadas con una caja.

—Aquí están. Chicos, saludad al tío Edward. —Toma la caja con una mano y extiende el teléfono.

—¿No ha muerto? —pregunta Trey.

Lo golpeo con el codo. Grosero.

—Hola, tío Edward —decimos. Es el tío de la mamá de Jay, lo que hace que sea mi tío bisabuelo. Nunca lo he visto en la vida, sin embargo Jay me obliga a hablar con él cada vez que ellos conversan.

Jay coloca el teléfono de nuevo en su oreja.

—De acuerdo, vuelve a tu siesta. Solo quería desearte Feliz Navidad... Bueno. Hablamos luego. —Concluye la llamada—. Dios. El hombre se ha quedado dormido en medio de la conversación.

—Tienes suerte de que no haya *muerto* en medio de la conversación —dice Trey. Jay lo fulmina con la mirada. Él señala la caja con la cabeza—. ¿Qué es eso?

—Unas sorpresas de Navidad para vosotros.

—Ma, dijimos que no compraríamos regalos...

—No he comprado nada, pequeño. Estaba revisando el garaje para ver si había algo que valiera la pena vender. Encontré algunas de las pertenencias de su padre.

—¿Son sus cosas? —pregunto.

Jay toma asiento en el suelo cruzada de piernas.

—Sí. Tuve que esconderlas de su abuela. La mujer quería todo lo que le había pertenecido. Incluso tuve que esconderlas de mí misma.

—Baja la mirada—. Probablemente habría vendido algo cuando estuve enferma.

Así llama a su adicción.

Miro la caja. En su interior, hay cosas que le pertenecían a mi papá. Cosas que en algún momento él tocó, que quizás fueron parte de su vida cotidiana. Cosas que hacían que él fuera *él*.

Abro la tapa de la caja. En la parte superior hay un sombrero tipo pescador verde militar. Es genial, y es mi estilo. Obviamente, también era su estilo.

—Law actuaba como si nadie pudiera verlo sin sombrero —cuenta Jay—. El hombre me ponía nerviosa. Sin importar a dónde íbamos, él necesitaba un sombrero. Creía que su cabeza tenía una forma extraña.

Yo soy igual. Bajo la capucha de mi mono de Pikachu y coloco el sombrero pescador en mi cabeza. Es un poco grande y flexible, pero es perfecto.

Me muevo hasta el extremo del sillón y hurgo más. Hay una camiseta que aún tiene impregnado el aroma a su colonia. Hay un cuaderno de composición. Cada página tiene algo escrito con una caligrafía torpe que en realidad no debería llamarse caligrafía. Pero puedo leerla. Es muy parecida a la mía.

Hay más cuadernos, una cartera de cuero gastado con su licencia de conducir dentro, más camisetas y chaquetas, CD o DVD, es difícil discernir cuáles son. En el fondo de la caja, hay oro.

Lo tomo. Un pendiente brillante en forma de corona cuelga de una cadena dorada. Los diamantes deletrean «Law» en la parte inferior, como si la corona estuviera sobre su nombre.

Mierda.

—¿Esto es real?

—Sí —responde Jay—. Lo compró con su primer gran cheque. Lo usaba todo el tiempo.

Esta cosa debe valer miles de dólares. Probablemente, por eso Trey dice:

—Necesitamos venderlo.

—No, claro que no. —Jay mueve la cabeza de lado a lado—. Quiero que Bri lo conserve.

—¿En serio? —digo.

—Y yo quiero que Bri tenga comida y un techo —responde Trey—. Vamos, ma. ¡Véndelo! Diablos, vale más de lo que él valía.

—Cuida. Tu. Lengua —gruñe Jay.

Cuando se trata de papá, Trey no es su fan. No es que él no escuche la música de papá (bueno, en realidad no lo hace), pero según Trey, papá murió por una estupidez que podría haber evitado. Nunca habla sobre él por ese motivo.

Trey desliza una mano cansada sobre su rostro.

—Yo... Sí.

Abandona el sillón y parte hacia su habitación.

Jay mira el lugar en el que él estaba sentado.

—Puedes conservar todo lo que hay en la caja, Bri. Obviamente, tu hermano no quiere nada. Empezaré a preparar la cena.

Sí, ya empieza a preparar la cena. La Navidad es para comer en honor a Jesús.

Subo las piernas al sillón. La cadena cuelga de mi mano y tengo el sombrero en la cabeza. Sujeto el pendiente bajo la luz de la sala de estar y los diamantes resplandecen como un lago en un día soleado.

Suena el timbre. Muevo la cortina y espío. La tía Pooh tiene puesto un sombrero de Santa Claus y un suéter con Santa haciendo el *dab*. Su brazo está entrelazado con el de Lena.

Les abro la puerta.

—¿Dónde has estado?

La tía Pooh pasa a mi lado y entra a la casa.

—Feliz Navidad para ti también.

—No te molestes, Bri —dice Lena—. Es lo mismo de siempre.

Lena es una santa, considerando la mitad de las cosas que tolera de la tía Pooh. Han estado juntas desde que tenían diecisiete años. Al igual que la tía Pooh tiene los labios de Lena tatuados en el cuello, Lena tiene tatuado «Pooh» en su pecho.

—Soy adulta —dice la tía Pooh mientras toma asiento en el sillón—. Es todo lo que Bri necesita saber.

Lena cae con más fuerza de la necesaria sobre el regazo de Pooh.

—¡Ay! ¡Quita tu trasero enorme de encima!

—¿A *mí* también me dirás que eres adulta? —dice Lena. Pellizca a la tía Pooh, quien ríe y hace una mueca de dolor a la vez—. ¿Eh?

—Tienes suerte de que ame tu trasero molesto. —La tía Pooh la besa.

—No. *Tú* tienes suerte —responde Lena.

La verdad.

Jay entra mientras seca sus manos con un repasador.

—Creí que erais vosotros.

—Feliz Navidad, Jay —dice Lena. La tía Pooh solo hace el símbolo de la paz con los dedos.

—Supuse que Pooh aparecería en cuanto comenzara a preparar la cena. Por cierto, ¿dónde has estado?

—Rayos, ¿podéis ocuparos de vuestros propios asuntos? —pregunta la tía Pooh.

Jay apoya una mano sobre la cadera y le dedica la mirada que dice *repítelo si te atreves.*

La tía Pooh aparta la vista. No importa cuántos años tenga: Jay siempre será su hermana mayor.

Jay chasquea la lengua.

—Eso creí. Ahora, quita tus zapatos de mi sillón. —Golpea despacio los pies de la tía Pooh.

—Algún día dejarás de tratarme como a una niña.

—¡Pues, hoy no es ese día!

Lena cubre su boca para reprimir una risa.

—Jay, ¿necesitas ayuda con la cena?

—Sí, chica —responde, pero su mirada fulminante está clavada en Pooh—. Vamos.

Las dos parten hacia la cocina.

La tía Pooh comienza a subir de nuevo los pies sobre el sillón, pero Jay exclama:

—¡He dicho que quites tus zapatos gigantes de mis muebles!

—¡Maldición! —La tía Pooh me mira—. ¿Cómo lo hace?

Me encojo de hombros.

—Es como si tuviera un sexto sentido.

—La ver… —La cadena de mi papá llama su atención—. Oh, ¡mierda! ¿De dónde has sacado eso?

—Jay me lo ha dado. Estaba en una caja con las pertenencias de papá.

—Joder. —La tía Pooh sujeta la cadena entre sus dedos—. Esa cosa aún brilla mucho. Pero no necesitas usarla.

Frunzo el ceño.

—¿Por qué no?

—Solo confía en mí, ¿sí?

Estoy tan cansada de esas respuestas que no responden nada.

—¿Se suponía que debía «confiar en ti» cuando me abandonaste en el estudio?

—Scrap estaba allí, ¿no?

—Pero se suponía que *tú* estarías allí.

—Ya te dije, tenía que ocuparme de un asunto. Scrap dijo que hiciste la canción y que es un fuego. Eso es lo único que importa.

No lo entiende.

La tía Pooh se quita sus tenis Jordan y sube las piernas sobre el sillón. Frota sus manos entre sí con avidez.

—Quiero escucharla. He estado esperando esto desde la semana pasada.

—Sin dudas fue tu prioridad. —*Sí, lo dije.*

—Bri, lo siento, ¿está bien? Ahora, vamos. Déjame escuchar la canción.

La busco y le lanzo mi teléfono.

Ella extrae sus propios auriculares. Me doy cuenta cuando la canción empieza: ella baila mientras permanece recostada en el sillón.

—El estribillo —dice en voz alta. No debe escucharse a sí misma—. ¡Amo esa mierda!

De pronto, deja de bailar. Señala mi teléfono.

—¿Qué es esto?

—¿Qué cosa?

Quita el auricular de su oreja y mira hacia la cocina. Jay y Lena están ocupadas hablando mientras suena una vieja canción R&B de Navidad.

—¿La mierda que dices en la canción? —pregunta la tía Pooh en voz baja—. ¡Tú no llevas esa vida!

No puede hablar en serio. Una cosa es que Malik lo diga, pero que lo haga la tía Pooh. ¿Quién anda por ahí con un arma encima todo el tiempo? ¿Quién desaparece durante días para ocuparse de su mierda traficando drogas?

—No, pero tú sí.

—Esto no tiene una mierda que ver conmigo, Bri. Esto se trata de representarte a ti misma como alguien que no eres.

—¡Nunca he dicho que fuera yo! El punto es representar el estereotipo.

Endereza la espalda.

—¿Crees que las personas en las calles escucharán la canción buscando «un significado más profundo»? Bri, no puedes hablar de la calle y no esperar que alguien te ponga a prueba. ¿Y qué es esa mierda sobre los Coronas? *¿Intentas* meterte en problemas?

—Espera, ¿qué?

—Dices que no necesitas gris para ser una reina.

—¡Porque no lo necesito! —Maldición, ¿de verdad tengo que explicárselo a ella?—. Ha sido mi modo de decir que no pertenezco a ningún grupo.

—Pero ¡ellos lo interpretarán de otro modo! —dice.

—¡No es mi problema si lo hacen! Solo es una canción.

—No, ¡es una declaración! —insiste la tía Pooh—. *¿Esto es lo que quieres que piensen de ti? ¿Que disparas y que siempre vas armada? ¿Esa es la reputación que quieres?*

—¿Es la que tú quieres?

Silencio. Silencio absoluto.

Atraviesa la habitación y se pone de pie frente a mi rostro.

—Borra esa mierda —dice apretando los dientes.

—¿Qué?

—Bórrala —dice—. Haremos otra canción.

—Ah, entonces, ¿esta vez te quedarás?

—Puedes acusarme todo lo que quieras, pero *tú* la has cagado. —Empuja mi pecho con el dedo—. Grabarás versos nuevos. Así de sencillo.

Cruzo los brazos.

—¿Qué planeas hacer con la nueva versión?

—¿Qué?

Pienso en Supreme.

—Si te parece buena, ¿qué planeas hacer con ella?

—La publicaremos en Internet y veremos qué pasa —responde.

—¿Eso es todo?

—Cuando hagas una canción que realmente te represente, serás un éxito —dice—. No necesito saber cómo sucederá.

La miro. *No puede* hablar en serio. Eso no funcionaría ni en un buen día. ¿Cuando tu familia está a un cheque de tocar fondo? Esa mierda no funcionaría nunca.

—No es suficiente para mí —digo—. ¿Sabes cuán importante es esto?

—Bri, lo entiendo, ¿sí?

—No, ¡no lo entiendes! —Jay y Lena ríen en la cocina. Bajo la voz—. Mi mamá tuvo que ir a una maldita donación de comida, tía Pooh. ¿Sabes cuánto tengo en juego ahora mismo?

—¡Yo también tengo mucho en juego! —responde—. ¿Crees que quiero estar atascada en las viviendas subsidiadas? ¿Crees que quiero vender esa mierda durante el resto de mi vida? ¡Claro que no! Todos los días, sé que hay una posibilidad de que sea el último para mí.

—Entonces, ¡deja de hacerlo! —Maldición, es así de simple.

—Mira, hago lo que tengo que hacer.

Mentira. Men-ti-ra.

—¿Alcanzar la hora de brillar con el rap? —dice—. Es lo único que tengo.

—Entonces, ¡actúa como si eso fuera cierto! No puedo esperar a que «algo ocurra». Necesito garantías.

—Tengo garantías. Subirás de nuevo al Ring después de las fiestas y haremos que seas un éxito.

—¿Cómo?

—¡Solo confía en mí! —dice.

—¡Eso no es suficiente!

—Ey —llama Jay—, ¿todo bien por allí?

—Sí —responde la tía Pooh. Me mira—. Borra esa mierda.

Parte hacia la cocina y bromea con Jay y Lena como si todo estuviera bien.

Diablos, no, no lo está. Supreme ha dicho que tenía una canción exitosa. ¿La tía Pooh cree que permitiré que esa oportunidad se escurra entre mis dedos?

Es mejor que se lo demuestre en vez de que se lo explique.

Voy a mi habitación, cierro la puerta y tomo mi laptop. Tardo diez minutos en subir *Hora de brillar* a Dat Cloud y veinte segundos en enviarle a Supreme el enlace por mensaje.

Él responde en menos de un minuto.

Cuenta conmigo, pequeña.

Prepárate.

Estás a punto de explotar.

PARTE DOS
LA EDAD DE ORO

CAPÍTULO CATORCE

La mañana del primer día después del receso de Navidad despierto por los golpes fuertes en la puerta principal.

—¡¿Quién rayos es?! —exclama Jay desde alguna parte de la casa.

—Probablemente sean Testigos de Jehová —responde Trey somnoliento desde su cuarto.

—¿Un lunes? Diablos, no. Si son ellos, están a punto de atestiguar algo increíble, ¿qué les parece?

Vaya. Esto será divertido.

Jay avanza pisando fuerte hacia la sala de estar y hay bastante silencio como para que escuche el «oh, rayos» que ella susurra. La cerradura hace *clic* y la puerta abre con un chirrido.

—¿Dónde está mi dinero?

Mierda. Es la señora Lewis, la propietaria de la casa.

Me levanto, con mi pijama de Spiderman agujereado y todo (es cómodo, ¿sí?) y corro hasta la puerta principal. Trey también ha salido de la cama. Limpia las lagañas de sus ojos.

—Señora Lewis, necesito un poco más de tiempo —responde Jay.

Temprano como es, la señora Lewis fuma una pitada de su cigarrillo en nuestro porche delantero. Perdería la cuenta contando todas las marcas que tiene en el rostro. Tiene un afro negro y gris que su hermano, el barbero, solía recortar. Él se mudó hace poco y ahora su afro está descontrolado.

—¿Más tiempo? ¡Ja! —Suena como si una risa se hubiera atascado en su garganta—. ¿Sabes qué día es?

Es nueve. Había que pagar el alquiler el día de Año Nuevo.

—Te di unas semanas durante el resto del alquiler del mes pasado y todavía estoy esperándolo —dice la señora Lewis—. Ahora también necesito el de este mes y tu trasero de mendiga se atreve a...

—¿Trasero de mendiga? —repito.

—Espere —dice Trey—. No le hable así a mi madre...

—¡Chicos! —dice Jay.

Que conste que nunca me ha agradado la señora Lewis. Sí, mi casa es técnicamente su casa, pero por mí podría ahogarse en su propia saliva. Ella siempre anda con la nariz en alto, actuando como si fuera mejor que nosotros porque le pagamos la renta. Como si ella no viviera también en el barrio a dos calles de aquí.

—Señora Lewis —dice Jay con calma—. Conseguiré el dinero. Pero le suplico que me haga un gran favor y que me dé un poco más de tiempo.

La señora Lewis señala el rostro de Jay con su cigarrillo.

—¿Ven? Ese es el problema de tantos negros. Creen que los demás *deben* hacerles favores.

Em, ella también es negra.

—¿Qué? ¿Acaso consumes de nuevo esa cosa? ¿Desperdicias mi dinero en drogas?

—Joder, ¿qué acaba de decirle a...?

—¡Brianna! —grita Jay—. No, no consumo drogas otra vez, señora Lewis. Simplemente estoy en una situación mala en este momento. Le suplico, de madre a madre, que me dé más tiempo.

La señora Lewis suelta el cigarrillo en el porche y lo apaga con la punta del zapato.

—Bien. Tienes suerte de que esté salvada.

—¿Cree que lo está? —pregunto.

Jay me fulmina con la mirada por encima del hombro.

—Es la última vez que hago esto —advierte la señora Lewis—. Si no obtengo mi dinero, se van.

La señora Lewis parte hecha una furia, balbuceando todo el camino mientras baja los escalones.

Jay cierra la puerta y apoya la frente sobre ella. Tiene los hombros caídos y emite el suspiro más profundo, como si estuviera dejando ir todo lo que quería decir. No dar pelea es más difícil que pelear.

—No te preocupes, ma —dice Trey—. Iré a uno de esos lugares de préstamos en mi receso del almuerzo.

Jay endereza la espalda.

—No, cielo. Esos lugares son trampas. Esa clase de deuda es imposible de saldar. Ya pensaré en algo.

—¿Y si no se te ocurre nada? —pregunto—. Si nos desalojan, seremos...

No puedo decirlo. Sin embargo, las palabras llenan la habitación, como un hedor nauseabundo. Indigentes. Una palabra, cuatro sílabas.

Este desastre inminente
convertirá a mi familia en indigente.

—De alguna manera, hallaremos una solución —dice Jay—. De algún modo, lo haremos.

Suena más bien como si estuviera hablando consigo misma y no con nosotros.

Toda la situación me descoloca. Cuando el señor Watson toca el claxon del autobús, todavía estoy vistiéndome. Así que, en cambio, Jay me lleva a la escuela.

Sujeta el respaldo de mi asiento mientras retrocede el carro hacia la calle.

—No permitas que esta situación con la renta te distraiga, Bri. Hablaba en serio, todo estará bien.

—¿Cómo?

—No tengo que saber cómo.

Estoy harta de que digan eso. Primero, la tía Pooh, y ahora Jay. En realidad no saben cómo se arreglarán las cosas y esperan que suceda milagrosamente.

—¿Y si consigo un empleo? —propongo—. Ayudaría.

—No. La escuela es tu empleo —responde—. Tuve mi primer trabajo a los trece años, después de la muerte de mi mamá, para poder ayudar a mi papá. No pude ser una adolescente porque estaba demasiado preocupada por las cuentas a pagar. Creía que era una adulta. Es en parte una de las razones por las que tuve a Trey a los dieciséis.

Sí, mi mamá y mi papá fueron los padres adolescentes estereotipados. Eran adultos cuando llegué yo, pero Trey los hizo crecer mucho antes de eso. El abuelo dice que papá tenía dos trabajos a los dieciséis y que igual continuaba con el rap. Estaba decidido a...

Bueno, a que no termináramos en esta situación.

—No quiero que crezcas demasiado rápido, cariño —dice Jay—. Yo lo hice y no es algo que pueda recuperar. Quiero que disfrutes la infancia lo máximo posible.

—Prefiero crecer en vez de ser indigente.

—Odio que siquiera tengas que pensar así —susurra. Aclara su garganta—. Pero esto es culpa mía. Ni tuya, ni de Trey. Yo encontraré una solución.

Miro la vieja cadena de mi papá colgando de mi cuello. Probablemente no debería usarla en el Garden (es como pedir que te roben), pero en la escuela no debería haber problemas. Además, todos estarán haciendo alarde de la ropa y los zapatos nuevos que recibieron para Navidad. Yo también quiero tener algo con lo que alardear. Pero si necesitamos pagar la renta...

—Quizás podemos empeñar...

—No nos desharemos de esa cadena. —Maldición. Ha leído mi mente.

—Pero...

—Algunas cosas valen más que dinero, cariño. Tu papá querría que la conservaras.

Es probable. Pero él tampoco querría que quedáramos en la calle.

Aparcamos en la escuela Midtown. Hace demasiado frío y no hay demasiadas personas pasando el rato afuera. Pero Sonny está allí. Me saluda desde los escalones. Me ha enviado un mensaje antes y ha dicho que necesitaba hablar conmigo.

—Nos vemos —le digo a Jay y comienzo a salir del carro.

—Oye —dice—. ¿Me das un beso o algo?

En general no hacemos esas cosas, pero supongo que es uno de esos días en los que lo necesita más que yo. Beso su mejilla.

—Te quiero —dice.

—Yo también te quiero.

Me da un beso rápido en la sien. Estoy a medio camino de las escaleras cuando ella baja la ventanilla y dice:

—¡Que tengas un buen día, Bookie!

Me paralizo.

Ay Dios. No lo ha dicho.

No sé qué diablos significa, pero «Bookie» ha sido el apodo exclusivo de Jay para mí desde que tengo memoria. Es un milagro que no creyera que mi nombre verdadero era «Bookie» cuando era pequeña, considerando cuánto lo usaba ella.

Las pocas personas que están afuera sin dudas la han escuchado. Coloco la capucha sobre mi cabeza y me apresuro a llegar a las escaleras.

Sonny sonríe con picardía.

—Sabes que siempre serás Bookie, ¿cierto?

—Cállate, Sonny Bunny. —Ese es el apodo que su mamá usa para él.

—Púdrete. —Toca mi pendiente—. Vaya. Era del tío Law, ¿verdad?

—Sí. Me lo ha dado mamá. ¿Qué pasa? Dijiste que necesitábamos hablar.

Subimos los escalones.

—Debería preguntarte qué te pasa. No respondiste el mensaje de Malik en todo el receso.

No lo hice. De hecho, no he hablado con él desde que me llamó traidora y me usó como broma para hacer reír a Shana.

—¿Qué? ¿Acaso ahora hace que actúes como intermediario? —le pregunto a Sonny.

—Por desgracia, soy el intermediario por defecto. Todavía estás enfadada por lo que dijo en Sal's, ¿no?

Debería estar enfadada conmigo misma, pero sí, todavía estoy furiosa. Y dolida. Pero ¿admitirlo? Claro que no. Sería como admitir que tenía sentimientos por él como una estúpida y que creí que teníamos una oportunidad.

Ahora sin duda alguna no la tenemos. Según el mensaje que Sonny me envió en Año Nuevo, Shana y Malik son oficialmente una pareja.

Como sea.

—Estoy bien. —Le digo a Sonny lo mismo que me he estado diciendo—. ¿De verdad esperaste aquí afuera congelándote para hablar conmigo sobre Malik?

—¡Ja! Claro que no. No me importan tanto.

Lo miro de reojo. Él sonríe. Es. Tan. Troll.

—Pero, de verdad, quería hablarte de esto —dice.

Sonny me muestra su teléfono. Es un mensaje de texto de Rapid, enviado esa mañana, y consiste en una pregunta simple, pero no tan simple:

Quieres que nos veamos?

Quedo boquiabierta.

—¿De verdad?

—De verdad —responde Sonny.

—Mierda. —Pero hay un problema—. ¿Por qué no le has respondido?

—No lo sé —dice—. Parte de mí diría *claro que sí*. La otra parte siente que esta mierda es demasiado buena para ser real. ¿Y si él en realidad es un viejo de cincuenta años que vive en el sótano de su madre y tiene un plan malvado para asesinarme y enterrar mi cuerpo desmembrado en su jardín sin que nadie lo sepa hasta dentro de veinte años cuando un perro callejero descubra mi olor?

Lo miro fijo.

—A veces los detalles de tus ejemplos son perturbadores.

—Podría pasar. Entonces, ¿qué hago?

—Em, espero que corras lo más rápido posible antes de que él pueda asesinarte.

Los labios de Sonny se extienden un poco.

—Después de eso.

—Llama a la policía.

—¡Bri! —dice mientras río—. En serio. Él podría ser un fraude.

—Sí, puede ser —admito. Es decir, Internet está lleno de pervertidos mentirosos. Y no sé si podría ocurrir exactamente lo que Sonny ha dado de ejemplo, pero podría ser peligroso.

—Además, como dije, esto es...

—Una distracción —concluyo por él.

—Exacto. Malik está intentando descubrir quién es Rapid en realidad. Le he dado un poco de información y él ya la está usando. Hicimos un poco de investigación el otro día.

—Oh. Qué bien.

Mi estómago da un vuelco. Sonny le ha contado a Malik cosas sobre Rapid que no me ha contado a mí. Y lo han investigado juntos. Sin mí.

Es estúpido, pero duele.

Sonny muerde su uña ya destrozada.

—Le diré a Rapid que esperemos para vernos. Mientras tanto, Malik y yo continuaremos investigando.

Él y Malik. Como si la Profana Trinidad ahora fuera un dúo.

Carajo. ¿Por qué tengo tantos sentimientos?

—Esto bien podría ser un intento estúpido de avergonzarme —prosigue Sonny—. Considerando todo lo que he compartido con él... quedaría como un tonto.

La vergüenza en sus ojos hace que mis sentimientos sean irrelevantes.

Lo golpeo despacio con el codo.

—No eres un tonto. Él es el tonto si está engañándote por Internet. Porque te lo prometo, patearé su trasero.

—¿Aunque sea un tipo de cincuenta años en un sótano?

—Aunque sea un tipo de cincuenta años en un sótano. Le arrancaré los dedos personalmente y se los meteré por la garganta.

Sonny besa mi mejilla.

—Gracias por ser violenta por mí.

—Aww, cuando quieras. Sabes que tu trasero perturbador tiene mi apoyo.

—Solo es perturbador porque sabes que podría ocurrir.

La seguridad es pan comido. Los nuevos guardias aún están aquí. Todos avanzan más despacio de lo habitual por los pasillos. Creo que el receso de Navidad hace que anhelemos aún más el verano.

Sonny me golpea despacio con el codo. Adelante, Malik espera en mi casillero.

—¿Estarán bien? —pregunta Sonny.

—Sí —miento. En realidad, no lo sé.

Sonny tiene que hablar con uno de sus profesores antes de clase, así que parte hacia el ala de artes visuales. Yo voy a mi casillero.

Lo abro y quito la mochila de mi espalda.

—Hola.

Malik abre los ojos de par en par levemente.

—¿Ya no estás enfadada conmigo?

Tomo mi libro de Historia estadounidense (blanca) y lo guardo en mi mochila.

—Nop. Estamos bien.

—No te creo. Guardas rencor como un tacaño guarda dinero.

¿Ha estado asistiendo a la escuela de frases de abuelos?

—He dicho que estamos bien.

—No, no es cierto. Breezy, escucha. —Malik sujeta mi brazo—. De verdad lo siento, ¿sí? Ha sido un infierno no hablar contigo.

De hecho, esto es un infierno. El modo en que sujeta mi brazo, deslizando el pulgar sobre mi piel. Cada parte de mí es consciente de que él me toca.

No. Olviden eso. Quise decir que *el novio de Shana* me toca.

Aparto el brazo de su alcance.

—Estamos bien, Malik. Termina con el asunto.

Porque yo me obligaré a terminar con el asunto.

Él suspira.

—¿Al menos podrías decirme qué está ocurriendo en...?

—¡Oye! ¡Princesa!

Curtis avanza hacia nosotros, probablemente para hacer una broma estúpida que solo se le puede ocurrir a Curtis.

—¿Qué, Curtis? —pregunto.

Su gorra y sus tenis combinan como es habitual y lucen como nuevas. Probablemente, son regalos de Navidad.

—Crees que ahora eres famosa, ¿eh? Ni siquiera me molesta.

—¿De qué hablas?

—¿No has visto *Blackout* aún? —pregunta.

—¿*Blackout*? —dice Malik.

Blackout es un blog de chismorreos que ama «criticar mientras beben té» (sus palabras) a las celebridades negras para el consumo de las personas ávidas. Es ridículo... y adictivo. ¿De qué otro modo se supone que debo saber qué Kardashian está embarazada de un famoso negro esta semana?

—Sí. Publicaron la canción de Bri hace poco —responde Curtis.

Debo haber oído mal. Es imposible.

—¿Qué has dicho?

Curtis abre el sitio web en su teléfono.

—¿Ves?

Allí estoy, en la primera página de *Blackout*. Publicaron una foto mía de cuando estuve en el Ring. ¿El titular? «¡Hija adolescente de la leyenda del rap *underground* Lawless acaba de asesinarnos con este nuevo hit que arde!».

Nota al margen: ¿acaso no tengo nombre? Es bastante corto y también podría haber encajado en el titular.

Estoy dispuesta a dejar pasar esa basura sexista por ahora. Debajo de la fotografía hay un reproductor para *Hora de brillar*, directo de mi página de Dat Cloud. Según el contador de reproducciones...

Ca.

Ra.

Jo.

—¡Veinte mil reproducciones! —grito—. ¡Tengo veinte mil reproducciones!

Cada mirada en el pasillo se posa en mí. La directora Rhodes está a pocos metros de distancia y me mira por encima de sus gafas.

Sí, estoy gritando. No me importa.

—Veinte mil y contando —dice Curtis—. También eres tendencia.

—Pero... Cómo... Quién...

Supreme. Cumplió con su palabra.

Malik curva levemente los labios hacia arriba.

—Es genial, Bri.

—¿*Genial*? —dice Curtis—. Amigo, ¿a cuántas personas del Garden conoces que reciban atención como esta? Esto es inmenso, Princesa. Increíble.

No sé qué es más impactante: el hecho de que mi canción sea viral o el hecho de que Curtis me esté elogiando.

Curtis sacude su mano delante de mí. Llama a mi frente.

—Hay alguien ahí...

Aparto su mano.

—Oye, si no...

—Por un segundo, creí que habías muerto —dice, riendo.

—No. —Pero me pregunto si estoy teniendo una experiencia extra corporal. Llevo la mano a mi frente—. Esto es una locura.

—Sí... —Malik hace silencio—. Será mejor que regrese a clase. Felicitaciones, Bri.

Desaparece por el pasillo.

—Tu chico es raro —comenta Curtis.

—¿Por qué lo dices?

—Oye, si yo fuera tan cercano a alguien como se supone que él lo es contigo, estaría explotando de alegría ahora mismo por esa persona. Él apenas pudo felicitarte.

Muerdo mi labio. Yo también lo he notado.

—A él no le agradan las cosas que digo en la canción, eso es todo.

—¿Qué tiene de malo lo que dices?

—Hablo de armas y esas cosas, Curtis. Él no quiere que los demás piensen que soy así.

—De todos modos, lo pensarán. Si puedes sacar algo de esto, olvida las tonterías y aprovéchalo.

Lo miro fijo.

—Guau.

—¿Qué?

—Eres más decente de lo que pensaba.

—Te encanta odiar, ¿eh? Como sea. —Golpetea despacio sus nudillos sobre mi brazo—. No permitas que el ego te infle la cabeza. Ya es bastante grande.

—Qué curioso. Apuesto a que no es posible decir lo mismo de cierta parte de tu cuerpo.

—¡Ay! —Arruga la frente—. Espera, ¿has estado pensando en esa parte, Princesa?

Recuérdenme por qué me ha parecido lindo.

—Por supuesto que no, repetido quinientas veces, Alex.

—Malhumorada. Pero estoy feliz por ti. En serio, ni siquiera miento.

Tuerzo la boca.

—Sí, claro.

—¡De verdad! —insiste—. Era hora de que algo bueno saliera del Garden. Aunque —se encoge de hombros—, igual patearía ese trasero en una batalla.

Comienzo a reír a carcajadas.

—No lo creo.

—Yo creo que sí.

—De acuerdo —digo—. Pruébalo.

—De acuerdo —responde.

Se pone de pie frente a mi rostro, súper cerca.

¿Por qué solo lo miro?

¿Por qué él solo me mira?

—Empieza —digo.

—No —responde—. Las damas primero.

—Eso es una excusa.

—O es mi intento de ser un caballero.

Prácticamente siento sus palabras, así de escaso es el espacio que hay entre los dos. Mis ojos bajan a sus labios. Él los humedece y prácticamente me suplican que los be...

Suena la campana.

Retrocedo lejos de Curtis. ¿Qué diablos?

Él sonríe con picardía y parte.

—La próxima, Princesa.

—No me vencerás —respondo. Él voltea.

—Seguro, Jan.

¿Acaso acaba de usar un meme en mi contra?

Le hago un gesto obsceno.

Para citar a medias a Biggie, todo esto es un sueño.

No puedo caminar por la escuela sin que alguien note mi presencia o me señale y no tiene nada que ver con el incidente o los rumores de traficar drogas. Personas con las que jamás he hablado de pronto me saludan. La cadena de mi papá recibe más miradas y vistazos. En la clase de Narrativa, alguien reproduce mi canción antes del comienzo de la clase. La señora Burns les ordena que «apaguen esas tonterías» y estoy tan extática que muerdo mi lengua. *Internamente,* digo que su peluca es la única tontería en esta sala.

Brianna Jackson no irá a dirección hoy.

La señora Murray también ha escuchado la canción. Cuando entro a clase de Poesía, dice:

—¡Llegó la rapera del momento! —Pero añade—: Dado que el hip hop es poesía, tus calificaciones nunca deberían empeorar de nuevo.

Como sea.

Ver que aumentan mis reproducciones y que mis compañeros enloquecen con mi música me hace pensar que, joder, todas las cosas con las que he soñado quizás podrían suceder de verdad. Quizás realmente pueda ser una rapera exitosa. No es una mierda loca producto de mi imaginación. Es...

Es posible.

CAPÍTULO QUINCE

Han pasado apenas más de dos semanas desde que *Blackout* publicó mi canción. Mis números siguen aumentando. Hablo de seguidores, reproducciones, todo eso. Ayer, caminé hasta la casa de mis abuelos para cenar con ellos (la abuela insistió) y un carro pasó a mi lado reproduciendo mi música a todo volumen.

Pero el carro que aparca frente a mi casa esta noche no reproduce la canción. La tía Pooh espera en su Cutlass. Esta noche, tengo otra batalla en el Ring. No tengo idea de a quién enfrentaré, pero eso hace que el Ring sea lo que es: hay que estar preparado para cualquier cosa.

Jay está en clase y Trey, en el trabajo, así que cierro con llave la casa. Por mucha atención que he recibido en Internet, creo que ninguno de los dos sabe de la existencia de la canción. Además, Jay no usa Internet a menos que sea para mirar YouTube o stalkear amigos y familia en Facebook. Trey piensa que las redes sociales promueven la inseguridad, y no las usa mucho. Por ahora, estoy bien.

Scrap está recostado en el asiento del acompañante de la tía Pooh. Lo adelanta para que yo pueda subir a la parte trasera del carro.

—No puedes apagar mi hora de brillar. ¡Ayyyyyyy! —dice él—. No puedo quitármela de la cabeza, pequeña Law. Es demasiado fantástica.

—Gracias. Hola, tía.

—Qué tal —susurra, con la vista clavada al frente.

El día que *Blakout* publicó *Hora de brillar*, le conté todo al respecto. Ella no me respondió hasta ayer, cuando escribió que me recogería para ir al Ring esta noche.

Supongo que está molesta porque no borré la canción como me indicó. ¿Acaso importa si significa que estamos encaminadas? Es decir, maldición. Ese es el objetivo, ¿no?

Scrap voltea y me mira.

—Vaya, vaya, veo que tienes la cadena de tu papá.

Bajo la vista hasta el pendiente en forma de corona que cuelga de la cadena dorada. Lo he usado todos los días desde que lo recibí. Colocarlo alrededor de mi cuello es un hábito, como lavar mis dientes.

—Supongo que me agrada tener una parte de él conmigo.

—¡Vaaaya! —dice Scrap contra su puño—. Recuerdo cuando Law la consiguió. Hizo que todo el vecindario hablara de él. En ese momento, supimos que él lo había logrado.

La tía Pooh me fulmina con la mirada a través del espejo retrovisor.

—¿No te dije que no usaras esa mierda?

¿Qué le preocupa? ¿Que alguien me robe? Por eso en general la escondo debajo de mi camiseta cuando salgo por el barrio. Pero ¿en el Ring?

—Nadie la robará, tía Pooh. Sabes cómo es la seguridad.

Ella mueve la cabeza de lado a lado.

—A veces no sé por qué me molesto con tu trasero testarudo.

Entramos en el gimnasio. Algunos de los carros más ridículos alardean en el aparcamiento. Hay un *lowrider* pintado de modo tal que parece una caja de Froot Loops y una furgoneta con las llantas más grandes que he visto en la vida. Pasamos junto a un carro que primero parece violeta, pero cuando las luces de la calle lo iluminan, es verde neón.

La tía Pooh encuentra un lugar vacío para aparcar y los tres bajamos. La música suena en todas partes. A la gente le encanta alardear con sus sistemas de sonido tanto como con sus vehículos. Quizás más. Mi voz sale fuerte de uno de los carros.

No puedes apagar mi hora de brillar.

—¡Eyyyyyy! —grita un tipo dentro del carro y me señala—. ¡Hazlo por el Garden, Bri!

Más personas notan mi presencia y gritan toda clase de cosas amorosas y de elogios.

Scrap me golpea despacio con el codo.

—¿Ves? Has hecho que todo el vecindario hable de ti.

La tía Pooh coloca una paleta dentro de su boca en silencio.

La fila para ingresar al gimnasio de boxeo llega hasta la acera, pero como siempre, nos dirigimos directo a las puertas. En general nunca hay problema, pero un tipo dice: «¡Más les vale llevar sus traseros al final de la fila!».

Los tres volteamos.

—¿Con quién crees que hablas? —pregunta la tía Pooh.

—Contigo, perra —dice el tipo. Tiene la boca llena de dientes plateados y viste un jersey de béisbol gris. Todos los tipos a su alrededor también visten gris en alguna parte. Coronas.

—Será mejor que pienses de nuevo en la mierda que acabas de decir, compañero —le advierte Scrap.

—¿Y si no lo hago qué, ne...? —Los ojos del Corona caen directo sobre la cadena de mi papá—. Aww, mierda. —Curva los labios en una sonrisa—. Miren qué tenemos aquí.

Sus amigos también la ven. Sus ojos brillan y de pronto, soy un filete dentro de una jaula llena de leones hambrientos.

—Eres la hija del maldito Lawless, ¿cierto? —dice el hostigador.

La tía Pooh avanza, pero Scrap sujeta su camiseta.

—¿Qué dices de mi hermano?

Cuñado. Pero según la tía Pooh, son detalles sin importancia.

—Tía. —Mi voz tiembla—. Entremos, ¿sí?

—Sí, tía, entremos —se burla el Corona. Me mira de nuevo—. También eres la de la canción, ¿verdad?

De pronto, no puedo hablar.

—¿Y qué si lo es? —pregunta la tía Pooh.

El Corona desliza el dedo sobre su propio mentón.

—Habla de mierdas callejeras en la canción. Hay una frase que nos ha molestado un poco. Algo como que no necesitaba gris para ser una reina. ¿Qué carajo se supone que significa?

—Significa la mierda que ella quiera que signifique —responde la tía Pooh—. No ha dicho nada, ¿cuál es el problema?

—Nos ha hecho sentir de cierto modo —dice el Corona—. Será mejor que tenga cuidado. No queremos que termine como su papi.

—¿Qué carajo has dicho? —La tía Pooh empieza caminar hacia él.

Él hace lo mismo hacia ella.

Hay exclamaciones de «¡Oh, mierda!» y gritos. Los teléfonos apuntan en nuestra dirección.

La tía Pooh introduce la mano en la parte posterior de su cintura.

El Corona hace lo mismo.

Estoy paralizada.

—¡Oigan! ¡Ya basta! —grita el portero, Frank.

Él y Reggie corren hacia nosotros. Reggie empuja a la tía Pooh y Frank empuja al Corona.

—No, hombre, no —dice Frank—. Esta mierda no ocurrirá aquí. Todos deben irse.

—¡Estos imbéciles empezaron! —responde la tía Pooh—. Nosotros solo intentábamos entrar para que mi sobrina pudiera participar de la batalla.

—No me importa —dice Reggie—. No toleramos estas mierdas callejeras, Pooh. Lo sabes. Todos deben irse.

Guau, momento. ¿Todos?

—Pero tengo una batalla esta noche.

—Ya no —responde Frank—. Conoces las reglas, Bri. Si tú o *los tuyos*
—señala a Scrap y a mi tía— traen esas tonterías pandilleras aquí, se
van. Claro y sencillo.

—Pero ¡yo no he hecho nada!

—Son las reglas —dice Reggie—. Todos vosotros, fuera de la propiedad. Ahora.

Los Coronas dicen insultos, pero parten. Hay susurros en la fila.

—Vamos, chicos —les digo a Frank y a Reggie—. ¿Por favor? Dejad-
me entrar.

—Lo siento, Bri —responde Frank—. Todos deben partir.

—Las reglas son las reglas —añade Reggie.

—Pero ¡yo no he hecho nada! ¿Y sin embargo me echan por algo
que *uno de los míos* hizo? ¡Es una mierda!

—¡Son las reglas! —afirma Frank.

—¡Al carajo con tus reglas! —¿Hablo sin pensar? Todo el tiempo. ¿Mi
temperamento va de cero a cien en segundos? Claro. Pero por el modo
en que la multitud murmura, parecen estar de acuerdo conmigo.

—No, Bri. Debes irte. —Reggie señala la calle—. Ahora.

—¿Por qué? —grito a medida que la multitud hace más ruido. Esta
vez, Scrap sujeta *mi* camiseta—. ¿Por qué?

—¡Porque nosotros lo decimos! —responde Frank para mí y para la
multitud.

Pero ellos no lo escuchan. Alguien comienza a reproducir *Hora de
brillar* desde su carro y todos enloquecen.

¿Saben qué? Al carajo.

—Enfréntame y prepárate —digo en voz alta.

—Mi equipo más que una caldera arde —completa la multitud.

—El silenciador hay que equipar, que no nos vayan a escuchar
—digo.

—Lo nuestro no es disparar, pero ¡de asesinato nos quieren culpar! —dice la multitud.

¿Cuando llega el verso? Dios mío. Todos lo cantan. Las personas bailan y gritan conmigo. Es un mini recital, aquí, en el aparcamiento.

Frank y Reggie mueven la cabeza de lado a lado y regresan a las puertas. Les hago un gesto obsceno a los dos. Alguien grita:

—¡Todos sois unas perras!

Recibo elogios en todas direcciones. Si mi papá es el rey del Garden, de verdad soy la princesa.

Pero la tía Pooh me fulmina con la mirada. Camina hecha una furia hacia el aparcamiento.

¿Qué diablos? Sujeto su brazo.

—¿Cuál es tu problema?

—¡Tú eres mi maldito problema!

Retrocedo.

—¿Qué?

—¡Te dije que no publicaras la maldita canción! —grita, escupiendo saliva—. ¡Ahora no podemos regresar aquí!

—Espera, ¿culpas a mi *canción*? ¡Yo no te dije que enfrentaras a esos Coronas!

—Ah, entonces, ¿esto es culpa mía? —replica.

—¡Tú eras la que estaba por apuntarles con un arma!

—Sí, ¡para protegerte! —grita la tía Pooh—. Hombre, olvídalo. Tú y tu estúpido trasero, seguidme.

Observo mientras parte. ¿Acaso no ha visto cuánto amaron la canción? ¿Y sin embargo está enfadada conmigo porque unos Coronas se enfurecieron por una fila?

¿Cómo es que yo soy la estúpida en esta situación?

La tía Pooh voltea y me mira.

—¡Vamos!

¿Con ella gritándome así?

—No. Estoy bien. ¿Cómo luzco si me voy con alguien que me llama estúpida cuando no hice nada malo?

La tía Pooh alza su mirada furiosa al cielo. Alza las manos.

—¡Bien! Haz lo que quieras.

—No creo que eso sea una buena idea... —comienza a decir Scrap.

La tía Pooh camina hecha una furia hacia el carro.

—¡Que ella y su estúpido trasero se queden! La mierda se le ha subido a la cabeza.

Scrap pasa la mirada de una a otra, pero la sigue a ella. Suben al carro y la tía Pooh parte a toda velocidad.

¿Sinceramente? Es probable que no deba estar aquí sola. No fui yo la que estuvo a punto de enfrentarse a esos Coronas, pero nunca se sabe lo que un pandillero hará cuando está de cierto humor. Solo debo mantener la cabeza inclinada, los ojos en el suelo y los oídos atentos. Solo débo llegar a casa.

Camino hacia la acera.

—¡Oye! ¡Pequeña Law!

Volteo. Supreme trota hasta mí. Tiene puestas sus gafas, aunque está totalmente oscuro afuera.

—¿Necesitas que te lleven? —pregunta.

Supreme conduce una Hummer negra con parrilla dorada al frente. Milez ocupa el asiento del copiloto. Supreme abre la puerta del conductor y chasquea los dedos hacia su hijo.

—Oye, ve atrás. Quiero que Bri viaje adelante.

—¿Por qué no puede...?

—Niño, ¡he dicho que vayas atrás!

Milez se quita el cinturón de seguridad y obedece mientras balbucea en voz baja.

—¡Dilo con el pecho si piensas decir algo! —añade Supreme.

Vaya. Esto es incómodo. Como cuando la tía 'Chelle o la tía Gina discuten con Malik y Sonny sobre algo mientras yo estoy en sus casas. No sé si debo irme, quedarme o actuar como si nada ocurriera.

Actúo como si no hubiera sucedido nada. Este es el carro más costoso en el que he estado. El tablero de Supreme parece algo salido del *Halcón Milenario* con todas esas pantallas y esos botones. Los asientos son de cuero blanco y, segundos después de que arranca, siento mi asiento calentito.

Supreme parece mirar a su hijo a través del espejo retrovisor.

—Al menos podrías hablar.

Milez suspira y extiende la mano hacia mí.

—Miles, sin z. Perdóname por lo que dije sobre tu papá en nuestra batalla.

Suena… diferente. Como cuando voy con mi abuela a una de las tiendas lindas de los suburbios y ella me dice que «hable bien». No quiere que los demás piensen que somos «unas de esas ratas que frecuentan sus establecimientos». Trey lo llama cambiar de código.

Miles suena como si no fuera cambiar de código para él. Suena como si él hablara naturalmente así, como si perteneciera a los suburbios. Es decir, él *es* de los suburbios, pero en el Ring unas semanas atrás, sonaba extremadamente del barrio.

Estrecho su mano.

—Está bien. No más rencor.

—¿No *más*?

—Oye, debías saber que había un poco. Por eso te has disculpado, ¿cierto?

—Precisamente —dice—. No ha sido personal. Pero no estaba preparado para que respondieras con la fuerza que lo hiciste.

—¿Qué? ¿Te sorprende que una chica te venciera?

—No, no tiene nada que ver con que seas una chica —dice—. Créeme, mis listas de reproducción están llenas de Nicki y Cardi.

—Guau, ¿eres una de esas personas únicas que aman a las dos? —Yo también lo soy. No se llevan bien entre sí, pero que no se agraden no significa que no puedan gustarme las dos. Además, me niego a «elegir» entre dos mujeres. Ya somos bastante pocas en el hip hop sin necesidad de optar.

—Por supuesto. —Miles inclina un poco el cuerpo hacia delante—. Pero seamos sinceros: Lil' Kim es sin dudas la reina.

—Em, sin duda. —Jay adora a Lil' Kim. Le he tomado cariño. Escuchar a Kim no solo me enseñó que las chicas pueden rapear, sino que pueden tener éxito como los chicos.

—El cover de *Hard Core* es icónico —dice Miles—. Desde una perspectiva visual, la estética...

—Hijo —dice Supreme. A pesar de decir solo eso, Miles reclina la espalda y hace silencio mientras toquetea su teléfono, como si no hubiéramos estado conversando. Qué extraño.

—¿A dónde vamos, Bri? —pregunta Supreme.

Le doy mi dirección y él la introduce en el GPS. Arranca.

—¿Qué ha sucedido con tu tía? —pregunta.

—¿Lo has visto?

—Sí. También vi el mini espectáculo que armaste. Sabes cómo cautivar a la multitud. La vida viral te trata bien, ¿eh?

Apoyo la cabeza contra el respaldo. Maldición. Incluso la cabecera está tibia.

—Es surrealista. No puedo agradecerte lo suficiente por lo que has hecho.

—Ni lo menciones —dice—. Si no fuera por tu papá, no tendría una carrera. Es lo menos que puedo hacer. Entonces, ¿cuál es el plan ahora? Tienes que aprovechar el momento.

—Lo sé. Por eso fui al Ring.

—Oh, ¿eso? No es lo suficientemente grande —dice Supreme—. Aunque lo que ha sucedido esta noche *hará* hablar a todos. Cada teléfono del aparcamiento apuntaba hacia vosotros. Ya veo los titulares. «Rapera del gueto en enfrentamiento del gueto». —Ríe.

—Espera. Solo hablaba en representación de...

—Tranquila, pequeña. Sé cuál ha sido tu intención —dice Supreme—. Pero ellos igual lo interpretarán de otro modo. Es lo que hacen. La clave es que hagas el papel sin importar cuál sea.

Estoy confundida.

—¿Que haga el papel?

—Haz el papel —repite—. Mírame. Asisto a reuniones con ejecutivos, ¿sí? Visto trajes costosos hechos a medida, zapatos de diseño que cuestan lo que mi madre ganaba en un año. Y ellos *igual* piensan que soy un negro de mierda del barrio. Pero ¿adivina qué? No salgo de esas reuniones hecho un negro *en quiebra*, te lo aseguro. Porque interpreto el papel de la persona que ellos piensan que soy. Así hacemos que este juego funcione para nosotros. Usa lo que sea que ellos piensen de nosotros a nuestro favor. ¿Sabes quiénes son los mayores consumidores de hip hop?

—Los chicos blancos de los suburbios —responde Miles a secas, como si ya lo hubiera escuchado antes.

—¡Exacto! Los chicos blancos de los suburbios —dice Supreme—. ¿Sabes qué adoran los chicos blancos de los suburbios? Escuchar mierda que asusta a sus padres. Si asustas de muerte a sus padres, ellos volarán hasta ti como pajaritos. ¿El vídeo de esta noche? Les dará un susto de muerte. Observa cómo suben tus números.

De hecho, tiene sentido que los chicos blancos de los suburbios adoren los vídeos. Pero Long y Tate me han llamado «delincuente», y parece que no puedo olvidar esa palabra. ¿Ahora las personas me dirán que soy del gueto? Una palabra. Dos sílabas.

Solo porque sin dulzura arremeto
pensarán que soy del gueto.

—No quiero que los demás piensen que soy así —le digo a Supreme.

—Como dije, no importa —responde—. Déjalos que te llamen como diablos quieran, pequeña. Solo asegúrate de que te paguen cuando lo hagan. Te pagan, ¿cierto?

¿Si me pagan?

—¿Por qué? —pregunto.

—Alguien debería buscarte espectáculos —dice—. Lograr que tus frases aparezcan en las canciones de otros artistas. ¿Tu tía no se ocupa de eso?

No lo sé. La tía Pooh nunca ha hablado de cosas así.

—Mira, no intento entrometerme en un asunto familiar —prosigue Supreme—, pero ¿estás segura de que ella es la mejor persona para representarte?

—Ha estado conmigo desde el comienzo —le digo a él y a mí misma—. Cuando a nadie le importaba que yo quería rapear, la tía Pooh me apoyó.

—Ah, eres leal. Lo respeto. Ella es DG, ¿verdad?

No pasó mucho tiempo desde la muerte de mi papá para que la tía Pooh comenzara a usar verde todo el tiempo.

—Sí. Ha sido una durante la mayor parte de mi vida.

—Ese desastre es una distracción de la peor clase —dice él—. Conozco tantos que llegarían lejos si abandonaran las pandillas. Pero es como decía mi papá: «Nunca te ahogues intentando salvar a alguien que no quiere ser salvado».

No, verán, está equivocado. La tía Pooh no es una causa perdida. Sí, tiene sus momentos y se involucra demasiado en las calles, pero cuando yo tenga éxito, ella abandonará todo eso.

Creo.

Espero.

CAPÍTULO DIECISÉIS

Supreme tenía razón. Cientos de personas han publicado vídeos de lo ocurrido anoche en el Ring, y cientos más han escuchado mi canción. Mis reproducciones continúan en aumento.

Muchos también piensan que soy alguien que no soy. Me han llamado pandillera, desgraciada, malviviente sin modales. Todo eso. No sé si estoy más molesta o dolida. Ni siquiera puedo defenderme e incluso perder la calma sin que alguien me dé por perdida.

Así que sí, Supreme tenía razón. Me pregunto si también tenía razón sobre la tía Pooh.

Ni siquiera debería pensar así. Es mi tía. Mi compañera desde el día uno. Pero ella no sabe qué diablos está haciendo. No ha dicho nada sobre organizar espectáculos o colocarme en las canciones de otras personas. No ha dicho absolutamente nada sobre cómo hacer que me paguen. Para empezar, todavía está molesta porque publiqué la canción en Internet.

Pero es mi tía. No puedo abandonarla. Al menos, eso es lo que repito mientras empujo con el tenedor la salchicha en mi plato.

Jay desliza un pancake junto a la salchicha.

—Esto es lo último que quedaba de harina. Pooh ha dicho que traerá provisiones más adelante esta semana. Estuve a punto de negarme, pero...

Nuestro refrigerador y nuestras alacenas están prácticamente vacías. Ese es otro motivo por el que no puedo abandonar a la tía Pooh. Ella siempre se asegura de que tenga comida.

Trey revuelve la crema en su café. Tiene puesta una camisa de vestir y una corbata en el cuello. Esta mañana tiene una entrevista de trabajo.

—Pooh y su dinero ganado por traficar drogas salvan el día.

Es un poco desastroso. Aquí está mi hermano, haciendo todo bien, y nada sale de ello. Mientras tanto, la tía Pooh hace todo lo que nos han indicado no hacer y ella nos consigue comida cuando la necesitamos.

Pero así son las cosas. Los traficantes de mi barrio no tienen problemas económicos. Todos los demás, sí.

Jay le da un apretón al hombro de Trey.

—Cariño, estás esforzándote. Haces tanto por aquí. Más de lo que deberías.

Ella hace silencio y queda prácticamente ensimismada; luego intenta recuperarse con una sonrisa.

—Presiento que la entrevista de hoy saldrá bien. También estuve buscando programas de posgrado para ti.

—Ma, te lo he dicho, ahora no puedo ir a estudiar un posgrado.

—Cariño, al menos deberías postularte a algunos programas. Ver qué pasa.

—Ya lo he hecho —responde él—. He entrado.

Alzo la vista y dejo de empujar mi salchicha.

—¿De verdad?

—Sí. Me postulé antes de comenzar a trabajar en Sal's. Hace poco recibí algunas cartas de admisión, pero la universidad más cercana está a tres horas de viaje. Tengo que quedarme aquí y...

No termina la oración, pero no es necesario que lo haga. Tiene que quedarse y ayudarnos.

Jay parpadea varias veces.

—No me dijiste que te habían aceptado.

—No es importante, ma. Estoy donde quiero estar. Lo prometo.

Durante un rato, el único sonido es Trey bebiendo sorbos de café.

Jay apoya el plato de pancakes sobre la mesa.

—Empezad a comer y terminadlos.

—Ma...

—Buena suerte en tu entrevista, cariño.

Ella va a su cuarto y cierra la puerta.

Tengo el corazón en la garganta. No recuerdo mucho de la primera vez que enfermó, pero sí recuerdo que ella siempre se recluía en su habitación. Permanecía allí dentro durante horas y nos dejaba a Trey y a mí solos...

—No está drogándose —dice Trey.

Algunos días, es como si mis pensamientos fueran los de él.

—¿Estás seguro?

—No se hará eso a sí misma de nuevo, Bri. Solo necesita... espacio. Los padres nunca quieren quebrarse delante de sus hijos.

—Oh.

Trey sujeta su frente.

—Maldición, no debería haber dicho nada.

Es difícil saber qué decirle.

—¿Felicitaciones por haber entrado al programa?

—Gracias. Honestamente, fue estúpido postularme. Supongo que solo tenía curiosidad.

—O que en verdad quieres ir.

—En algún momento, quiero hacerlo —admite—. Pero no ahora mismo.

Si las cosas salen como quiero, irá pronto.

—No te preocupes. Podrás ir antes de lo previsto.

—Porque estás a punto de alcanzar tu hora de brillar, ¿cierto?

—Em, ¿qué?

—Sé sobre tu canción, Bri —dice—. También sé que te echaron del Ring anoche.

—Yo... ¿Cómo lo...?

—No uso redes sociales, pero no vivo bajo una roca —responde Trey—. La mitad de mis compañeros de trabajo me enviaron el enlace preguntando si era mi hermanita la que estaba con los DG en lo de Jimmy. Kayla me escribió apenas ocurrió.

—¿Quién...? Oh, Ms. Tique. —Maldición, tengo que respetar más a una hermana y recordar su verdadero nombre—. Trey, puedo explicarlo.

—Te dije que no anduvieras por ahí con el peligro de Pooh —dice—. ¿No te lo dije? Tienes suerte de que nada haya ocurrido.

—Ella solo estaba protegiéndome.

—No, estaba actuando como la impulsiva que es. Dispara primero, pregunta después detrás de los barrotes. No ayuda que tú te involucres.

Él sin duda sabe cómo hacerme sentir para la mierda.

—Solo me defendía a mí misma.

—Hay un modo de hacerlo, Bri. Lo sabes —dice—. Ahora, he escuchado tu canción y admito que has escrito algunas líneas geniales.

Mis labios se curvan un poco hacia arriba.

—Pero —añade en un modo que me dice que borre la sonrisa del rostro— aunque interpreto la canción, ahora muchos tomarán tus palabras de modo literal. Y seamos sinceros: no sabes nada sobre la mitad de la mierda sobre la que has rapeado. ¿Los cartuchos en tu cadera? —Trey tuerce la boca—. Sabes muy bien que no tienes idea de lo que es un cartucho, Bri.

—¡Claro que lo sé! —Es la cosita que va en la cosa de un arma.

—Sí, claro. Dejando eso de lado, esto es una distracción en muchos niveles —responde—. Si pusieras toda esta energía en la escuela, ¿sabes cuán lejos llegarías?

No tan lejos en comparación con el lugar al que puede llevarme esta canción.

—Esta es nuestra salida, Trey.

Él pone los ojos en blanco.

—Bri, es poco probable. Mira, si quieres ser rapera, está bien. Personalmente, creo que puedes hacer algo incluso mejor, pero es tu sueño. No me interpondré en tu camino. Sin embargo, incluso si la canción es un éxito, no es la lotería. No implica que de pronto serás millonaria.

—Pero podría estar camino a serlo.

—Sí, pero ¿a qué costo? —pregunta.

Trey se aparta de la mesa y besa la parte superior de mi cabeza antes de partir.

Solo hay dos personas en el autobús cuando subo: Deon y Curtis.

—Bri, ¿es verdad que te han echado del Ring? —pregunta Deon en cuanto pongo un pie en el vehículo.

—Vaya, buenos días para ti también, Deon —digo, con una sonrisa falsa y todo—. Estoy bien; ¿y tú?

Curtis ríe a carcajadas.

—Pero, en serio —dice Deon mientras ocupo mi asiento habitual. Curtis casualmente está al frente hoy—. ¿De verdad te han prohibido la entrada?

Es como si no hubiera dicho nada.

—D, has visto el vídeo, sabes la respuesta —dice Curtis—. Déjala en paz.

—Amigo, algunos creen que fue armado —responde Deon—. Pero no es así, ¿verdad, Bri? Es cierto que estabas con los DG, ¿eh? ¿Acabas de unirte a ellos?

—¿Sabes qué? Toma. —Curtis lanza una botella de agua hasta el fondo del autobús—. Para tu trasero sediento de respuestas.

Resoplo. Desde que él me habló como un ser humano decente en la iglesia, mis niveles de tolerancia hacia Curtis han sido mucho más altos. Incluso río con algunas de sus bromas. Es raro. Y nunca pensé que lo diría, pero:

—Gracias, Curtis.

—No hay problema. Te enviaré un mensaje con los detalles para mi pago como guardaespaldas.

Pongo los ojos en blanco.

—Adiós, Curtis.

—Tacaña. Está todo bien —dice Curtis, riendo.

—Como sea —respondo—. Por cierto, ¿qué haces en el autobús tan temprano? En general eres uno de los últimos en subir.

—He pasado la noche en la casa de mi papá.

Estoy bastante segura de que mi rostro dice lo que yo callo. No sabía que él tenía padre. Es decir, por supuesto que tiene un papá. No sabía que tenía un padre presente.

—Es camionero —explica Curtis—. Siempre está de viaje así que vivo con mi abuela.

—Oh, no lo sabía.

—Está bien. Al menos está ausente por un buen motivo.

Siempre he querido preguntarle algo, pero francamente, no es asunto mío. Curtis en cierto modo sacó el tema, así que ¿tal vez está bien que pregunte?

—No tienes que responderme —digo—. En serio, no es necesario, pero ¿ves a tu mamá?

—Solía verla cada dos semanas. Ahora hace meses que no voy. Pero mi abuela va todos los fines de semana.

—Ah. ¿Qué fue lo que hizo?

—Apuñaló a un exnovio que solía golpearla. Una noche no resistió más y lo apuñaló mientras él dormía. Pero dado que él no estaba haciéndole nada en ese instante, no fue defensa personal o lo que sea. La encarcelaron. Mientras, él aún anda por el Garden y probablemente golpea a la mamá de alguien más.

—Maldición. Es terrible.

—Es lo que es.

Estoy siendo súper chismosa.

—¿Por qué no la visitas?

—¿Querrías ver a tu mamá siendo solo una cáscara de lo que era?

—Ya lo he hecho.

Curtis inclina la cabeza.

—Cuando mi mamá consumía drogas. La vi drogada en el parque un día. Se acercó e intentó darme un abrazo. Salí corriendo a los gritos.

—Rayos.

—Sí. —Aquel recuerdo aún está fresco—. Pero fue extraño. Por muy asustada que estaba, parte de mí estaba feliz de verla. Solía buscarla, como si ella fuera una criatura mítica que yo quería ver, o algo así. Supongo que incluso cuando no era ella misma, era mi mamá. ¿Si es que eso tiene sentido?

Curtis apoya la cabeza contra la ventana.

—Lo tiene. No me malinterpretes, adoro ver a mi mamá, pero odio no poder salvarla. Esa mierda es el peor sentimiento del mundo.

Prácticamente escucho la puerta del cuarto de Jay al cerrar.

—Entiendo. Estoy segura de que ella también lo comprende.

—No lo sé —dice—. No he ido en tanto tiempo que dudo en regresar. Tendría que explicarle por qué no he ido a visitarla y esa mierda no la ayudará en absoluto.

—Dudo que a ella le importe el motivo, Curtis. Solo le importa que vayas.

—Quizás —susurra mientras Zane sube al autobús. Curtis lo saluda moviendo la cabeza—. Dado que te has entrometido en mis asuntos, ahora es mi turno de entrometerme en los tuyos.

Aquí vamos. Todos aman preguntarme cómo es tener a Lawless de papá. No se dan cuenta de que la pregunta en realidad debería ser: «¿Cómo es tener un papá que todos parecen recordar excepto tú?». Siempre miento y les digo lo genial que era, aunque apenas lo sé.

—Bien, sé honesta conmigo. —Curtis endereza un poco más la espalda—. ¿Quiénes son tus cinco raperos favoritos, vivos o muertos?

Esa es nueva. Pero lo valoro. No tengo nada contra mi padre, solo no estoy de humor para fingir sobre un desconocido.

—Es una pregunta muy difícil.

—Vamos, no puede ser tan difícil.

—Lo es. Tengo dos listas de los cinco mejores. —Alzo los dedos—. Una para los *MDTLT*, es decir los mejores de todos los tiempos, y una para lo que yo llamo potenciales MDTLT.

—Vaya, realmente eres fanática del hip hop. Muy bien. ¿Quiénes son tus cinco potenciales MDTLT?

—Fácil —respondo—. Sin orden en particular, Remy Ma, Rapsody, Kednrick Lamar, J. Cole y Joyner Lucas.

—Genial. Entonces, ¿quiénes son tus cinco MDTLT?

—Una aclaración: en realidad tengo diez favoritos, pero reduciré la lista a cinco —digo, y Curtis ríe—. De nuevo, sin orden en particular, Biggie, 'Pac, Jean Grae, Lauryn Hill y Rakim.

Frunce el ceño.

—¿Quién?

—¡Dios mío! ¿No sabes quién es Rakim?

—Ni Jean Grae —admite, y estoy a punto de tener un paro cardíaco—. Pero el nombre de Rakim suena familiar...

—¡Es uno de los mejores raperos que ha tocado un micrófono! —Probablemente, estoy gritando un poco—. ¿Cómo diablos puedes llamarte fanático del hip hop y no conocer a Rakim? Es como que un cristiano no sepa quién es Juan Bautista. O que un trekkie no conozca a Spock. O que un fan de Harry Potter no conozca a Dumbledore. Dumbledore, Curtis.

—Bueno, bueno. ¿Por qué él está en tu top cinco?

—Inventó el flow como lo conocemos —explico—. Mi tía me lo hizo escuchar. Juro que es como escuchar el agua: nunca suena forzado o entrecortado. Además, es un experto en rima interna, que es como una rima en medio de la oración en vez de al final. Cada rapero con talento es su hijo. Punto final.

—Rayos, de verdad sabes del tema —dice Curtis.

—Debo saberlo. Quiero ser una de los MDTLT algún día.

Él sonríe.

—Lo serás. —Me mira de arriba abajo desde su asiento y si no lo conociera mejor, diría que estaba fijándose en mí—. Por cierto, luces linda hoy.

Bueno, rayos. Estaba fijándose en mí.

—Gracias.

—Honestamente, luces linda todos los días.

Alzo las cejas. Curtis ríe.

—¿Qué?

—¿Me prestas esa clase de atención?

—Sí. Lo hago. Por ejemplo, siempre usas unas capuchas geniales, pero no intentas ocultarte o algo así. Solo eres tú. También tienes un hoyuelo, justo aquí. —Toca mi mejilla, cerca de la comisura de mi boca—. Que aparece cuando ríes, pero no cuando sonríes, como si solo quisiera aparecer para ocasiones especiales. Es muy lindo.

¿Por qué de pronto mis mejillas arden? ¿Qué digo? ¿Le devuelvo el cumplido? ¿*Cómo* le devuelvo el cumplido?

—Tu cabello luce bien.

Guau, Bri. ¿Quieres decir que el resto de él no luce bien? Bueno, pero su cabello está impecable. Es evidente que ayer o hace unos días fue a la peluquería.

Desliza una mano sobre su cabeza. Sus rizos desaparecen y parece que alguien ha retorcido las puntas a mano.

—Gracias. Pensé en dejarlo crecer para el verano, para hacerme rastas o trenzas. Solo debo encontrar a alguien que pueda hacerlas.

—Yo puedo —digo—. Me refiero a las trenzas. No sé hacer rastas.

—No sé si puedo confiarte mi cabello de ese modo.

—Amigo, cállate. Sé del tema. La mamá de Sonny es esteticista. Me enseñó a hacerlas hace siglos. Solía peinar a mis muñecas.

—Bueno, bueno. Te creo —dice Curtis. Inclina el cuerpo un poco más hacia mí sobre el asiento—. Entonces, ¿qué? ¿Me sentaré entre tus piernas y harás tu magia?

Las comisuras de mis labios suben.

—Sí. Pero tendrás que dejarme hacerlas como yo quiera.

—¿Como tú quieras?

—Como yo quiera.

—Bueno. Entonces, ¿qué quieres?

Intento no sonreír demasiado.

—Tendrás que esperar y descubrirlo.

¿Esto es coquetear? Creo que es coquetear.

Esperen. ¿Estoy coqueteando con Curtis? ¿Me parece bien estar coqueteando con Curtis?

En algún momento, el señor Watson detiene el autobús en las casas de Sonny y Malik y ellos suben a bordo. Sonny está en el pasillo, con las cejas en alto lo máximo posible. Malik está cerca de uno de los asientos delanteros. Shana ya está sentada y parece hablarle, pero él me mira directo a mí. Y a Curtis.

Voltea hacia adelante y se hunde en su asiento.

Sonny se acomoda lentamente en un asiento delante de nosotros, mirando todo el trayecto hacia abajo. Sube y baja las cejas justo antes de desaparecer.

Nunca dejará de hablar de esto. Nunca.

Después de un rato, el autobús aparca en nuestra escuela. Permito que Curtis baje antes que yo porque Sonny me espera en su asiento. Solo me mira con las cejas en alto.

—Cállate —le digo mientras bajamos del autobús.

—No he dicho nada.

—No era necesario. Tu rostro lo dice todo.

—Nah, *tu rostro* lo dice todo. —Toca mis mejillas—. Aww, mírate, te sonrojas y todo. Pero ¿por Curtis? ¿De verdad, Bri?

—¡He dicho que te calles!

—Oye, no te juzgo. Simplemente pido que nombres a tus hijos en mi honor. Sonny y Sonnita.

No puede haber dicho eso.

—¿Cómo *diablos* pasamos de hablar en el autobús a tener dos hijos, Sonny?

—Dos hijos *y un perro*. Un pug que llamarás Sonningham.

—¿Qué pasa por tu cabecita?

—Es mejor que lo que sea que te hace coquetear con Curtis.

Golpeo su brazo.

—¿Sabes qué? Dejaré que Rapid y tú le pongan esos nombres ridículos a sus hijos. ¿Qué te parece?

Sonny baja la mirada.

—Emm… le hice ghosting a Rapid.

—¿Qué? ¿Por qué?

—Hice mi examen de práctica para los SAT el otro día y no podía concentrarme en esa mierda por pensar en él. No puedo joder esto, Bri.

Nadie es más exigente con Sonny que Sonny. He presenciado cómo tenía ataques de pánico por sus calificaciones e incluso por sus obras de arte.

—Solo fue un examen de práctica, Son'.

—Que refleja cómo me irá en el examen real —gruñe—. Bri, si obtengo una calificación baja en esa mierda…

Sujeto su mejilla con la mano.

—Oye, mírame.

Obedece. Mis ojos no permiten que los suyos se aparten. Lo he visto tener tantos ataques de pánico que puedo identificarlos antes de que tomen forma por completo.

—Respira —le digo.

Sonny inhala profundo y suelta el aire.

—No puedo arruinar esto.

—No lo harás. ¿Por eso le has hecho ghosting?

—No es todo. Malik y yo estábamos pasando el rato el otro día e investigamos un poco más. Descubrimos que la dirección IP de Rapid no pertenece al Garden.

Él y Malik se reúnen sin mí. Eso todavía me molesta un poco. Pero tengo que apartar esa sensación.

—¿Qué tiene de malo?

—Rapid me hizo pensar que vivía en el barrio. Todas sus fotografías son de ahí.

—Espera. ¿Él *dijo* que vivía en el Garden o tú *asumiste* que vivía en el Garden?

—Bueno, lo asumí. Pero eso demuestra cuánto no sé sobre él. —Sonny guarda las manos en los bolsillos—. No vale la pena la distracción.

Sin embargo, el modo en que su voz cae dice lo contrario.

Hay más personas de lo habitual fuera de la escuela. Sobre todo cerca de la entrada. Hay muchas conversaciones. Tenemos que abrirnos paso entre la multitud para intentar ver un atisbo de lo que sucede.

—¡Es una mierda! —grita alguien adelante.

Sonny y yo encontramos a Malik y a Shana. La altura de Malik lo ayuda a ver por encima de la multitud.

—¿Qué ocurre? —pregunta Sonny.

La mandíbula de Malik late mientras mira directo hacia la escuela.

—Han regresado.

—¿Quiénes? —pregunto.

—Long y Tate.

CAPÍTULO DIECISIETE

—¿Qué carajo? —dice Sonny.

Es imposible.

Me pongo de pie de puntillas. Long hace pasar a un alumno por el detector de metales, como si nunca se hubiera ido, y Tate revisa una mochila cerca.

Siento el cuerpo tenso.

La directora Rhodes dijo que habría una investigación y que tomarían acción disciplinaria si la administración lo consideraba *adecuado*. Que Long y Tate me hayan inmovilizado en el suelo no parece «adecuarse» a su idea de mal comportamiento.

La directora Rhodes está cerca de las puertas, diciéndoles a todos que ingresen en orden.

—¿Cómo diablos es posible que hayan regresado? —pregunta Sonny.

—No hubo demasiado ruido respecto de lo que hicieron —dice Malik. Me mira.

No, joder, no.

—Esto no es mi culpa.

—No dije que lo fuera.

—¡Es como si lo hubieras dicho!

—¡Chicos! —dice Sonny—. Ahora no, ¿sí?

—Necesitamos hacer algo —comenta Shana.

Miro a mi alrededor. La mitad de la escuela está afuera, la mayoría de sus ojos están puestos en mí.

¿Estoy furiosa? Dudo que siquiera esa sea la palabra para cómo me siento. Pero sea lo que sea que ellos quieren que haga, no me nace hacerlo. Diablos, no sé qué hacer.

Malik me observa durante más tiempo que nadie. Cuando no digo ni hago algo, mueve la cabeza de lado a lado. Abre la boca y comienza a gritar:

—Diablos, no vamos a...

—*¡Me lanzaste al suelo, niño, cómo la jodiste!* —grita Curtis sobre él—. *¡Me lanzaste al suelo, niño, cómo la jodiste!*

Malik intenta empezar su propio canto por encima del otro, pero Curtis habla fuerte y con furia y contagia a los demás. Una segunda persona grita mi letra. Una tercera. Una cuarta. Antes de darme cuenta, escucho que todos dicen mis palabras menos yo.

Y Malik.

—No toleraremos esa clase de lenguaje —exclama la directora Rhodes por encima de las voces—. Todos los alumnos deben detenerse en...

—*¡No puedes detenerme, ni hablar, ni hablar!* —grita Curtis—. *¡No puedes detenerme, ni hablar, ni hablar!*

El canto cambia a esa línea.

Tengo un momento de reflexión. De todos los lugares y situaciones en los que podría tener uno, tengo uno ahora. Verán, esas palabras comenzaron en mi cabeza. Mías. Hechas de mis pensamientos y sentimientos. Nacieron a través de mi lápiz sobre mi cuaderno. De algún modo, han encontrado el camino hasta las lenguas de mis compañeros. Creo que las dicen por ellos mismos, sí, pero sé que las dicen por mí.

Eso es suficiente para que yo también las pronuncie.

—*¡No puedes detenerme, ni hablar, ni hablar!* —grito—. *¡No puedes detenerme, ni hablar, ni hablar!*

Es difícil decirlas a modo de protesta. Muchos de mis compañeros que lucen como yo se mueven al ritmo de una música que ni siquiera suena. Saltan, rebotan, bailan. Mueven las rastas y las trenzas, los pies no permanecen quietos. Los gritos de aprobación se mezclan y aumentan el entusiasmo. Es distinto a lo ocurrido en el aparcamiento del Ring. Eso fue un mini recital. Esto es un canto de guerra.

—*¡No puedes detenerme, ni hablar, ni hablar! ¡No puedes detenerme, ni hablar, ni hablar!*

Long y Tate aparecen en la puerta. Long tiene un megáfono.

—Todos los alumnos deben dirigirse a sus clases —dice—. Si no lo hacen, hay riesgo de suspensión.

—¡Enfréntame y prepárate! —grita alguien.

La línea se convierte en el nuevo canto y, sin dudas, es una advertencia.

—*¡Enfréntame y prepárate! ¡Enfréntame y prepárate! ¡Enfréntame y prepárate!*

—Esta es la última advertencia —dice Long—. Si no se dispersan, serán...

Ocurre tan rápido.

Un puño hace contacto con la mandíbula de Long. El megáfono sale disparado de su mano.

De pronto, es como si el puñetazo fuera la luz verde que algunos estudiantes esperaban. Un grupo de chicos ataca a Long y a Tate y los lanzan al suelo. Curtis es uno de ellos. Los puños vuelan y los pies patean.

—¡Oh, mierda! —dice Sonny.

Sujeta mi mano, pero la aparto y avanzo.

—¡Curtis!

Él deja de patear y voltea hacia mí.

—¡Policías! —digo.

Esa palabra es suficiente. Apuesto cualquier cosa a que la policía está en camino. Curtis corre hacia mí y huimos con Sonny, Malik y

Shana. Oímos sirenas cercanas y los cantos a nuestras espaldas son re-emplazados por gritos.

Corremos hasta que no los escuchamos más. Cuando nos detene-mos, lo hacemos para recobrar el aliento.

—Esto es malo —dice Sonny, inclinado hacia delante—. Mierda, esto es malo.

Malik marcha hacia Curtis y lo empuja tan fuerte que su gorra sale volando.

—¿Qué diablos pensabas?

Curtis recobra el equilibrio a mitad del tropiezo y le devuelve el empujón a Malik.

—¡Hombre, no me toques!

—¡Has comenzado una revuelta! —le grita Malik en el rostro—. ¿En-tiendes lo que has hecho?

—¡Oye! —Empujo a Malik lejos de Curtis—. ¡Basta!

—Ah, ¿ahora estás de su lado? —grita Malik.

—¿Lado? ¿De qué diablos hablas?

—¡Supongo que está bien porque él cantaba tu canción! ¡Olvida el hecho de que ha comenzado una revuelta!

—¡No es su culpa que alguien diera un puñetazo!

—¿Por qué carajo lo defiendes?

—¡Malik! —dice Shana.

Sonny lo sujeta y lo hace retroceder.

—Hermano, ¿qué diablos? ¡Cálmate!

Un patrullero pasa a toda velocidad a nuestro lado.

—Si no salimos de aquí, el próximo patrullero podría parar e interro-garnos —dice Sonny.

La mirada fulminante de Malik está clavada en Curtis.

—Podemos ir a mi casa. Mi mamá debería estar en el trabajo a esta hora.

Otro patrullero avanza velozmente hacia la escuela, con las luces encendidas.

—Vamos —indica Sonny.

Shana jala de la mano de Malik. Eso es lo único que hace que deje de fulminar con la vista a Curtis. Permite que ella lo guíe por la acera.

En menos de una hora, prácticamente cada alumno negro y latino de Midwotwn aparece en casa de Malik.

Él y Shana le comunicaron a su coalición que vinieran para una reunión de emergencia. Uno tras otro, traen detalles de lo que ocurrió después de nuestra huida. Al menos diez patrulleros llegaron, junto con una furgoneta del noticiario, y arrestaron a los chicos que atacaron a Long y a Tate. Uno de ellos fue Zane.

Curtis me mira cuando nos cuentan eso. Solo muevo los labios formando las palabras: *De nada.*

Han trasladado a Long y a Tate en ambulancia. Nadie sabe qué tan grave es su estado.

Los padres y los tutores han recibido un mensaje de voz por parte de la escuela diciendo que hubo una emergencia y que debían retirar a sus hijos. Jay pensó que había habido un tiroteo y me llamó de inmediato. Se tranquilizó cuando le dije que estaba bien. Le conté brevemente lo que había ocurrido en realidad, en especial la parte del regreso de Long y Tate. Estaba furiosa, pero no sorprendida.

Todos toman asiento o permanecen de pie en la sala de estar de Malik, comiendo emparedados y patatas fritas de paquete y bebiendo prácticamente cada refresco que tiene la tía 'Chelle. Sonny, Curtis y yo hacemos espacio en el sofá para tres personas más. Shana está en el sillón reclinable de la tía 'Chelle con una chica sentada en cada apoyabrazos.

Malik no permanece quieto. Camina de un lado a otro de la sala de estar, del modo en que solía hacerlo cuando una misión de un videojuego no salía como él quería.

—Esto no ayudará con cualquiera de las preocupaciones que teníamos —dice—. De hecho, esta mierda empeorará las cosas.

Mira rápido a Curtis. Él come su emparedado como si Malik no hubiera dicho nada.

—No sabes si eso ocurrirá —dice Sonny.

—No, Malik tiene razón —añade Shana—. Es probable que sigan el camino de Garden High. Que pongan policías reales como guardias de seguridad.

—¿Qué? —digo y otras personas en la sala básicamente repiten lo mismo que yo.

—Les aseguro que esos dos regresaron porque muchos padres creyeron la versión de que Bri es una «traficante de drogas» —dice Malik—. Ahora tienen un motivo para creer que todos somos amenazas. Apuesto a que habrá policías armados en la entrada de la escuela.

Desde que mataron a ese chico, mi corazón se acelera cada vez que veo a un policía. Yo podría haber sido él, él podría haber sido yo. Lo único que nos separó es la suerte.

Ahora tal vez mi corazón estará acelerado durante la mayor parte del día.

Curtis inclina el cuerpo hacia delante en su asiento, con los brazos cruzados sobre las rodillas.

—Escuchen, lo único que sé es que estábamos hartos de que Long y Tate nos trataran como la mierda y se salieran con la suya, así que pateamos sus traseros. Simple y sencillo.

Malik golpea el puño contra la palma de su mano.

—¡Hay un modo de lidiar con ello! ¿Crees que eres el único harto? ¿Crees que yo *quería* ver a mi mejor amiga inmovilizada contra el suelo?

Guau. Malik y yo no hemos estado muy bien últimamente. Diablos, es poco decir siendo honesta. Pero básicamente acaba de decirme que todo eso no importa: todavía se preocupa por mí.

Noto que Shana me mira. Aparta la mirada rápido.

—Por fin logramos que la directora Rhodes accediera a reunirse con nosotros y ¿ocurre esto? —dice Malik—. No escuchará una *mierda* de lo que tengamos para decir. No. Ahora tenemos que pasar sobre ella.

—¿El superintendente? —pregunta Sonny.

—Sí. O la junta directiva de la escuela.

—No, necesitamos algo aún más grande —dice Shana. Centra de nuevo su atención en mí—. Necesitamos que ese vídeo llegue al noticiario.

Se refiere a la grabación de Malik en la que Long y Tate me lanzan como una bolsa de basura. Muevo la cabeza de lado a lado.

—No, no sucederá.

—Bri, vamos —dice Deon, del autobús. Una o dos personas lo apoyan.

—Es el único modo en que las cosas cambiarán —insiste Shana—. Tenemos que mostrarles a las personas por qué todos estábamos molestos hoy, Bri.

—Ya se los he dicho a todos, no seré la cara visible de esto.

Shana cruza los brazos.

—¿Por qué no?

—Porque ella lo dice —responde Curtis—. Maldición, dejadla en paz.

—Solo digo que si yo fuera ella y supiera que eso cambiaría las cosas en nuestra escuela, publicaría el vídeo sin vacilar.

Alzo las cejas.

—*Claramente*, no soy tú.

—¿Qué quieres decir con eso?

Comienzo a pensar que esto no se trata solo del incidente en la escuela.

—Quiere decir lo que he dicho. No soy tú.

—Sí, porque si fueras yo, preferirías publicar ese vídeo en vez de vídeos tuyos actuando como pandillera en el Ring —dice Shana—. Pero esos están bien, ¿no?

No lo ha dicho. Por favor, decidme que no lo ha dicho.

Pero lo ha hecho, porque de pronto varias personas en la sala quedan boquiabiertas. Soy muy consciente de que Malik permanece en silencio durante el intercambio.

Enderezo la espalda en mi asiento.

—Primero que nada —digo, y aplaudo.

—Ohh, mierda —susurra Sonny. Sabe lo que significa ese aplauso—. Tranquilízate, Bri.

—No, déjame responderle. Primero que nada, no tuve control sobre la publicación de esos vídeos del Ring, *encanto*.

Sin dudas soy hija de mi madre, porque cuando ella dice «encanto», se refiere al opuesto exacto. Ella también aplaude. No sé cuándo me convertí en ella.

—Segundo —digo con otro aplauso—, ¿cómo es posible que defenderme a mí misma sea actuar como pandillera? Si hubieras visto los vídeos, sabrías que eso es todo lo que hice.

—Solo digo lo que los demás ya están diciendo sobre...

—¡Tercero! —aplaudo por encima de su voz. Terminaré la idea, maldición—. Si no quiero publicar esa grabación, no quiero publicar esa grabación. Francamente, no te debo a ti ni a nadie una explicación.

—Sí, la debes, ¡porque esto también nos afecta a nosotros! —responde ella.

—¡Dios-mío! —Aplaudo en cada palabra. Eso es lo único que evita que abandone el asiento—. Hermano, en serio. ¡En serio!

Traducción: que alguien detenga a esa chica.

Sonny comprende de inmediato.

—Bri, calma, ¿sí? Mira, quizás ella tiene un punto. Si publicaran el vídeo...

¿Él también? Me pongo de pie y abandono el sillón.

—¿Saben qué? Todos pueden continuar con su reunión sin mí. Me voy.

Sonny intenta sujetar mi mano, pero la aparto.

—Bri, anda. No seas así.

Cuelgo la mochila sobre mi hombro y paso entre personas sentadas en el suelo.

—Estoy bien. Preferiría no quedarme para la parte de la reunión dedicada a «atacar a Bri».

—Nadie te ataca —dice Malik.

Ah, *ahora* habla. No dijo una mierda cuando su novia saltaba a mi yugular.

—Solo no comprendemos por qué no quieres ayudarnos —añade Shana—. Es tu oportunidad para...

—¡No quiero ser esa persona! —grito para que todos los presentes me escuchen—. ¡Solo inventarán una justificación para salirse con la suya! ¿No lo entienden?

—Bri...

—Sonny, ¡sabes que lo harán! Es lo que hacen. Diablos, ya lo están haciendo con los rumores de «traficante de drogas». ¿Si esto llega a las noticias? Mencionarán cada vez que me han enviado a dirección, cada maldita suspensión. Diablos, usarán a su favor los vídeos del Ring. ¡Harán cualquier cosa para que parezca que lo que pasó estuvo bien porque según ellos soy una mierda! ¿Creen que quiero lidiar con eso?

Lucho por respirar. No lo entienden. No pueden publicar el vídeo. Porque, de pronto, incluso más personas intentarán justificar lo que me sucedió y será tan escandaloso que bien podría empezar a creer desde ahora que me lo merecía.

No lo merecía. Sé que no lo merecía. Quiero continuar pensando eso.

La sala está borrosa, pero parpadeo para enfocar la vista.

—Váyanse al diablo —balbuceo y coloco la capucha sobre mi cabeza.

Parto y no miro atrás.

Cuando llego a casa, Jay está recostada en el sillón de la sala de estar. Tiene el control remoto en la mano y la cortina musical de *As We Are* baja el volumen. Es adicta a esa novela.

—Hola, Bookie —dice mientras se incorpora. Estira los músculos y bosteza, al hacerlo deja al descubierto un gran agujero en la parte inferior de la manga de su camiseta. Dice que es una prenda demasiado cómoda como para deshacerse de ella. Además, tiene la cubierta del primer disco de papá en el pecho—. ¿Cómo te ha ido en casa de Malik?

La respuesta más breve es la mejor.

—Bien. ¿Cómo ha estado *As We Are*?

—¡Ha estado genial! Jamie por fin ha descubierto que el bebé no es suyo.

Está súper animada. Pero creo que finge por mí.

—Guau, ¿de verdad? —pregunto.

—¡Sí! Ya era hora.

Cuando era pequeña, el abuelo me permitía ver novelas con él cada tarde durante el verano. Amaba sus «historias». *As We Are* era nuestra favorita. Me sentaba en su regazo, el aire acondicionado en la ventana nos refrescaba y apoyaba la cabeza hacia atrás sobre su pecho mientras Theresa Brady llevaba a cabo su nuevo plan como una experta. Ahora es algo que Jay y yo compartimos.

Ella inclina la cabeza a un lado y me mira con atención un momento largo.

—¿Estás bien?

—Sí. —Yo también puedo fingir.

—No te preocupes, llamaré a la oficina del superintendente por esto —dice, y camina hacia la cocina—. Esos bastardos no deberían regresar al trabajo. ¿Tienes hambre? Quedaron algunas salchichas del desayuno. Puedo prepararte un emparedado.

—No, gracias. Comí en casa de Malik. —Me desplomo en el sofá. Ahora que *As We Are* ha terminado, el noticiario de la tarde comienza.

—*Nuestra historia principal: Una revuelta estudiantil ha alcanzado la violencia esta mañana en la Escuela de Artes Midtown* —dice el reportero—. *Megan Sullivan nos cuenta más.*

—Sube el volumen, Bri —pide Jay desde la cocina.

Lo hago. La reportera está de pie frente a mi escuela, ahora desierta.

—*El día recién comenzaba en la Escuela de Artes Midtown* —relata Megan Sullivan—, *cuando los alumnos tomaron medidas e iniciaron una revuelta.*

Muestran vídeos filmados con teléfonos de esta mañana con todos frente al edificio cantando: «¡No puedes detenerme, ni hablar, ni hablar!».

—*Las autoridades escolares dicen que había preocupación entre los alumnos respecto a medidas de seguridad recientes* —dice Sullivan.

Jay aparece en la puerta de la cocina con la hogaza de pan en la mano, quitando el alambre que cierra el paquete.

—¿Medidas de seguridad? ¿Se refiere a que esos dos regresaron al trabajo?

—*Sin embargo, lo que comenzó como una manifestación pacífica pronto terminó en violencia* —dice Sullivan.

Aparecen los gritos mientras Long y Tate reciben puñetazos que los quitan de vista. El noticiario censura con un *bip* cuando la persona que filma dice: «Oh, mierda».

—Los guardias de seguridad fueron agredidos físicamente por muchos alumnos —dice Sullivan—. Según testigos, el combate no tardó en comenzar.

—Estábamos afuera, intentando ver qué ocurría —dice una chica blanca. Está en el departamento de música vocal—. Luego todos empezaron a corear una canción.

Ay. No.

Muestran otro vídeo grabado con el teléfono. En este, mis compañeros repiten la letra de mi canción.

—¡Enfréntame y prepárate!

—Dicen que la canción llamada «Hora de brillar» pertenece a una rapera local, Bri —prosigue Megan Sullivan. Muestran mi página de Dat Cloud—. La canción, de carácter violento, incluye ataques contra las fuerzas policiales y, aparentemente, es un éxito entre los jóvenes.

De pronto, mi voz brota de la televisión, con bips reemplazando las malas palabras. Pero no es toda la canción. Son algunas partes.

Me lanzaste al suelo, niño, cómo la jodiste...
Si hubiera hecho lo que quería y hubiese tenido valor,
estarías en el suelo, enterrado sin honor.

Hasta los dientes armada, disparo como si nada.
Los cartuchos en mi cadera, cambian mi silueta, de veras.
Pero permíteme ser honesta, lo juro,
si un policía me ataca, seré despiadada.

La hogaza de pan cae de las manos de Jay. Mira la televisión, paralizada.

—Brianna. —Dice mi nombre como si fuera la primera vez que lo hace—. ¿Esa eres tú?

CAPÍTULO DIECIOCHO

Las palabras se niegan a salir de mi boca. Pero las palabras que escribí gritan desde la televisión.

—*No puedes detenerme, ni hablar, ni hablar* —cantan mis compañeros—. *¡No puedes detenerme, ni hablar, ni hablar!*

—*Dado que han usado la canción para burlarse de los guardias de la escuela* —dice Sullivan—, *la letra parece haber alentado a los alumnos a usar la violencia para tomar el asunto entre sus propias manos.*

Esperen, ¿qué?

No ha sido el hecho de que esos dos imbéciles hostigaran a todos los alumnos negros y latinos.

No ha sido el hecho de que quien dio el primer puñetazo tomó la decisión por su cuenta.

¿Ha sido el hecho de que recitaban *una canción*?

—*Varios alumnos fueron arrestados* —continúa la reportera—. *Han informado que los guardias de seguridad están en el hospital, pero se espera que se recuperen pronto. Han enviado a los alumnos a casa mientras las autoridades de la escuela deciden qué curso de acción seguir. Tendremos más detalles esta noche, a las seis.*

La imagen se vuelve negra. Jay ha apagado la televisión.

—Nunca respondiste mi pregunta —dice ella—. ¿Eras tú?

—¡No mostraron toda la canción! No se trata de atacar a las fuerzas policiales…

—¿Eras-tú?

De algún modo, grita y mantiene la calma a la vez.

Trago con dificultad.

—Sí... Sí, señora.

Jay cubre su rostro con las manos.

—Oh, Dios.

—Escúchame...

—Brianna, ¿en qué diablos pensabas? —grita—. ¿Por qué dirías esas cosas?

—¡No pasaron toda la canción!

—¡Mostraron lo suficiente! —responde—. ¿Dónde está el arma sobre la que rapeabas, eh? Muéstramela. *Dímelo.* ¡Necesito ver cómo mi hija de dieciséis años está «armada hasta los dientes»!

—¡No lo estoy! ¡No me refería a eso! ¡Lo sacaron de contexto!

—Has dicho esas cosas. No hay manera de interpretarlo de otro modo...

—¿Podrías escucharme por una vez? —grito.

Jay coloca las manos sobre su boca como si rezara.

—Uno: cuida-tu-tono —gruñe—. Dos: estoy escuchándote. ¡He escuchado lo suficiente como para oír a mi hija rapeando como una pandillera!

—No es así.

—Oh, ¿no lo es? Entonces, ¿por qué no me has contado nada sobre esta maldita canción antes de hoy? ¿Eh, Brianna? Según las noticias, es muy conocida. ¿Por qué no la has mencionado?

Abro la boca, pero antes de que siquiera pueda decir una palabra, ella prosigue:

—¡Porque sabías muy bien que estabas diciendo cosas que no debías decir!

—No, ¡porque sabía que sacarías conclusiones precipitadas!

—¡Las personas sacan conclusiones en base a lo que les muestras!

¿Acaso acaba de...? ¿Justamente ella dice eso? *¿De verdad?*

—Entonces, ¿por eso todos te acusan de consumir drogas? —pregunto—. ¿Sacan conclusiones en base a lo que les muestras?

Al principio no puede responder nada ante eso.

—¿Sabes qué? —dice Jay después de un rato—. Tienes algo de razón. Sin duda la tienes. Las personas asumirán cosas sobre ti, sobre mí, sin importar lo que digamos o hagamos. Pero esta es la diferencia entre tú y yo, Brianna. —Acorta la distancia entre las dos—. No les doy a las personas más motivos para asumir esas cosas sobre mí. ¿Me ves andar por ahí hablando sobre drogas?

—Yo...

—¿Me-ves-andar-por-ahí-hablando-sobre-drogas? —Aplaude en cada palabra.

Miro mis zapatos.

—No, señora.

—¿Me ves actuando como si estuviera drogada? ¿Alardeando sobre las drogas? ¡No! Pero ¡tú has mostrado ser todo lo que las personas asumirán que eres! ¿Pensaste en cómo me veré *yo* al ser tu madre?

Todavía no me escucha.

—Si escucharas la canción... No es lo que ellos interpretaron, lo juro. Es sobre jugar con el rol de lo que ellos asumen de mí.

—¡No puedes darte ese lujo, Brianna! ¡No podemos! ¡Nunca pensarán que estamos jugando!

Hay de nuevo silencio en la sala de estar.

Jay cierra los ojos y sostiene su frente.

—Jesús —susurra, como si decir su nombre la tranquilizara. Me mira—. No quiero que rapees más.

Retrocedo como si me hubiera dado una bofeteada. Eso siento.

—¿Qué...? Pero...

—Me niego a hacerme a un lado y permitir que termines como tu padre, ¿me oyes? Mira lo que consiguió «rapeando como un pandillero». ¡Una bala en la cabeza!

Siempre he oído que atacaron a mi padre en la calle porque rapeaba sobre asuntos callejeros.

—Pero ¡yo no soy así!

—Y no permitiré que lo seas. —Jay mueve la cabeza de lado a lado—. No lo haré. *No puedo.* Te enfocarás en la escuela y dejarás a un lado ese desastre. ¿Queda claro?

Lo único claro es que no lo entiende. Y a mí tampoco. Eso duele más que el noticiario.

Pero me la aguanto como un Jackson debe hacer y la miro fijo a los ojos.

—Sí, señora. Está claro.

Está tan claro que cuando Supreme me escribe esa noche pidiéndome una reunión en la mañana, no vacilo en aceptar. Ha visto la noticia y quiere hablar conmigo al respecto.

También ha visto que *Hora de brillar* es la canción en el puesto número uno de Dat Cloud. El noticiario ha hecho que todos la escuchen.

Nos reunimos en el Fish Hut, un negocio venido a menos en la calle Clover. Es fácil para mí salir de casa. Es sábado, y Jay tiene su reunión mensual con los adictos en recuperación. No tenemos comida suficiente para que ella los alimente hoy, pero todos hablan tanto que no parece importar. Le digo a Jay que iré a casa de mis abuelos y ella está tan concentrada en la conversación con los otros que solo responde: «Bueno».

Pronto, estoy en la bicicleta con los auriculares puestos, mi mochila, y la cadena de papá oculta debajo del abrigo, en dirección a la calle Clover.

Pedaleo rápido para no congelarme. El abuelo dice que el clima frío es lo único que apacigua el Garden. Eso explica por qué las calles están prácticamente vacías.

Andar por Clover es como cruzar una zona de guerra abandonada. El Fish Hut es uno de los pocos lugares que permanece en pie. La tía Pooh dice que es gracias a que el señor Barry, el dueño, colocó un cartel en la puerta que decía «dueño negro» durante los disturbios. Sí, ella participó de todo eso. Incluso saqueó algunas tiendas y consiguió algunos televisores.

No he oído de ella desde el Ring. No ha desaparecido, no. Jay habló con ella anoche. La tía Pooh solo no quiere hablar conmigo.

La Hummer de Supreme está en un lugar cerca de la puerta de Fish Hut. Entro con mi bicicleta. Sería una tonta si la dejara afuera. Nunca la recuperaría. Además, al señor Barry, el dueño, no le molestará. De hecho, dice: «¡Hola, pequeña Law!» en cuanto ingreso. Me salgo con la mía en muchas situaciones gracias a mi padre.

Fish Hut tiene muros cubiertos de paneles de madera como la guarida de mis abuelos, pero tienen por encima una clase de película oscura y grasosa. La abuela nunca permitiría que sus paredes lucieran así. Una televisión colgada en una esquina siempre reproduce un noticiario y el señor Barry siempre le grita. Hoy está en el mostrador hablando sobre que «¡No puedo creer ni una maldita cosa que salga de la boca de ese tonto!».

Supreme tiene una mesa en una esquina. Comienzo a pensar que nunca se quita las gafas de sol. Come pescado frito y huevos: el especial de desayuno de Fish Hut. Cuando me ve, limpia su boca.

—La famosa del momento ha llegado.

Señala un asiento frente a él. Apoyo la bicicleta contra la pared mientras él le indica con señas al señor Barry que se acerque.

—¡Señor B! Asegúrese de darle a esta jovencita lo que quiera. Yo invito.

El señor Barry escribe nuestro pedido en su anotador. Solía pensar que él lucía como un Santa Claus joven con su barba negra espesa y su bigote. Ahora está más canosa.

Elijo camarones y sémola con una Sunkist. Nunca es demasiado temprano para una Sunkist: es jugo de naranja con gas. Lo afirmaré hasta que muera.

—Felicitaciones por llegar al puesto número uno en Dat Cloud —dice Supreme después de que el señor Barry parte—. Te compré un regalo para felicitarte.

Extrae una bolsa de regalo de debajo de la mesa. No es gigante, pero es bastante pesada, y tengo que sujetarla con ambas manos. Dentro, hay una caja de zapatos gris oscura con el logo de un árbol.

Miro a Supreme. Él sonríe con sus colmillos dorados.

—Adelante —dice—. Ábrela.

Retiro la caja de la bolsa. Ya sé lo que hay dentro, pero de todos modos mi corazón se acelera. Abro la tapa de la caja y ni siquiera logro reprimir el «Oh, mierda» que sale de mi boca.

Un par de Timbs nuevos. No los desgastados de la donación del centro comunitario, sino un par de Timbs nuevos, jamás usados.

—Ahora, si la talla está mal, puedo cambiarlos, no hay problema —dice Supreme mientras yo tomo uno de los borceguíes.

Toco el árbol grabado en el lateral de la bota. Mis ojos arden mucho. Trabajé durante meses para comprar un par. Meses. Todavía no había ganado lo suficiente cuando la directora Rhodes me suspendió por vender golosinas. Era una meta que nunca podría alcanzar. Sin embargo, Supreme me entrega un par como si fuera nada.

Pero no puedo creer que estoy a punto de decir esto.

—No puedo aceptarlos.

—¿Por qué no?

Mi abuelo dice que nunca hay que aceptar regalos importantes que parecen no tener motivo alguno, porque es probable que detrás haya una razón importante que uno no pueda costear.

—¿Por qué me los has comprado?

—Te dije, para felicitarte por llegar al puesto número uno —responde.

—Sí, pero cuestan muchísimo dinero...

Supreme ríe.

—¿Muchísimo? Solo cuestan ciento cincuenta dólares. Gasto más que eso en gafas de sol.

—Oh.

Maldición. Desearía que ciento cincuenta dólares fueran monedas para mí. Mierda, probablemente luzco como una idiota diciendo que eso es muchísimo dinero. Por no mencionar que parezco totalmente pobre.

El señor B trae mis camarones con sémola. Mantengo los ojos en el plato lo máximo posible.

—Está bien —dice Supreme—. Recuerdo cuando eso era un montón de dinero para mí también. Conserva los zapatos. Lo juro, no me debes nada.

Miro mis borceguíes falsos. La suela ha comenzado lentamente a separarse del resto de la bota. Dudo que duren un mes más. Quizás ni siquiera una semana más.

Balbuceo un «gracias» y guardo los borceguíes en mi mochila.

—De nada.

Supreme coloca salsa picante en su plato.

—Sabía que esa mierda en el Ring haría hablar a todo el mundo. Sí que te has superado, ¿eh, pequeña?

Em, ¿acaso él ha visto el mismo noticiario que yo?

—No están hablando de buena manera.

—Honestamente, es probable que esto sea lo mejor que podría haberte pasado. La publicidad es publicidad, no me importa cuán mala sea. Te ha convertido en la número uno en Dat Cloud, ¿cierto?

—Sí, pero no todos la escuchan porque les guste. —Creedme, he metido la pata y he leído los comentarios—. ¿Y si las personas hacen ruido por lo que ocurrió en mi escuela?

—Ah, entonces, ¿esa es tu escuela?

Eso es algo que el noticiario no ha dicho. Probablemente por motivos legales.

—Sí. Parte de la razón por la que las personas están furiosas es por algo que me sucedió.

Él asiente como si eso fuera todo lo que necesitara saber.

—Bueno, probablemente eso hará mucho ruido con la canción. Ellos aman culpar al hip hop. Supongo que es más fácil que mirar los problemas reales, ¿sabes? Pero imagínate en una compañía legendaria. Se lo hicieron a N.W.A., se lo hicieron a Public Enemy. A 'Pac. A Kendrick. Mierda, a cualquiera que haya tenido algo que decir con un micrófono; los han atacado por «el modo en que decían las cosas».

—¿En serio?

—Claro que sí. Vosotros los jóvenes solo lo desconocéis. N.W.A. recibió cartas del FBI por *Fuck tha Police*. Un chico le disparó a un policía mientras una canción de 'Pac sonaba en su carro. Los políticos culparon a la canción.

—¿Qué carajo?

—Exacto —responde Supreme—. Esto no es nada nuevo. Aman convertirnos en villanos por decir la verdad. —Bebe un sorbo de su zumo de naranja—. Necesitas un representante de verdad que se asegure de que esto no salga de control y que funcione a tu favor.

Un representante *de verdad*. La crítica hacia la tía Pooh es evidente.

La campana en la puerta del restaurante suena. Supreme alza la mano para captar la atención de la persona.

Dee-Nice se acerca. Sus cadenas doradas son casi tan largas como sus rastas. Él y Supreme hacen un saludo con las palmas y lo terminan con un abrazo usando un solo brazo.

Supreme extiende el cuello para mirar hacia afuera.

—Bien, veo que has venido con el Beamer. —Empuja despacio con el codo a Dee-Nice, quien ríe—. Ya estás gastando el dinero.

—Tenía que mostrarles a esos chicos cómo se hace. —Me mira—. La princesa del Garden. Por fin nos conocemos. Nada más que respeto por ti, cielo. —Hace uno de esos saludos mezcla de choque y apretón de manos que a veces hacen los chicos—. ¿Entre la primera batalla y la canción? Estás en llamas.

Confesión: siento que he perdido el habla un poco. Incluso estoy deslumbrada. Dee-Nice es una leyenda. ¿Qué diablos dices cuando recibes el sello de aprobación de una leyenda?

—Todavía pienso que es una porquería que hayas perdido contra Ef-X esa vez.

Él y Supreme ríen.

—¿Qué? —dice Dee-Nice.

Estudié las batallas mucho antes de siquiera poner un pie en el Ring.

—Hace dos años, tú y Ef-X se enfrentaron en una batalla —digo—. Tu flow fue absolutamente genial. Todavía me maravilla que hayas improvisado en ese esquema de rima. Deberías haber ganado, sin duda.

—Guau. Veo que has prestado atención.

—Un MC debe ser alumno antes de convertirse en maestro —respondo—. Eso es lo que mi tía siempre...

Los Timbs. Que Dee-Nice apareciera. Esto es una emboscada para que me aparte de la tía Pooh.

Verán, los zapatos son la carnada, como si fuera uno de esos peces gordos que al abuelo le agrada pescar en verano, y Dee-Nice es el corcho de pesca de Supreme. Que Dee-Nice me hable hará que Supreme sepa si mordí el anzuelo o no.

Pero ¿sinceramente? He nadado en estas aguas sabiendo que era probable que me pescaran. Sabía de qué se trataba esta reunión con Supreme en cuanto me escribió. Dejé de lado que el mero hecho de estar aquí lastimaría a la tía Pooh. Dejé de lado el hecho de que si acepto esta oferta, significará que me libraré de ella. Dejé de lado que si ella no es mi representante, probablemente no abandonará las calles. De todos modos, he venido.

¿Qué clase de sobrina soy?

—Escucha, tu tía suena como alguien genial —dice Supreme—. Pero necesitas más.

Muerdo mi labio.

—Supreme...

—Escúchame —dice—. La verdad es que tienes una oportunidad única, Bri. Situaciones como esta, *publicidad* como esta, no aparecen con frecuencia. Tienes que aprovecharlas. Dee no tuvo la atención que tú tienes. Mira lo que hice por él. También estoy trabajando en un contrato importante para mi hijo... si se comporta.

Dee-Nice ríe. Hay una broma que claramente no entiendo.

—¿Todavía te da problemas?

Supreme traga un poco de zumo de naranja.

—Últimamente, no puede enfocarse un carajo. Pero esa es una discusión para otro día.

Dee-Nice asiente.

—¿Siendo sincero, Bri? ¿Este tipo? —Señala a Supreme—. Cambió mi vida. Ahora soy capaz de cuidar a toda mi familia.

—¿De verdad?

—Oh, sí —dice—. Participaba de batallas en el Ring con la esperanza de lograr algo algún día, pero mi familia tenía problemas económicos. Supreme llegó, armó un plan y ahora mi familia no tiene que preocuparse por nada. Estamos bien.

Bien. Una palabra, una sílaba.

Si pudiera, haría todo y más también,
para garantizar que mi familia esté bien.

Trago a través del nudo en mi garganta y miro a Supreme.

—Si trabajo contigo, ¿te asegurarás de que mi familia esté bien?

—Me aseguraré de que tú y tu familia estén bien —dice—. Tienes mi palabra.

Extiende su mano hacia mí.

Es traicionar a la tía Pooh, pero es un camino para mi mamá y Trey. Estrecho su mano.

—¡Haremos dinero! —Supreme prácticamente grita—. No te arrepentirás, pequeña, juro que no lo harás. Pero primero lo primero, tengo que ir a tu casa y hablar con tu mamá. Los tres nos sentaremos y...

Si mi vida fuera una comedia televisiva, este es el momento en que saltaría la cinta.

—Tienes que, emmm, ¿hablar con Jay?

Supreme emite una risa insegura, como si pensara que está perdiéndose una broma.

—Claro. ¿Hay algún problema?

Demasiados problemas para enumerarlos. Rasco mi cabeza.

—Tal vez eso no sea una buena idea ahora mismo.

—Está... bien —dice despacio, esperando que diga el resto. Eso es todo lo que le doy—. En algún momento tendré que hablar con ella. Lo sabes, ¿cierto?

Por desgracia. Pero ella cancelaría todo esto sin vacilar ni un segundo.

Pero es como cuando ella hace cosas que no me agradan y dice que «son por mi propio bien». Esto es por ella. Estoy dispuesta a hacer lo que sea para evitar que esa tristeza en sus ojos se vuelva permanente.

—Deja que hable con ella primero —le miento a Supreme.

—Bueno. —Él sonríe—. Entonces, trabajemos en ganar dinero.

CAPÍTULO DIECINUEVE

Cuando llego a casa, todos los adictos en recuperación se han ido y Jay está guardando latas en la alacena de la cocina. Las bolsas con provisiones cubren la mesa.

Quito mi mochila de mi hombro y la apoyo en el suelo de la cocina.

—¿Cómo has conseguido toda esa...?

—¡Niña, si no pones esa mochila en tu cuarto, juro que me enfadaré! —exclama Jay.

Maldición, ¡ni siquiera me está mirando! La visión periférica es el diablo encarnado.

Llevo la mochila a mi cuarto. De todos modos, probablemente debería haberlo hecho. Los Timbs que Supreme me ha regalado están dentro. Nadie tiene tiempo para el interrogatorio que habrá cuando Jay vea los borceguíes.

Supreme ha hablado durante horas sobre todos los planes que tiene para mí. Quiere que haga unas entrevistas para hablar del drama, quiere que haga una canción con Dee-Nice y una con Miles. Quiere que haga mi propio compilado. Ha dicho que él pagará por las horas de estudio y por la música.

Es difícil estar entusiasmada sabiendo que tengo que decirle a la tía Pooh que básicamente la estoy abandonando y sabiendo que aún no puedo contarle a mamá. Debo esperar que algunas cosas se acomoden primero. Ya saben, tener un contrato por una cifra de siete ceros en la mano y decir: «¡Mira lo que tengo!». Es imposible que ella rechace eso.

Bueno, hay cientos de maneras en las que ella dirá que no, pero intentaré obtener un sí.

Cuando regreso a la cocina, ella está junto al freezer. Guarda allí un pollo empaquetado, junto a los vegetales congelados que ya están guardados.

Espío dentro de una de las bolsas. Hay galletas, pan, patatas fritas, zumo.

—¡La tía Pooh ha traído todo esto?

—No, yo lo he hecho —responde Jay.

—¿Cómo?

Mantiene la cabeza dentro del freezer mientras guarda dentro otro paquete con carne congelada.

—Hoy he recibido mi tarjeta EBT por correo.

¿EBT?

—¿Has conseguido cupones de comida? Pero dijiste que no íbamos a...

—Uno puede hablar mucho antes de que las cosas sucedan —dice—. Uno nunca sabe realmente lo que hará o no hará hasta vivir una situación. Necesitábamos comida. La beneficencia nos podía ayudar a obtenerla.

—Pero dijiste que no les daban cupones de comida a los alumnos universitarios a menos que tuvieran un empleo.

—Abandoné la escuela.

Lo dice casualmente, como si le hubiera preguntado sobre el clima.

—¿Qué? —Hablo tan fuerte que es probable que la señora Gladys, nuestra vecina chismosa, me haya escuchado—. Pero ¡estabas tan cerca de terminar! ¡No puedes abandonar tus estudios por cupones de comida!

Jay me rodea y toma una caja de cereal de una bolsa.

—Puedo abandonarla para garantizar que tú y tu hermano no muráis de hambre.

Esto...

Esto duele.

Joder, esto duele físicamente. Lo siento en el pecho, lo juro. Quema y duele a la vez.

—No deberías haberlo hecho.

Ella se acerca a mí, pero observo el resplandor de la luz solar que brilla a través de la ventana e ilumina los cerámicos del suelo. El abuelo solía decir que había que buscar los lugares brillantes. Sé que no lo decía en sentido literal, pero es lo único que tengo.

—Oye, mírame —dice Jay. Sujeta mi mentón para garantizar que la mire—. Estoy bien. Esto es temporal, ¿sí?

—Pero ser asistente social es tu sueño. Necesitas un título para eso.

—Tú y tu hermano sois mi primer sueño. El otro puede esperar hasta que me asegure de que vosotros estaréis bien. Es lo que los padres a veces tienen que hacer.

—No deberías tener que hacerlo —digo.

—Pero quiero hacerlo.

Eso lo hace aún más difícil. Tener que hacerlo es una responsabilidad. Querer hacerlo es amor.

Sujeta mi mejilla.

—He escuchado tu canción.

—¿Sí?

—Ajá. Debo admitir que es pegadiza. También es bastante ingeniosa, señorita Bri Brillante. —Sonríe y desliza el pulgar sobre mi mejilla—. La entiendo.

Dos palabras y, sin embargo, siento que son un abrazo.

—¿En serio?

—Sí. Pero comprendes de dónde venía mi planteo, ¿cierto?

—Sí. No quieres que las personas asuman cosas de mí.

—Exacto. Tenemos que prepararnos, cariño. Esa noticia local quizás es solo el comienzo. Necesito que mantengas un perfil bajo durante todo esto.

—¿Qué? ¿No puedo salir? ¿O ir a la escuela? —No me molestaría en absoluto.

—¡Niña! —Golpea despacio mi brazo. Río—. No me refería a un perfil *tan* bajo. Tu trasero todavía irá a la escuela, así que ni siquiera lo intentes. Me refiero a que... —Hace una pausa, buscando las palabras—. Me refiero a que no los provoques. No respondas ante nada, no hagas nada. Solo... actúa como si estuvieran hablando de otra persona. No entres a descargarte en *Twetter* o donde sea haciendo comentarios.

Tiene que mejorar su conocimiento de redes sociales.

—¿Ni siquiera puedo burlarme de las personas que me atacan?

Soy una experta en burlarme de chicos gamers en línea. De hecho, tal vez lo incluya en mi futuro currículum como habilidad, junto a rapear y acomodar los cabellos sueltos de la frente.

—Será mejor que no digas nada y punto —dice Jay—. De hecho, dame tu teléfono.

Extiende la mano abierta. Abro los ojos de par en par.

—Estás bromeando.

—No. Dame tu teléfono.

—Prometo que no...

—El teléfono, Bri.

Raaayos. Lo tomo de mi bolsillo y lo apoyo en su mano.

—Gracias —dice, y lo guarda en su propio bolsillo—. Ve a estudiar para el ACT.

—¿En serio? —gruño.

—En serio. El examen llegará antes de que lo notes. Esa necesita ser tu prioridad. Gina dice que Sonny ha estado estudiando dos horas por día. Podrías aprender algo de él.

Maldición, Sonny y su trasero perfeccionista. Hace que yo parezca perezosa. Bueno, lo soy, pero ese no es el punto.

Jay me hace voltear hacia el pasillo.

—Ve. Será mejor que lo único que escuche es cómo estudias.

—Em, ¿cómo escuchas a alguien es...?

—¡Solo ve a estudiar, niña!

No me obliga a estudiar durante dos horas. No, aparentemente eso es demasiado poco para mi mamá. Pasan cuatro horas antes de que me devuelva el teléfono. *Cuatro.* Ya no sé qué son las palabras.

Jay pasa sobre mi ropa sucia y mis porquerías desparramadas en el suelo de la habitación.

—Debo hacerte limpiar este cuarto asqueroso antes de darte tu teléfono —dice—. No quiero que traigas cucarachas a mi casa.

La abuela solía decir lo mismo. Lo hacen sonar como si las personas las contrabandearan dentro de las casas. ¿Acaso luzco como alguien que quisiera estar cerca de una cucaracha? Están justo después de Big Bird en mi lista de «cosas sobre las que no bromeo».

Jay apoya mi teléfono sobre el escritorio y maniobra de nuevo entre las prendas y las porquerías.

—¡Solo bromeaba! —dice.

—Yo también te quiero —le respondo mientras parte. He recibido mensajes de Sonny y Malik que borro. Sí, aún estoy molesta por lo que ocurrió en la casa de Malik.

También tengo cientos de notificaciones de Dat Cloud. Pero ya ha sido lo mismo durante un minuto. En general, abro la aplicación para hacer desaparecer aquel molesto círculo rojo con el número y la cierro. Pero cuando la abro hoy, hay muchos mensajes sin leer esperándome.

Probablemente son trolls. Es decir, yo lo he causado, así que debería soportar la repercusión, ¿no? Creedme, a juzgar por todas las veces que los varones gamers me han llamado «negra de mierda» y «perra», tengo un gran nivel de tolerancia. Solo necesito un instante para mentalizarme.

El primer mensaje es de un usuario llamado «ChicoRudo09». Buena señal. Lo abro. Hay un enlace y abajo ha escrito:

Esto es una mierda! No permitas que te censuren, Bri!

¿Eh?

No entro al enlace. ¿Cómo me haría lucir confiar en alguien llamado ChicoRudo? Podría ser un virus o porno. Pero el mensaje siguiente de otro usuario tiene el mismo enlace con un comentario:

Sí que los has hecho enfurecer jajajaja!

El tercer mensaje también tiene el enlace. Y el cuarto y el quinto. Mensajes nuevos de Sonny aparecen en mi pantalla.

Estás bien?
Llámame.
Te quiero.

Él también ha enviado el enlace. Hago clic en él. Me lleva a un artículo en la página web de *Clarion*, el periódico local. El título detiene mi corazón.

Deberían apagar la «Hora de brillar»:
La canción de una rapera adolescente local lleva
a la violencia

«¿Qué caraj...?», susurro.

Es una página entera escrita por una chica llamada Emily Taylor quejándose de mi canción. Su hijo de trece años adora la canción, dice, pero según ella, yo «paso toda la canción rapeando sobre cosas que harían que cualquier padre tocara el botón de Stop, e incluso alardea sobre la tenencia de armas y el sentimiento antipolicía».

¿De qué diablos habla? No hay una mierda en esa canción que diga algo en contra de la policía. ¿Solo porque estoy harta de que ellos patrullen mi vecindario como si todos fuéramos criminales, *yo* soy la que está equivocada?

A mitad del artículo, ha incluido un vídeo del incidente en el aparcamiento del Ring. Emily lo usa para describirme como «una adolescente usuaria de armas y rebelde, a quien recientemente echaron de un espacio local».

Denme cinco minutos con ella y le demostraré lo que es ser rebelde.

Continúa mencionando la revuelta en Midtown y, de hecho, dice: «Es lógico que una canción que alienta a la violencia los haya incitado a actuar agresivamente».

Pero el final. El final del artículo es el verdadero golpe, porque allí es donde Emily se gana un lugar permanente en mi lista de mierda.

«Le pido respetuosamente al sitio Dat Cloud que retire *Hora de brillar* de su catálogo. Ya ha causado daño. No podemos permitir que continúe. Pueden sumar sus voces firmando la petición que está en el enlace de abajo. Debemos hacer más para proteger a nuestros niños».

Proteger a *nuestros* niños. Sin dudas, yo no estoy incluida.

Vete a la mierda Emily. Sí, lo he dicho. Que se vaya a la mierda. Ella no sabe nada sobre mí, y sin embargo quiere usar una canción para convertirme en el gran villano malvado que influencia a su inocente hijo. Dios prohíba que él escuche con qué cosas tienen que lidiar diariamente las personas como yo. Debe ser agradable entrar en pánico por unas malditas palabras, porque eso es todo lo que son. Palabras.

No puedo evitarlo, pero hago clic en su perfil. Quiero ver a esa idiota.

Tiene varias fotos destacadas que se supone que revelarán más sobre ella. Una es de ella, su esposo y su hijo. Un ciervo muerto cuelga detrás de ellos y los tres visten ropa camuflada y sostienen rifles. Y sí, son blancos.

Pero ¿lo que más me molesta? El título de su artículo anterior a este.

Por qué no me quitarán mis armas:
El control de armas no tiene nada que hacer aquí

Pero ¿es distinto cuando yo rapeo sobre armas?

Me pregunto por qué.

Es como esa mierda en Midtown, lo juro. A las chicas blancas no las envían a dirección por hacer comentarios maliciosos. Diablos, lo he visto ocurrir con mis propios ojos. Les dan una advertencia. Pero cada vez que yo abro la boca y digo algo que no les agrada a mis profesores, me envían a dirección.

Aparentemente, las palabras son diferentes cuando salen de mi boca. De algún modo suenan más agresivas, más amenazantes.

Bueno, ¿saben qué? Tengo muchas palabras para Emily.

Cierro la puerta, abro Instagram en mi teléfono y hago un vivo de inmediato. En general, solo Sonny y Malik lo miran. Esta noche, alrededor de cien personas me miran en cuestión de segundos.

—¿Cómo están todos? Soy Bri.

Los comentarios comienzan de inmediato.

Tu canción es un 🔥

Al carajo con lo que digan los demás!

Eres mi nueva rapera favorita 💯

—Gracias por el apoyo —les digo, y de pronto cien personas más están mirando la transmisión en vivo—. Como sabrán, hay una petición para que retiren mi canción de Dat Cloud. Más allá de que sea censura, también es una gran estupidez.

> Claro que lo es!
> Al carajo la censura!

—Así es, al carajo la censura —continúo hablándoles a trescientos espectadores—. No entienden la canción porque no está hecha para que ellos la entiendan. Además, si estoy armada hasta los dientes, es porque debo estarlo, perra. No es mi culpa si eso te incomoda. Yo estoy incómoda cada maldito día de mi vida.

Cuatrocientos espectadores. Responden con 💯 o emojis de chocar los cinco.

—Pero escuchad esto —digo—. Tengo algo para todos los que queráis atacarme por mi canción.

Alzo mi dedo medio sin vacilar.

Quinientos espectadores. Más comentarios.

> Así es!
> Mándalos a todos a la mierda!
> Estamos contigo, Bri!

—Así que, señora reportera —continúo—, y cualquier otro que quiera llamar a *Hora de brillar* esto, aquello o lo que carajo sea. Hacedlo. Maldición, retirad la canción del sitio web si queréis. Pero nunca me haréis callar. Joder, tengo demasiado que decir.

CAPÍTULO VEINTE

Solo he estado ebria una vez en la vida. El verano anterior a segundo año, Sonny, Malik y yo decidimos probar el coñac Hennessy que el padre de Sonny guarda en su gabinete para ver de qué se trataba el alboroto. El-mayor-error-de-mi-vida. A la mañana siguiente, me arrepentí mucho por haber tocado esa botella. También me arrepentí cuando Jay liberó su furia.

Creo que tengo resaca de Instagram. Fui a la cama enfurecida con Emily y con todas las Emily del mundo. Pero cuando desperté, pensé: *Oh, mierda, ¿he dicho eso?*

Es demasiado tarde para hacer algo al respecto. No lo guardé en mi perfil, pero alguien lo ha hecho y ahora está divulgándose. Ruego que mi mamá, quien dijo que mantuviera un bajo perfil y no respondiera ante ninguna provocación, no lo vea.

Pero no sé si le importa, considerando cómo ha estado actuando hoy.

Ha entrado a mi habitación mientras me preparaba para ir a la iglesia. Y me ha dicho: «Puedes volver a la cama, cariño. Nos quedaremos en casa».

Cualquier otro día, yo hubiera gritado: «¡Aleluya!». No es nada contra Jesús. Mi problema es con su pueblo. Pero no he podido celebrar: Jay me ha dirigido una sonrisa que no podría llamarse como tal porque era muy triste. Ha regresado a su cuarto y no ha salido desde entonces.

No he podido volver a la cama. Estaba demasiado preocupada por ella. Trey tampoco ha podido, así que hemos estado viendo Netflix por horas. Hace un tiempo que nos deshicimos del cable. Era eso o nuestros teléfonos, y Jay y Trey los necesitan para sus trabajos potenciales. Subo los pies sobre el respaldo del sillón, a centímetros de la cabeza de mi hermano.

Él los aparta con la mano.

—Quita esos pies sucios y olorosos de mi rostro, niña.

—¡Trey, basta! —gimoteo y los subo de nuevo. Siempre tengo que subir los pies sobre el sillón.

Él come algunos cereales secos. Trey rara vez come cereales con leche.

—Tus pies lucen como los de Bruce Banner, Hulk.

Solo por eso, coloco el dedo gordo del pie dentro de su oreja. Él se pone de pie tan rápido que está a punto de volcar el cuenco de cereal sobre su regazo, pero logra sujetarlo. Muero de risa.

Trey me apunta con el dedo.

—¡Juegas con fuego!

Toma asiento y todavía río a carcajadas. Froto todo mi pie contra su mejilla.

—Aww, lo siento, hermano mayor.

Trey aparta su rostro.

—¡Juegas demasiado!

Los tablones del pasillo crujen y espío desde el marco de la puerta. Pero no es Jay. El abuelo dice que las casas tan viejas como esta tienden a estirarse. Y por eso hacen ruidos por cuenta propia.

—¿Crees que está bien?

—¿Quién? ¿Ma? —responde Trey—. Sí, está bien. Solo necesita un día de descanso lejos del cotilleo de la iglesia.

Lo entiendo. La iglesia está llena de personas con mucho que decir y nada que hacer. Uno podría pensar que nos ayudarían en vez de hablar sobre nosotros, pero supongo que es fácil decir que amas a Jesús y más difícil actuar como él.

Como sea.

—Entoooonces... —dice Trey mientras como un poco de su cereal—. Ya no te importa un carajo, ¿eh?

Estoy cerca de ahogarme con el cereal. Muy cerca. Toso para limpiar la garganta.

—Espera. ¿Tienes Instagram?

—Guaaau. —Ríe—. ¿Dices todas esas cosas en línea y lo primero que quieres saber es si tengo cuenta de Instagram?

—Em, sí.

—Necesitas ordenar tus prioridades. Que conste que Kayla me convenció para crear una cuenta.

Aparecen los hoyuelos. Aparecen cada vez que habla sobre ella.

—¿Será mi futura cuñada?

Empuja el lateral de mi cabeza.

—No te preocupes por mí, preocúpate por ti. ¿Qué te sucede, Bri? De verdad. Porque ¿ese vídeo? Ese vídeo no es mi hermanita.

Jalo de un hilo suelto en el sillón.

—Estaba enfadada.

—¿Y? ¿Cuántas veces debo decírtelo? La Internet es para siempre. ¿Quieres que un futuro empleador vea eso?

No me preocupan tanto esas personas como una en particular.

—¿Se lo contarás a Jay?

—No, no se lo diré a *ma*. —Siempre me corrige cuando la llamo por su nombre—. Ya tiene suficiente con lo que lidiar. Tienes que aprender a ignorar a los demás, Bri. No todo merece tu energía.

—Lo sé —susurro.

Pellizca mi mejilla.

—Entonces, actúa de ese modo.

—Espera. ¿Eso es todo?

—¿Qué? —pregunta.

—¿No te enfadarás conmigo?

Traga más cereal.

—No. Dejaré que ma lo haga cuando lo descubra porque, créeme, lo hará. También tendré listas las palomitas de maíz.

Golpeo su rostro con un cojín.

Suena el timbre. Trey aparta la cortina para mirar fuera.

—Son las otras partes de la Profana Trinidad.

Pongo los ojos en blanco.

—Diles que no estoy.

Trey abre la puerta y por supuesto que dice:

—Hola. Bri está aquí.

Me mira con una sonrisa burlona sin exhibir los dientes. Idiota.

Trey hace un saludo con ellos mientras ingresan a la casa.

—No os veo hace tiempo. ¿Cómo estáis?

Malik le dice que todo está bien, pero podría pensarse que me lo dice a mí porque me mira a mí. Yo miro la televisión a propósito.

—La preparación para los ACT y los SAT están pateándome el trasero —dice Sonny. Estoy tan orgullosa de él. Ha logrado decir palabras enteras frente a Trey. Hubo una época en la que solo tartamudeaba cerca de mi hermano, debido a lo muy enamorado que estaba de él. A veces, pienso que *aún* le gusta. Trey siempre ha sabido que le gusta a Sonny. Solo se ríe al respecto. Pero cuando Sonny y yo estábamos en quinto curso, uno de los amigos de Trey dijo algo sobre Sonny usando una palabra que me niego a repetir. Después de eso, no fue más amigo de Trey. A los dieciséis, mi hermano se refería a la masculinidad tóxica como «una droga adictiva». Él es así de genial.

Trey toma asiento en uno de los apoyabrazos del sillón.

—Ah, no te preocupes demasiado, Son. Puedes hacer los exámenes más de una vez.

—Sí, pero luce bien si tengo buenos resultados en el primer intento.

—No. Luce bien si obtienes buenos resultados y punto —responde Trey—. Con lo inteligente que eres, estarás bien.

Las mejillas de Sonny adoptan un tinte rosado. No ha superado ni por asomo su enamoramiento.

La televisión es la única que habla durante un rato. *The Get Down*, para ser precisa. Yo miro la serie, pero siento que Sonny, Malik y Trey me miran.

—¿Y bien? —dice Trey—. ¿Actuarás como si ellos no estuvieran aquí? Como cereal.

—Sí.

Trey quita el cuenco de mis manos. Luego tiene la audacia, *la audacia*, de quitar mis piernas del sillón y hacer que tome asiento derecha.

—Em, ¿disculpa? —digo.

—Te disculpo. Tus amigos están aquí para hablar *contigo*, no conmigo.

—Queríamos pasar el rato contigo hoy —dice Malik—. Ya sabes, jugar videojuegos, relajarnos.

—Sí, como solíamos hacer —añade Sonny.

Mastico con más fuerza de la necesaria mi cereal.

—Vamos, Bri, ¿en serio? —dice Malik—. ¿Al menos hablarás con nosotros?

Cruuuunch.

—Lo siento, compañeros —dice Trey—. Parece que ya ha tomado una decisión.

Mi hermano es malvado. ¿Por qué lo digo? Porque comienza a tomar asiento a mi lado y mientras tiene el trasero suspendido en el aire, suelta el pedo más ruidoso e intenso que he oído en la vida. Cerca-de-mi-rostro.

—¡Dios mío! —grito y salto—. ¡Me iré, maldición!

Trey hace una risa malvada y coloca las piernas sobre el sillón.

—Eso es lo que obtienes por poner tus pies asquerosos sobre mi rostro.

Que abandone la sala de estar con Sonny y Malik no significa que tenga que hablar con ellos. Avanzamos por la acera. Hay silencio entre nosotros, excepto por el ruido que hace la cadena de mi papá al golpear contra mi camiseta.

Malik jala de los cordones de su abrigo.

—Lindos Timbs.

Es la primera vez que los uso. Jay todavía estaba en su cuarto cuando me fui, y Trey no presta la atención suficiente a cosas como esas para notarlos. Es decir, ha usado las mismas Nike durante siete años y contando.

—Gracias —susurro.

—¿Dónde las has consguido? —pregunta Malik.

—*¿Cómo* las has conseguido? —dice Sonny.

—Lo siento, no sabía que era asunto vuestro.

—Bri, vamos —dice Sonny—. Sabes que no quisimos decir nada con lo que pasó el otro día, ¿cierto?

—Guaaau. Eso es un intento de disculpas a medias.

—Lo sentimos —dice Malik—. ¿Mejor?

—Depende. ¿Qué es lo que lamentan?

—No haberte apoyado —responde Sonny.

—Y que las cosas hayan cambiado tanto —añade Malik.

—¿Tanto cómo? —Ah, por supuesto que sé cómo, pero quiero oírlo de sus bocas.

—Últimamente no pasamos tanto tiempo juntos —admite Malik—. Pero no actúes como si todo esto fuera solo culpa nuestra. Tú también has cambiado de amigos.

Me detengo. La señora Carson pasa a nuestro lado en su Cadillac destrozado que es más viejo que mis abuelos. Toca el claxon y alza la mano. Devolvemos el saludo. Típico del Garden.

—¿Cómo es que yo los he cambiado *a vosotros*? —pregunto.

—¿Este personaje de la rapera? No conozco a esa persona —dice Malik—. En especial, no a la que ha dicho esas cosas en Instagram.

Oh.

—¿Lo habéis visto?

Sonny asiente.

—Sí. Al igual que la mitad de la Internet. No mentiré, probablemente yo también me hubiera enfurecido. Así que... —Se encoge de hombros.

—Estar enfurecido es una cosa, pero eso fue otra —dice Malik—. Luego, en la escuela...

—Espera, no he cambiado en la escuela —respondo—. Vosotros sois los que no tenéis tiempo para mí porque tenéis a otras personas. Que conste que eso no me molesta, pero no actuaré como si no doliera. Además, habéis estado pasando tiempo sin mí, investigando a Rapid.

—Se supone que tenías demasiado con lo que lidiar para preocuparte por eso —dice Sonny—. Sabemos que tu familia está en un momento difícil.

—¿Eso es todo? O... —No puedo creer que estoy a punto de decir esto—. ¿O no queréis tener nada más que ver conmigo?

Mierda, mis ojos arden. Veréis, hace un tiempo hay una vocecita diminuta que ha decidido que mis pensamientos serían su hogar. Dice que Sonny y Malik son demasiado brillantes en Midtown como para estar asociados con alguien que no lo es. Ellos tienen futuro, así que ¿por qué deberían pasar tiempo con alguien cuyo único futuro es ir a la oficina de la directora?

Es creíble. De hecho, es tan creíble que podría ser cierto.

—¿De qué *diablos* hablas? —exclama Sonny—. Bri, eres mi hermana, ¿sí? Te conozco desde que le temías a Big Bird.

—Dios mío, ¡no es lógico que un ave sea tan grande! ¿Por qué no lo entendéis?

—Conocemos a Malik desde antes de que usara la misma chaqueta de jean durante un año entero.

—Pero esa chaqueta era muy cómoda —recalca Malik.

—Y vosotros me conocéis desde que era fan de Justin Bieber —añade Sonny.

Vaya, esa ha sido una fase. Últimamente ha cambiado a Shawn Mendes.

—Si reproduces *Baby* de nuevo, te asesinaré —digo.

—¿Ves? Hemos pasado lo peor juntos —dice Sonny—. Incluso sobrevivimos al gran debate sobre Killmonger.

Muerdo mi labio. Los tres intercambiamos miradas.

—Él-no-era-el-antihéroe. —Aplaudo con cada palabra—. ¡Era sin dudas un villano!

—Guau, ¿de verdad? —dice Malik—. ¡Quería liberar a los negros!

—¡Nakia también! ¡No la has visto matar mujeres para hacerlo! —respondo.

—¿Cómo es posible que veáis la escena del flashback y no sintáis algo hacia ese trasero perfecto? —dice Sonny—. ¡Vamos!

Frunzo los labios.

—Siento más cosas por las Dora Milaje que él ha degollado.

—Mi punto —dice Sonny por encima de mí— es que al diablo todo los demás. Nada puede cambiar lo que tenemos.

Extiende el puño hacia Malik y hacia mí. Lo chocamos con los nuestros, hacemos un saludo y hacemos el símbolo de la paz como solíamos hacer en la primaria.

—¡Bum! —decimos.

Y así como así, todo está bien entre nosotros.

Temporalmente. Veréis, un día, seré una anciana de cabello gris (sin arrugas, porque los negros no las tenemos) y mis nietos me preguntarán sobre mis mejores amigos. Les contaré que Sonny, Malik y yo éramos cercanos desde la panza, que eran mis amigos para siempre, mis hermanos de otras madres.

También les diré cómo una simple partida de *Mario Kart* terminó nuestra amistad, porque estoy a punto de lanzar este maldito mando del otro lado de la sala de estar de Malik.

—¡Dime que no acabas de lanzarme una concha! —chillo.

Malik ríe mientras su Mario pasa a toda velocidad junto a mi Toad. El Yoshi de Sonny está delante de ambos. Es nuestra tercera carrera. He ganado la primera y Sonny ha ganado la segunda, por lo tanto el trasero caprichoso de Malik recurre a tácticas sucias.

Bueno, sí, usa las conchas como se supone que hay que usarlas, pero soy yo, maldición. Haz el viejo truco llamado CPU Bowser si quieres lanzar conchas.

—Oye, estabas en mi camino —dice Malik—. Mario debe hacer lo que debe hacer.

—De acuerdo, ya verás. —Le devolveré el gesto, observen. No solo en el juego. Él necesitará algo de mí. Podría ser mañana, podría ser en diez años, y yo le diré: «¿Recuerdas la vez en que me lanzaste una concha en *Mario Kart*?».

He nacido mezquina.

Pero Toad es lo máximo. Aunque el golpe lo ha noqueado un poco, mi pequeño se levanta y alcanza al Yoshi de Sonny.

—Aparentemente, el superintendente tendrá una reunión con los padres en Midtown el viernes próximo —dice Sonny.

Lo miro.

—¿De verdad?

—¡Sí! —Sonny salta con los brazos en el aire—. ¡En-tu-cara!

Miro la pantalla.

—¿Qué? ¡Nooooooo!

Aparto los ojos por un segundo y eso es suficiente para que el Yoshi de Sonny cruce la meta primero.

Malik se desploma en el sillón, gritando de risa.

No puedo creerlo.

—¡Maldito!

Malik hace un saludo a Sonny.

—Perfecto, hermano. Absolutamente perfecto.

Sonny acepta los elogios.

—Gracias, pero de verdad. —Toma asiento a mi lado—. El superintendente hará una reunión.

Me alejo de él, pero no, eso me acerca a Malik. Así que, en cambio, me mudo al otro.

—No quiero oír ni una palabra que tu trasero tramposo tenga para decir.

—Guau, Bri. De todos los sabores para elegir, decides ser amarga —dice Sonny—. Esto es serio.

Malik se quita pelaje de gatos de su cabello. El otro bebé de la tía 'Chelle, 2Paw, merodea por alguna parte. Malik lo ha llamado así.

—Sí. La escuela contratará policías como guardias de seguridad en Midtown. Mamá ha recibido un mail al respecto y otro sobre la reunión de la Asociación de Padres y Maestros (APM).

Descruzo los brazos.

—¿De verdad?

Sonny desaparece en la cocina.

—¡Sí! Quieren que los alumnos, padres y tutores asistan a la reunión y den sus opiniones.

—Probablemente no cambiará nada —digo—. Harán lo que quieran.

—Por desgracia —responde Malik—. Será necesario algo grande para hacerlos cambiar de opinión y no, no me refiero a publicar tu vídeo, Bri.

—¿No? —pregunto mientras Sonny regresa con una bolsa de Doritos, un paquete de Chips Ahoy! y latas de Sprite.

—No. Probablemente te convertirán en la villana para justificarlo. —Malik muerde su uña—. Solo quisiera que pudiéramos usarlos de alguna... Sonny, ¿por qué comes mi comida?

Sonny coloca una galleta entera en su boca.

—Compartir es dar cariño.

—No te quiero tanto.

—Aww, gracias Malik —dice Sonny—. Pues sí, regresaré a la cocina y tomaré también ese Chunky Monkey del freezer.

Resoplo. Los labios de Malik se afinan. Sonny regresa a la cocina, sonriendo.

Malik se desliza hasta el extremo del sillón.

—Bri, permíteme hacer una pregunta. Promete que no enloquecerás, ¿de acuerdo?

—¿Enloquecer? Actúas como si reaccionara precipita...

—Lo haces —dicen él y Sonny a la vez. Sonny ni siquiera está en la sala.

—Olvidadlo. Dime.

—Si hubiera una manera de publicar ese vídeo bajo tus propios términos, ¿lo harías? —pregunta Malik.

—¿A qué te refieres con «bajo mis propios términos»?

—Dijiste que ya has hablado sobre lo que Long y Tate te hicieron, en tu canción. Bueno, ¿y si usamos tu canción para mostrarles a los demás lo que ocurrió?

Sonny regresa con el bote de helado y tres cucharas. No tengo que extender la mano para que me entregue una.

—¿Qué? ¿Como un vídeo musical artístico? —pregunta Sonny.

Malik chasquea los dedos.

—Eso es. Podemos ir línea por línea, ¿no? Mostrarles a los demás lo que has querido decir, usando imágenes que he filmado para mi documental. Luego, cuando mencionas que te lanzan al suelo...

—Mostramos el vídeo de cuando sucedió —concluyo por él.

Mierda. De hecho, podría funcionar.

—Exacto —dice Malik—. De ese modo, explicamos la canción para todos esos idiotas que te han atacado y mostramos lo que ocurrió en la escuela.

Podría abrazarlo. En serio, podría hacerlo. Sin decir que entiende la canción, dice que entiende la canción y, en realidad, dice que me entiende. Es lo único que quería de él. Bueno, eso y algunas cosas no aptas para menores de 13 años, pero no es el punto.

¿Abrazo a Malik? ¡Ja! No. Lo golpeo.

—¡Eso es por todas las porquerías que has dicho antes sobre mi canción!

—¡Ay! —Sujeta su brazo—. ¡Maldición, mujer! Siempre entendí la canción. Solo no quería que los demás hicieran suposiciones sobre ti. No diré «te lo dije», pero... No, olvídalo, ¡te lo dije!

Frunzo los labios. Sabía lo que venía.

—Pero después de pensar en cómo reaccionaron todos en la escuela, entendí que tenías razón —dice—. Ya has hablado por nosotros, Breezy. No es tu culpa si las personas no lo comprenden. Así que, joder —se encoge de hombros—, ¿por qué no usamos la canción para armar alboroto?

CAPÍTULO VEINTIUNO

Entonces, armamos alboroto. Lleva varias horas, pero Malik, Sonny y yo armamos un vídeo musical para *Hora de brillar*, usando material que Malik ha grabado para su documental. Por ejemplo, cuando digo «Mi equipo más que una caldera arde», aparece un vídeo de unas armas en la cintura de unos DG. Malik ha difuminado sus rostros.

«Lo nuestro no es disparar, pero de asesinato nos quieren culpar», trae consigo un fragmento del noticiario de aquel momento en que mataron a ese chico el año pasado.

«Me acerco, me vigilas, en amenaza me convierto», rapeo, y aparece el vídeo que Malik grabó en secreto del empleado siguiéndonos por la comiquería de Midtown hace unos meses.

Y como acordamos, cuando rapeo «Me lanzaste al suelo, niño, cómo la jodiste», Malik añade el vídeo del incidente.

Pero ¿los hará cambiar de opinión? Probablemente, no. Siendo honesta, nada lo hará. Nunca lo entenderán de verdad porque no quieren comprender a alguien como yo.

De todos modos, espero que mi vídeo les cause palpitaciones.

Lo estamos subiendo a YouTube cuando el teléfono de Sonny vibra. Lo toma y prácticamente hace un berrinche en el sillón.

—¡Maldición! Papá quiere que vaya a casa y sea la niñera de las gremlins.

Golpeo su rostro con una almohada.

—¡No hables así de tus hermanitas!

Sonny tiene tres hermanas menores: Kennedy, de tres años, Paris, de siete, y Skye, de cuatro. Son sin duda un encanto y si fuera posible adoptar hermanos, lo haría. Sonny las ama con locura... excepto cuando tiene que oficiar de su niñera.

—¡Son gremlins! —afirma—. El otro día, estaba hablando con Rapid y ellas...

—Espera. Espera. Espera. Tiempo fuera. —Dibujo una T con las manos—. ¡No puedes mencionar algo así *casualmente*! ¿Estás hablando con Rapid de nuevo?

Las mejillas de Sonny adoptan un tono muy rosado.

—Sí. De hecho, hablamos por teléfono. El chico aquí presente me convenció de que le explicara por qué desaparecí. —Señala a Malik.

—Estoy feliz de ayudar. —Finge hacer una reverencia.

—Le envié un mensaje a Rapid y le dije que encontramos su dirección IP y que sabía que él no vivía en el Garden —prosigue Sonny—. Él preguntó si podíamos hablar por teléfono. Acepté. Me recordó que él nunca dijo que vivía aquí, que yo solo lo asumí. Pero comprendió por qué me sorprendí al descubrirlo. Hablamos un largo rato.

Em, necesito más que eso.

—¿Qué más dijo? ¿Cómo se llama? ¿Cómo es su voz?

—Rayos, sí que eres chismosa —responde Sonny—. No te contaré todo sobre nuestros asuntos.

Alzo las cejas.

—Entonces, ¿tienen asuntos juntos?

Malik sube y baja sus cejas.

—Suena que así es.

—Y es evidente que vosotros no tenéis asuntos de los que ocuparos porque metéis las narices en los nuestros —dice Sonny—. Hablamos de todo y de nada. Pero fue raro. Estábamos tan ensimismados en la conversación que nunca me dijo su nombre real. Yo tampoco le dije el mío. Pero no los necesitamos. Lo he conocido sin saber su nombre.

¿Estoy sonriendo? Sí. Empujo su mejilla con un dedo, del mismo modo en que él lo hizo cuando hablamos de Curtis.

—Mírate, te sonrojas y todo.

Esquiva mi dedo.

—Como sea. ¿Lo más raro de todo? Creo que he oído su voz antes. Solo que no puedo descifrar *dónde* la he oído.

—¿En la escuela? —pregunta Malik.

Sonny pellizca su labio superior.

—No. No lo creo.

—¿Se reunirán? —pregunto. Él asiente lentamente.

—Sí. Quiero que todos vengan cuando lo haga. Ya saben, en caso de que sea un asesino en serie.

—¿Qué? ¿Para que todos terminemos muertos? —pregunta Malik.

—Eso significa ser amigos por siempre, ¿no?

Pongo los ojos en blanco.

—Tienes suerte de que te queramos.

—Es cierto. Y dado que me quieren —le sonríe a Malik—, ¿puedo traer a las gremlins aquí? De ese modo, podemos comenzar otra ronda de *Mario*...

—Claro que no —dice Malik—. Tus hermanas necesitan quedarse en tu casa. Soy hijo único por una razón.

—¡Rayos! —gruñe Sonny. Pasa por encima de las piernas extendidas de Malik—. Grosero. —Golpea el muslo de Malik.

—¡Ay! ¡Hobbit!

Sonny hace un gesto obsceno con el dedo medio y parte.

Malik frota su muslo. Sonrío con picardía.

—¿Estás bien?

Malik se incorpora y endereza sus pantalones cortos de bás-quetbol.

—Sí. Me vengaré. El juego de los puños ha comenzado de nuevo.

No otra vez. La última vez fue en séptimo curso, y duró meses. De la nada, uno de los dos golpeaba al otro. El que obtenía la mejor reac-ción ganaba. Sonny ganó después de golpear a Malik en medio de un rezo en la iglesia.

—¿Tienes hambre? —pregunta Malik—. Puedo preparar algo para los dos.

—No. Probablemente yo también debería regresar a casa. Además, no sabes cocinar.

—¿Quién lo dice? Chica, ¡puedo preparar la mejor pasta en lata que has probado en tu vida! Recuerda mis palabras. Pero, en serio. —Me empuja despacio con el codo—. Puedes quedarte todo el tiempo que quieras.

Subo las rodillas contra el pecho. Me he quitado los zapatos hace si-glos. No soy tan tonta como para arruinar así de fácil el sofá de la tía 'Chele.

—No. Debería regresar a ver cómo está mamá.

—¿Qué le ocurre a la tía Jay?

—Creo que todo está afectándola. No fuimos a la iglesia y luego fue a su habitación y permaneció allí. Es decir, no es importante, pero es lo que solía hacer cuando ella...

—Oh —dice Malik.

—Sí.

Permanecemos en silencio un rato.

—Todo mejorará un día, Breezy —dice Malik.

—¿Tú crees? —susurro.

—¿Sabes qué? Tengo algo para esto. Apuesto a que puedo hacer-te sonreír en menos de dos minutos. —Se pone de pie y busca en su teléfono—. De hecho, apuesto a que puedo hacerlo en menos de un minuto.

Toca la pantalla. *P.Y.T.*, de Michael Jackson, comienza a sonar. No es un secreto que MJ es la clave para hacerme sonreír. Al igual que los intentos de baile de Malik. Canta sin emitir sonido «You're such a P.Y.T., a pretty young thing», y realiza un movimiento que lo hace ver como si estuviera rascándose.

Río a carcajadas.

—¿De verdad?

—Ajá —responde, y camina hacia mí bailando. Se pone de pie y de algún modo logra que cante y baile con él. Debo admitirlo, estoy sonriendo.

Hace una caminata lunar que es peor que cualquier intento que haya hecho Trey. Pierdo la concentración al reír como desquiciada.

—¿Qué? —dice él.

—No puedes bailar, cielo.

—El dolor.

—La verdad.

Me envuelve en un abrazo estrecho y apoya el mentón sobre mi cabeza.

—Si te animará, Breezy, haré lo que sea.

También rodeo su torso con los brazos. Lo miro y él hace lo mismo.

Cuando acerca sus labios hacia mí, no me aparto. Simplemente, cierro los ojos y espero los fuegos artificiales.

Sí, fuegos artificiales. Como en esas películas románticas y rosas que amo en secreto. Se supone que este beso hará que mis pies abandonen el suelo, hará que el corazón salga de mi pecho y me dará cosquilleos.

Pero, em, ¿este beso? Este beso no es nada de eso.

Es húmedo, incómodo y sabe a todos esos Cheetos Puffs que Malik ha comido hace un rato. Ni siquiera podemos acomodar las narices en el lugar correcto. Mi corazón no acelera su velocidad: no hay explosión alguna. Diablos, no hay un *bum*. Es extraño. No es que Malik o yo seamos malos besadores; no, sabemos lo que hacemos. Es solo que no se siente...

Bien.

Nos separamos.

—Emm... —dice Malik—. Yo, em...

—Sí.

—Eso no ha sido...

—No.

Hay un silencio muy incómodo.

—Emm... —Malik lleva una mano hacia su nuca—. ¿Quieres que te acompañe a casa?

No hemos dicho una palabra en tres cuadras. Los perros ladran a lo lejos. Está completamente oscuro y hace bastante frío, así que la mayoría de los vecinos está adentro. Pasamos frente a una casa de cuyo porche salen unas voces, pero las personas están sentadas en la oscuridad. El único rastro de ellos es la colilla naranja en la punta de un cigarrillo. Momento, no, huele a marihuana.

—Bri, ¿qué ha sucedido en casa? —pregunta Malik.

—Tú dímelo. Tú me has besado. También, tú eres el que tiene novia.

—Mierda —sisea, como si acabara de recordarlo—. Shana.

—Sí. —Ella ha tenido una mala actitud conmigo, pero de todos modos, esto está mal—. Parece que ella te gusta mucho, así que ¿por qué me has besado?

—¡No lo sé! Acaba de suceder.

Detengo el paso. Estamos lejos de las voces del porche y hay tanto silencio que mi voz suena más fuerte de lo que es.

—¿*Acaba* de suceder? Nadie besa a alguien sin motivo, Malik.

—Guau, espera. Tú me has devuelto el beso.

No tiene sentido negarlo.

—Sí.

—¿Por qué?

—Por el mismo motivo por el cual me has besado.

La verdad es que hay algo entre los dos, incluso si no sabemos qué es. Pero empiezo a preguntarme si es como un rompecabezas malo. Las piezas están allí para crear lo que podría ser una imagen perfecta, pero después de ese beso, ¿y si no encajan?

Un Camaro gris pasa a nuestro lado.

—Bueno, sí. Siento cosas por ti —dice Malik—. Hace un tiempo. Creo que supuse que tú también sentías algo por mí, pero no estaba seguro.

—Sí... —Hago silencio. Tampoco tiene sentido negarlo.

—Oye, sé que estás molesta porque estoy con Shana —dice—. Pero Bri, no tienes que coquetear con Curtis para darme celos.

Grazno. De hecho, no sé si el sonido que hago podría llamarse un graznido.

—¿Estás bromeando?

—En el autobús, estabas encima de él —dice Malik—. Luego lo defendiste tras la revuelta. Intentabas darme celos.

Lo miro de arriba abajo.

—¡Nadie estaba pensando en ti!

—¿Se supone que debo creerte?

—Hermaaaano —digo, golpeando el dorso de mi mano sobre mi palma—. Dios mío, eso no ha tenido nada que ver contigo. Nada.

—¿Que estuvieras encima de él no ha tenido relación alguna conmigo?

—¡Joder, no! ¡Ni siquiera noté que estabas en el autobús! Eres atrevido, Malik. De verdad. Esto es muy de *fuckboy*.

—¿*Fuckboy*? —repite.

—¡Sí! Hablas de sentimientos y de besarme, pero nunca antes diste *señales* de que yo te gustara. Pero ahora, como me gusta otra

persona, ¿de pronto tienes sentimientos por mí? Sal de aquí, hermano.
De verdad.

Malik arruga la frente.

—Espera. ¿Te gusta *Curtis*?

Oh.

Maldición.

¿Me *gusta* Curtis?

Los neumáticos chillan sobre el pavimento. El Camaro gris de antes
gira en U. Acelera por la calle y se detiene en seco a nuestro lado.

—¿Qué diablos? —dice Malik.

La puerta del lado del conductor se abre y un hombre baja. Nos
sonríe con la boca llena de dientes plateados. Tiene una pistola en la
mano.

Es el Corona del Ring.

—Vaya, vaya, vaya —dice él—. Pero qué tenemos aquí.

No puedo observarlo porque miro el arma. Mi corazón late en mis
oídos.

Malik extiende un brazo frente a mí.

—No queremos problemas.

—Yo tampoco. Solo quiero que la pequeña entregue su mierda.

No sé si enfocar la atención en él o en su arma.

—¿Qué?

Señala mi pecho con su pistola.

—Quiero esa cadena.

Mierda. Olvidé esconderla.

—Verás, tu papá fue muy irrespetuoso al caminar con esa corona
en su cadena llamándose a sí mismo el Rey del Garden mientras se jun-
taba con las perras de los Discípulos —dice el Corona—. Así que arregla-
rás su error y entregarás esa mierda de cadena.

—No puedo... —Tiemblo como si tuviera escalofríos—. Es mi...

Me apunta con el arma.

—¡He dicho que la entregues!

Algunos dicen que tu vida pasa ante tus ojos en momentos como este. Pero en mi caso, todas las cosas que no he hecho pasan delante de los míos. Tener éxito, salir del Garden, vivir más de dieciséis años. Ir a casa.

—No... No puedo... —Mis dientes chocan entre sí—. No puedo renunciar a esta cadena.

—Perra, ¿acaso no he sido claro? ¡Entrega esa mierda!

—Hombre, tran...

El Corona le da un puñetazo a Malik en el rostro y cae al suelo.

—¡Malik! —Avanzo hacia él.

Clic clic. Prepara el arma.

—¿Por favor? —balbuceo—. Por favor, no te la lleves.

No puedo perderla. Mamá ya podría haberla empeñado y haberse ocupado de pagar las cuentas, de llenar la nevera, pero la ha confiado a mi cuidado. A mí. Sé que dijo que ella no se desharía de la cadena, pero siempre pensé que si las cosas realmente se complicaban, podíamos venderla.

Perderla será como perder una red de seguridad.

—Oh, miren quién llora —se burla el Corona—. ¿Dónde quedó la mierda irrespetuosa que mencionabas en tu canción, eh?

—¡Es solo una canción!

—¡Me importa un carajo! —Apunta el arma directo entre mis ojos—. Ahora, ¿harás que esto sea fácil o difícil?

Malik gime cerca de mis pies. Sujeta su ojo.

No puedo arriesgar su vida o la mía. Ni siquiera para asegurarme de que mi familia esté bien.

Enderezo la espalda y miro al Corona directo a los ojos. Quiero que este cobarde mire los míos y no vea miedo alguno.

—La cadena —dice, apretando los dientes.

El pendiente resplandece, incluso en la oscuridad.

El Corona lo arrebata de mis manos.

—Eso pensé.

Mantiene los ojos clavados en mí y yo mantengo los míos en él mientras retrocede hasta su carro. No baja el arma hasta subir al Camaro. Acelera por la calle, llevándose la red de seguridad de mi familia consigo.

PARTE TRES
ESCUELA NUEVA

CAPÍTULO VEINTIDÓS

Por poco me mata un Corona. Así que llamo a mi tía, la Discípula del Garden.

En cuanto escucha «me han robado», viene en camino.

Malik y yo esperamos en el cordón de la acera. Su ojo comienza a oscurecerse e hincharse. Afirma que está bien, pero es todo lo que ha dicho desde que el Camaro partió a toda velocidad.

Me abrazo a mí misma. Hay un nudo tenso en mi estómago que no desaparece. No sé si quiero que lo haga. Es como si estuviera manteniendo unido cada centímetro de mí misma y, si se desarma, estaré jodida.

El Cutlass de la tía Pooh avanza a toda velocidad por la calle. Apenas aparca a nuestro lado, ella y Scrap bajan. Ambos tienen sus armas encima.

—¿Qué diablos? —dice ella—. ¿Quién ha hecho esta mierda?

—Ese Corona que se metió con nosotros en lo de Jimmy —respondo. Malik gira la cabeza hacia mí.

—Espera, ¿han lidiado antes con él?

Suena más a una acusación que a una pregunta.

—Tuvimos una pequeña discusión. —Es todo lo que la tía Pooh dice—. ¿Qué se llevó, Bri?

Mi mandíbula duele por apretar fuerte los dientes.

—La cadena.

La tía Pooh cruza las manos sobre la cabeza.

—¡Mierda!

—Los Coronas han querido esa cadena desde que mataron a Law —dice Scrap.

¿Para qué? ¿Para poder tener un trofeo por haberme quitado a mi papá?

—No quería entregársela. —Maldición, mi voz se quiebra—. Pero él tenía un arma y...

—Espera, espera, espera —dice la tía Pooh—. ¿Te apuntó con un arma?

Hay furia esperando estallar en sus ojos. Sé cinco palabras que encenderán la chispa.

—Me apuntó a la cara.

La tía Pooh endereza la espalda despacio. Tiene el rostro en blanco, prácticamente tranquilo.

—Esto no ha terminado.

Marcha hasta el carro, su modo de indicarnos que la sigamos. Malik permanece en la acera.

—¿Vienes? —le pregunto.

—No. Caminaré a casa. Son unas pocas calles.

Casa. Donde probablemente ahora está la tía 'Chelle esperando.

—Oye, em... quizás sea mejor que no le cuentes esto a la tía 'Chelle, ¿sabes?

—¿Hablas en serio? —dice Malik—. ¡Te han robado, Bri! ¡Tengo un ojo magullado!

Hablo absolutamente en serio. Si él le cuenta, ella le contará a mi mamá, y ella detendrá lo que sea que la tía Pooh y yo planeamos hacer.

—Solo no se lo cuentes, ¿sí?

—Espera, ¿piensas ir en busca de ese tipo?

No respondo.

—Bri, ¿estás loca? ¡No puedes ir tras él! Estás buscando problemas.

—Mira, ¡no te pedí que nos ayudaras! —grito—. ¡Solo dije que no se lo cuentes! ¿Está bien?

Malik permanece de pie, recto como una tabla.

—Sí —responde—. Como quieras. *Bri*.

Dice mi nombre como si fuera una palabra en otro idioma.

No tengo tiempo para entender cuál es su problema, sea el que sea. No lo tengo. Necesito recuperar esa cadena. Subo al carro. Él aún está de pie en la acera cuando arrancamos.

La tía Pooh y Scrap hablan sobre el Corona. Aparentemente, lo conocen como Kane y le agrada andar rápido en Camaro por la calle Magnolia. Supongo que allí nos dirigimos, pero la tía Pooh detiene la marcha frente a mi casa.

Detiene el motor.

—Vamos, Bri.

Baja del carro y adelanta su asiento. Yo también salgo.

—¿Qué hacemos aquí? —pregunto.

De pronto, la tía Pooh me da un abrazo extra fuerte. Besa mi mejilla y luego susurra en mi oído:

—Mantén un perfil bajo.

Me aparto de ella.

—¡No! ¡Yo también quiero ir!

—Me importa un carajo lo que quieras. Te quedarás aquí.

—Pero tengo que recuperar....

—¿Quieres morir o ir a prisión, Bri? Un Corona te matará como venganza o alguien te delatará, y los policías te arrestarán. Eso es todo lo que puede salir de esto.

Mierda. Tiene razón. Pero, de pronto, me doy cuenta...

A *ella* podrían matarla. A *ella* podrían arrestarla.

Olviden la chispa. He encendido una bomba que explotará en cualquier segundo.

No, no, no.

—Tía, olvídalo. Él no vale la…

—¡Al carajo con eso! ¡Nadie ataca a mi familia! —dice—. Mataron a mi hermano, luego uno te apunta con un arma y ¿se supone que tengo que olvidar esa mierda? ¡Joder, claro que no!

—¡No puedes matarlo!

—Entonces, ¿para qué diablos me has llamado?

—Yo… No…

—Podrías haber llamado a tu mamá, podrías haber llamado a Trey, diablos, podrías haber llamado a la policía. En cambio, me llamaste. ¿Por qué?

En lo profundo de mi ser, sé por qué.

—Porque…

—Porque sabías que yo me ocuparía de él —responde apretando los dientes—. Así que permite que haga lo que hago.

Camina hacia el carro.

—Tía Pooh —grazno—. ¿Por favor?

—Entra a casa, Bri.

Es lo último que dice antes de acelerar y partir.

Ahora sé por qué la he llamado. No porque quería que se ocupara de él. Sino porque la necesitaba.

Arrastro los pies hacia la entrada y abro la puerta principal. Oigo las voces de Jay y Trey desde la cocina mientras suena un R&B de los años noventa en el estéreo. Una tabla del suelo cruje y anuncia mi llegada.

—Bri, ¿eres tú? —pregunta mamá.

Gracias a Dios no asoma la cabeza por la puerta de la cocina. No creo que mi rostro pueda ocultar lo que acaba de pasar. Carraspeo.

—S-sí, señora.

—Bueno. La cena está casi lista.

—No, em… —Siento que mi voz se debilita. Carraspeo de nuevo—. Comí en casa de Malik.

—Probablemente habéis comido chatarra, conociéndoos a vosotros tres —responde ella—. Pondré un plato para ti.

Logro emitir un «bueno» antes de ir a mi habitación.

Cierro la puerta. Solo quiero esconderme debajo de las sábanas, pero siento que mi cama está a kilómetros de distancia. Tomo asiento en el suelo en una esquina del cuarto y coloco las rodillas contra mi pecho, que siento está a punto de colapsar.

Quería que ese tipo muriera, juro que sí. Ahora solo puedo pensar en cómo un disparo lo matará, al igual que uno mató a papá.

Si tiene esposa, su muerte la destrozará como destruyó a Jay.

Si tiene madre, llorará como lloró la abuela.

Si tiene padre, su voz se apagará cuando hable de él como lo hace el abuelo.

Si tiene un hijo, estará enfadado con él por morir, como lo está Trey.

Si tiene una hija pequeña, ella nunca oirá una respuesta cuando diga «papi». Como yo.

Lo enterrarán y lo convertirán en todo lo que él no ha sido. El mejor esposo, el mejor hijo, el mejor padre. Vestirán camisetas con su rostro en el barrio y pintarán murales en su honor. Alguien se tatuará su nombre en un brazo. Será para siempre un héroe que perdió la vida demasiado pronto, no el villano que arruinó mi vida. Y todo por mi tía.

Solo mostrarán su foto policial en las noticias. No las fotografías nuestras sonriendo en su Cutlass o las suyas sonriendo junto al título de GED que Jay creyó que nunca obtendría. La llamarán despiadada y asesina una semana, hasta que alguien más haga algo desastroso. Luego, solo yo lloraré por ella.

Se convertirá en el monstruo por haberse ocupado del monstruo con el que yo no pude lidiar. O alguien la matará. De cualquier forma, perderé a la tía Pooh.

Al igual que perdí a mi papá.

Cada lágrima que he reprimido brota junto a los sollozos. Cubro mi boca. Jay y Trey no pueden escucharme. No pueden. Pero los sollozos salen de mí con tanta intensidad que es prácticamente imposible respirar.

Cubro mi boca y lucho por respirar a la vez. Las lágrimas caen sobre mis dedos.

Los Jackson no pueden llorar. Aunque tengamos sangre en las manos.

Nas una vez dijo que el sueño es primo de la muerte y, de pronto, lo entiendo. Apenas puedo dormir por pensar en la muerte. He dicho cinco palabras que pueden haberla invocado.

«Me apuntó a la cara».

Sentí que las palabras pesaban cuando las dije, como si quitara un peso de mi lengua, pero, de algún modo, es como si aún estuvieran allí. Prácticamente las veo junto a sus diez sílabas.

Como en mi cara decidió apuntar,
mi tía su vida está por desperdiciar.

Porque esas cinco palabras significaron otra cosa para la tía Pooh: *encárgate de él por mí. Arruina tu vida por mí. Permite que todos te marquen con una palabra —«asesina»— por mí.*

Oigo toda la noche esas cinco palabras en mis oídos. Hacen que a las tres de la mañana le escriba un mensaje:

Estás bien?

No responde.

En algún momento, me quedo dormida. Cuando abro los ojos, mamá está sentada en mi cama.

—Hola —dice con dulzura—, ¿estás bien?

Por el aspecto de la situación, es de mañana.

—Sí. ¿Por qué preguntas?

—Cada vez que vine a ver cómo estabas, estabas dando vueltas sin parar en la cama.

—Oh. —Siento todas las extremidades pesadas cuando me incorporo—. ¿Por qué venías a ver cómo estaba?

—Siempre paso a ver cómo están Trey y tú. —Acaricia mi mejilla—. ¿Qué ocurre, Bookie?

—Nada. —No puede saber que le ordené a la tía Pooh matar a alguien. Tampoco puede saber que perdí la cadena. Le rompería el corazón.

A este ritmo, mis secretos se acumulan.

—No es sobre esa petición, ¿cierto? —pregunta Jay.

Ah. Qué irónico que un arma haya hecho que olvidara que alguien odia que rapee sobre armas.

—¿Te has enterado?

—Ajá. Gina y 'Chelle me la han enviado por mensaje. Sabes cómo son tus madrinas. Actuarán como pandilleras en un segundo por defenderte. —Ríe—. Están listas para patear el trasero de esa mujer. Pero les he dicho que ignoraran la petición, al igual que te lo digo a ti.

Ahora es fácil ignorarla, pero me pregunto si Emily tal vez tenía razón. Quizás mis palabras son peligrosas.

—Bueno.

Jay besa mi frente.

—Esa es mi niña. Vamos. —Da una palmada en mi pierna—. Te haré el desayuno antes de que vayas a la escuela.

Miro mi teléfono. Han pasado once horas. No hay noticias de la tía Pooh.

Sigo a Jay hasta la cocina. Trey aún duerme. Tomó un día libre de Sal's solo para tener mini vacaciones.

Algo… anda mal. Hay una quietud extraña, como si la casa estuviera más silenciosa de lo debido.

Jay abre una alacena.

—Creo que tengo tiempo de prepararte unas tostadas francesas antes de que llegue el autobús. Como las que solía hacer mamá. Las llamaba *pain perdu*.

Me encanta cuando Jay prepara esas recetas que su mamá solía hacer en Nueva Orleans. Nunca he ido, pero saben a hogar.

—Buscaré los huevos —digo.

Abro la puerta del refrigerador y la calidez rancia golpea mi rostro. Toda la comida está sumida en la oscuridad.

—Emm… El refrigerador no funciona.

—¿Qué? —dice Jay. Cierra y abre la puerta, como si eso fuera a reparar el problema. No lo repara—. ¿Qué rayos?

Algo cerca del horno llama su atención y adopta una expresión seria.

—¡Mierda!

En general, los números del reloj del horno están encendidos. Ahora están apagados.

Jay toca el interruptor de la luz. Nada ocurre. Va rápido al pasillo y toca ese interruptor. Nada. Va a mi habitación, al baño, a la sala de estar. Nada.

La conmoción alcanza para despertar a Trey. Aparece en el pasillo, frotando sus ojos.

—¿Qué sucede?

—Han cortado la luz —responde Jay.

—¿Qué? Creí que teníamos más tiempo.

—¡Se suponía que sí! El hombre me informó, me dijo, que había pedido una semana más. —Jay hunde el rostro entre sus manos—. No ahora, Dios. Por favor, no ahora. Acabo de comprar toda esa comida.

Que probablemente se echará a perder en menos de una semana.

Mierda. Podríamos haber empeñado la cadena y pagado la cuenta de la luz. Mierda. Mierda. Mierda.

Jay quita las manos de su rostro, endereza la espalda y nos mira.

—No. No haremos esto. No sentiremos pena de nosotros mismos.

—Pero ma... —Incluso la voz de Trey es irregular.

—He dicho que no, Trey. Nos hemos caído, pero no estamos fuera de juego. ¿Me oyes? Esto solo es un obstáculo que enfrentar.

Sin embargo, parece un golpe severo.

Pero el golpe de gracia tal vez está a la vuelta de la esquina.

Once horas, veinte minutos. Aún no hay noticias de la tía Pooh.

CAPÍTULO VEINTITRÉS

Dado que el horno es eléctrico, no podemos comer *pain perdu*. En cambio, como un poco de cereal.

Permanezco callada en el autobús. Hoy solo estamos Sonny y yo. Sonny dice que ha pasado por la casa de Malik y que la tía 'Chelle le ha dicho que Malik tuvo un accidente extraño que le dejó un ojo magullado. Permanecerá en casa para recuperarse. Es evidente que no le ha contado lo que en verdad pasó, tal como le pedí.

Debería estar aliviada, pero de algún modo me siento peor. Malik nunca falta a la escuela. Así que o su ojo está muy mal o él está tan en shock que necesita un día de reposo.

De cualquiera manera, es culpa mía.

Pero quizás es algo bueno que Malik no haya venido hoy. De ese modo, no tiene que ver todavía a los cuatro policías armados ocupándose de la seguridad.

Él y Shana tenían razón. Midtown ahora nos considera a todos los que somos negros o morenos como amenazas. Atravesamos detectores de metales como siempre, pero es difícil enfocar la atención en algo que no sean las armas en la cintura de los policías. Siento que entro a una prisión en vez de a mi escuela.

Me alegra regresar a casa al final del día, incluso si eso significa llegar a una casa a oscuras.

Es como si mi cerebro tuviera en repetición una lista de todas las cosas de mierda que han ocurrido en mi vida. Esa arma apuntando mi cara. Ese artículo en el sitio web del periódico. Long y Tate inmovilizándome en el suelo. Los policías en la escuela. El corte del suministro eléctrico. La tía Pooh.

Veinticuatro horas, y ninguna respuesta.

Lo único que me distrae un poco son las cartas del *Uno* que Jay trae después de la cena. Sin televisión o Internet, no hay nada más que hacer, así que ella ha sugerido que hagamos un torneo familiar de juegos. Pero ella y Trey no actúan en absoluto como si fueran familia.

—¡Bum! —Trey golpea una carta sobre la mesa de la cocina. Todavía hay sol, lo que nos da la luz que necesitamos para jugar—. ¡Cambio de color, nena! ¡Pasaremos al verde envidia que sentirán cuando patee sus traseros!

—Eso es mentira —digo, y coloco una carta verde.

—Niño, sienta ese trasero huesudo en alguna parte —dice Jay—. No has hecho nada porque, ¡*bum!* —Ella también golpea una carta sobre la mesa—. Tengo un cambio de color y digo que volvemos al amarillo miel, cariño.

—Bien, bien. Dejaré que ganes esta —dice Trey—. Pero te arrepentirás.

Ambos se arrepentirán. Verán, permito que ellos hablen sobre esas tonterías. No saben que tengo dos +4, un cambio de color, un pasa un turno amarillo y cambiar dirección rojo. Estoy lista para lo que sea.

Es nuestro tercer juego y milagrosamente aún nos dirigimos la palabra. El primer juego se ha tornado tan competitivo que Jay ha abandonado la mesa y nos ha desheredado a los dos. Es la definición de mala perdedora.

¿Prueba uno? Pongo la carta de pasar un turno amarilla y Jay me fulmina con su mirada mortífera.

—¿De verdad vas a hacer que tu propia madre pierda un turno? —pregunta.

—Em, no eres mi mamá. En este momento, simplemente eres una chica que tengo que vencer.

—¡Ja! —dice Trey.

—Usted tampoco significa nada para mí, señor.

—¡Ja! —lo imita Jay.

—Bueno, dado que no significo nada para ti. —Trey lentamente alza una carta cantando «Ahhhhhh» como un coro celestial y luego añade—: ¡Bum! Recoge dos cartas, cielo.

Ah, no puedo esperar a usar mi +4 contra su trasero.

Tomo mis dos cartas, y Dios existe. Obtengo otro cambio de color más un saltar turno. En palabras del gran filósofo fallecido Tupac Shakur: «No soy un asesino, pero no me provoques».

Es un poco retorcido que disfrute esto. No tenemos luz y la tía Pooh podría estar...

Varios golpes en la puerta me sobresaltan.

Trey se pone de pie para responder.

—Tranquila, Bri. Es solo la puerta.

El tiempo se detiene y mi corazón golpea contra mi pecho.

—Mierda —sisea Trey.

Estoy a punto de vomitar.

—¿Quién es? —pregunta Jay.

—La abuela y el abuelo —responde.

Gracias a Dios. Pero mamá dice:

—¡Maldición! —Lleva una mano hacia la sien—. Déjalos pasar, Trey.

Apenas ha abierto la puerta cuando la abuela exclama:

—¿Dónde habéis estado todos vosotros?

Entra a la casa inspeccionando cada habitación como si buscara algo. Olisqueando. Conociendo a la abuela, buscando drogas.

El abuelo entra a la cocina detrás de Trey. Él y la abuela están vestidos a juego. Con equipos deportivos de Adidas.

—Pasábamos por aquí cerca de casualidad y queríamos ver cómo estaban —dice él—. No han ido a la iglesia ayer.

—¡No mientas! —dice la abuela mientras se une a nosotros en la cocina—. ¡Hemos venido a propósito! Tenía que ver cómo estaban mis bebés.

Obvio.

—Estamos bien, señor Jackson —afirma Jay, hablando solo con el abuelo—. Solo decidimos quedarnos en casa ayer, es todo.

—Apenas entramos a la casa y ya estás mintiendo —dice la abuela—. No están bien. ¿Qué es eso de que Brianna hace canciones vulgares?

Dios, ahora no.

—Primero, Lady se ha acercado a mí después de la misa y ha comentado que los nietos de ella y el pastor han estado escuchando una basura que Brianna grabó —prosigue la abuela—. Ha dicho que era tan grave que apareció en las noticias. ¡Sí que les agrada que muera de la vergüenza!

—No tenemos tanta suerte —susurra Jay.

La abuela entrecierra los ojos y apoya una mano en la cadera.

—Si tienes algo que decirme, dilo.

—¿Sabe qué? De hecho, tengo algo que decirle...

—Ya estamos al tanto de la canción —dice Trey antes de que empiece la tercera guerra mundial—. Ma habló con Bri. Está todo bien.

—No, no lo está —insiste la abuela—. Ahora, ya me he mordido la lengua respecto a muchas cosas delante de ti y de tu hermana...

Em, no se ha mordido la lengua respecto de nada.

—Pero ¿esto? Esto es la gota que rebalsó el vaso. Brianna no actuaba así cuando vivían con nosotros. No hacía canciones vulgares y no la suspendían. Toda la iglesia hablaba de ella. ¡Qué desastre!

El abuelo toquetea el botón del reloj del horno, como si la abuela no hubiera dicho nada. Es un experto en silenciarla.

—Jayda, ¿cuándo ha dejado de funcionar ese reloj?

Si el abuelo ve un problema, intentará repararlo. Una vez, estábamos en la oficina de mi pediatra cuando era pequeña y una luz de la sala de espera no dejaba de titilar. El abuelo le preguntó a la enfermera si tenían una escalera. Subió y reparó la luz. Historia real.

Jay cierra los ojos. Si está a punto de decirles lo que creo que está a punto de decirles, estamos a punto de presenciar un estallido.

—La luz no funciona, señor Jackson.

—¿Qué? —chilla la abuela.

—¿Por qué no funciona la luz? —dice el abuelo—. Es la caja, ¿cierto? Dije que era necesario reemplazarla.

—No, no —responde Jay—. No funcionan porque la compañía eléctrica ha cortado el servicio. Debemos un pago.

Hay un instante de calma antes de la tormenta.

—*Sabía* que algo ocurría —insiste la abuela—. Geraldine dijo que su hijo creyó verte entrar al centro de asistencia social donde trabaja. Eras tú, ¿cierto?

Dios, la señora Geraldine. La mejor amiga de la abuela y su cómplice de cotilleos. La abuela dice «Geraldine dijo» prácticamente tanto como respira.

—Sí, era yo —admite Jay—. Pedí cupones de comida.

—Jayda, podrías habernos pedido ayuda —dice el abuelo—. ¿Cuántas veces debo repetírtelo?

—Tengo todo bajo control —añade Trey.

—Niño, no tienes nada bajo control —responde el abuelo—. No tienen luz.

La abuela alza las manos.

—Es todo. He soportado suficiente. Brianna y Trey vendrán con nosotros a casa.

Trey alza las cejas.

—Em, hola, tengo veintidós años, ¿cómo estás?

—No me importa cuántos años tienes. Tú y Bri no necesitan sufrir así.

—¿*Sufrir*? —dice Jay—. Tienen techo, ropa, me aseguré de que tengan comida...

—Pero ¡no tienen luz! —responde la abuela—. Qué clase de madre...

—¡Lo peor que he hecho es volverme pobre, señora Jackson!

Jay grita, fuerte. Parece que su voz utiliza cada centímetro de su cuerpo.

—¡Lo peor! —prosigue Jay—. ¡Eso es todo! ¡Disculpadme por tener el *atrevimiento* de ser pobre!

Trey toca su hombro.

—Ma...

—¿Cree que *quiero* que mis bebés estén sentados a oscuras? ¡Estoy esforzándome, señora Jackson! Voy a entrevistas. ¡He abandonado los estudios para que los chicos pudieran tener comida! Supliqué en la iglesia que no me despidieran. Lo siento si eso no es suficiente para usted, pero Dios santo, ¡estoy intentándolo!

La abuela endereza la espalda.

—Solo pienso que ellos merecen algo mejor.

—Bueno, en eso estamos de acuerdo —dice Jay.

—Entonces, deben venir a vivir con nosotros —responde la abuela. Trey alza las manos.

—No, abuela. Me quedaré aquí. Ya no seré la cuerda en esta guerra del tira y afloja que tienen.

—¡*Nunca* me disculparé por luchar por los bebés de mi hijo! —dice la abuela—. Si quieres quedarte aquí, es decisión tuya. No te obligaré, Lawrence. Pero Brianna vendrá con nosotros.

—Un momento, Louise —intercede el abuelo—. La chica también tiene edad suficiente para decidir por su propia cuenta. Enana, ¿qué quieres?

Quiero comida. Quiero luz. Quiero garantías.

Los ojos de mamá tienen una expresión que he visto antes. Es la que tenía el día que regresó de rehabilitación. Pero aquel día también había lágrimas en sus ojos. Apartó mi cabello del rostro y me hizo una pregunta: «Brianna, ¿sabes quién soy?»

Esa expresión era miedo. En ese entonces, no lo comprendí. Ahora, sí. Había estado lejos tanto tiempo que temía que la hubiera olvidado.

Adelantando la cinta al presente, ahora está aterrorizada por miedo a que la abandone.

No sé si tendremos electricidad de nuevo o si habrá comida suficiente, pero sí sé que no quiero alejarme de nuevo de mi madre.

Miro a Jay mientras hablo.

—Quiero quedarme aquí.

—Bueno, ahí tienen —dice Trey—. Tienen su respuesta.

—¿Segura, enana? —pregunta el abuelo.

No aparto la vista de mamá. Quiero que ella sepa que hablo en serio.

—Sí. Estoy segura.

—De acuerdo, entonces. —El abuelo extrae su cartera—. ¿Aproximadamente cuánto era esa cuenta de luz, Jayda?

—No puedo devolverle el dinero pronto, señor Jackson.

—Calla. No he dicho nada de devolver dinero. Sabes muy bien que Junior tendría un ataque si yo no...

El labio de la abuela tiembla. Voltea y sale rápido de la casa. Cierra la puerta de un golpe a sus espaldas. El abuelo suspira.

—Vaya, cómo es el duelo. Creo que Louise se aferra a estos niños porque es como aferrarse a él. —El abuelo hurga en su cartera y coloca algo de dinero en la mano de mamá—. Llámame si me necesitas.

Besa la mejilla de Jay y la mía. Luego, le da una palmada a Trey en la espalda y parte.

Jay mira el dinero durante una eternidad.

—Guau —dice despacio. Trey acaricia su hombro.

—Oye, enana. ¿Por qué no tomas mis llaves y llevas nuestros teléfonos a mi carro? Hay que cargarles la batería.

Ese es el código para «Jay necesita un poco de espacio». Creo que ella llorará frente a Trey antes de llorar frente a mí. Es parte de que él sea el mayor.

Me obligo a asentir.

—Bueno.

Salgo y abro su Honda. Trey tiene uno de esos cargadores que aceptan varios teléfonos a la vez. Enchufo el de él y el de Jay. Cuando tomo el mío, suena.

Maldición. No es la tía Pooh. En cambio, el nombre de Supreme aparece en pantalla.

Intento no sonar demasiado decepcionada cuando respondo por altavoz.

—Hola, Supreme.

—¿Cómo estás, pequeña? —dice él—. Tengo grandes noticias.

—Ah, ¿sí? —Tal vez no sueno decepcionada, pero tampoco logro sonar alegre. A menos que Supreme esté a punto de decirme que tiene un contrato para mí, nada mejorará mi humor. E incluso eso no salvará a la tía Pooh.

—Claro. Hype quiere que vengas a su próximo show el sábado —responde Supreme—. Vio la petición y las noticias y quiere darte la oportunidad de hablar.

—Oh, guau. —Verán, DJ Hype es más que solo el DJ del Ring. Es una leyenda radial. Creo que no existe fanático del hip hop en el mundo que no haya oído *La hora caliente de Hype* en Hot 105. Transmiten el show en vivo por todo el país y todas las entrevistas terminan en su canal de YouTube. Algunas incluso se hacen virales, aunque eso ocurre en general solo si un rapero se comporta como un tonto. Pero Hype es famoso por tocar las fibras necesarias para hacer que las personas actúen como tontos.

—Sí. Por supuesto, querrá hablar sobre el accidente del Ring, el vídeo de Instagram. Incluso sobre ese videito musical que has publicado ayer. —Supreme ríe—. Es creativo, lo admito.

Momento, ¿por qué lo llamaría *videito* musical? Como si fuera poca cosa.

—Se supone que ese vídeo explica la canción.

—Deja que la canción hable por sí misma —dice él.

—Pero todos decían que...

—Escucha, hablaremos de esto luego —responde—. Esta es una gran oportunidad, ¿sí? Mierda, es una de esas que cambian vidas. Te colocará frente a una audiencia incluso más grande. Lo único que necesito es que estés lista. ¿De acuerdo?

Miro el último mensaje que le envié a la tía Pooh. ¿Cómo puedo estar lista para algo cuando no sé nada de ella?

Pero obligo a las palabras a salir de mi boca.

—Estaré lista.

CAPÍTULO VEINTICUATRO

Han pasado casi exactamente cinco días hasta ahora, y la tía Pooh aún no ha respondido.

No sé qué hacer. ¿Le cuento a mamá o a mi hermano? Podría, pero tal vez el drama no valdría la pena si resulta que ella no hizo nada. ¿Llamo a la policía? Ambas opciones están absolutamente descartadas. Tendría que decirles que la tía Pooh cometió un asesinato, lo cual es básicamente ser una soplona. No solo eso, sino que cometió un asesinato porque yo lo ordené.

Estoy sin opciones y llena de miedos.

Lo bueno es que ya no estamos a oscuras. El abuelo le ha dado a mamá suficiente para pagar la cuenta de luz y comprar comida. Ya que la electricidad ha regresado, el horno funciona. No sabía cuánto extrañaba una cena caliente. El panorama está mejorando.

Pero la escuela es otra historia. Primero, aún siento que es una prisión. Segundo, Malik. Subió al autobús el martes por la mañana y tomó asiento con Shana. Su ojo solo estaba levemente magullado y la hinchazón había bajado. Supongo que aún no le ha contado a nadie lo sucedido. Es nuestro secreto.

Es tan secreto que él no solo no habla conmigo al respecto, sino que no me habla en absoluto.

Entiendo el motivo. Honestamente, odio ponerlo en esa posición. Diablos, odio estar yo misma en esa posición. Pero él debe saber que si alguien oye una palabra sobre esto, será tan malo como delatar a la tía Pooh. Y a mí.

Intentaré hablar con él esta noche, después de la reunión de padres y maestros con el superintendente. El auditorio de Midtown está lleno. La directora Rhodes habla con un hombre vestido de traje y corbata. No muy lejos de allí, la señora Murray conversa con otros maestros.

Sonny y yo seguimos a nuestras madres y a la tía 'Chelle por el pasillo del medio. Jay aún lleva puesta la falda y la blusa que vistió hoy para una entrevista. Incluso trajo el maletín pequeño en el que transporta sus currículums. La tía 'Chelle vino directo desde el juzgado vestida con su uniforme de seguridad y la tía Gina salió temprano de la tienda de belleza. Dice que de todos modos los miércoles son lentos.

Malik está con Shana y con algunos otros de la coalición. Están de pie en los pasillos laterales, sujetando pancartas para que el superintendente vea, con frases como «Negro o café no debería ser sinónimo de sospechoso» y «¿Las subvenciones son más importantes que los alumnos?».

Sonny inclina la cabeza hacia mí.

—¿Crees que deberíamos estar por allí?

Del otro lado de la sala, Malik ríe por algo que ha dicho Shana. Está cien por ciento en modo Malik X, con un puño de *black power* en madera que cuelga de un collar. Su cartel dice: «¿Escuela o prisión?», junto a la imagen de un policía armado.

Lo último que él probablemente querría es que yo esté por allí.

—No —respondo—. Deja que haga lo suyo.

—Estaré feliz cuando vosotros dos solucionéis lo que sea que ocurre —dice Sonny.

He mentido y le he dicho que Malik y yo tuvimos una discusión después de que él partió a cuidar a sus hermanas. Técnicamente, no es mentira. Hay una discusión entre los dos. Solo que no la hemos verbalizado. Aún.

La tía Gina ha hallado lugares cerca del frente para nosotros. Apenas hemos tomado asiento cuando un hombre calvo latino sube al podio.

—Buenas noches a todos. Soy David Rodríguez, presidente de la Asociación de Padres y Maestros de la Escuela de Artes Midtown —dice—. Gracias por venir esta noche. Creo que hablo en nombre de todos cuando digo que estamos preocupados respecto de los eventos que han ocurrido recientemente aquí en la escuela. Invito al superintendente Cook a subir al podio para hablar sobre los próximos pasos a seguir y responder cualquier pregunta que podamos tener. Por favor, dadle la bienvenida.

El hombre blanco mayor que hablaba con la directora Rhodes avanza hacia el podio mientras lo aplauden cordialmente.

Comienza diciendo que Midtown es sin duda «un faro de luz» para el distrito escolar: es una de las escuelas con mejor rendimiento académico, una de las más diversas, y alardea de tener uno de los porcentajes más altos de alumnos que finalizan sus estudios. A él le gusta complacer a las multitudes, considerando cuántas veces nos pide que aplaudamos por nuestros logros.

—Creo que a todos nos entristece lo que ocurrió la semana pasada —dice—, y personalmente quiero que sepan que el distrito escolar está comprometido a garantizar que Midtown sea un lugar seguro y de excelencia. Dicho eso, os invito a hacer las preguntas o los comentarios que gustéis.

Las conversaciones comienzan a nuestro alrededor. Los padres y los alumnos hacen fila en los micrófonos de cada lado de la sala. Mi mamá es una de ellas.

La primera pregunta proviene de un padre: ¿cómo ha sucedido algo así?

—Según una investigación que aún continua, soy incapaz de dar muchos detalles en este momento —responde el superintendente

Cook—. Sin embargo, cuando esa información pueda ser compartida, lo será.

Otro padre pregunta acerca de los detectores de metales, los cacheos aleatorios y los policías armados.

—Esto no es una prisión —dice el padre. Tiene acento, como si el español fuera su primera lengua—. No comprendo por qué nuestros hijos deben ser sometidos a esta clase de medidas de seguridad.

—Debido al crecimiento del crimen en el área, sentimos que lo mejor para el bienestar de los alumnos era incrementar las medidas de seguridad —responde el superintendente Cook.

No explica nada respecto de los policías. Pero igual todos sabemos por qué están aquí.

Sonny toca mi brazo con el dorso de la mano y señala con la cabeza el micrófono. Shana es la próxima en hablar.

Carraspea. Al principio, no dice nada. Alguien grita «¡Habla, Shana!» y algunas personas aplauden, incluso Malik.

Ella mira directo al superintendente.

—Mi nombre es Shana Kincaid. Soy alumna de tercer año en Midtown. Por desgracia, la situación es diferente para mí y para los alumnos que lucen como yo en esta escuela, señor Cook. Tanto el oficial Long como el oficial Tate eran famosos por tomar de punto a estudiantes negros y latinos más que a cualquier otro. Era más probable que nos sometieran a cacheos, a revisiones aleatorias de casilleros y a escaneos secundarios. Muchos de nosotros hemos sufrido altercados físicos con ellos. Ahora que han traído policías armados, honestamente muchos de nosotros tememos por nuestras vidas. No deberíamos sentir ese miedo cuando venimos a la escuela.

Estalla un rugido de aplausos y vítores, en especial provenientes de los chicos de la coalición. Aplaudo junto a ellos.

—No es un secreto que Midtown necesita alumnos como yo para obtener subvenciones —dice Shana—. Sin embargo, los alumnos como yo no nos sentimos bienvenidos aquí, señor Cook. ¿Somos solo símbolos de dólares para vosotros o seres humanos de verdad?

También aplaudo cuando dice eso. La mayoría de los alumnos lo hacen.

—La revuelta de la semana pasada ha sido el resultado de la frustración —prosigue Shana—. Muchos de nosotros hemos presentado quejas contra los oficiales Long y Tate. Hay un vídeo que los muestra atacando físicamente a una estudiante negra. Sin embargo, les han permitido regresar al trabajo. ¿Por qué, señor Cook?

—Señorita Kincaid, le agradezco su opinión —responde el señor Cook—. Concuerdo en que el racismo y el prejuicio racial son inaceptables. Sin embargo, debido a que la investigación está en proceso, hay mucho de lo que no puedo hablar respecto de aquel incidente específico.

—¿Qué? —digo mientras mis compañeros abuchean y gritan.

—¡Al menos deberíamos saber por qué les han permitido regresar al trabajo! —dice Shana.

—Tranquilizaos —indica el señor Cook—. Señorita Kincaid, gracias por su tiempo. Siguiente pregunta.

Shana comienza a hablar, pero la señora Murray aparece detrás de ella y susurra algo en su oído. Shana sin dudas está frustrada, pero permite que la señora Murray la lleve a su asiento.

Una mujer blanca de mediana edad se aproxima al otro micrófono.

—Hola, mi nombre es Karen Pittman —dice—. No tengo una pregunta, sino más bien un comentario. Actualmente, tengo un hijo en décimo curso aquí en Midtown. Es mi tercer hijo en asistir a esta maravillosa escuela. Mi hijo mayor se graduó hace siete años, antes de que pusieran en práctica varias iniciativas. Durante sus cuatro años aquí, no hubo guardias de seguridad. Esto probablemente será un comentario poco popular, pero creo que es necesario señalar que las medidas de seguridad fueron reforzadas a partir del ingreso de alumnos de ciertas comunidades, y con motivos.

La tía 'Chelle voltea por completo en su asiento para mirar a esa mujer.

—Desearía que lo dijera. Aah, desearía que lo hiciera.

Básicamente lo ha dicho. Todos saben a qué se refiere.

—Han traído armas al campus —afirma Karen—. Ha habido actividad pandillera. Si no estoy equivocada, los oficiales Long y Tate detuvieron a un traficante de drogas en el campus.

Está tan equivocada que es gracioso. ¿Y «actividad pandillera»? Lo más cercano que hemos estado de una guerra entre pandillas ha sido cuando los chicos de comedia musical y los de danza intentaron superar el *flash mob* del otro. Las cosas se pusieron serias cuando ambos hicieron números de *Hamilton*.

—Su nombre *tenía* que ser Karen —comenta Sonny—. Apuesto a que añade pasas de uva a su ensalada de patatas. —Sonrío con picardía y cruzamos los brazos sobre el pecho. Wakanda por siempre.

—Al igual que todos —dice Karen, pero hay mucho ruido generado por la audiencia—. Al igual que todos, vi los vídeos del incidente y quedé atónita. Muchos de nuestros estudiantes no mostraron respeto ante la autoridad. Usaron una canción vulgar y violenta para provocar a dos caballeros que simplemente hacían su trabajo. Una canción que mi hijo dice que un estudiante escribió y que los ataca específicamente a ellos. No podemos ni debemos permitir que nuestros hijos queden expuestos a cosas semejantes. Firmé personalmente una petición esta mañana para que retiren esa canción de Internet. Aliento a los demás padres a hacer lo mismo.

Al diablo Karen y su hijo.

—Gracias, señora Pittman —dice el superintendente Cook. Karen recibe una mezcla de aplausos y abucheos mientras regresa a su asiento—. Siguiente pregunta, por favor.

Jay ha avanzado hasta el frente de la fila. Desde mi lugar, prácticamente veo el humo que brota de ella.

—¡Adelante, tía Jay! —grita Sonny. Su mamá y la tía 'Chelle la aplauden.

—Superintendente Cook —dice Jay en el micrófono—. Jayda Jackson. Es un placer por fin hablar con usted.

—Gracias —dice él con una sonrisa tímida.

—Es una pena que haya llevado tanto tiempo. Durante semanas, le he dejado mensajes de voz y aún no he recibido una llamada de respuesta.

—Discúlpeme. Estoy extremadamente atrasado con...

—Mi hija fue la alumna atacada físicamente por los oficiales Long y Tate el mes pasado —dice Jay, interrumpiéndolo—. ¿Quiere saber por qué? Vendía dulces, señor Cook. No drogas. Dulces.

Jay voltea con el micrófono en mano y mira a Karen.

—Mientras algunos temen el impacto que las *canciones* tendrán en nuestros hijos, hay padres que están absolutamente aterrados por su seguridad a causa de las personas que se supone que deben protegerlos.

Hay miles de aplausos. La tía 'Chelle grita: «¡Así es!».

—Muchos de estos chicos temen pasear por este vecindario porque hay personas con buenas intenciones que pueden tener una idea equivocada sobre ellos —dice—. En casa, temen que haya personas no tan bien intencionadas que puedan ponerlos en riesgo. ¿Y dice que tienen que venir a la escuela y lidiar con el mismo horror?

Apenas podemos oírla debido a los aplausos.

—La cuestión es, superintendente —dice Jay—, la revuelta del viernes fue en respuesta a lo ocurrido con mi hija. Esos dos hombres regresaron al trabajo después de atacarla, como si lo que hicieron hubiera estado bien. ¿Esa es la clase de mensaje que quiere darles a sus alumnos? ¿Que la seguridad de algunos de ellos es más importante que la seguridad de otros? Si ese es el caso, no hay preocupación por la seguridad de *todos* ellos.

Recibe una ovación de pie de la mitad de los presentes. Aplaudo más fuerte que nadie.

El superintendente Cook tiene la sonrisa más incómoda que he visto mientras espera a que dejen de aplaudir.

—Señora Jackson, lamento que sienta que el distrito escolar no ha sido proactivo respecto del incidente con su hija; sin embargo, hay una investigación en curso.

—Lamenta que sienta... —Se detiene, como si estuviera a un segundo de perder la paciencia—. Eso no es una disculpa, superintendente. Respecto de la investigación, nadie ha hablado conmigo o con mi hija. Así que no es la gran cosa esa investigación.

—Está en curso. Repito, lamento que sienta que no hemos sido proactivos. Sin embargo, en este momento, soy incapaz de...

Eso es básicamente lo único que él ha dicho en toda la reunión. Cuando termina, tantos padres y alumnos rodean al señor Cook que un policía debe abrirle paso para partir.

Malik está en un lateral. Quizás ahora puedo intentar...

Jay sujeta mi mano.

—Vamos.

Se abre paso entre la multitud y alcanzamos al señor Cook cuando llega al pasillo.

—¡Señor Cook! —exclama ella.

Él mira hacia atrás. El policía le indica que continúe avanzando, pero el señor Cook alza una mano y se acerca a nosotras.

—Señora Jackson, ¿cierto?

—Sí —responde Jay—. Ella es mi hija, Brianna, la alumna que fue atacada. ¿Podría darme un minuto de su tiempo ahora, dado que no responde mis llamadas?

El señor Cook voltea hacia el oficial de policía.

—Dadnos unos minutos.

El oficial asiente y el señor Cook nos lleva a una habitación llena de objetos grandes a oscuras. Enciende la luz y aparecen baterías y tubas.

El señor Cook cierra la puerta detrás de nosotros.

—Señora Jackson, de nuevo, le pido mis más sinceras disculpas por no haber hablado antes de hoy.

—Es una pena —dice Jay. No es el tipo de persona que miente, ni siquiera para ser cordial.

—Lo es. Y asumo total responsabilidad por ello. —Extiende la mano hacia mí—. Gusto en conocerte, Brianna.

Al principio, no estrecho su mano. Jay indica que lo haga con la cabeza y obedezco.

—Quiero que la mire un segundo, señor Cook —dice Jay—. Que la mire *de verdad*.

Ella apoya la mano en mi espalda, así que no tengo más opción que erguirme y mirarlo a los ojos también.

—Tiene dieciséis años, señor Cook —dice Jay—. No es una mujer adulta, no es una amenaza. Es una niña. ¿Sabe qué sentí cuando me dijeron que dos adultos inmovilizaron a mi *niña*?

Los ojos del señor Cook están llenos de lástima.

—Solo puedo imaginarlo.

—No, no puede —responde Jay—. Pero esta no ha sido la primera llamada que he recibido respecto de mi hija, señor Cook. Ahora bien, Brianna puede ser combativa, seré la primera en admitirlo. Por desgracia, lo heredó de mí.

Miradla, no culpa de algo a papá, para variar.

—Pero la han enviado a la oficina de la directora por «comportamiento agresivo» simplemente por poner los ojos en blanco. Está más que invitado a ver sus expedientes. De hecho, hágalo, por favor. Lea los informes de cuando la enviaron a ver a la directora o cuando la suspendieron y luego dígame si alguna de esas situaciones realmente merecía esas consecuencias.

»Solo tengo dos opciones para mi hija, señor Cook —prosigue Jay—. Dos. O la escuela de nuestro barrio, o esta escuela. En la otra escuela, no preparan a los alumnos para el éxito, pero ¿en esta? Empiezo a sentir que preparan a mi hija para el fracaso. Como madre, ¿qué se supone que debo hacer? Como superintendente, ¿qué hará?

Al principio, el señor Cook hace silencio. Suspira.

—Espero que mucho más de lo que he hecho hasta ahora. Lo siento, lamento que te hayamos fallado en todo sentido, Brianna.

Dos palabras, tres sílabas: lo siento.

¿Sabe cuán lejos hemos llegado
sin escuchar «lo siento»?

Parpadeo antes de que se formen demasiadas lágrimas.

—Gracias.

—Me ha dado mucho en qué pensar y sobre lo que actuar, señora Jackson —dice el señor Cook—. Por favor, siéntase libre de contactarme en cualquier momento por cualquier preocupación que tenga. Quizás tardaré un poco en responderle, pero lo haré.

—Porque actualmente no tiene secretaria, ¿verdad? —dice Jay—. Vi la publicación en la página web del distrito escolar.

—Ah, sí. Prácticamente necesito una secretaria para que organice mis horarios para que entreviste secretarias —bromea él.

Jay busca en su maletín y extrae unos papeles.

—Estoy segura de que este no es el protocolo adecuado para postularse a un empleo, pero ¿por qué no? Aquí tiene mi currículum y mis referencias. Tengo varios años de experiencia como secretaria.

—Oh —responde el señor Cook, claramente sorprendido. Pero acepta los papeles y se coloca las gafas.

—Antes de que pregunte, el período de desempleo es debido a mi pasado de adicción a las drogas —dice Jay—. Sin embargo, hace poco celebré mi octavo año de sobriedad.

—Guau. Eso es admirable, señora Jackson.

Ahora Jay parece estar sorprendida.

—¿De verdad?

—Sí —responde él—. Demuestra su determinación. Es un buen rasgo de carácter. Yo llevo treinta años de sobriedad de mi alcoholismo. Debo ir un día a la vez. Solo puedo imaginar el tipo de fuerza de voluntad que debe tener. Debería estar orgullosa de usted misma.

Por lo que parece, Jay nunca ha pensado en ello de ese modo. Honestamente, yo tampoco. Estoy orgullosa de ella, pero siempre lo vi como que había abandonado las drogas y eso era todo. Ella solía decir que había ido a rehabilitación para poder luchar y regresar conmigo y Trey. El señor Cook lo hace parecer como si ella también luchara por quedarse.

Guarda el currículum y las referencias dentro del bolsillo de su chaqueta y extiende la mano hacia Jay.

—La llamaré.

Jay parece aturdida mientras estrecha su mano.

Cuando salimos de la habitación con los instrumentos, todos han salido de la escuela. La tía Gina, la tía 'Chelle, Sonny y Malik nos esperan en el aparcamiento.

—Dios, si obtengo ese empleo —susurra Jay—. Los beneficios, Jesús. ¡Seguro médico y social!

Hay empleos, y hay empleos con beneficios. Es una gran diferencia. Cada vez que alguien en mi familia consigue trabajo, la primera pregunta es «¿Incluye seguro?».

De inmediato, Jay le cuenta a la tía 'Chelle y a la tía Gina lo que acaba de ocurrir. Están tan contentas que sugieren que vayamos a cenar para celebrar con anticipación, que ellas invitan. Nada está garantizado, pero estoy bastante segura de que solo quieren que mi mamá deje de pensar en todas las otras cosas.

En general, no me molesta la comida gratis, pero ¿comer gratis con mi mamá y sus amigas? Muevo la cabeza de lado a lado.

—No, gracias. No puedo ir a comer con vosotras tres.

Sonny ríe a carcajadas porque sabe el motivo. Malik no sonríe y ni siquiera me mira.

Jay apoya las manos sobre la cadera.

—¿Qué tiene de malo salir con nosotras?

—¿Qué *no* tiene de malo? —respondo—. Son las peores en los restaurantes. —Primero que nada, cualquier cosa que ordene, Jay también la prueba, y en cuestión de segundos mi comida desaparece. Segundo, la tía Gina ama enviar platos de regreso a la cocina hasta que estén «bien», y no me sorprendería que escupieran nuestra comida. Tercero, mi mamá y mis madrinas no saben cuándo partir. Mantendrán el trasero en el asiento riendo y conversando hasta que el restaurante cierre. En especial si es uno de esos lugares con «bebidas libres y bocadillos».

—Tiene razón —dice Sonny—. A menos que tengamos una mesa para nosotros, yo tampoco iré.

—¿Oyen esto? —le pregunta Jay a las otras dos—. Llevamos a estos tontos en el vientre, los parimos, y ahora tienen el atrevimiento de sentirse avergonzados de nosotras.

La tía Gina frunce los labios.

—Ajá. Apuesto a que no sentirán vergüenza cuando paguemos la cuenta.

Sonny sonríe con picardía.

—Eso es un hecho.

La tía 'Chelle ríe.

—Como sea. Los tres podéis tener una mesa para vosotros solitos.

—Nah —dice Malik—. No me cuenten.

Me mira mientras lo dice.

Malik besa la mejilla de su mamá, dice que irá a alguna parte con Shana y se aleja de nosotros.

Pero siento que se aleja de mí.

CAPÍTULO VEINTICINCO

Diez días después de enviar mi mensaje, la tía Pooh por fin responde.

Reunámonos en Maple después de la escuela

Estoy a punto de salir de la clase de Escritura creativa cuando lo veo. Después de eso, juro que el día parece eterno. En cuanto la última campana suena al final, voy directo hacia el autobús. Cuando el señor Watson se detiene en Maple Grove para dejar a Curtis, yo también bajo.

Cruzamos juntos el aparcamiento. Prácticamente siento cada roca que piso. Las Timbs falsas están gastadas. Jay estaba despierta cuando partí esta mañana y aún tengo que hablar con ella sobre Supreme, así que no pude ponerme las reales. Diablos, aún debo contarle la noticia a la tía Pooh.

—¿Qué haces en Maple? —pregunta Curtis—. ¿Ahora me sigues, princesa?

¿Sabéis?, hubo una época en la que sus bromitas habrían hecho que ponga los ojos en blanco. Aún lo hago, pero también sonrío.

—Amigo, nadie te sigue. Vine a ver a mi tía.

Esquivamos a un chico sin camiseta que corre para atrapar un balón de fútbol que vuela por el aire. Debe estar helándose.

Curtis guarda las manos en los bolsillos.

—He querido contarte algo, fui a ver a mi mamá este fin de semana.

—¿De verdad? ¿Cómo te ha ido?

—Estaba tan feliz que lloraba. No había pensado cuánto la lastimé cuando permanecí alejado. Creí que la ayudaba. Es retorcido que yo la lastimara más que cualquiera de esas mierdas de la prisión.

—No lo sabías —digo—. Además, seguro que ella comprendió por qué era difícil para ti.

—De hecho, lo hizo. Le conté que tú me habías convencido de que fuera. Ella dijo que sonabas como una chica lista. No mentía.

—Guau, todos estos cumplidos últimamente de parte de la misma persona que dijo que mi cabeza ya era bastante grande. ¿Por qué intentas inflarla más?

—Como sea, princesa. Pero en serio. Gracias —dice Curtis.

—De nada. —Golpeo su brazo—. Pero eso es por decir que tengo cabeza grande.

—¿Mentía acaso?

Un grupo de niños corre hacia nosotros. Jojo pedalea detrás de ellos en su bicicleta. Curtis dice «¡Guau!» y salta para apartarse del camino justo antes de que me rodeen.

—Bri, ¿me das un autógrafo? —pregunta una niña con coleta.

—¡Tu canción es mi favorita! —añade un niño con abrigo abultado.

Todos quieren que firme algo o que pose para un selfie.

—Oid, tranquilos —dice Jojo—. De a uno a la vez.

Curtis ríe mientras se aleja.

—Eres famosa en el barrio, princesa.

Maldición, supongo que lo soy. Tengo que inventar un autógrafo en el momento. Nunca he firmado nada más que formularios escolares, y eso es diferente. A estos niños les gustan mis garabatos.

—Bri, diles que tú y yo somos amigos —pide Jojo—. No me creen.

—Somos amigos —digo, firmando mi nombre para un niño que chupa su dedo—. Siempre y cuando hayas estado asistiendo a la escuela y te mantengas lejos de problemas. —Alzo la vista hacia él mientras escribo.

—¡He estado yendo a la escuela! —responde. No menciona la parte de los problemas.

—¡Mi melliza y yo sabemos toda la letra de tu canción! —exclama una niña con un diente torcido.

Garabateo mi nombre para ella.

—Oh, ¿en serio?

—«Hasta los dientes armada, disparo como si nada» —chillan ella y su hermana—. «Los cartuchos en mi cadera, cambian mi silueta, de veras».

Dejo de escribir.

¿Cuántos años tienen? ¿Seis? ¿Siete?

—Les dije que liquidas pandilleros, Bri —dice Jojo—. ¿No es cierto?

Mi estómago dio un vuelco.

—No, no es cierto, Jo…

—¡Ey, ey, ey! —exclama la tía Pooh mientras se acerca. Aparta a varios niños del camino—. Calmaos todos. Dadle un respiro a la súper estrella, ¿sí?

La tía Pooh me guía hacia el patio de juegos. Miro a Jojo y a sus amigos. He hecho que rapeen sobre armas y mierda. ¿Eso siquiera está bien?

La tía Pooh toma asiento sobre el capó del carro de Scrap. Él no está cerca. Ella da una palmadita en el lugar a su lado.

—¿Estás bien?

Ha estado desaparecida durante más de una semana después de jurar que mataría a alguien. *¿Cómo crees que estoy?*

—¿Dónde has estado?

—Oye, eso no es asunto tuyo.

—Estás bromeando... ¡Te he escrito! ¡Me tenías preocupada! ¿Recuerdas la última vez que te vi?

—Sí.

—¿Acaso...?

—No te preocupes por lo que hice. No recuperé la cadena, así que ni siquiera importa.

Oh, mierda. Hizo algo. Cruzo las manos sòbre la cabeza.

—Por favor, no me digas que has matado a...

—Nadie está muerto, Bri —responde.

—¿Se supone que debo sentirme mejor por eso? ¿Qué hiciste?

—¡Cuánto menos sepas, mejor! ¿Está bien? —replica.

Oh, Dios. La cuestión es que nadie debe morir. La tía Pooh, de todos modos, ha comenzado algo; y comenzar algo en el Garden nunca es bueno.

Las represalias nunca terminan aquí. Pero las vidas, sí. ¿La peor parte? Es culpa mía.

—Mierda —siseo.

—Bri, ¡cálmate! —dice la tía Pooh—. Te he dicho que nadie está muerto.

—¡Eso no cambia nada! Ellos podrían...

—No harán una mierda —afirma la tía Pooh.

—No debería haberte llamado. No quiero que te persigan.

—Oye, estoy lista para lo que sea, cuando sea —dice—. Lamento más que no recuperé la cadena para ti.

Estaba devastada por haber perdido esa cosa, pero ¿ahora? Parece no valer la pena.

—Preferiría tenerte a ti.

—A mí —dice, prácticamente burlándose, como si ella fuera una broma—. Mierda, no mentiré. Solo me has dado una excusa para ir tras esos tontos. He querido hacerles algo.

—¿Por papá?

La tía Pooh asiente.

—¿Por qué piensas que me volví un Discípulo del Garden en primer lugar? Quería ir tras quien sea que hubiera matado a Law.

Añadan eso a la lista de cosas que no sabía. Tomo asiento en el capó junto a ella.

—¿En serio?

Tarda un segundo en responder. Mira un carro negro con vidrios polarizados que atraviesa el aparcamiento.

—Sí —dice por fin—. Law era mi hermano, mi Yoda, o como sea que se llame ese tipito verde.

—Lo has dicho bien. —Impresionante. Es decir, maldición, ella sabe el nombre y que es verde.

—Sí, ese —dice ella—. Él me cuidaba y realmente se preocupaba por mí, ¿sabes? Cuando lo mataron, fue uno de los peores días de mi vida. Perder a mamá y a papá ya había sido lo bastante malo. Luego, Jay se hizo adicta a esa cosa poco después de su muerte. Sentía que no tenía a nadie.

—Nos tenías a mí y a Trey.

—Nah. Vuestros abuelos os tenían a vosotros —dice—. Esa abuela tuya es una loca. No quería que yo estuviera cerca vuestro. Pero no la culpo. Yo quería sangre. Fui con los DG que solían estar con Law y les dije que estaba dispuesta a todo para vengarme. Me dijeron que no quería tener eso en mi consciencia. Pero permitieron que me uniera. Si no hubiera sido por ellos, no habría tenido a nadie.

—Bueno, ahora nos tienes a nosotros.

Lentamente curva los labios hacia arriba.

—Tú y tu tierno trasero. Poniéndote sentimental. Sabes que has enfurecido a muchas personas, ¿cierto? ¿Las noticias y esa petición? —Ríe—. Maldición, ¿quién sabía que una canción podía enfurecer tanto a la gente?

Tengo que contarle sobre Supreme. Tal vez me odie, me insulte, pero tiene que saberlo.

—Hype me ha invitado a su show para hablar al respecto.

—¿Quééé? —dice, inclinando la cabeza hacia atrás—. ¿La enana irá a *La hora caliente*?

—Sí. El sábado en la mañana.

—Guaaaaau. ¡Es importantísimo! ¿Cómo ha sucedido?

Aquí vamos.

—Supreme lo organizó.

Frunce el ceño.

—¿El antiguo representante de Law?

—Sí. Él, emmm... de hecho él quiere ser mi representante.

Mantengo los ojos fijos en mis Timbs falsos. Tengo que contarle que acepté la oferta de Supreme. Tengo que decirlo sin pensar como si estuviera en medio de una improvisación en una batalla.

Pero antes de que pueda decir ni una palabra, la tía Pooh dice:

—Has aceptado, ¿cierto?

Siento todo el rostro caliente.

—¡No es nada contra ti, tía Pooh! Juro que no. Aún quiero que formes parte de todo esto.

—Solo que no como tu representante.

Trago con dificultad.

—Sí.

La tía Pooh suspira lentamente.

—Entiendo. Está bien.

—Espera, ¿qué?

—Bueno, quizás no está *bien*, pero lo entiendo —responde—. Tengo mucho con lo que lidiar para poder ayudarte del modo que necesitas.

Se me ocurre una idea:

—Podrías abandonar todo eso.

—Tampoco sé suficiente sobre la industria musical. —Ignora por completo lo que he dicho—. Varias personas me han preguntado acerca de la petición y no tengo idea de qué decir o hacer. Esto podría hundirte o sacarte a flote, ¿sabes? No quiero arruinarlo.

La tía Pooh no es alguien frontal, pero quizás es más frontal conmigo de lo que creía.

—¿Segura que esto te parece bien?

—Puedo ayudarte, aunque no sea tu representante —dice—. Puedo estar en tu equipo. Ayudarte a armar las canciones. Asegurarme de que no rapees sobre temas que hagan a las mujeres blancas cagarse encima. —Despeina mis trenzas.

—Como sea —digo, riendo.

Extiende la palma. La choco, pero jala de mí hacia su regazo y planta el beso más largo y torpe sobre mi mejilla, como hacía cuando yo era pequeña. Río a carcajadas.

—Tienes que pensar un puesto para mí, superestrella.

—Tía directiva a cargo.

—Joder, sabes muy bien que a Jay no le agradará nada que alguien más piense que está a…

Algo llama su atención de nuevo. El mismo carro negro con vidrios polarizados regresa al aparcamiento. El conductor apaga el motor y el carro permanece allí, frente a nosotras.

La tía Pooh lo mira.

—Bri, prométeme algo.

—¿Qué? —digo con la cabeza aún sobre su regazo.

Ella no aparta la vista del carro.

—Prométeme que saldrás del Garden.

—¿Eh? ¿De qué hablas?

—Prométeme que harás lo que sea necesario para lograrlo. Prométemelo como si fuera la última cosa que me prometerás en la vida.

—Ahora mira quién se pone sentimental —bromeo.

—¡Hablo en serio! ¡Promételo!

—Lo... ¿lo prometo? —digo y pregunto a la vez—. ¿Por qué hablas así?

Hace que enderece la espalda y me obliga a bajar del carro.

—Ve a casa.

—¿Qué?

—Ve a...

Los neumáticos de dos camionetas negras chillan contra el asfalto del aparcamiento. Policías vestidos con uniforme de SWAT corren fuera de ellas, apuntando armas en todas direcciones.

CAPÍTULO VEINTISÉIS

—¡Bri, vete! —grita la tía Pooh.

Estoy paralizada. El equipo SWAT invade las viviendas subvencionadas en busca de los Discípulos del Garden. A mi alrededor, todos corren y gritan. Los padres buscan a sus hijos a toda velocidad o los llevan lejos lo más rápido posible. Algunos niños quedan solos, llorando.

La tía Pooh cae de rodillas con las manos detrás de la cabeza. Un miembro del SWAT corre hacia ella apuntando con su arma.

Oh, Dios.

—¡Vete! —grita de nuevo.

Alguien sujeta mi brazo.

—¡Vamos! —dice Curtis.

Me lleva con él. Intento mirar hacia atrás para ver a la tía Pooh, pero la estampida hace que sea imposible.

A lo largo del camino, algo... extraño ocurre con uno de mis zapatos. Como si estuviera desequilibrado. Me obliga a cojear mientras intento seguirle el paso a Curtis. Él me lleva hasta el apartamento donde vive con su abuela. No nos detenemos hasta estar adentro.

Curtis cierra cada cerradura de la puerta.

—Bri, ¿estás bien?

—¿Qué diablos sucede?

Alza una persiana para echar un vistazo afuera.

—Redada antidrogas. Sabía que algo estaba a punto de suceder. Ese carro negro no dejaba de rodear el aparcamiento. Parecía alguien encubierto.

¿Redada antidrogas?

Mierda.

Corro hacia la ventana y yo misma subo una persiana. El apartamento de la abuela de Curtis da al patio y veo todo con claridad. Si Maple Grove fuera un hormiguero, sería como si alguien lo hubiera aplastado con el pie. Miembros del equipo SWAT llaman a la puerta de los apartamentos y los Discípulos del Garden salen rápido o los arrastran apuntando armas a sus rostros. Unos pocos valientes intentan huir.

La tía Pooh yace en el patio, con las manos esposadas en la espalda. Un policía la cachea.

—Por favor, Dios —ruego—. Por favor, Dios.

Dios me ignora. El oficial extrae una bolsita del bolsillo trasero de la tía Pooh. De pronto, el cielo ya no es más nuestro límite. La bolsa con cocaína lo es.

Retrocedo de la ventana.

—No, no, no...

Curtis también mira hacia afuera.

—Oh, mierda.

Durante días, creí que la había perdido y acabo de recuperarla. Ahora...

De pronto, una mano invisible sujeta cada músculo dentro de mi pecho. Lucho por respirar.

—Bri, Bri, Bri —dice Curtis, agarrando mis brazos. Me guía hacia el sofá y me ayuda a tomar asiento—. Bri, respira.

Es imposible, como si mi cuerpo ni siquiera supiera qué es respirar, pero supiera lo que es llorar. Las lágrimas caen de mis ojos. Los sollozos hacen que respire en bocanadas más abruptas y ruidosas.

—Oye, oye —dice Curtis. Me mira a los ojos—. Respira.

—Todos... —Busco aire con una bocanada—. Todos me abandonan.

Sueno pequeña, como me siento. Esto es mi mamá diciéndome que papá nos ha dejado para ir al cielo. Esto es ella partiendo de casa, mientras grito que no me abandone. Nadie jamás notó que se llevaban una parte de mí con ellos.

Curtis toma asiento a mi lado. Al principio, vacila, pero guía con dulzura mi cabeza para apoyarla sobre su hombro. Permito que lo haga.

—Sí, las personas nos abandonan —dice en voz baja—. Pero eso no significa que estemos solos.

Lo único que puedo hacer es cerrar los ojos. Afuera hay gritos y sirenas. Los policías probablemente están arrestando a cada Discípulo del Garden en Maple Grove.

Despacio, respirar se convierte de nuevo en un hábito.

—Gracias... —Tengo la nariz tan bloqueada que sueno raro. Sorbo la nariz—. Gracias por buscarme.

—Todo está bien —dice Curtis—. Estaba regando las plantas de mi abuela cuando las vi a ti y a Pooh conversando en el patio. Luego, apareció la camioneta del SWAT. Sabiendo lo que sé sobre Pooh, supe que tenía que sacarte de allí.

Abro los ojos.

—¿Riegas las plantas de tu abuela?

—Sí. Alguien tiene que mantenerlas vivas mientras ella trabaja.

Enderezo un poco más la espalda. Hay macetas con plantas y flores por toda la sala de estar y la cocina.

—Vaya —digo—. Tienes mucho trabajo.

—Sí. —Ríe—. Además, ella tiene algunas en la entrada. Pero me agrada ayudarla. Son más fáciles de cuidar que un perro o un hermanito menor. —Curtis se pone de pie—. ¿Quieres agua o algo?

Tengo la garganta un poco seca.

—Agua estaría bien.

—No hay pro... —Frunce el ceño al mirar mi pie—. Oye, ¿qué sucede con tu zapato?

—¿Qué? —Los miro. Un Tim falso es mucho más corto que el otro. Eso es porque le falta toda la suela.

Mi zapato literalmente se hizo pedazos.

—¡Mierda! —Hundo la cara entre las manos—. ¡Mierda, mierda, mierda!

A esta altura, esta mierda es graciosa. De todos los días y las veces en que mi zapato podía hacerse trizas, tenía que ocurrir mientras mi vida se hace pedazos.

—Oye, te ayudaré, ¿sí? —dice Curtis. Suelta los cordones de sus Nikes. Se las quita y las extiende hacia mí—. Toma.

No puede hablar en serio.

—Curtis, ponte los zapatos.

En cambio, apoya el cuerpo en una rodilla frente a mí, coloca su zapatilla derecha en mi pie derecho y amarra los cordones súper fuerte. Con cuidado, quita mi otra Timb falsa, calza su Nike izquierda y también la amarra. Cuando termina, endereza la espalda.

—Listo —dice—. Tienes zapatos.

—No puedo conservar tus zapatos, Curtis.

—Al menos puedes usarlos para regresar a casa —responde—. ¿Está bien?

No tengo muchas opciones.

—Está bien.

—Bueno. —Camina hacia la cocina—. ¿Quieres agua con o sin hielo?

—Sin, gracias —respondo. Los gritos y los alaridos se han calmado. Pero no logro obligarme a mirar fuera.

Curtis me trae un vaso de agua. Toma asiento a mi lado y mueve sus pies con calcetines de Spiderman. Hay muchas cosas que no sé sobre él y lo que veo no combina con lo que pensaba.

—Lindos calcetines —digo.

—Adelante, búrlate de mí. —Él pone los ojos en blanco—. No me importa. Peter Parker es fantástico.

—Lo es. —Bebo un sorbo de agua—. Por eso no me burlaría de ti. De hecho, creo que tengo el mismo par.

—¿En serio? —Curtis ríe.

—Sí.

—Qué genial.

Oímos un ruido fuerte que proviene del exterior, como una puerta grande de un vehículo que se cierra. Deben haber llenado la furgoneta de traficantes de drogas que arrestar.

—Lamento lo de tu tía —dice Curtis.

Lo hace sonar como si estuviera muerta. Pero en este lugar, quienes van a prisión también tienen camisetas en su honor al igual que quienes están en la tumba.

—Gracias.

Permanecemos en silencio un largo rato. Termino el agua y apoyo el vaso en la mesita de café de su abuela, junto a un cenicero que sin dudas ha sido utilizado. A menos que sea para Curtis, lo cual dudo, la hermana «más santa que Dios» Daniels fuma. Quién lo hubiera dicho.

—Gracias de nuevo por ayudarme.

—Ni lo menciones —dice—. Pero no me negaría si decidieras escribir una canción sobre mí como muestra de tu aprecio.

—Amigo, adiós. ¿Una mención? Quizás. ¿Una canción entera? No.

—¿Una mención? —dice—. Vamos, tienes que darme más que eso. ¿Qué tal un verso?

—Guau. Un verso entero, ¿eh?

—Sí. Algo como «Curtis es mi amigo, siempre sabe qué ocurre conmigo, y cuando gane dinero, le compraré un sombrero. ¡Qué!» —Cruza los brazos, al estilo B-boy.

Río a carcajadas.

—¿Creíste que podías vencerme en una batalla rimando así?

—¿Qué? Amiga, eso es talento puro.

—No, eso es un desastre.

—Espera, no puedes llamar a alguien un desastre con el aspecto que tienes ahora. —Limpia parte de la humedad en mi mejilla—. Cubres de mocos y lágrimas el sofá de mi abuela.

Su mano vacila. Lentamente, sujeta mi mejilla.

Siento una puntada en mi estómago, como un nudo retorcido con fuerza, y pienso —bueno, espero— aún estar respirando.

Cuando se acerca más, no me aparto. No puedo pensar; no puedo respirar. Solo puedo devolverle el beso.

Cada centímetro de mí es consciente de su presencia, el modo en que sus dedos rozan mi nuca, el modo en que entrelaza su lengua perfectamente con la mía. Mi corazón se acelera y de algún modo me dice que quiero más y que vaya despacio a la vez.

Rodeo su cuello con mis brazos y me recuesto sobre el sillón mientras lo llevo conmigo. Tocarlo es una necesidad. Mis dedos encuentran su cabello, rizado y suave, su espalda. El chico tiene un trasero hecho para apretarlo.

Curtis sonríe con picardía, con la frente en contacto con la mía.

—Te agrada eso, ¿eh?

—Ajá.

—Muy bien, entonces. Veamos si te agrada esto.

Me besa de nuevo y, despacio, desliza su mano debajo de mi camiseta y bajo mi sostén. Roza un punto que hace que deje de besarlo lo suficiente como para emitir un sonido que nunca he hecho antes. Lo siento en más lugares que mi pecho.

—Mierda, chica —gruñe y retrocede. Se incorpora sobre mí, sin aliento—. Estás matándome.

Sonrío con picardía.

—¿*Yo* estoy matándote *a ti*?

—Sí. —Besa mi nariz—. Pero me gusta.

Sostiene mi mejilla, inclina la cabeza hacia abajo y me besa de nuevo, despacio y con firmeza. Durante un rato, nada existe fuera de nosotros y este beso...

CAPÍTULO VEINTISIETE

...hasta que la abuela de Curtis regresa a casa.

Para ese momento, solo miramos televisión. De todos modos, ella me mira con sospecha. Curtis le pide prestado su carro para llevarme a casa. Ella le entrega las llaves y dice:

—Tendremos una conversación más tarde, muchacho.

Esa conversación llegará a oídos de mi abuela.

El patio está desierto cuando partimos. La única señal de que algo ha ocurrido son las pisadas agrupadas en toda la tierra. El carro de Scrap aún está en su lugar habitual. Es raro que no haya nadie sentado sobre el capó.

Curtis conduce el Chevy de su abuela con una sola mano. Con la otra, sujeta la mía. No decimos mucho, pero no creo que sea necesario. Aquel beso ha dicho más que cien palabras.

Aparca frente a mi casa. Me acerco y lo beso de nuevo. Es el mejor modo de ralentizar el tiempo. Pero tengo que entrar, así que me aparto de él.

—Necesito hablar con mi mamá sobre... mi tía.

Apenas puedo decírselo a Curtis. ¿Cómo podré decírselo a Jay?

Él deposita en mis labios un beso breve y suave como una pluma.

—Todo estará bien.

Pero esas son solo palabras. La realidad es que me quito los zapatos de Curtis, me coloco los míos rotos y entro a la casa. Una canción sobre Jesús suena desde el teléfono de mamá en la cocina y ella tararea a su ritmo, sin saber que Jesús tendrá que hacer un milagro cuando le cuente sobre la tía Pooh.

—Hola, Bookie —dice. Está de pie junto a una olla—. Cenaremos espagueti.

Mis piernas tiemblan demasiado y prácticamente no logro permanecer de pie.

—La tía Pooh.

—¿Qué hay con ella?

—La... La han arrestado.

—¡Maldición! —Lleva una mano a su frente y cierra los ojos—. Esta chica. ¿Qué hizo esta vez? ¿Se involucró en una pelea? ¿Excedió la velocidad? Le dije que todas esas multas de tránsito iban a...

—Hubo una redada antidrogas —susurro. Jay abre los ojos.

—¿Qué?

Mi voz es grave.

—Había un equipo SWAT y encontraron cocaína en su bolsillo.

Mamá solo me mira. De pronto, toma su teléfono.

—Dios, no. Por favor, no.

Llama a la estación de policía. Aún no pueden darle información.

Llama a Lena, quien llora tan fuerte que la escucho desde el extremo opuesto de la habitación. Llama a Trey, quien está en el trabajo pero dice que pasará por la estación camino a casa. Llama a Scrap. Atiende el contestador automático. Creo que a él también lo han atrapado.

Jay va a su cuarto, cierra la puerta y permanece allí. Creo que supuestamente no tengo que oírla llorar, pero es lo único que escucho toda la noche.

No puedo evitar que llore. No puedo salvar a la tía Pooh. Y ahora que ella está lejos y no hay nadie más para ser objetivo de los Coronas, quizás ni siquiera seré capaz de salvarme a mí misma.

Estoy indefensa.

Jay no sale de su habitación hasta el día siguiente, o el próximo. Cuando despierto la mañana del domingo, aún está allí dentro. Trey está en su cuarto durmiendo porque ha hecho un turno nocturno. Supreme me recoge y me lleva al centro para mi entrevista con Hype.

Él habla todo el camino, pero apenas lo escucho. El llanto de mi mamá no abandona mis oídos. Además, él dice la misma mierda de siempre. Esto es importantísimo. Estoy encaminada. Esta entrevista me llevará al siguiente nivel.

Pero no salvará a la tía Pooh.

Supreme debe notar que no digo mucho porque aparta la vista del camino el tiempo suficiente para mirarme.

—¿Estás bien, pequeña Law?

—No me llames así.

—Oh, quieres arreglártelas por tu propia cuenta, ¿eh? —bromea.

Qué gracioso. No tengo más opción que arreglármelas por mi propia cuenta. Discúlpame si no quiero llevar el nombre de la persona que no está aquí para cargar con todo esto conmigo.

Ni siquiera le respondo a Supreme. Solo miro por la ventanilla.

Hot 105 está en uno de los rascacielos del centro. La estación es tan legendaria como los artistas que hay fotografiados en las paredes. En toda la recepción hay cuadros de varios DJ con la realeza del hip hop que han entrevistado a lo largo de los años.

La voz de Hype brota de los parlantes de la recepción. Está al aire en vivo en uno de los estudios. Jay solía escuchar su show en el estéreo del carro cada domingo en la mañana cuando nos recogía a mí y a Trey. Cada vez que Hype reproducía una de las canciones de papá, ella bajaba las ventanillas y subía el volumen al máximo. Él sonaba tan vivo que olvidaba que estaba muerto.

La asistente de Hype me lleva junto a Supreme al estudio. La luz roja que dice «aire» sobre la puerta significa que al principio debemos esperar fuera. Del otro lado de una gran ventana, Hype está sentado en una mesa llena de monitores de computadoras, micrófonos y auriculares. Hay un hombre en el estudio con él, apuntando una cámara en dirección a Hype. Un cartel en la pared dice: *La hora caliente*.

—Como siempre, tenemos que pagar algunas cuentas —dice Hype a través de los parlantes del pasillo—. Pero quedaos ahí, porque después del corte hablaré con una de las raperas jóvenes del momento más famosas del país: ¡Bri! Hablaremos de la controversia, de sus próximos pasos, de todo. ¡Es *La hora caliente*, cariño, en Hot 105!

Hype se quita los auriculares y su asistente nos hace pasar rápido dentro del estudio.

—¡La princesa del Garden! —dice Hype. Me abraza a medias—. Aún siento escalofríos al pensar en esa batalla. Sin ofender, 'Preme, pero asesinó a tu hijo. Sin dudas.

—No puedo negarlo —responde Supreme—. ¿Por qué crees que tuve que trabajar con ella?

—No te culpo —dice Hype—. La canción también es genial. Claro, toda la controversia no lo es, pero oye, al menos están hablando de ti, ¿cierto? Sé que mis oyentes quieren oír más sobre ti, Bri. Solo pedimos que mantengas al mínimo la cantidad de insultos. Nadie tiene tiempo para las multas de la FCC.

—Estamos en vivo en un minuto, Hype —anuncia el camarógrafo.

Hype señala una silla frente a él donde esperan un micrófono y unos auriculares.

—Toma asiento, Bri —dice, y obedezco—. 'Preme, ¿te quedas?

—No, estaré afuera —responde él. Se arrodilla junto a mi asiento—. Oye, él quizás intente provocarte —dice, manteniendo la voz baja—. Pero así es Hype. No permitas que te enfurezca demasiado. Solo sé tú misma y di lo que sientes. ¿Está bien?

¿Decir lo que siento? Él no debe saber lo que siento.

—Bri, estamos en vivo en cinco —dice Hype—. Cuatro...

Supreme le da una palmadita a mi hombro y sale al pasillo. Coloco los auriculares sobre mis oídos.

Hype alza tres dedos.

Dos.

Uno.

—Bienvenidos nuevamente a *La hora caliente* —dice en el micrófono—. Tengo una invitada muy especial en la casa. Si me conocen un poco, saben que uno de mis raperos favoritos de todos los tiempos es Lawless; descansa en paz, hermano. Hoy, tengo el placer de tener a su pequeña en el estudio. Tiene una de las canciones más famosas del momento, *Hora de brillar*, que ha hecho hablar a muchas personas. Por supuesto, teníamos que traerla a *La hora caliente*. Así que, Bri, bienvenida al estudio.

Reproduce aplausos grabados.

—Gracias —respondo en el micrófono.

—¿Sabéis?, tuve la oportunidad de escuchar a Bri hace un tiempo en el Ring. Ese fue tu debut, ¿cierto?

—Sí.

—Estuvo fantástica —dice—. Cuando termine el programa, debéis ir a YouTube y buscar esa batalla. Os volará el cerebro. Se suponía que Bri regresaría al Ring, pero hubo un pequeño altercado hace unas semanas. Entraremos en detalles más tarde. Ahora, ¡hablemos de la canción! —Golpea la mesa para demostrar su punto—. *Hora de brillar*. La piden todo el tiempo en el programa. A los chicos les encanta. Muchos de nosotros, los viejos, la disfrutamos. Pero hay una petición para que la borren de Dat Cloud porque algunas personas dicen que ha provocado una revuelta en una escuela local. Otros dicen que es antipolicía, bla, bla, bla. Como la artista detrás de la canción, ¿qué tienes *tú* para decir?

Supreme indicó que dijera lo que siento. La cuestión es que lo que siento es furia.

—Que se vayan al diablo.

Hype ríe.

—No lo dudas ni un segundo, ¿eh?

—¿Por qué debería dudarlo? Ellos no han dudado en atacarme.

—Bueno, bueno —responde Hype—. Muchos se han centrado en la naturaleza violenta de la letra. ¿Crees que alentó a esos alumnos en la escuela a actuar con violencia?

¿Habla en serio?

—¿Crees que la mitad de las canciones que pasas alientan a las personas a actuar con violencia?

—Pero hablamos sobre tu canción y esta situación.

—¿Acaso importa? —digo—. Sin duda estaban molestos por otras cosas. Una canción no los hizo hacer nada. Todos me usan a mí como chivo expiatorio en vez de preguntar cuáles son los problemas reales.

—¿Quiénes son todos? —pregunta, en serio.

—Hermano, ¡las noticias! —respondo—. La mujer con la petición. Ha escrito un artículo entero sobre mí, me ha convertido en la villana y nunca se ha preguntado en primer lugar por qué los alumnos protestaban. La letra no ha obligado a nadie a hacer nada. La protesta ha sido porque...

—Pero, vamos —me interrumpe Hype—, incluso tú tienes que admitir que algunas partes de la canción son demasiado, pequeña. Hablar sobre estar armada hasta los dientes, insinúas que matarías policías...

Guau, guau, guau.

—Nunca insinué que mataría policías.

—¿«Si un policía me ataca, seré despiadada»? —pregunta en vez de decirlo—. ¿Qué se supone que significa eso?

¿Cómo diablos ha interpretado que eso significaba que yo mataría a alguien?

—¡Hermano, significa que me considerarán agresiva sin importar lo que haga! —Maldición, ¿de verdad tengo que explicárselo a él?—. «Como mi padre, no le temeré a nada», como su último disco, llamado *No le temo a nada*. «Me consolaré en que mi vecindario se encargará y represalias en mi honor tomará» significa que si algo me sucede, el Garden me dará apoyo. Eso es todo. Nunca hablé de matar policías.

—Bueno, pero comprendes por qué algunas personas lo interpretaron mal, ¿cierto?

—Diablos, no, no lo entiendo.

—Mira, no intento atacarte —afirma Hype—. Amo la canción. Pero no mentiré, saber que una chica de dieciséis años habla de estar armada hasta los dientes y cosas así, me tomó por sorpresa.

No el hecho de que alguien de dieciséis años rapeara al respecto. Sino el hecho de que una *chica* de dieciséis años lo hiciera.

—¿Te tomó por sorpresa cuando mi papá rapeaba sobre ello a los dieciséis años?

—No.

—¿Por qué no?

—Oh, vamos, sabes por qué —dice Hype—. Es diferente.

—¿En qué sentido es diferente? Conozco chicas armadas a los dieciséis, diecisiete, que han tenido que hacer cosas nefastas solo para sobrevivir.

Y que han sido arrestadas por el equipo SWAT a quien no le ha importado un carajo su género.

—Solo es diferente, mamacita. Yo no hago las reglas —insiste Hype—. La cuestión es, ¿de verdad se supone que debemos creer que estás en las calles liquidando personas así como así? Anda, vamos. ¿Quién ha escrito esas líneas para ti?

¿Qué diablos?

—La canción no se trata de «liquidar» a nadie, y yo las escribí.

—¿Escribiste toda la canción? —dice—. ¿E hiciste el estilo libre en la batalla?

De verdad, ¿qué diablos?

—Escribí la canción, y creé los versos libres en el momento, como se supone que uno debe hacer en una batalla. ¿Qué intentas decir?

—Tranquila, pequeña —dice Hype—. Oye, no tiene nada de malo tener un escritor fantasma, ¿sí? La cosa es que los autores fantasmas necesitan escribir auténticamente para la persona. Es imposible que tú andes por ahí armada hasta los dientes.

¿Saben qué? Al diablo con esto. No importa lo que diga o haga. De todos modos, todos opinarán lo que deseen de mí y de esa canción. Me quito los auriculares.

—Me voy.

—Guau, no terminamos, pequeña Law.

—¡Me llamo Bri! —Siento que cada hueso en mi cuerpo grita esa frase.

—De acuerdo, *Bri*. Oye, todo está bien —dice él sonriendo con picardía. Quiero borrársela del rostro, lo juro—. Estábamos conversando. No es necesario enfurecerse.

—¡Me acusaste de no escribir mi propia mierda! ¿Cómo diablos está bien eso?

—No debes escribir tus canciones si te pones tan a la defensiva.

Abren la puerta y Supreme ingresa rápido.

—Bri, tranquila.

—Está bien, 'Preme —dice Hype—. Si está armada como afirma en la canción, se ocupará de mí.

Reproduce unas risas grabadas.

Estoy a punto de saltar por encima de la mesa, pero Supreme me retiene.

—¡Vete al carajo!

—Aww, ¿ves? Por esto te han echado del Ring. La pequeña tiene el síndrome pre menstrual. —Hype reproduce un redoblante para rematar su «broma».

Supreme prácticamente tiene que arrastrarme afuera. Pasamos junto a muchos empleados de la estación en el pasillo y ellos miran y susurran mientras Hype hace otra «broma» a través de los parlantes. No tengo problema en patear el trasero de todos.

Supreme me lleva al lobby. Me aparto de sus manos. Él ríe.

—Maldición. ¿Qué te hizo enfurecer?

Todo. Respiro con dificultad y parpadeo rápido, pero de todos modos mis ojos arden.

—¿Lo has escuchado?

—Te dije que intentaría provocarte. Es lo que Hype hace. —Supreme da una palmadita sobre mi mejilla—. Eres una jodida genia, ¿sabías? Hiciste exactamente lo que te dije que hicieras hace unas semanas. Me sorprende que lo recordaras.

Lo miro como si mi respiración por fin hubiera alcanzado mi corazón acelerado.

—¿Qué?

—Hiciste el rol de pandillera malviviente de barrio. ¿Sabes cuánta publicidad sacarás de esto?

Es como si lanzaran una cubeta de agua helada en mi rostro.

Pandillera malviviente de barrio.

Cientos de personas acaban de oírme actuar así. Millones más podrían ver el vídeo. No les importará que mi vida sea un desastre y que tenga todo el derecho de estar furiosa. Solo verán a una chica negra del gueto enfadada, actuando como ellos esperaban que lo hiciera.

Supreme ríe.

—Has hecho el papel —dice—. Maldición, has hecho el papel.

El problema es que no he actuado. Esa es la persona en la que me he convertido.

CAPÍTULO VEINTIOCHO

Le pido a Supreme que me lleve a Sal's. Necesito a mi hermano.

El teléfono de Supreme suena todo el camino. Él no logra permanecer quieto y no para de saltar en su asiento.

—¡Whoooo! —Golpea el volante como si chocara los cinco—. ¡Estamos a punto de cobrar, pequeña! Lo juro, ¡esta es la mejor mierda que podrías haber hecho! ¡Maldición, estamos en camino!

Malviviente de barrio. Tres palabras. Siete sílabas.

Todos pensarán que una malviviente de barrio soy, buena para ofender y que furiosa estoy.

El cartel que dice CERRADO cuelga en la puerta de Sal's cuando Supreme me deja allí. Aún es de mañana y el restaurante no abre hasta el mediodía. Sal me ve mirando a través del vidrio y me permite entrar. Dice que Trey está en la parte trasera.

Es difícil saber cuál es el puesto de Trey en Sal's. A veces, atiende mesas, otras, supervisa los pedidos de la cocina. Hoy, friega el suelo de la cocina.

Ms. Tique... es decir, Kayla, observa de cerca. Tiene puestos los aretes en forma de argolla que tenía en el Ring y un delantal verde. Aunque es mucho más pequeña de lo que parecía en el Ring: ni siquiera alcanza el hombro de Trey. Supongo que el micrófono la hace lucir inmensa.

Son las únicas dos personas en la cocina. En general, el lugar está atestado de empleados lanzando bollos de pizza al aire, gritando órdenes y colocando pasteles en el horno. Hoy está prácticamente demasiado silencioso y calmo. Supongo que los demás aún no han llegado. Pero es típico de Trey llegar temprano.

Trey escurre la mopa en la cubeta y comienza a moverla hacia el cuarto de limpieza, pero Kayla dice:

—No, no. Sé que no dejarás que el suelo luzca así.

—¿Así como? —dice él.

—Así. —Ella señala una mancha—. Hay mugre en el suelo, Trey.

Él entrecierra los ojos.

—¿Esa manchita?

Kayla toma la mopa.

—Ves, por esto no necesitas limpiar.

—Ah, ¿no?

—¡No!

Trey sonríe mientras le da un beso rápido en los labios.

—Pero ¿necesito hacer esto?

—Mmmm... —Ella golpea un dedo sobre el mentón—. El jurado aún está en debate.

Trey ríe y la besa de nuevo.

Probablemente no deba ver esto, pero no puedo apartar la vista. No de un modo pervertido y asqueroso, sino que no he visto a mi hermano así de feliz en bastante tiempo. Sus ojos brillan y, cuando la mira, su sonrisa es tan amplia que resulta contagiosa. No digo que él estuviera deprimido o algo así estos últimos meses, pero comparado a cómo está ahora, es difícil decir que ha estado feliz antes.

Kayla aparta la mirada de él lo suficiente como para verme en la entrada.

—Trey.

Él sigue su mirada. La luz abandona sus ojos y la sonrisa desaparece. Centra de nuevo la atención en limpiar el suelo.

—¿Qué haces aquí, Bri?

De pronto, siento que no debería estar aquí y nunca me he sentido así cerca de Trey. Él ha sido mi hogar cuando no sabía con certeza qué era el hogar.

—¿Podemos hablar? —pregunto.

Él no levanta la vista del suelo que limpia. Kayla toma su brazo para detenerlo.

—Trey —dice ella. Con firmeza.

Él la mira. Hay una conversación silenciosa entre ellos: todo está en sus ojos. Trey suspira por la nariz.

Kayla se pone de pie en puntillas y besa la mejilla de mi hermano.

—Iré a ver si Sal necesita ayuda en el mostrador.

Me sonríe con tristeza cuando pasa, como hacen cuando estás de duelo.

¿Qué sucede? ¿La tía Pooh?

Trey friega el suelo y es como si fuera invisible para él. Incluso a medida que me acerco no alza la vista.

—¿Algo anda mal? —pregunto. Prácticamente tengo miedo de saberlo. Su respuesta podría alborotar mi vida incluso más—. ¿Jay está...?

—Mamá —corrige, enfocado en el suelo.

No sé por qué esa palabra no sale con facilidad de mi boca.

—¿Está bien?

—Estaba en su cuarto cuando me fui.

—Oh. —Es retorcido, pero en cierto modo siento alivio de oírlo—. ¿Novedades de la tía Pooh?

—Todavía están procesándola. ¿Qué quieres, Bri?

¿Por qué me habla así? Nunca antes he tenido que explicarle por qué quería verlo.

—Solo quería hablar contigo.

—¿No has hablado suficiente por hoy?

Es una bofetada verbal de la peor clase.

Ha oído la entrevista. De las cientos de personas que la oyeron, nunca pensé que una de ellas podría ser mi hermano.

—Trey, puedo explicarlo.

Coloca la mopa en la cubeta y me mira.

—Ah, entonces, ¿puedes explicar por qué has actuado como una maldita idiota en la radio?

—¡Él me ha provocado!

—¿Acaso no te dije que no debes responder a todo? ¿Eh, Bri?

—¡No aceptaré que me tiren mierda!

—¡Puedes defenderte sin hablar así! —responde—. Primero, ese vídeo de Instagram, ¿y ahora esto? ¿Qué diablos te sucede?

Miro a la persona que afirma ser mi hermano. Luce como él, pero no suena como él.

—Se supone que me apoyas —digo, apenas más alto que un susurro—. ¿Por qué estás tan enfadado conmigo?

Está a punto de lanzar la mopa.

—¡Porque me rompo el trasero por ti! ¡Me arrastro a este trabajo por ti! ¡Trabajo horas largas para asegurarme de que estés bien! Y aquí estás, ¡arruinando cualquier oportunidad que tengas de tener éxito reaccionando así cada vez que puedes!

—¡Solo intento salvarnos!

De algún modo, mi voz es débil y fuerte a la vez.

La furia abandona sus ojos y mi hermano mayor me mira de nuevo.

—Bri...

—Estoy cansada, Trey. —Mis ojos arden por las lágrimas—. Estoy cansada de no saber qué sucederá a continuación. Estoy cansada de tener miedo. ¡Estoy cansada!

Oigo pasos, y dos brazos me rodean fuerte. Hundo mi rostro en la camisa de Trey.

Él acaricia mi espalda.

—Déjalo salir.

Grito hasta que mi garganta arde. He perdido a la tía Pooh. Quizás estoy perdiendo a mi madre. Perdí tanto la calma que he perdido más de lo que comprendo. *Estoy* perdida. Estoy tan perdida que estoy agotada por intentar hallar mi camino.

Trey me lleva a un rincón al fondo de la cocina que él llama propio. A veces cuando lo visito, lo encuentro sentado allí en el suelo, metido entre el refrigerador y la puerta de la despensa. Dice que es el único lugar en donde puede huir del caos.

Trey baja al suelo y me ayuda a tomar asiento con él allí. Apoyo la cabeza sobre su regazo.

—Lamento ser una carga.

—¿Una carga? —dice Trey—. ¿De dónde has sacado eso?

De toda nuestra vida. Cuando Jay enfermó, desaparecía en su habitación durante días. Trey no alcanzaba todos los armarios de la cocina, pero siempre se aseguró de que comiera. Peinaba mi cabello y me preparaba para el kínder. Él tenía diez años. No tenía que hacer nada de todo eso. Luego, cuando nos mudamos con la abuela y el abuelo, él aún me cuidaba, insistía en leerme cuentos todas las noches y en acompañarme ida y vuelta a la escuela cada día. Si tenía pesadillas sobre esos disparos que se habían llevado a papá, Trey corría a mi cuarto y me consolaba hasta que me quedaba dormida.

Ha renunciado a tanto por mí. Lo menos que puedo hacer es tener éxito con el rap, para que él no tenga que renunciar a nada más.

—Siempre me has cuidado —digo.

—Enana, lo hago porque quiero —responde Trey—. ¿Una carga? Nunca. Eres un regalo demasiado grande para mí.

Regalo. Una palabra, tres sílabas. No sé si rima con algo porque es una palabra que nunca pensé que podía usar para hablar sobre mí.

De pronto, es como si hubieran abierto una jaula y todas las lágrimas que he guardado dentro rueden sobre mis mejillas.

Trey las limpia.

—Desearía que lloraras más.

Sonrío con picardía.

—El doctor Trey ha regresado.

—Hablo en serio. Llorar no te hace débil, Bri, y aun si lo hiciera, no hay nada malo en ello. Admitir que eres débil es una de las mayores demostraciones de fortaleza que uno puede hacer.

Volteo y lo miro.

—Suena a algo que Yoda diría.

—No. Yoda diría: «Hay fortaleza en admitir que uno débil es». Besa mi mejilla con un *muack* ruidoso y torpe.

Limpio la mejilla rápido. Sé que he sentido su saliva.

—¡Qué bien! Me cubres de tus gérmenes.

—Solo por eso... —Trey besa mi mejilla de nuevo, con más ruido, con más torpeza. Lucho por apartarme, pero sí, también rio. Él me sonríe.

—Sé que piensas que he hecho mucho por ti, enana, pero tú has hecho mucho por mí también. Pienso en todo lo que vivimos y, si hubiera tenido que enfrentarlo solo, probablemente estaría donde está Pooh ahora.

Maldición. La tía Pooh dijo que se había convertido en DG porque no tenía a nadie. Ahora está en una celda sin nadie de nuevo. Nunca me di cuenta de que Trey podría haber sido como ella, con un prontuario en vez de un diploma. Sé que hay muchas cosas que hicieron que sus vidas fueran diferentes, pero hace sonar que la diferencia entre ellos fui yo.

Quizás no es mi responsabilidad salvar a la tía Pooh. Quizás es responsabilidad de la tía Pooh salvarse a sí misma por mí.

Quizás lo *era*.

—No saldrá en un largo tiempo, ¿no? —pregunto.

—Probablemente no.

—¿Qué hacemos?

—Vivimos —dice él—. Es decir, la apoyaremos en esto, pero debes recordar que ella tomó decisiones, Bri. Siempre supo que había una posibilidad de que esto ocurriera, y lo hizo de todos modos. Esto es culpa de ella. Punto.

Alguien abre apenas la puerta de la cocina y Kayla asoma la cabeza.

—¿Trey? Lamento molestar, pero Sal necesita tu ayuda con algo en el mostrador.

Aprovecho la interrupción para incorporarme. Trey se pone de pie y me ayuda a hacer lo mismo.

—No más entrevistas de radio, ¿sí? —dice—. Tener un DJ en mi lista es suficiente.

—¿Qué lista?

—Mi lista de personas cuyos traseros quiero patear. Si lo veo en las calles, patearé su trasero.

Río mientras él besa mi mejilla. La cuestión es que incluso cuando está enfadado conmigo, cuando está tan decepcionado de mí que grita, siempre puedo contar con el apoyo de mi hermano.

CAPÍTULO VEINTINUEVE

Lunes en la mañana, llamo a la puerta de la habitación de mamá.

He estado despierta desde hace un rato. Me he vestido, he comido cereal y ordenado un poco la habitación. Jay aún no ha salido de su cuarto.

Los primeros dos golpes en la puerta no reciben respuesta. Intento de nuevo, y mi corazón golpea incluso más fuerte mi pecho. Hacen falta dos intentos más antes de que escuche la voz baja diciendo:

—¿Qué pasa?

Lentamente, abro la puerta. No hay olor. Lo sé, es extraño buscarlo (bueno, *olfatearlo*), pero aún recuerdo el hedor que salía de su cuarto cuando enfermó por primera vez. Era una mezcla de huevos podridos y plástico quemado. El crack apesta.

La habitación está sumida en la oscuridad: las luces están apagadas, y las persianas y las cortinas están cerradas. Pero distingo el bulto bajo las mantas que es mi mamá.

—Solo quería decir adiós —le digo—. El autobús llegará pronto.

—Ven aquí.

Me acerco a un lado de la cama. Jay asoma la cabeza debajo de la manta. La mitad de su cabello está protegido por un gorro de seda. En cierto punto se ha deslizado parcialmente de su cabeza, pero no parece importarle lo suficiente como para acomodarlo. Tiene los ojos hinchados y rojizos, hay pañuelos descartables abollados sobre la mesita de noche y desparramados sobre su almohada.

Extiende la mano y desliza los dedos sobre el cabello incipiente en mi frente.

—Te están creciendo las trenzas. Necesito hacerte nuevas pronto. ¿Comiste?

Asiento.

—¿Quieres algo? —pregunto.

—No, pero gracias, cariño.

Hay tanto que quiero decir, pero no sé cómo decirlo. O sea, ¿cómo le dices a tu mamá que tienes miedo de perderla de nuevo? ¿Cuán egoísta es decir: «Necesito que estés bien para poder estar bien»?

Jay sujeta mi mejilla.

—Estoy bien.

Lo juro, las madres están equipadas con la habilidad de leer la mente.

Se incorpora y me acerca a ella. Tomo asiento al borde de la cama. Envuelve sus brazos a mi alrededor desde atrás y besa mi nuca, apoyando el mentón sobre mi hombro.

—Han sido unos días oscuros —admite en voz baja—. Pero estoy superándolo. Solo necesito un poco de tiempo. Estoy pensando en ir al centro a visitar a Pooh mañana. ¿Quieres venir? Podemos ir después de tu clase de ACT.

Asiento.

—¿Hay novedades del señor Cook? —Ha pasado una semana desde que ella le entregó su currículum en la reunión de padres y maestros. Lo sé, no es mucho tiempo, pero los días últimamente parecen años.

—No —responde Jay, y suspira—. Es probable que los del distrito escolar no quieran una adicta a las drogas recuperada trabajando con ellos. Todo estará bien. Tengo que creer que así será.

—Pero ¿tú estarás bien?

Sueno como de cinco años. Me *siento* como de cinco años. Tomé asiento en su cama en aquel momento, miré esos ojos rojizos y desorientados por las drogas y le hice la misma pregunta. Un día o dos después, ella nos dejó a Trey y a mí en la casa de nuestros abuelos.

Se paraliza cuando se lo pregunto ahora. Pasan varios segundos antes de que responda.

—Lo estaré —dice—. Lo prometo.

Besa mi sien y sella el pacto.

Mamá está despierta y vistiéndose cuando salgo a esperar el autobús.

Lo hace por mí, lo sé. Se obliga a ser fuerte para que no me asuste.

Tomo asiento en la acera, coloco los auriculares sobre mis oídos y elijo el modo aleatorio en mi teléfono. La canción *Apparently*, de J. Cole comienza. Rapeo mientras él habla sobre el infierno que atravesó su madre. Luego, ¿esa parte en la que dice que él quiere que su sueño lo rescate? Creo que nunca he repetido palabras más reales. Es como si él supiera que yo iba a estar sentada en la acera frente a mi casa, escuchando esta canción y necesitándola.

Solía decir que quería hacer lo mismo por algún niño. Que escucharan mi música y sintieran cada palabra, como si la hubiera escrito para ellos. Pero últimamente, solo quiero tener éxito.

La canción se detiene cuando mi ringtone suena. El nombre de Supreme aparece en pantalla.

—¡Pequeña Law! —dice en cuanto respondo—. Tengo grandes noticias.

—¿Otra entrevista radial? —Preferiría comer todas las sobras del mundo, y odio las sobras.

—¡Algo más grande! —dice él—. Unos ejecutivos quieren conocerte.

De pronto, es como si estuviera corriendo, así de rápido se acelera mi corazón. Estoy a punto de soltar mi teléfono.

—Eje… —No puedo siquiera decirlo—. ¿Ejecutivos? ¿Hablas de ejecutivos de las discográficas?

—¡Joder, sí! —dice Supreme—. ¡Ha llegado la hora, pequeña! ¡Es tu oportunidad!

—Espera. —Llevo la mano a mi frente. Esto es demasiado rápido—. Cómo… por qué… cuándo…

—¿Cuándo? Esta tarde —responde—. ¿Por qué? ¡Por la entrevista! ¡Por la canción! ¿Cómo? Me han contactado. La cuestión es que quieren escuchar qué más puedes hacer. Sé que no tienes ninguna otra canción grabada, así que pensé que podríamos reunirnos en el estudio, ¿no? Graba una canción mientras ellos están presentes. Así podrán ver realmente de lo que eres capaz. ¡El contrato será nuestro!

Mier-da.

—¿Hablas en serio?

—Absolutamente. —Ríe—. Puedo recogerte después de la escuela y llevarte al estudio. ¿Suena bien?

Miro hacia atrás a mi casa.

—Sin duda.

En cuanto tomo asiento en el autobús, hurgo en mi mochila en busca de mi cuaderno. Necesito escribir una canción nueva o encontrar una que ya haya escrito. Una que sea tan fantástica que enloquezca a los ejecutivos de la discográfica. Podría escoger «Desarmada y peligrosa» esta vez, la canción que escribí después de que mataran a ese chico. O quizás necesito otra canción con hype… enérgica. Incluso en este contexto distinto, me niego a usar la palabra *hype*.

Estoy tan ocupada hojeando las páginas que cuando alguien dice «hola» me asusto.

Curtis sonríe en el asiento detrás del mío.

—¿Qué te tiene nerviosa, princesa?

—Nada. Solo que no te vi ahí. —Eso salió mal—. No es que no te presté atención. Solo no te vi esta vez.

—Entendí a qué te refieres. —Tiene una mirada astuta en sus ojos, como cuando cuenta una de sus bromas. Esta vez, es una interna entre los dos—. Entonces... ¿cómo has estado?

—Estoy bien.

No sé qué más decir. Esta es la parte de las relaciones en la que fallo. Bueno, ni siquiera sé si tenemos una relación. De hecho, nunca he estado en una. Pero ¿qué se hace después del beso? ¿Qué dices? Esa es la parte que me confunde.

Curtis se muda a mi lado.

—He estado pensando en ti. También he estado pensando en ese beso.

—Oh. —Bajo la vista a mi cuaderno. Debería estar buscando una canción en este instante.

—Lo sé, probablemente solo piensas en eso desde que pasó, ¿eh? —dice él—. Suelo tener ese efecto.

Alzo la vista.

—¿Qué?

—Solo digo que ¿mis besos? Son un cien.

Río a carcajadas.

—Estás tan equivocado.

—Pero obtuve tu atención y te hice sonreír. —Empuja con dulzura uno de mis hoyuelos—. Lo considero una victoria. ¿Cómo estuvo tu mañana, princesa?

—Tengo novedades sobre mi carrera de rapera —digo—. Escuchaste mi entrevista con Hype, ¿no?

—*Todo el mundo* escuchó tu entrevista con Hype. Sí que te enfadaste con el tipo.

Apoyo la cabeza hacia atrás.

—Sí. Sin dudas ahora estoy compensando haber sido alguien que solía ser invisible.

Frunce el ceño.

—¿Invisible?

—Curtis, sabes muy bien que nadie en la escuela me prestaba atención hasta que me hice un poco famosa como rapera.

Me mira de arriba abajo y lame sus labios.

—No puedo hablar por los demás, pero yo sin duda te prestaba atención. La cuestión es que he querido hablar contigo hace una eternidad, princesa. Pero parecías tan enamorada de tu amigo Malik que no creí que tendría una oportunidad.

—Espera, ¿qué?

—Pensé que estaban juntos —dice él—. Actuabas como si no pudieras pasar el tiempo con nadie que no fuera él o Sonny.

—¡Eso no es cierto!

—Sí, lo es. Nombra a alguien más con quien pasaras el rato.

Bueno, no hay nadie más.

—Siempre supuse que nadie más quería pasar tiempo conmigo, para ser honesta —admito.

—Y yo siempre supuse que no querías pasar tiempo con nadie más, para ser honesto.

Maldición.

Es decir, no lo sé. Siempre soy rara con las personas nuevas, supongo. Cuantas más personas hay en la vida, más personas pueden abandonarte, ¿no? Ya he perdido suficientes.

Pero en este momento, Curtis hace que me pregunte si me he estado perdiendo de algo.

—¿Sabes qué? Al diablo —dice—. ¿Quieres salir conmigo mañana en la tarde por el día de San Valentín?

Oh, rayos. Olvidé que era mañana. Honestamente, el día de San Valentín nunca está en mi radar.

—¿Como en una cita? —pregunto.

—Sí. Una cita. Tú y yo. Podemos hacer alguna mierda romántica de San Valentín.

—Em, guau. Bueno, primero, no puedo mañana. Iré a visitar a mi tía. Segundo, estoy segura de que será *muy* romántico considerando cómo acabas de invitarme.

—¿Qué tiene de malo el modo en que te he invitado?

—Hombre, literalmente has dicho «al diablo».

—Rayos, princesa, ¿puedes darme un descanso?

—Em, no. No si me invitas a salir.

—¿Qué? ¿Quieres que haga algo grande? —pregunta—. Porque puedo hacerlo a lo grande.

El autobús se detiene frente a las casas de Sonny y Malik. Ellos suben mientras Curtis se pone de pie en nuestro asiento. En serio, se para sobre el asiento.

—¡Brianna *inserte segundo nombre aquí porque no lo sé* Jackson! —dice, lo bastante fuerte como para que todo el autobús lo escuche.

—¡Niño, bájate de ahí! —exclama el señor Watson.

Curtis lo ignora moviendo la mano.

—Bri, aunque estás ocupada mañana, ¿saldrías conmigo en una cita en algún momento para que podamos hacer una mierda romántica?

Mi rostro arde. Cada par de ojos en el autobús nos observa. Sonny sacude las cejas. Malik abre levemente la boca. Deon toma su teléfono diciendo: «¡Hazlo para la cámara, Curtis!».

Dios mío.

—Curtis, baja de ahí —digo apretando los dientes.

—Vamos, chica. ¿Por favor?

—Sí, ¡ahora baja de ahí!

—¡Eyyyy, ha dicho que sí! —anuncia y algunas personas aplauden. Incluso Sonny. Curtis toma asiento a mi lado, sonriendo con picardía—. ¿Ves? Te dije que podía hacer algo grande.

Pongo los ojo en blanco.

—Eres tan teatral.

—Pero igual saldrás conmigo.

Sí, yo también sonrío. No puedo evitarlo. No, no sé qué diablos me sucede.

Y creo que no me molesta.

El autobús se detiene en Midtown. Curtis baja con Deon, quien inmediatamente dice: «Hermano, ¡enséñame tus trucos!».

Ridículo.

Coloco los auriculares sobre mis orejas y subo al máximo el volumen mientras suena Cardi. Aún debo decidir qué haré en el estudio. Además, la música me mantendrá lejos del interrogatorio de Sonny porque no puedo responderle si no lo escucho. Pero cuando bajo del autobús, él no está esperándome al final de la escalera. Shana sí.

Tiene un portapapeles bajo el brazo. Mueve la boca, aunque al principio no la escucho.

Bajo el volumen de la música.

—¿Qué?

—¿Podemos hablar? —pregunta, hablando más fuerte de lo debido.

—Ahora te escucho.

—Oh. ¿Tienes un minuto?

Cerca, Malik enfoca la atención en su teléfono con demasiada intensidad. Mira rápido en nuestra dirección, pero cuando nuestros ojos se encuentran, mira rápido su teléfono de nuevo.

Todavía no habla conmigo. No estoy de humor para que su novia intente arreglar las cosas entre nosotros.

—¿Qué ocurre? —le pregunto a Shana.

—El superintendente ha accedido a reunirse con la coalición hoy, después de la escuela —responde Shana—. Esperábamos que pudieras venir. Después de todo, se reunirá con nosotros por ti.

Deslizo los auriculares hacia abajo sobre el cuello.

—¿Qué te hace pensar eso?

—Dijo que habló contigo.

—Oh. —Pero no puede llamar a mi madre por un empleo.

—Sí. Y dijo también que había visto tu vídeo musical y que lo había ayudado a comprender la situación con Long y Tate. Parece que la grabación está ayudando a nuestra causa. Así que, gracias.

Hay un silencio incómodo. La cuestión es que en una de las últimas conversaciones que tuvimos estuve a punto de golpear a Shana. Es difícil olvidarlo.

Ella carraspea y alza el portapapeles.

—También llevaremos esta petición a la reunión. Es para que despida a los policías armados del puesto de seguridad. Si conseguimos firmas suficientes, con suerte él nos escuchará.

—Con suerte.

—Sí —dice—. La reunión empieza a las cuatro en la sala de música...

—Tengo planes.

—Bri, escucha, si esto se trata de nosotras dos, dejemos a un lado lo que sea que pasa —dice Shana—. Realmente sería bueno que vengas a la reunión. Tienen una voz que ellos escucharán.

—De verdad tengo otros planes.

—Oh.

Regresa el silencio.

Tomo el lápiz que está detrás de mi oreja y señalo el portapapeles. Ella lo extiende y yo garabateo mi nombre en una línea disponible.

—Suerte en la reunión.

Coloco los auriculares sobre mis orejas y comienzo a subir los escalones.

—Hype es un imbécil —exclama Shana. Volteo.

—¿Qué?

—No debería haberte tratado así en tu entrevista. Muchas personas también te apoyan. Vi a personas bastante importantes hablando de ello en Twitter.

No he mirado las redes sociales desde que ocurrió todo esto. Hay un límite de lo que puedes soportar cuando te describen como alguien que no eres.

—Gracias.

—No hay problema —responde—. Te apoyamos, Bri.

Apoyamos. Eso incluye a Malik. Hubo un momento en el que él me hubiera dicho lo mismo. No me apoya tanto si su novia tiene que decírmelo por él.

Creo que lo he perdido para siempre.

—Gracias —le susurro a Shana.

Volteo y subo rápido las escaleras antes de que ella o Malik puedan ver cuánto brillan mis ojos.

No importa que quizás he ganado a Curtis o que esté a horas de obtener todo lo que quiero. Aún estoy perdiendo a Malik y aún duele.

CAPÍTULO TREINTA

El estudio al que Supreme me lleva hace que el primer estudio al que fui parezca un basurero.

Está en un almacén viejo en el vecindario Midtown. De hecho, no está demasiado lejos de la escuela. Una cerca de hierro desgastada rodea el aparcamiento, y Supreme le hace saber a la seguridad quiénes somos antes de que nos permitan atravesar la puerta.

Las placas de platino y oro decoran las paredes de la recepción. Todos los apliques de luz parecen de oro real y tienen una de las peceras más grandes que he visto en mi vida, con peces tropicales que nadan de un lado a otro.

Supreme aprieta mis hombros.

—¡Lo has logrado, pequeña Law! ¡Este es el gran momento!

Está más tranquilo cuando le dice a la recepcionista quiénes somos y a quién hemos venido a ver. Miro las placas. Han grabado canciones y discos legendarios en este lugar. La tía Pooh enloquecería si viera algunas de ellas.

No se siente bien estar aquí sin ella.

También está el hecho de que le he mentido a mamá. Le he enviado un mensaje diciendo que me quedaría después de clases en la escuela para hacer una práctica de ACT adicional. Le diré la verdad en cuanto llegue a casa. Porque si esta reunión resulta como espero, estoy a punto de cambiar nuestras vidas.

La recepcionista nos lleva a un estudio en la parte trasera. Todo el camino jalo de los cordones de mi abrigo y limpio mis palmas sobre el jean. Están demasiado sudadas. Mi almuerzo también da vueltas en mi estómago. No sé si quiero vomitar o entrar corriendo al estudio.

—Mantén la calma —dice Supreme en voz baja—. Graba esa canción como lo harías normalmente y todo estará bien, ¿sí? Solo sígueme la corriente en las otras cosas.

¿Las otras cosas?

—¿Qué otras cosas?

Simplemente me da una palmada en la espalda con una sonrisa.

La recepcionista abre la última puerta del pasillo y lo juro, dejo de respirar. Ha abierto la puerta al paraíso.

Bueno, eso es una exageración absoluta, pero esto es lo más cerca que he estado de las puertas del cielo. Es un estudio. No uno improvisado en el cobertizo de alguien, sino un estudio real y profesional. Hay una tabla de sonido con cientos de botones, parlantes gigantes en los muros, una gran ventana a través de la que es posible ver una cabina de grabación con un micrófono profesional.

Un hombre blanco mayor vestido con una camiseta polo, jeans y una gorra de béisbol saluda a Supreme en la entrada estrechando su mano.

—¡Clarence! ¡Hace tiempo que no te veía!

¿Clarence? ¿Quién diablos es Clarence?

—Demasiado tiempo, James —responde Supreme.

—Así es —dice el hombre que debe llamarse James. Me mira y sujeta mi mano con las suyas—. ¡La superestrella! Soy James Irving, CEO de Vine Records. Es un placer conocerte, Bri.

Oh, mierda.

—He oído hablar de usted.

Coloca un brazo sobre mi hombro y señala a un hombre latino con tatuajes que está sentado en la placa de sonido y a una mujer blanca con el cabello recogido en una coleta.

—¿Ves? Ya me agrada. Ha oído hablar de mí.

Ríe. Hasta que no lo hace, Supreme y los otros dos no ríen.

James se acomoda en un sofá de cuero en un extremo de la sala.

—Ella es la jefa de mi división A&R, Liz. —Señala a la mujer, quien me saluda moviendo la cabeza—. Debo decirte algo, Bri. Estoy tan feliz de que accedieras a permitirme presenciar esta sesión en el estudio. Muy, muy feliz. Uno aprende muchísimo de un artista al ver cómo trabaja, ¿sabes? He visto a unos jodidos genios en mi juventud. Lo juro, maldición, me deslumbran cada vez.

Habla muy rápido. Es prácticamente difícil seguirle el ritmo.

Supreme parece no tener problemas para hacerlo.

—Hombre, te lo advierto, estás a punto de presenciar una mierda fantástica. Incluso fenomenal.

Lo miro. ¿Por qué habla así?

—Ah, te creo. Oímos tu entrevista, Bri. —James prosigue—. Ya amaba la canción, pero ¿eso? Ha sellado el trato para nosotros, hablo en serio. Lo único mejor que los raperos buenos son los raperos buenos que hacen hablar al público.

—Ni hablar —responde Supreme por mí—. Sabíamos que Hype provocaría a la enana para que reaccionara. Le dije que si perdía la calma, todos hablarían de ella, ¿sabes?

James traga un poco de su bebida.

—Por eso eres un maldito genio, Clarence. Aún recuerdo lo que hiciste con Lawless. Dios, ese hombre podría haber llegado lejos. Qué tragedia, ¿sabes? Siempre le digo a la gente, rapeen sobre mierdas de la calle pero déjenla en la calle. Puedes actuar como un jodido delincuente y no serlo.

Cada centímetro de mí está tenso.

—Mi papá no era un rufián.

Las palabras salen tan tensas y frías que silencian la sala.

Supreme intenta reír de nuevo, pero es una risa forzosa. Sujeta mi hombro y lo aprieta demasiado fuerte.

—La pena es difícil de borrar, ¿me entiendes? —Le explica a James.

Aparto mi hombro. No necesito que él explique. He hablado en serio.

Pero James toma las palabras de Supreme como ciertas.

—Es comprensible. Jesús, no puedo imaginar la mierda con la que deben lidiar los chicos de los barrios.

O solo soy una hija que no permite que alguien le falte el respeto a su papá. ¿Qué diablos?

Alguien llama a la puerta y la recepcionista asoma la cabeza.

—Señor Irving, el otro invitado ha llegado.

—¡Hazlo pasar! —dice James, haciendo señas para que ella obedezca. Ella abre la puerta por completo y Dee-Nice ingresa al estudio.

Choca palmas con Supreme. Estrecha la mano de James. Mueve una carpeta bajo el brazo debajo del otro para poder abrazarme a medias.

—¿Cómo estás, pequeña? ¿Lista para hacer esta canción?

—Oh, sí, lo está —dice Supreme.

Dee-Nice alza la carpeta.

—Tengo los versos listos.

Entonces haremos una canción juntos. Bueno, está bien.

—Maldición, qué vaga —digo—. Aún no he decidido qué canción de mi cuaderno quiero hacer. Si me dan unos veinte minutos, puedo escribir...

Supreme ríe, y una vez más lo acompaña un coro de rosas.

—No, pequeña. Dee ha escrito tu canción por ti.

Tiempo. Fuera. Tiempo. Fuera.

—¿Qué?

—Ya he escuchado la base —dice Dee-Nice—. La he escrito anoche. Tengo tus versos, tu estribillo, todo.

—Me ha permitido que la oyera antes —dice Supreme—. Te lo digo, la mierda está en llamas.

James aplaude con entusiasmo.

—¡Joder, claro que sí!

Momento, pausa, paren, despacio, todo eso.

—Pero yo escribo mis propias canciones.

—No —dice Supreme como si hubiera preguntado si tenía frío o algo así—. Dee se encargará de ti.

¿Acaso no ha escuchado lo que acabo de decir?

—Pero yo misma me encargo de mí.

Supreme ríe de nuevo, pero esta vez no suena entretenido. Parece mirar a todos detrás de esas gafas oscuras.

—¿La han escuchado? Ella se encarga de sí misma. —Voltea hacia mí y la risa desaparece—. Como dije, Dee se encargará de ti.

Dee me entrega la carpeta.

La abro. En vez de rimas garabateadas desprolijamente en toda la página del cuaderno como suelo hacerlo yo, Dee ha tipeado en computadora toda la canción. Hay versos, un estribillo y un puente. Incluso ha escrito una maldita introducción, como si no pudiera entrar a la cabina y decir algo espontáneamente.

¿Qué diablos?

Pero ¿la letra? La letra es lo que realmente me enfada.

—«Mis armas grandes como ratas son y a los enemigos les doy una lección» —susurro, y no puedo creer que estoy diciendo esto—. «¿En el barrio me llaman menstruación, a las chicas hago… sangrar sin compasión?»

Tiene que ser broma.

—Un fuego, ¿cierto? —dice Supreme.

Como un infierno. Por algún motivo, pienso en los niños de Maple Grove. Cuando repetían *Hora de brillar* sentí algo distinto. Yo sabía qué quería decir con esa canción, pero no sé si ellos lo sabían.

La idea de que esos niños de seis años repitan que hago sangrar a las chicas… me da náuseas.

—No puedo rapear esto.

Supreme emite otra de esas risas nada entretenidas, lo que causa más risitas.

—Te dije, James, la enana tiene su temperamento —dice Supreme.

—Ah, me conoces, sabes que amo esa mierda de chica negra descarada —responde James.

¿Qué carajo? La palara *descarada* siempre me ha desagradado por algún motivo, como *elocuente*. «Chica negra descarada» es diez veces peor.

—¿Qué diablos acabas de...?

—Por favor, dadnos unos minutos —dice Supreme. Sujeta mi hombro y me lleva al pasillo fuera del estudio. En cuanto salimos, quito su mano de encima.

—Oye, puedes decir lo que quieras —le digo directamente—. Pero no rapearé algo que no escribí y estoy segura de que no haré un rap que no me representa. La gente ya piensa que soy una malviviente y una pandillera. ¡Esta canción no ayudará!

Lentamente, Supreme alza sus gafas negras y, no mentiré, no sé qué esperar. Nunca lo he visto sin ellas. Siempre me he preguntado si él tenía cicatrices o si había perdido un ojo o algo así. Pero sus ojos profundos y cafés me miran.

—¿Acaso no te dije que me siguieras la corriente? —gruñe.

Retrocedo.

—Pero...

Él avanza.

—¿Intentas arruinar esta mierda antes de conseguirla?

Tal vez haya retrocedido, pero no cambiaré mi postura.

—Yo misma puedo escribir una canción. No necesito que Dee escriba una mierda por mí. Hype ya se ha burlado de mí al decir que tengo un escritor fantasma. No puedo tener uno de verdad. Sería totalmente hipócrita.

Supreme aprieta los puños en los laterales de su cuerpo.

—Pequeña —dice cada palabra despacio, como para garantizar que lo escuche—, ahora estás en el negocio musical. Palabra clave, *negocio*. Esto se trata de hacer dinero. Ese hombre de adentro —señala hacia la puerta del estudio— tiene más dinero a disposición del que sabe manejar. Estamos a punto de cometer un robo y llevarnos lo máximo que podamos. Solo debes hacer esa canción.

Lo escucho y casi lo comprendo, pero muevo la cabeza de lado a lado.

—Esa canción no soy yo. Esto no está bien.

Golpea el dorso de la mano contra la otra palma.

—¡Tampoco lo está no tener dinero para vivir! ¡O recurrir a las colectas de comida! ¿Temes no lucir «auténtica» si rapeas esta mierda? Puedo conseguirte unos matones que anden contigo, pequeña. Hacer que esta mierda parezca lo más real posible. Lo hice por tu papá.

—¿Qué?

—Law no era un pandillero cuando lo conocí —dice Supreme—. Apenas había salido del coro de la iglesia. Tenía empleos de mierda para mantener a tu mamá y a tu hermano. *Yo fui* quien le dijo que debía empezar a rapear sobre las mierdas de la calle. *Yo fui* quien le dijo que se juntara con los DG para lucir auténtico. Pero su trasero tomó en serio esa mierda.

»Pero tú —sujeta mis mejillas entre las manos—, tú puedes ser más inteligente que eso. Solo debes recordar interpretar el papel, no convertirte en él. Podemos hacer todo lo que Law y yo no tuvimos oportunidad de hacer.

El abuelo dice que los ojos son las ventanas del alma, y de pronto, lo entiendo. Ahora que Supreme no tiene puestas las gafas, por fin veo lo que soy para él: otra oportunidad desde la muerte de mi padre.

—Intento ayudarte, pequeña Law —afirma—. Soy tu Moisés, ¡guiándote a la tierra prometida! Quita tus malditos sentimientos del medio y vayamos a hacer dinero.

Vayamos. Nosotros. *Yo soy* quien entrará a esa cabina. *Es a mí* a quien las personas verán y de quien hablarán. No a él.

Sin embargo, sigo a Supreme de regreso al estudio como la idiota desesperada que soy.

El tipo de la consola de sonido reproduce la música y Dee-Nice repasa la canción conmigo para que pueda captar bien el ritmo. James observa y escucha entusiasmado desde el sillón y empuja a Supreme con el codo en algunas frases que digo.

Entro a la cabina de grabación y coloco los auriculares sobre mis oídos.

Todos me observan desde el otro lado del vidrio. Hay entusiasmo en sus ojos. Supreme luce una sonrisa ansiosa. Están listos para que empiece.

Veo un atisbo de mi reflejo en la ventana.

Cuando tenía unos ocho años, la abuela y el abuelo nos llevaron a Trey y a mí al zoológico. Había una familia que siempre terminaba en la misma exhibición que nosotros al mismo tiempo. Los dos niños intentaban hacer que los animales hicieran lo que ellos deseaban. Les pedían que hicieran sonidos o que se aproximaran al vidrio, cualquier cosa con tal de reír. Los animales no obedecían, por supuesto, pero recuerdo sentirme mal por ellos. Debe haber sido horrible que las personas los miraran boquiabiertas y les exigieran entretenimiento a su antojo.

De pronto, estoy en la exhibición y hay una sala llena de personas esperando a que los entretenga. Tengo que decir lo que ellos quieren que diga. Ser lo que ellos quieren que sea.

¿La peor parte? Lo hago.

CAPÍTULO TREINTA Y UNO

—¿Estás bien, Bookie?

Aparto la vista de la ventana y miro a mamá.

—¿Por qué lo preguntas?

Es martes, y ella acaba de recogerme de la clase de ACT para ir a visitar a la tía Pooh.

—Porque es la tercera vez que te pregunto si estás bien hoy y esta es solo la primera vez que me escuchas. Has estado muy callada.

—Oh. Lo siento.

—No hay nada por lo que disculparse. ¿Algo te preocupa?

Más de lo que me gustaría. He grabado esa canción para Supreme y para ellos. Les ha encantado. Yo la he odiado. Pero James no la «ha comprado por completo». Ha dicho que quiere verme haciéndola en vivo y ver cómo reacciona la audiencia.

De verdad solo soy un entretenimiento para ellos.

Pero Supreme está muy entusiasmado. Dice que organizará para que pueda estrenar la canción en un espectáculo en vivo en el Ring. Reservará para el jueves próximo. James dice que si hago un espectáculo increíble, un gran contrato será mío.

Pero no siento que será mío. No cuando digo las palabras de otra persona y uso la imagen de alguien más solo para obtenerlo.

No sé cómo contárselo a Jay. Podría salir de dos maneras: A) Estará furiosa porque le he ocultado todo esto, o B) estará lista para lidiar con Supreme. Por supuesto, dado que aún soy menor, no puedo firmar nada sin su permiso. Pero yo me he metido en esto y ahora debo hallar la solución.

Enderezo un poco más la espalda.

—No es nada. Solo cosas de la escuela.

—Bueno, sea lo que sea, puedes contarme. Sabes que siempre estoy aquí para lo que necesites.

—Lo sé —respondo—. Yo también estoy para lo que necesites.

Nos detenemos en el aparcamiento de un edificio alto de ladrillos que parece haber existido desde antes del nacimiento de mis abuelos. Honestamente, parecería un edificio común, pero tiene una cerca de alambre de púas alrededor de la parte trasera.

Dejamos nuestros teléfonos, relojes y todo lo que pudiera hacer sonar el detector de metales en el carro. Jay solo lleva las llaves y el documento. Esta es la rutina que siempre hemos seguido cada vez que hemos visitado a la tía Pooh en la cárcel. Nos ayuda a verla más rápido.

Hay un tipo sentado en la acera cerca de la entrada. Tiene la cabeza apoyada entre las rodillas, lo cual dificulta ver su rostro. Pero su cabello está mitad trenzado, mitad afro. Si no lo reconociera...

—¿Scrap? —digo.

Él alza la vista. Es Scrap, sin duda.

—Niño. —Jay extiende los brazos. Scrap permite que lo abrace—. Creí que también te habían arrestado.

—No. No estaba allí cuando ocurrió. Pero todos los demás...

Están presos. Dicen que atraparon a la mayoría de los Discípulos del Garden de Maple Grove.

Jay sujeta su rostro con las manos como si fuera un niño. Supongo que cuando has conocido a alguien toda la vida, aún puedes verlo de ese modo. Pooh y Scrap han estado juntos desde que usaban pañales.

—Bueno, me alegra que estés bien. Has venido a ver a P, ¿no?

—Sí. Me ha pedido que viniera cuando vinierais vosotros. Espero que no os moleste.

—Claro que no. Eres de la familia. —Jay sujeta la mano de Scrap—. Vamos.

Él la sigue adentro. Algo anda mal en él. No logro discernir qué es. No camina, marcha. Su mandíbula late; tiene el rostro tenso. Es como si fuera una burbuja: un movimiento en falso y estallará en un segundo.

Banderines rosados y rojos y un cartel de San Valentín pequeño decoran el escritorio de recepción, pero si vienes a visitar a alguien aquí, es difícil celebrar cualquier fiesta.

Curtis hoy me ha traído un ramo de barras de caramelo a la escuela. Debo admitirlo, hizo que mi día mejorara un poco. El chico es más hábil de lo que pensaba.

Jay le da a la mujer de la recepción el nombre real de la tía Pooh: Katricia Bordeaux. Siempre es raro oírlo. Ha sido Pooh toda mi vida. Llenamos los formularios y pasamos por seguridad antes de que nos lleven a una pequeña sala gris. No hay ventanas, no hay sol. Solo luces brillantes e intensas que ves un largo tiempo después de cerrar los ojos. Un guardia indica que nos sentemos en la mesa y esperemos.

Scrap tamborilea los dedos sobre la mesa todo el tiempo. Después de veinte minutos, uno de los guardias trae a la tía Pooh.

Jay la abraza en cuanto puede. La tía Pooh y Scrap hacen su saludo. Luego, la tía Pooh me mira.

No sabía que querría llorar cuando la viera, pero juro que prácticamente quiero hacerlo. Ella extiende los brazos y permito que me envuelva en el abrazo más grande y fuerte que no sabía que necesitaba.

Besa el lateral de mi cabeza.

—Te extrañé, enana.

—Yo también te extrañé —susurro en su hombro.

Los cuatro tomamos asiento en la mesa. Pero la tía Pooh debe ubicarse frente a nosotros tres. Se supone que es para que no le entreguemos nada de contrabando, pero siempre siento que es como si ellos dijeran que ella tiene una enfermedad o algo así. La cárcel parece terriblemente solitaria, incluso cuando recibes visitas.

—He hablado con tu abogado esta mañana —dice Jay—. Es uno de esos otorgados por la corte. Él cree que te llevarán a juicio a principios de la semana próxima.

—Bien —responde la tía Pooh—. Cuanto antes salga de aquí, antes Bri y yo podremos tener nuestra hora de brillar. —Extiende la mano con la palma hacia arriba hacia mí sobre la mesa con una sonrisa. La choco—. He oído de tu entrevista. Prometo que me ocuparé de ese tonto cuando salga de aquí. Sin dudarlo.

Jay pasa la mirada de una a la otra.

—¿Qué entrevista? ¿Qué tonto?

Sin dudas, no quería que ella se enterara así. De pronto, mi pierna se rehúsa a permanecer quieta.

—Ya sabes, la entrevista con DJ Hype —dice Pooh.

Jay voltea hacia mí.

—No. No lo sé.

Clavo la mirada al frente. Si miras a una madre negra enfadada a los ojos, es posible que te conviertas en una pila de sal de inmediato, como la chica de la Biblia.

—Sí, Bri ha ido a su programa —dice la soplona de la tía Pooh—. Aparentemente, él la provocó. La acusó de no escribir sus canciones y toda clase de tonterías. Oí que te enfureciste, Bri. —La tía Pooh ríe contra su puño—. Incluso todos aquí hablan de ello.

Siento la mirada fulminante de Jay. Es malo. Oh, es malo. Miro la pared. Alguien ha escrito «D estubo aquí» en el ladrillo de concreto y no sé qué es peor: el hecho de que alardearan por haber estado aquí o que no pudiera escribir bien «estuvo».

—¿No te dije que mantuvieras un perfil bajo, Bri? —dice Jay.

—Todo está bien, Jayda —responde la tía Pooh—. No la culpes. Es culpa de Hype. —Mira a Scrap—. ¿Cómo va el otro asunto?

—Mierda, están apropiándose de todo —responde él—. Tenemos que ocuparnos de ellos.

—¿Ocuparse de quién? —pregunto.

—Eso es lo que quisiera saber —añade Jay.

—Son esas perras, los Coronas —sisea Scrap—. Creen que es gracioso que hayan arrestado a la mayoría de Maple Grove. Ahora avanzan sobre nuestro territorio y esas mierdas. Incluso alardean sobre cómo le quitaron a Bri la cadena de Law. La exhiben por ahí.

—Ohh, joder, no —dice la tía Pooh.

Las mismas palabras cruzan mi mente, pero por un motivo completamente distinto. Una vez más, no quería que mi mamá se enterara así.

Jay gira hacia mí.

—¿Cómo rayos han obtenido la cadena de tu papá?

Es una pregunta, no una acusación, pero sinceramente, debería ser una acusación. Debería haber hecho más para conservar esa red de seguridad para nosotros. Trago con dificultad.

—Me robaron. Lo juro, no quería entregarla, pero...

—¿*Te robaron?* —chilla—. ¡Dios mío, Brianna! ¿Por qué no me has contado?

—Oh, no te preocupes. Ya le envié un mensaje al maldito que lo hizo. Pero no recuperé la cadena —responde la tía Pooh—. Estamos trabajando en ello. —Mira a Scrap y él asiente.

Jay pasa los ojos de él a Pooh.

—¿Qué?

—Tengo amigos nuevos conmigo ahora —dice Scrap—. Están dispuestos a lo que sea. Bri solo tiene que dar la orden.

—Hecho —dice la tía Pooh, y choca la palma de Scrap.

Siento que una roca cae en mi estómago.

—¿Depende de mí dar la orden?

—Te la quitaron a ti —dice la tía Pooh—. Es decir, claro que sí, estamos dispuestos a hacer lo que sea para vengarnos de esos tontos, pero la última palabra la tienes tú.

¿Cómo diablos, de pronto, tengo una pandilla entera a mi disposición?

Jay cierra los ojos y alza las manos.

—Esperad. ¿Estáis diciendo lo que creo que estáis diciendo?

—Es la guerra —responde la tía Pooh como si nada—. Dicen que en primer lugar ellos nos delataron. Por eso la policía estaba vigilando. ¿Ahora intentan avanzar sobre nuestra mierda, se burlan de nosotros y tienen el atrevimiento de alardear por haberle robado a mi sobrina? No. Al carajo.

Hemos comenzado una guerra de pandillas. Hay personas que podrían morir por nuestra culpa. Mierda, ¿y si yo sufro las consecuencias?

No sé cuánto tiempo permanecen en silencio, pero dura un rato. Jay mira a la tía Pooh con la boca levemente abierta.

—Guau —dice Jay—. Guau, guau, guau.

—Jay, debes entender —responde la tía Pooh—. ¡Es un tema de respeto! No podemos permitir que esos tontos piensen que ganaron.

Los ojos de mamá brillan.

—No han ganado. Pero tú estás tan perdida que has perdido.

—¿Qué?

—Estás detenida, Katricia —dice Jay—. ¡*Detenida*! Sin embargo, estás aquí sentada planeando otro de esos desastres de la calle que te trajeron aquí en primer lugar. No te importa que esto haya sido un infierno para tu familia. No muestras arrepentimiento alguno. ¡Estás conspirando!

—Jayda, se llevaron la cadena de Law —responde la tía Pooh—. ¡Alardean por haberle apuntado a tu bebé en la cara con un arma! Se ríen de que esté aquí dentro. ¿Se supone que tengo que dejar pasar eso?

—¡Sí! —responde Jay—. ¡Me importa un carajo esa cadena! Bri está bien, y eso es lo único que me importa.

—Pero esto es más grande que eso —dice Scrap—. No podemos permitir que se salgan con la suya en esta mierda.

—De hecho, sí podéis. —Jay mira de nuevo a la tía Pooh—. ¿Sabes qué? Empiezo a comprender que quizás necesitas quedarte aquí.

—¿Qué? ¿No pagarás la fianza?

—¿Con qué? —responde Jay—. ¿Acaso tienes dinero oculto en alguna parte? ¿Eh? Por favor, si es así, dímelo. ¡Quizás pueda usarlo para pagar algunas de mis malditas cuentas!

—Oye, tengo todo pensado, ¿sí? Puedes pedir un préstamo. Usarlo para pagar mi fianza y un abogado mejor que me limpiará de estos cargos. Te devolveré el dinero...

—¡Haciendo lo mismo que te ha metido aquí! —grita Jay. Junta las manos y las sostiene frente a la boca—. He llorado por ti —dice con voz grave—. Pero creo que tú no has llorado por ti misma, y ese es el problema.

—Jay, vamos, ¿por favor? —Su voz se quiebra—. ¡Si me atrapan por esto, iré a prisión! ¡No puedo ir a prisión!

—No quiero que vayas —dice Jay—. No quiero que estés en el sistema, Katricia. Diablos, te he dicho durante *años* que está hecho para que no puedas salir de él. Pero debes purgar las calles de ti de algún modo. Quizás esta sea la manera. —Se pone de pie y extiende su mano hacia mí—. Vámonos, Brianna.

—Bri —suplica la tía Pooh—. Bri, vamos. Dile que cambiaré.

No puedo decir lo que no sé.

—Brianna, vámonos —repite Jay.

—¡Bri, díselo!

—¡Deja de usar a mi hija como cubierta! ¡No es su responsabilidad repararte, Katricia! ¡Es la tuya!

La tía Pooh endurece la mandíbula. Ella endereza la espalda, alza el mentón y entrecierra los ojos.

—Entonces, ¿así será? ¿Me abandonaste para que me las arreglara sola cuando te volviste adicta a esa mierda y ahora me dejas de nuevo para que me las arregle por mi cuenta?

Es un golpe en mi estómago y ni siquiera está hablando de mí.

—¿Cómo puedes decir eso? Esto no...

Jay alza la mano para que yo haga silencio. Mira solo a Pooh.

—¿Sabes qué? Lamento mucho haberte abandonado. Es uno de los mayores errores de mi vida. Pero solo puedes culpar un tiempo a lo que has vivido para justificar lo que haces. En cierto punto, debes asumir la culpa.

Sujeta mi mano y me lleva con ella. Miro hacia atrás a la tía Pooh. Su expresión es seria, pero sus labios tiemblan. Presiento que es la última vez que la veré en un largo tiempo.

En el asiento del conductor, Jay seca sus ojos. Las lágrimas comienzan en cuanto salimos del edificio. Muerdo mi labio.

—¿De verdad no intentarás pagar su fianza?

—No obtendré un préstamo para pagar su fianza cuando tenemos cuentas que pagar, Bri, y en especial no lo haré por alguien que regresará al mismo desastre en cuestión de segundos.

—Pero puede cambiar. —Prácticamente estoy suplicando, joder—. Sé que puede.

—Yo también lo sé, Bri, pero *ella* debe saberlo. *Ella* debe decidir cuándo es suficiente. No podemos hacerlo por ella.

—¿Y si nunca logra tomar esa decisión?

Jay extiende la mano. Coloco la mía en la suya.

—Debes prepararte para esa posibilidad, cariño.

No me gusta, no me gusta, no me gusta.

—No quiero perderla —digo con voz ronca.

—Yo tampoco —responde con la voz áspera—. Dios sabe que yo tampoco. Podemos quererla con todo lo que tenemos, pero eso no importa si ella no se quiere a sí misma. Está allí dentro sentada y preocupada más por una cadena que por su propio bienestar.

Miro mi pecho, donde solía estar el pendiente.

—Lo siento, siento que se la llevaran.

—No necesitas disculparte por eso, cariño —dice Jay—. Pero niña, ¿qué rayos te sucede? Primero fue la canción y me enteré por *las noticias*. ¿Ahora es la cadena y la entrevista con Hype? ¿Qué más ocultas, Brianna? ¿Eh?

Hay un superpoder que tienen las madres negras: de algún modo, pueden pasar de ser dulces a firmes en cuestión de segundos. Diablos, a veces en la misma oración.

De pronto, tengo la boca seca.

—Yo...

—¿Qué-más?

Miro mis Timbs.

—Supreme.

—¿Qué ocurre con Supreme? Y esos zapatos no te han parido. Mírame cuando te hablo.

Obligo a mis ojos a mirarla.

—Está trabajando para que me den un contrato importante.

—Espera, espera, espera. ¿Por qué *él* tendría un contrato para *ti*? No es tu representante.

—Pero lo es. Lo he contratado.

—Ah, *tú* lo has contratado —dice con una calma falsa que me asusta—. Disculpa, debo haberme perdido la notificación que decía que creciste. La última vez que miré, tenías dieciséis años, Brianna. ¡Die-ci-séis!

—¡Iba a decírtelo, lo juro! Solo intentaba primero que todo estuviera en su lugar. Es mi manera de salvarnos.

—¡No es tu responsabilidad salvarnos! —Cierra los ojos—. Dios, no estoy haciendo mi trabajo.

Oh, rayos. Nunca quise que se culpara a sí misma.

—No es así.

—Debe serlo. Que estés allí, haciendo locuras como esta para ayudarnos significa que no estoy haciendo suficiente.

—Pero lo haces. —Mi voz se quiebra—. Tú y Trey se esfuerzan muchísimo. Solo quería facilitar más las cosas. Pero estoy empeorándolas para mí. Las personas dicen toda clase de cosas sobre mí después de esa entrevista.

Jay respira hondo.

—Hype te ha afectado, ¿eh? —Habla con dulzura de nuevo.

—Por desgracia. He actuado como una tonta. Pero Supreme está disfrutándolo. Los ejecutivos de la discográfica también. Creen que es genial que las personas piensen que soy «una malviviente del barrio». Supreme lo llama «interpretar un papel».

—No me sorprende. Supreme siempre ha estado hambriento de dinero. En eso chocaban él y tu papá. Déjame adivinar, te hizo morder el anzuelo, ¿no? Te dio algo costoso para que quisieras contratarlo.

Miro los borceguíes.

—Sí. Me compró estos Timbs.

—Espera, ¿esos no son los borceguíes que te compré en el intercambio?

—No. Esos se desarmaron.

—¿Qué? ¿Por qué no me lo dijiste?

Juego con mis dedos.

—Porque no quería que te sintieras mal. Como probablemente te sientes ahora.

—Dios. —Suspira—. Deberías habérmelo dicho, Bri. Deberías haberme contado todo esto. Podría haberte mantenido alejada de tanto desastre. Pero, en cambio, me has mentido.

—Espera, no mentí.

—Omitir la verdad es mentir, Bri. Además, en algún momento, mentiste de verdad. Has estado reuniéndote a escondidas con Supreme. Eso requiere una mentira.

Maldición, tiene razón.

—Lo siento.

Jay frunce los labios.

—Oh, no dudo que lo sientes. En especial porque todo esto está por terminar. ¿Toda esta cuestión del rap? Terminó.

—¿Qué? ¡No! Esta podría ser mi oportunidad de tener éxito.

—¿No acabas de decir que las personas asumen cosas sobre ti? —pregunta—. ¿Quieres continuar sabiendo eso?

—¡Solo quiero tener éxito!

Hablo fuerte, con brusquedad. Pero también estoy desesperada.

Siento que pasan horas mientras mamá me mira en silencio.

—Brianna —dice—, ¿sabes cuál es el mayor problema de tu tía?

Miro hacia la cárcel.

Es un poco obvio en este instante.

—Está encerrada.

—No. Ese ni siquiera es su mayor problema —dice Jay—. Pooh no sabe quién es, y al no saber quién es, no conoce su valor. Así que ¿quién eres?

—¿Qué?

—¿Quién eres? —repite—. De las millones y billones de personas en el planeta, tú eres la única que puede responder esa pregunta. No las personas en línea o en la escuela. Ni siquiera yo puedo responderla. Puedo decir quién *creo* que eres. —Sujeta mi mejilla con la mano—. Y creo que eres brillante, talentosa, valiente y hermosa. Eres mi milagro. Pero tú eres la única que puede decir quién eres con autoridad. Así que, ¿quién eres?

—Soy...

No logro hallar las palabras.

Mamá inclina el cuerpo hacia delante y besa mi frente.

—Trabaja en descubrirlo. Creo que te dará más respuestas de las que crees.

Arranca el Jeep. Antes de que pueda retroceder para salir del aparcamiento, su teléfono suena.

—Cariño, ¿puedes atender, por favor?

—Bueno —digo, y hurgo en su bolso. Lleva un segundo: mamá tiene su bolso lleno de cosas «por si acaso», como pañuelos descartables, goma de mascar, una navaja. Está lista para todo.

Tomo su teléfono, pero no reconozco el número.

—No sé quién es.

—Atiende como si tuvieras sentido común.

Pongo los ojos en blanco. Sé a qué se refiere: habla «bien», pero maldición, actuar «como si tuviera sentido común» hace que parezca que no tengo ni un poco.

—¿Hola?

—Hola. ¿Está disponible la señora Jayda Jackson? —pregunta un hombre.

La voz es familiar. Creo. Podría ser un recolector de impuestos y esos siempre reciben el tono como respuesta.

—¿Quién la busca?

—Sí, soy el superintendente Cook.

El teléfono cae de mi mano.

—¡Brianna! —Jay me reta apretando los dientes—. ¡Más te vale no haber soltado mi teléfono! ¡Dámelo!

Lo levanto del suelo. Ella me lo arrebata.

—¿Hola? ¿Quién habla?

El señor Cook responde y el carro se balancea levemente. Ella también ha estado a punto de soltar el teléfono.

—Lo siento mucho, señor Cook —dice Jay y me fulmina con la mirada—. Mi hija puede ser imprudente.

Pero ¿por qué tiene que lanzarme a los leones?

El señor Cook comienza a hablar y mamá detiene el carro a un lado de la calle. No logro distinguir lo que él dice ni aunque lo intente por lo que más quiero. Jay solo dice «Ajá, sí, señor» una y otra vez.

—¿Y bien? —susurro, pero ella sacude la mano en dirección a mí para que haga silencio.

Después de una eternidad, dice:

—Muchas gracias, señor. Lo veré la próxima semana.

Abro los ojos de par en par. En cuanto corta la comunicación, pregunto:

—¿Has conseguido el empleo?

—Una entrevista. Pero es una entrevista con revisión de prontuario y huellas dactilares.

Estoy perdiéndome de algo.

—¿Qué tiene tan de bueno eso?

—Significa que están considerando seriamente contratarme —responde.

—Entonces... —Siento que es tan surrealista que es difícil hablar—. ¿Tal vez tienes empleo?

—No hay nada garantizado, pero en base a lo que acaba de decir el señor Cook —sonríe—, tal vez tengo empleo.

CAPÍTULO TREINTA Y DOS

El sábado en la mañana, recibo un mensaje extraño de Sonny.

Reunámonos en el parque Oak cuanto antes.

El parque Oak está a pocas calles de la casa de mis abuelos. Trey solía llevarme allí prácticamente cada fin de semana cuando era pequeña. Es donde vi a Jay drogada aquella vez.

También es donde Sonny pintó su obra del puño arcoíris.

Está en el lateral de los baños, cerca de la piscina comunitaria vacía. El abuelo dice que la ciudad solía abrirla cada verano. Nunca lo han hecho en mi vida.

Miro a mi alrededor dos veces mientras atravieso el parque. Aún debo preocuparme por los Coronas. He estado esquivando y ocultándome cada vez que veo un carro gris en el vecindario.

Las bicicletas de Sonny y Malik están apoyadas contra la pared trasera de los baños. Debería haber sabido que Malik también vendría. Sonny camina tanto de un lado a otro en la tierra que un pequeño tornado de polvo gira cerca de sus pies. Malik dice algo, pero no tranquiliza a Sonny.

Bajo de la bicicleta y me acerco a ellos.

—Hola, ¿cómo están?

—Está en camino —dice Sonny.

—¿Quién?

—¡Rapid! ¿Por qué otro motivo haría que nos reunamos aquí?

—Oh. Creí que necesitabas mi ayuda para esconder un cuerpo o algo así.

Sonny sonríe.

—¿Y *yo soy* el perturbador?

Malik mira su teléfono.

—¿A qué hora ha dicho que vendría?

Sonny también mira su teléfono.

—A las diez en punto. Me dijo que buscara un Bentz negro.

—Vaya, ¿un Bentz? —digo—. ¿A los dieciséis? Alguien tiene di-ne-ro. —Froto mis dedos entre sí.

—O en verdad es un hombre de cincuenta años —añade Malik sin poder evitarlo.

El horror aparece en el rostro de Sonny.

—¡No es gracioso!

Malik y yo reímos. Esto es lo más cerca que hemos estado de hablarnos en un tiempo.

—Lo siento, lo siento —dice Malik y sujeta el hombro de Sonny—. Escucha, Son', esto saldrá bien, ¿sí? Debes creerlo. Si el chico no es quien dice ser, él se lo pierde. No tú. ¿Está bien?

Sonny exhala lentamente.

—Está bien.

—Bien. —Malik endereza el cuello de la camiseta de Sonny. Hoy viste una de esas camisetas de polo bonitas. Desliza los dedos sobre sus rizos para acomodarlos—. Sin importar qué suceda, estamos aquí —le recuerda Malik.

—Cien por ciento —añado. Sonny sonríe.

—Me alegra que hayan venido...

Un mercedes negro gira en el aparcamiento.

—¡Esconded sus traseros! —Sonny cambia el trato con rapidez.

Lo miro de arriba abajo.

—¿Disculpa?

—¡Escondeos! —Nos voltea a ambos hacia un árbol—. No quiero que sepa que no confiaba lo suficiente en él y que he traído refuerzos.

—Pero no confiabas lo suficiente en él —dice Malik.

—¡Ese no es el punto! ¡Idos ya!

Tropezamos detrás de un gran roble que es lo bastante grande para ocultarnos a los dos. Alguien cierra la puerta de un carro. Asomo la cabeza detrás del tronco.

Un chico de piel café cruza el parque. Tiene cortes zigzag en su cabello y un pendiente en forma de cruz cuelga de su cuello.

Es Miles. El hijo rapero de Supreme con esa canción molesta.

—Mierda —susurro.

—Mierda —repite Malik.

Veo que la expresión de Sonny también dice «Mierda». Miles tiene una mano en la nuca y mira a Sonny con vergüenza.

—Definitivamente no esperaba esto —dice Malik. Supongo que me habla de nuevo.

—Sí. Yo tampoco.

—¿Qué crees que dicen?

Inclino la cabeza. Sonny tiene los ojos abiertos de par en par. Como una caricatura. Sonrío con picardía. No sé qué *está diciendo* Sonny, pero sin duda piensa:

—«¿Qué diablos?» —sugiero.

—¡Ja! Es probable —dice Malik imitando lo mejor posible la voz de Sonny—. «¿De verdad he estado hablando con alguien que cree que *swagerífico* es una palabra?».

Río antes de hablar.

—«¿Tendré que decirle que odio su canción?». —Mi imitación de Sonny no es tan buena como la de Malik, pero lo hace reír—. No sé si esto saldrá bien.

Quizás sí. Ambos sonríen mientras se miran a los ojos.

—Oh, guau —dice Malik.

—Todavía tengo los puños listos si Miles lo lastima de cualquier manera —digo.

—Tal cual —concuerda Malik—. Te he extrañado, Breezy. —Volteo y lo miro—. Como amiga —aclara—. Extraño hablar contigo.

—¿Y de quién es la culpa de que no nos habláramos?

—Em, tuya —responde. Abro la boca.

—¿Cómo?

—Bri, vamos, debes saber por qué estoy enfadado contigo. La noche del robo estabas más preocupada por esa cadena que por mí, tu amigo con el ojo morado. ¿Se supone que eso debía parecerme bien? Luego básicamente me pediste que le mintiera a tu mamá para que Pooh y tú pudieran hacer algo sucio.

Bueno, sí. Tiene un punto.

—Solo quería recuperar la cadena, Malik. Era la red de seguridad de mi familia. Supuse que podíamos empeñarla si las cosas empeoraban.

—Ves, ese es el problema. Últimamente, solo te importa el dinero. El dinero no es todo, Bri.

—Es muy fácil para ti decir eso. Sé que tu mamá trabaja mucho y que no son ricos, pero te va mejor que a mí. No hemos tenido electricidad un tiempo, Malik. Apenas hemos tenido comida algunos días. No te preocupan esas cosas. Pero a mí, sí. Mis zapatos se desarmaron, hermano. Tú tienes puestas tenis Jordan.

Mira su calzado y muerde su labio.

—Sí. Creo que lo entiendo.

—No, no lo entiendes. Y está bien. Me alegra que no lo entiendas, pero necesito que lo intentes.

—Ha sido difícil, ¿no?

Trago con dificultad.

—Muy.

Silencio.

—Lamento no haber estado ahí para ti —dice—. También lamento haberte besado. Estuvo mal, por muchas razones.

—Lo estuvo —asiento.

—Guau, ¿nada de «No seas tan severo contigo mismo, Malik»?

—Diablos, no. Fue una actitud de fuckboy.

—Típico de Bri. —Malik guarda las manos en los bolsillos—. Las cosas son tan distintas de lo que solían ser. *Somos* distintos. Es difícil a veces encontrarle sentido a todo esto, ¿sabes? Pero ¿crees que podemos hallar un modo de ser diferentes y seguir siendo amigos?

Me gustaría decir que en diez, veinte, treinta años, Sonny, Malik y yo seremos tan unidos como siempre lo hemos sido, pero podría ser una mentira. Estamos cambiando de distintas maneras y continuaremos cambiando.

Sin embargo, me gustaría pensar que nos queremos lo suficiente como para conocer a las personas en las que nos convertiremos. Oigan, quizás algún día Malik y yo tendremos algo más que una amistad. Pero ahora mismo, simplemente quiero recuperar a mi amigo.

—Sí —respondo—. Creo que aún podemos ser amigos.

Él sonríe.

—Bien. Porque cuando ganes un Grammy, espero que me menciones en tu discurso y que me des invitaciones para todas las fiestas después del evento.

Pongo los ojos en blanco.

—Oportunista.

Rodea mi cuello con su brazo.

—Nah. Solo uno de tus mayores fans.

Sonny y Miles avanzan hacia nosotros. Están tan cerca que sus manos se rozan.

—Chicos, él es Miles sin *z* —dice Sonny—. Miles, ellos son Malik y Bri, mis mejores amigos barra potenciales guardaespaldas. Pero ya conociste a Bri.

—Sí, cuando dijiste esa mierda sobre su papá en el Ring —señala Malik.

Ah, sin dudas ya estamos en buenos términos de nuevo porque Malik ataca a alguien por defenderme. Extrañaba tenerlo de mi lado.

Miles pasa el peso de un pie al otro.

—Lo siento. Ya le pedí disculpas a Bri, si eso ayuda. Solo decía lo que mi papá quería que dijera.

Sonny frunce las cejas.

—¿Tu papá *quería* que fueras un imbécil?

—Básicamente. Es parte de quién es Milez con z. Pero él es su creación. No soy yo.

No me sorprende. Supreme parece ser fan de crear personas.

—¿Sabe que eres...?

—¿Gay? Sí. Lo sabe. Elige ignorarlo.

Malik inclina la cabeza y, porque es Malik, simplemente lo dice.

—¿Tu papá te hace fingir que eres heterosexual?

—¡Malik! —siseo. Dios santo—. ¡No puedes preguntarles cosas así a los demás!

—¿Por qué no? ¡Él lo ha insinuado!

—No ha sido una insinuación. Me hace fingir que soy heterosexual —dice Miles—. Se supone que Milez con z es un rompecorazones amado por todas las chicas y una de las próximas fuentes de dinero de papá.

Me mira cuando lo dice. Yo soy la otra fuente.

—Nadie puede saber que Miles con s odia rapear, que prefiere la fotografía y que es absoluta y completamente gay.

—Entonces, ¿por qué has venido? —le pregunta Sonny.

Miles retuerce el pie hacia atrás.

—Porque... Por una vez, decidí hacer lo que *yo* quería hacer. Quería por fin conocer al chico que me mantiene despierto todas las noches, hablando sobre todo y nada, que me hace sonreír mucho, aunque no sabía cuán lindo era hasta ahora.

Sonny se sonroja mucho.

—Oh.

—Me he cansado de ser quien mi papá quiere que sea —dice Miles—. No vale la pena.

¿Acaso quiere decir lo que creo que quiere decir?

—¿Abandonarás tu carrera como rapero?

Miles asiente despacio.

—Sí, lo haré. Además, ¿es realmente mía si no soy yo mismo?

CAPÍTULO TREINTA Y TRES

Aún estoy pensando en lo que Miles ha dicho ayer cuando llegamos a Templo de Cristo.

Supongo que el prospecto de un trabajo le dio a mamá el valor de venir hoy y enfrentar el cotilleo. Es el primer domingo que hemos venido en un tiempo, y lo único que las personas de la iglesia aman más que hablar sobre alguien es hablar sobre alguien que no ha asistido a la iglesia.

Como sea.

Trey sujeta la mano de Kayla mientras nos sigue a Jay y a mí por el aparcamiento de grava junto a la iglesia. Más temprano, ha presentado a Kayla como su novia ante Jay. Deben ir bastante en serio si la ha invitado a la iglesia: la iglesia, el lugar en el que todos hablarán de que ha traído a una chica a la iglesia. Es un gran paso.

Parece que la mitad de la congregación llena el vestíbulo. Jay dibuja una sonrisa más grande de la habitual mientras hacemos las rondas saludando a distintas personas. Hay una regla implícita que dice que cuando has faltado, debes hablar con todo el mundo. Bueno, mi mamá y mi hermano lo hacen. Yo permanezco de pie allí, intentando controlar mis expresiones faciales.

La esposa del pastor Eldridge nos abraza y dice que hace tanto tiempo que no nos ve que prácticamente ha olvidado cómo lucimos.

Solo la miro mal brevemente. Pero la hermana Barnes me pone a prueba. Jay le dice «buenos días», y ella responde:

—¿Han estado demasiado ocupados para dedicarle tiempo al Señor?

Abro la boca, pero antes de que pueda decirle que bese nuestros traseros, Jay se aproxima a mí. Tan cerca que nadie nota cuán fuerte pellizca mi brazo.

—Brianna, por qué no buscas asiento —me pide, lo cual en lenguaje de mamá en la iglesia, significa «chica, será mejor que te vayas a alguna parte antes de que patee tu trasero».

De todos modos, prefiero sentarme en un rincón. Ocupo uno de los asientos con respaldo alto que está debajo del retrato del pastor Eldridge. Por un lado, no comprendo por qué mamá acepta esos comentarios ponzoñosos de los demás. Pero por otro, debe estar en un muy buen estado mental para estar dispuesta a tolerarlo.

La hermana Daniels aparece en el vestíbulo, con un vestido floral y un sombrero a juego que es tan grande que podría bloquear el sol. Curtis mantiene la puerta abierta para que ella pase.

Enderezo un poco la espalda. ¿Mi cabello? Listo y maravilloso. Jay me hizo trenzas anoche y usé el gorro de seda muy ajustado para mantener todo en su lugar. ¿Este vestido y estas sandalias? Súper bonitos. Por el modo en que los ojos de Curtis se iluminan cuando me ve, creo que no necesitaba nada de esto.

Avanza entre las personas en dirección a mí, diciendo «hola» y saludando rápido con la cabeza en el camino.

—Hola, Bri —dice, la sonrisa ocupa todo su rostro y su voz.

Aquí vamos, ya estoy sonriendo.

—Hola.

Curtis toma asiento en el apoyabrazos de la silla y me observa.

—Sé que se supone que no debo maldecir en la iglesia, pero maldición, chica, luces muy bien hoy.

—Tú tampoco estás nada mal —respondo. La mayoría de los domingos lleva camiseta de polo y pantalones de vestir. Hoy tiene saco y corbata.

Curtis acomoda la corbata un poco.

—Gracias. Tenía miedo de que pareciera que yo soy quien da el sermón. Me alegra que te guste, porque lo hice por ti.

—No era necesario.

—Ah, entonces, ¿no luzco sensual con esto? —Curtis mueve las cejas. Río.

—Adiós, Curtis.

—No puedes admitirlo, no temas —dice—. Entonces, nuestra cita. Nunca hablamos de los detalles. Pensaba que podríamos salir del campus un día de esta semana e ir a algún lugar de Midtown a almorzar.

Tengo la sensación extraña de que alguien nos observa. Miro a mi alrededor.

Sin duda alguien nos observa. Mi mamá y mi hermano están cerca de la puerta del santuario, prestándonos más atención a nosotros que al pastor Eldridge. Ambos lucen entretenidos.

Dios. Ya los escucho. Jay intentará meterse en mis asuntos y Trey me molestará peor que Sonny.

Pero ¿sabéis qué? No me importa.

—El almuerzo suena bien —le digo a Curtis.

—¿Mañana te parece?

—Sí.

—Es la primera vez que estoy ansioso por que sea lunes. —Curtis se acerca y besa mi mejilla, tan cerca de mis labios que hubiera preferido que los besara directamente—. Hasta luego, princesa.

Me acerco a mamá, a Trey y a Kayla, y parece que la sonrisa está atascada en mi rostro.

—Oooohhh, Bri tiene novio —bromea Trey—. ¡Oooohhhh!

—Cállate —digo. Pero ¿novio? No diría que él es mi novio. Sin embargo, no me molestaría que él tuviera ese título.

Jesús, mi rostro empieza a doler por sonreír tanto.

Jay dice «mmm», que en el idioma de las madres negras podría significar un sinfín de cosas.

—Solo quiero saber hace cuánto que salen y si necesitamos tener una conversación sobre las flores y las abejas para refrescar la memoria.

—¿En serio? —gruño.

—Sí, señora. Soy demasiado joven para ser abuela. Nadie tiene tiempo para eso.

Bueno, Sweet Brown. Suena como el meme.

Ocupamos nuestra banca habitual cerca de la parte posterior del santuario. La abuela y el abuelo avanzan por el pasillo central juntos. La corbata plateada de él combina con el sombrero de ella. Él lleva una pila de platos dorados vacíos. Es su domingo de llenar la mesa comunitaria, lo que significa que tienen que buscar las galletas y el jugo de uva.

—Hola a todos —dice el abuelo. Le da un beso a Jay y yo le doy uno a él—. ¿Quién es esta hermosa jovencita que os acompaña?

—Abuela, abuelo, ella es Kayla, mi novia —dice Trey—. Kayla, ellos son mis abuelos.

Kayla estrecha sus manos. Ah, sí, esto en verdad es serio si se la presenta a los abuelos.

—Es un placer conoceros, señor y señora Jackson. He oído mucho de vosotros.

—Espero que cosas buenas —dice la abuela.

—Por supuesto que sí, abuela —responde Trey, con un poco de entusiasmo excesivo. Está mintiendo.

—¿Sigue en pie nuestro plan después de la iglesia, Jayda? —pregunta el abuelo.

—Sí, señor, así es.

—¿Qué haréis después de la iglesia? —pregunta Trey.

—Tendremos una cena familiar —dice la abuela. Mira a mamá—. Todos.

Momento. No está fulminando con la mirada a Jay. De hecho, la abuela ha estado aquí durante más de un minuto y aún no ha hecho ningún comentario desdeñoso hacia ella. Además, ¿mamá está invitada a una cena *familiar,* lo que significa que la abuela la considera parte de la familia?

Oh, Dios.

—¿Quién está muriendo? Abuelo, es tu diabetes, ¿verdad?

—¿Qué? —dice el abuelo—. Enana, lo juro, sacas conclusiones tan rápido que podrías ganar una carrera. Nadie está muriendo. Solo cenaremos. Kayla, tú también estás invitada. Debo advertirte que hago el mejor pastel de moras que probarás en la vida. Ven con apetito.

—Nos vemos luego —dice la abuela, y ella y el abuelo parten. Ni siquiera nos ha pedido a Trey y a mí que tomáramos asiento con ella.

Miro a mamá. Estoy muy confundida.

—¿Qué sucede?

La banda comienza a tocar una canción alegre y el coro marcha por los pasillos, agitando los brazos y aplaudiendo al ritmo de la música.

—Hablaremos luego, cariño —dice Jay. Se pone de pie y aplaude con ellos.

Aún no tengo mis respuestas cuando nos detenemos frente a la casa de mis abuelos.

Los abuelos viven en «esa casa» del Garden. La que luce casi demasiado bonita para pertenecer al barrio. Es de ladrillo y tiene una reja de hierro a su alrededor. Tiene un segundo piso y una sala de estar expandida que mis abuelos añadieron cuando mi padre era niño. La abuela mantiene el jardín delantero con buen aspecto. Tienen una pequeña fuente para pájaros y flores suficientes para competir con un jardín botánico.

No puedo evitar la sensación de *déjà vu* que me invade. Jay una vez aparcó en este mismo lugar y nos abandonó a Trey a mí cuando las cosas se pusieron difíciles. Ahora no son ni por asomo tan complicadas, pero no sé si esto me agrada.

—¿Qué ocurre? —pregunto.

Jay aparca el Jeep. Solo somos ella y yo. Trey y Kayla fueron a la tienda en el carro de él. La abuela le ha pedido que compre suero de mantequilla y harina de maíz para el pan de maíz.

—Como dijo tu abuelo: cenaremos juntos y hablaremos sobre ciertas cosas.

—¿Sobre qué clase de cosas?

—Son cosas buenas, lo prometo.

Asiento. Odio que la niña de cinco años aún viva en mi interior y odio que ahora esté entrando en pánico. Es decir, sé que mamá no me abandonará aquí de nuevo, pero ese miedo… está en lo profundo de mí, pero está allí, como si fuera parte de mi ADN.

Jay mira la casa mientras golpetea suavemente los dedos sobre el volante.

—Cada vez que me detengo en la entrada de esta casa, no puedo evitar pensar en el día en que os dejé aquí a Trey y a ti. Creo que nunca podré quitar vuestros gritos de mis oídos.

No lo sabía.

—¿De verdad?

—Sí —responde en voz baja—. Fue el día más difícil de mi vida. Incluso más difícil que el día en que perdimos a vuestro padre. No podía controlar su muerte. Ninguna decisión que yo hubiera tomado habría cambiado eso. Pero *yo* decidí consumir drogas, *yo* decidí traeros a vosotros dos aquí. En cuanto me alejé de esta casa en el carro, supe que todo cambiaría. Lo sabía. Pero de todos modos, lo hice.

No logro hallar las palabras.

Jay respira hondo.

—Sé que te lo he dicho un millón de veces, pero lo siento, cariño. Siempre lamentaré haberte hecho pasar por eso. Lamento que aún tengas pesadillas al respecto.

La miro.

—¿Qué?

—Hablas dormida, Bri. Por eso voy a ver cómo estás tantas veces en la noche.

Es un secreto que planeaba llevarme a la tumba, lo juro. Nunca siquiera quise que ella supiera que recuerdo aquel día. Parpadeo rápido.

—No era mi intención que supieras...

—Oye. —Alza mi mentón—. Está bien. También sé que es difícil para ti confiar en que no terminaré consumiendo drogas de nuevo. Lo entiendo. Pero espero que sepas que cada día, mi objetivo es estar aquí para vosotros.

Sabía que era una lucha diaria para ella permanecer limpia. Solo no había notado que yo era la razón por la que luchaba.

Permanecemos en silencio un rato. Mamá acaricia mi mejilla.

—Te quiero —dice.

Hay mucho que no sé y que quizás nunca sabré. No sé por qué eligió las drogas en vez de a mí y a Trey. No sé si la Bri de cinco años dejará de tener miedo algún día. No sé si Jay permanecerá limpia el resto de su vida. Pero sé que me quiere.

—Yo también te quiero... mamá.

Una palabra, dos sílabas. Toda la vida ha sido sinónimo de Jay, pero durante años no ha sido fácil pronunciarla. Supongo que debo trabajar en ello, que debo confiar en que no la perderé de nuevo.

Sus ojos brillan. Ella también debe haber notado que rara vez la llamo así. Sujeta mi rostro y besa mi frente.

—Vamos. Entremos y roguemos que tu abuela no haya decidido envenenar mi plato.

El abuelo nos hace pasar. Creo que mis abuelos no han cambiado nada en la casa desde que Trey y yo nos mudamos. Hay un cuadro del presidente Obama en la pared de la sala de estar (el único presidente, según el abuelo), justo entre el doctor King y un retrato de mis abuelos en el día de su boda. Hay una foto de la abuela con una boa de plumas y un brazalete de diamantes (nunca he preguntado al respecto, y no quiero saber). Junto a ella, hay una pintura de un abuelo mucho más joven con su uniforme de la marina. Hay fotos mías, de papá y Trey por toda la casa. Las imágenes tamaño pequeño para la cartera de los sobrinos y sobrinas de mis abuelos decoran en fila el estante del pasillo, junto a los pequeños Jesús bebés y las estatuas de manos en rezo que la abuela colecciona.

El abuelo va al patio trasero a trabajar en su furgoneta vieja que ha estado restaurando desde que yo era pequeña. La abuela está en la cocina. Ha cambiado sus prendas por uno de sus muumuus favoritos, y ya tiene algunas ollas y sartenes sobre el fuego. J... Mamá pregunta:

—¿Necesita ayuda con algo, señora Jackson?

—Sí. Alcánzame la sal saborizada de la alacena. ¿Crees que puedes ocuparte de las ensaladas por mí?

¿Quién es este alienígena y qué ha hecho con mi abuela? Verán, la abuela nunca ha permitido que alguien cocine en su cocina. Nun-ca. Que permita que mamá ayude a preparar la cena...

Maldición, esto ha salido de la *Dimensión desconocida*. Lo juro.

Mientras tanto, solo me permiten sentarme y mirar. La abuela dice que «no tengo ni un poco de paciencia» por lo tanto «no tocaré ni una sola olla o sartén de su cocina».

Trey y Kayla llegan. Trey sale al patio a ayudar al abuelo. Honestamente, no creo que hagan nada con esa furgoneta. Solo salen a hablar de cosas que no quieren que nosotras escuchemos. Kayla pregunta si puede ayudar con la cena. La abuela le sonríe con dulzura excesiva y dice:

—No hace falta, bonita. Solo toma asiento.

Traducción: Niña, no te conozco lo suficiente como para permitir que toques mi cocina como si nada.

Pero la abuela le cuenta todo sobre las recetas a Kayla. La chica solo responde:

—Esto ya huele delicioso, señora Jackson. —La cabeza de la abuela prácticamente duplica su tamaño. Cuando empieza a contarle a Kayla cómo hacer pan de maíz, me escabullo fuera de la cocina. Nada me da más hambre que las personas hablando de comida, y mi estómago ya está gruñendo como si estuviera dentro de una jaula.

Subo las escaleras. Cada vez que paso vacaciones con mis abuelos, duermo en mi antigua habitación.

Al igual que la casa, mi habitación no ha cambiado en nada. Creo que la abuela esperaba que regresara aquí algún día y que las cosas fueran como solían ser, y que yo incluso volviera a ser la niña de once años fanática de Tweety que lloraba cuando ella tenía que partir.

Me recuesto en la cama. Siempre es raro estar aquí, no mentiré. Es como entrar en la máquina del tiempo, o algo así. No solo por el altar dedicado a Tweety, sino por todos los recuerdos generados en este cuarto. Sonny, Malik y yo pasamos mucho tiempo aquí dentro. Es donde Trey me enseñó a jugar *Uno*. Donde el abuelo jugaba conmigo a las muñecas.

Pero mamá no forma parte de ninguno de esos recuerdos.

Alguien llama a la puerta, y mamá asoma su cabeza. Trey está detrás de ella.

—Hola. ¿Podemos pasar? —pregunta ella. Me incorporo en la cama.

—Sí, claro...

—No pediré permiso para entrar aquí —dice Trey, y pasa. Luego, tiene el atrevimiento de desplomarse y sentarse en mi cama.

—Em, ¿disculpa? Este aún es mi cuarto.

—Guau —dice mamá, mirando alrededor—. Tweety, ¿eh?

Nunca ha venido aquí antes. Cuando solo podía vernos a Trey y a mí durante los fines de semana, nunca atravesaba la entrada de la casa. La abuela no le permitía entrar.

Mamá recorre mi habitación. Alza uno de mis peluches de Tweety.

—No había notado que nunca había entrado aquí. Espera, no dije nada. Sin duda estuve aquí cuando era el cuarto de tu papá.

—Espera, ¿dices que los dos tuvieron sexo en el cuarto que terminó siendo la habitación de Bri? —pregunta Trey.

Y así pierdo el apetito.

—¡Genial!

—¡Trey, basta! —dice mamá—. Probablemente cambiaron la cama.

Dios mío, acaba de confirmar que tuvieron sexo aquí. Trey apoya la espalda en la cama mientras ríe a los gritos.

—¡A Bri le tocó el cuarto del sexo!

Lo golpeo.

—¡Cállate!

—Basta los dos —dice mamá—. Necesito hablaros de algo.

—Espera... Primero lo primero —dice Trey, incorporándose—. ¿Qué ocurre entre la abuela y tú?

—¿A qué te refieres?

—Han estado aquí, ¿qué? —Trey mira su reloj—. Una hora ya, y aún nadie ha discutido. Ni siquiera he oído comentarios desdeñosos.

—Es cierto —añado—. Faltan las nubes que cubren el cielo despejado.

Oh, Dios. Sueno como el abuelo.

—Su abuela y yo hemos tenido una conversación —dice J... mamá—. Eso es todo.

—¿Eso es *todo*? —pregunta Trey—. Cualquier conversación entre las dos es monumental. ¿Cuándo ha sido?

—El otro día —responde Jay—. Hablamos durante unas horas. Sobre muchas cosas, incluso cosas de aquel entonces.

—¿Jesús fue el mediador? —pregunto—. Porque es el único modo en que veo que esa situación funcione.

—¡Jaaaa! —dice Trey. Mamá frunce los labios.

—¡Como sea! No actuaré como si fuéramos mejores amigas, joder, no. Esa mujer aún sabe cómo sacarme de mis casillas. Pero nos dimos cuenta de que ambas os queremos, y queremos lo mejor para vosotros. Estamos dispuestas a dejar de lado nuestras diferencias por ello.

Trey alza el teléfono.

—Ah. Eso explica todo. Llegó una notificación diciendo que hacen temperaturas bajo cero en el Infierno.

Río con un bufido.

—Cállate, niño —dice mamá—. También tomamos una decisión. Sus abuelos ofrecieron que los tres nos quedemos aquí hasta que nuestra situación sea estable de nuevo. He aceptado.

—Guau. ¿En serio? —pregunto.

—Espera, espera —dice Trey—. ¿Nos mudaremos aquí?

Guau. Por primera vez me entero de algo al mismo tiempo que él.

—Escuchen, puede o no que salga algo de mi entrevista con el señor Cook, pero de todos modos mudarnos aquí quitará parte de la presión —explica mamá—. Les dije a sus abuelos que ayudaré con los gastos domésticos, pero esto significará preocuparse por muchas cuentas menos. Además, hemos intentado ponernos al día con el alquiler durante tanto tiempo que ya casi es imposible pagar la deuda que tenemos a esta altura.

—Pero yo me encargaré de nosotros —afirma Trey.

—Yo me encargaré —dice ella—. Aprecio todo lo que haces para mantenernos a flote, cariño, de verdad, pero honestamente, esto será lo mejor. De este modo, puedo ahorrar para una nueva casa. También significa que podrás hacer el posgrado.

Trey mueve la cabeza de lado a lado de inmediato.

—No. Por supuesto que no.

—¿Por qué no? —pregunto.

—La universidad está a tres horas de aquí, Bri.

—Si es por Kayla, si ella realmente te quiere, no le molestará eso, cariño —dice mamá—. Rayos, más le vale.

—No es solo ella. No puedo dejarlas a ti y a la enana.

—¿Por qué no? —pregunta mamá.

—Porque no.

—Porque crees que tienes que cuidarnos —concluye mamá por él—. Y no es así. La única persona que debes cuidar es a ti mismo.

Trey suspira lentamente.

—No estoy seguro de eso.

Mamá se acerca y alza el mentón de Trey.

—Tienes que seguir tu sueño, cariño.

Siento un dolor en el pecho. Es exactamente lo opuesto a lo que me dijo en el carro cuando dijo que ya no podía rapear. Es decir, lo entiendo. Realmente me equivoqué. Pero ¿qué hace que los sueños de Trey sean más importantes que los míos?

—Nunca sabrás a dónde podrías llegar si permaneces aquí —prosigue ella, y miro la alfombra—. Tengo que poder alardear de mi hijo, el doctor. Así no podrán decirme nada.

Trey ríe.

—Alardearás delante de todos, ¿eh?

—De cada maldita persona. —Ella también ríe—. Pero primero, debes ir a la universidad y obtener esa maestría. Y luego el doctorado. Tampoco puedes hacerlo si te quedas aquí.

Trey gruñe y desliza una mano cansada sobre el rostro.

—Eso implica más préstamos estudiantiles y más cuentas de la universidad.

—Pero vale la pena —dice mamá—. Es tu sueño.

Él asiente lentamente y me mira. Intento mantener los ojos clavados en mi alfombra de Tweety. No sé si debo sonreír por él o llorar por mí.

—Ma —dice Trey—. También debes permitir que Bri siga sus sueños.

—¿A qué te refieres?

—Le dijiste que ya no podía rapear. Ni siquiera le permites presentarse en el Ring.

—Trey, sabes muy bien por qué no lo permito. Has visto el desastre en el que se ha metido. Luego Supreme quiere que salga y actúe como una tonta. *Yo sería* una tonta si permitiera que eso pasara. ¿Qué? ¿Para que termine como su papá?

Alzo la vista.

—No soy él.

Tres palabras. Las he pensado muchas veces. Honestamente, las personas actúan como si fuera más mi papá que yo misma. Tengo sus hoyuelos, su sonrisa, su temperamento, su testarudez, su talento para rapear. Diablos, tengo su habitación. Pero no soy él. Punto.

—Bri, ya hablamos de esto.

—¿Hablamos? Me lo impusiste. ¿Quieres hablar con Trey sobre seguir su sueño pero yo no puedo seguir el mío?

—¡El sueño de Trey no lo matará!

—¡El mío tampoco porque soy más inteligente que eso!

Ella se lleva las manos a la boca, como si le rezara al Señor para que la ayude a no lastimarme.

—Brianna…

—No me agrada lo que Supreme quiere que haga —admito. Lo juro, odio la maldita canción—. Pero es lo único en lo que realmente soy buena. Es lo único que quiero hacer. ¿No puedo siquiera ver si logro tener éxito?

Mamá mira el techo durante una eternidad.

—Ma, oye —dice Trey—. A mí tampoco me agrada, en absoluto. Pero esto suena como una gran oportunidad.

—Sí, para hacer que Supreme sea rico —dice ella.

—Podemos decidir qué hacer con él y con toda esta cuestión de la imagen luego —añade Trey—. Pero, maldición. ¿De verdad quieres que Bri pase el resto de su vida preguntándose qué podría haber pasado?

Ella golpetea el pie contra el suelo. Rodea su propio cuerpo con los brazos.

—Su papá...

—Tomó malas decisiones —dice Trey—. Y sí, Bri también lo ha hecho... —¿Era siquiera necesario decir eso?—. Pero creo que ella es más inteligente que eso —concluye—. ¿Tú no?

—Sé que lo es.

—Entonces, ¿podrías actuar como si lo creyeras? —pregunto, y mi voz es súper baja—. Nadie más lo cree.

La mirada de sorpresa aparece rápido en los ojos de mamá. Despacio, la reemplaza la tristeza, y pronto, la comprensión. Cierra los ojos y respira hondo.

—Está bien. Bri, si quieres presentarte en el Ring, puedes hacerlo. Pero si sales y actúas como una maldita tonta, más te vale creer que te arrancaré el alma del cuerpo.

Oh, sin duda lo creo.

—Sí, señora.

—Bien —dice ella—. Después de esta actuación, Supreme ya no será tu representante. Diablos, lo haré yo antes que permitir que él lo haga.

Oh, Dios santo.

—Em... sí. Claro.

—¡Oíd! La cena está lista y tengo hambre —exclama el abuelo desde abajo—. ¡Así que traed vuestros traseros aquí abajo!

—¡Ocupad un asiento, rápido! —añade la abuela.

—Ah, el dulce sonido de la disfuncionalidad —dice Trey mientras sale de mi cuarto—. Ahora tendremos que lidiar con ello todo el tiempo.

—Que Dios nos ayude —añade mamá, y lo sigue al salir de la habitación.

Permanezco atrás y miro a mi alrededor. Como dije, tengo muchos buenos recuerdos en este lugar. Pero también he despertado aquí muchas noches gritándole a mamá que no me abandonara. Veréis, lo único que los buenos recuerdos y los malos recuerdos tienen en común es que ambos te acompañan. Supongo que por eso nunca he sabido cómo sentirme respecto de este lugar. O siquiera respecto de mamá.

Y ¿sabéis qué? Quizás está bien. Quizás estaremos bien.

Quizás *estaré* bien.

Los seis tomamos asiento en la mesa del comedor y pasamos los platos y las fuentes. La abuela ha interrogado a Kayla mientras Trey estaba arriba, y nos da el informe de todo lo que ha averiguado. Kayla sin duda es una santa porque permite que la abuela hable.

—Dice que tiene dos hermanos. Uno mayor y otro de tu edad, Brianna —relata la abuela—. Su mamá es maestra en una escuela privada y su papá es electricista. Jubilado, tengo su tarjeta. Puede reparar la luz del porche trasero por nosotros.

—Ningún hombre vendrá a mi casa a reparar nada —dice el abuelo—. Yo me encargo.

—Mm-hmm. Por eso ha estado titilando desde siempre. Trey, has encontrado a una chica inteligente. Tiene un promedio de calificaciones alto. Estudia marketing e incluso sigue la carrera de música.

—Vaya —dice mamá—. Es posible ir a la universidad y rapear.

Ni siquiera la justifico con una mirada.

—Es difícil equilibrar todo —admite Kayla—. No solo trabajo para pagar mis cuentas, sino también para financiar mis proyectos musicales. Soy independiente.

—¡Una mujer independiente! —El abuelo sonríe mientras abre una lata de refresco—. ¡Adelante, entonces!

—Abuelo, se refiere a que es música independiente —explica Trey—. No se trata de que no sea independiente como persona, pero quiso decir que no tiene un sello discográfico detrás.

—Como Junior antes de... ¡Brianna! ¡Pon más verduras en tu plato! —ordena la abuela.

—Dios mío —murmuro. Lo juro, nunca comeré la cantidad suficiente de vegetales para cumplir con la cantidad de esta mujer. Además, con todo el jamón ahumado que ella le ha añadido a la ensalada, es difícil siquiera llamarlos vegetales.

—Aww, deja en paz a mi enana —dice el abuelo. Presiona sus labios engrasados contra mi mejilla—. Es carnívora como su abuelo.

—No, es testaruda como su abuelo, sin duda —responde la abuela.

—Él no es el único testarudo —balbuceo.

—¡Je, je, je! —El abuelo ríe y extiende el puño hacia mí. Lo choco con el mío—. ¡Esa es mi chica!

Río mientras él besa de nuevo mi mejilla. Hace poco, mamá me preguntó quién era. Comienzo a pensar que lo sé.

Veréis, soy decidida (y mezquina) como la abuela.

Soy creativa como el abuelo. Si es que uno puede llamarlo así, pero sí, soy eso.

Digo lo que pienso como mamá. Quizás también soy fuerte como ella.

Me preocupo tanto que duele. Como Trey.

Soy como mi papá en muchos sentidos, incluso si no soy él.

Y aunque Kayla no es familia (aún), quizás ella es un atisbo de quién podría ser yo.

Si no soy nada más, soy ellos y ellos son yo.

Eso es más que suficiente.

CAPÍTULO TREINTA Y CUATRO

El jueves en la noche, Trey me acompaña al Ring.

Mamá le ha pedido que viniera. Ella se ha negado a asistir. Ha dicho que era capaz de lastimar a Supreme y que eso no me ayudaría en nada. Además, según ella, «solo necesitamos a un miembro de la familia en prisión».

Sí, lo haré. Quizás la situación está mejorando, pero ¿quién sabe si no empeorará de nuevo? ¿Qué parezco si renuncio a esta oportunidad?

Trey baja todas las ventanillas de su Honda y reproduce *Hora de brillar* a todo volumen mientras conducimos por el Garden. El fresco en el aire es el mismo que había cuando la tía Pooh me llevó al Ring hace semanas. La combinación del frío con la calidez de la calefacción de Trey es excelente esta noche como lo fue en aquel entonces.

—«No puedes apagar mi hora de brillar, ta-ta-ta-ta». —Trey intenta rapear al ritmo de la canción—. «No puedes detenerme, ni hablar, ni hablar. Ta-ta-ta y prepárate».

Sin duda no ha heredado el gen del rap. Es evidente.

Sonny y Malik ríen en el asiento trasero.

—Sí, así se hace, cariño —lo alienta Sonny—. ¡Fantástico!

—¡Hazlo, Trey! —dice Malik.

Los fulmino con la mirada. Lo juro por Dios, si no dejan de alentar esto, los asesinaré.

—¡Estarías en el agujero! —dice Trey—. ¡Muerto en el suelo!

Dios mío, ¿desde cuándo se ha convertido en un neoyorkino? Cubro mis ojos con mi capucha. Él intenta alentarme, lo entiendo, pero ¿esto? Esto es un gran desastre.

Aunque sin duda es algo que la tía Pooh haría. Excepto que ella diría bien la letra.

Es extraño ir al Ring sin ella. De hecho, es extraño que no esté con nosotros, punto. Esto no es como cuando desaparecía y me preocupaba por dónde estaba. De algún modo, saber dónde está me hace sentir peor. Si ella estuviera aquí, me diría que aparte esa sensación y que siga adelante. Eso intento hacer. Eso es lo que *debo* hacer si quiero lucirme en esta actuación y obtener un contrato con la discográfica.

Trey detiene su intento pobre de rapear cuando llegamos al Ring. Esta noche, el letrero en la marquesina les informa a todos que habrá «¡Una actuación especial de la rapera del Garden, Bri!».

—Rayos. Así que pasamos el rato con una celebridad, ¿eh? —bromea Malik desde el asiento trasero.

—¡Ja! Solo soy famosa en el barrio. Me alegra que hayáis venido.

—No podíamos perdérnoslo —dice Sonny—. Sabes que siempre te apoyaremos.

—Sí, lo sé. —Lo sé, aunque no sepa nada más sobre nuestra amistad.

El «festejo» en el aparcamiento ya está en proceso. La música suena fuerte a nuestro alrededor, las personas alardean con sus carros. Recibo cumplidos y saludos con la cabeza todo el camino. Un chico dice:

—¡Sigue representando al Garden, Bri!

—¡Siempre! —respondo—. ¡Al lado este!

Eso hace que me den incluso más amor.

¿Otra cosa que soy? El Garden. Y el Garden es yo. Eso siempre me parecerá bien.

—¡Oye, Bri! —exclama una voz chillona.

Volteo. Jojo pedalea en su bicicleta sucia. Las cuentas en sus trenzas tintinean.

¿Qué rayos?

—¿Qué haces aquí? —le pregunto.

Detiene la marcha con una pirueta frente a mí. A este niño le encanta darme infartos.

—Vine a verte actuar.

—¿Solo? —pregunta Trey.

Jojo mira el suelo mientras mueve la rueda delantera de adelante hacia atrás.

—No estoy solo. Estoy con vosotros.

—Jojo, no tienes que salir solo de noche.

—Quería verte hacer tu nueva canción. ¡Apuesto a que esa mier... cosa es genial!

—Jojo —suspiro. Él junta las manos.

—Por favoooor.

Este niño. Pero la verdad es que es mejor que esté aquí con nosotros que solo.

—Bueno, está bien —digo, y él sacude su puño en el aire—. Pero luego te llevaremos directo a casa, Jojo. No estoy bromeando.

—Y me darás el número de tu mamá así la llamo —añade Trey—. Alguien necesita saber dónde estás.

Jojo baja de la bicicleta.

—Hombre, ¡os preocupáis por nada! Voy adonde quiero.

Trey rodea el cuello de Jojo con el brazo.

—Entonces, necesitamos descubrir por qué lo haces.

Jojo infla el pecho.

—Soy casi adulto.

Los cuatro comenzamos a reír a carcajadas.

—Cariño, aún tienes voz chillona —dice Sonny—. Deja de engañarte.

Mi teléfono vibra en el bolsillo mientras caminamos hacia el edificio.

Es Curtis. Oficialmente, he caído bajo. Después de nuestra cita del lunes, he puesto el emoji con ojos de corazón junto a su nombre en mis contactos. Es decir, el chico me ha traído flores y un cómic de Tormenta, y como no hemos tenido tiempo para comer postre en el restaurante, ¡me ha traído un paquete pequeño de Chips Ahoy! Para comer en el camino de regreso a la escuela. Se ha ganado esos ojos de corazón. Me ha enviado unos mensajes para garantizar que los conservará.

> Haz lo tuyo esta noche, princesa.
> Desearía estar allí.
> Probablemente no le prestaría atención a tu canción
> porque estaría demasiado enfocado en ti.
>

¿Cursi? Sí. Pero me hace sonreír. Antes de que pueda responder, añade:

> También estaría mirando tu trasero, pero sabes que probablemente se supone que no debo admitir eso.
> 👀

Sonrío con picardía.

Entonces, por qué lo admites?

¿Su respuesta?

Porque apuesto que te ha hecho sonreír

Solo por eso, añadiré un segundo emoji con ojos de corazón junto a su nombre.

Nos saltamos la fila como solemos hacer. Recibo palmadas en los hombros y saludos de manos y con la cabeza en el camino. De verdad me siento la princesa del Garden.

Pero hay un grupo de chicos vestidos de gris que me miran como si fuera todo menos una princesa.

Unos cinco o seis Coronas están en la fila. Uno me ve y llama al otro con el codo y pronto todos me miran sin disimular. Trago con dificultad y miro al frente. Es como con los perros: no puedes permitir que vean tu miedo, porque si no, estás jodido.

Trey toca mi hombro. Él sabe lo que ocurrió.

—Solo continúa avanzando —susurra.

—Mirad quién ha regresado —dice Reggie, el portero bajo y fornido cuando llegamos a la puerta—. Escuché que darás un espectáculo esta noche.

—Eso planeo —digo.

—Todavía llevas la antorcha por Law, ¿eh? —pregunta Frank, el más alto, mientras sacude un detector de metales portátil a nuestro alrededor.

—No. Llevo mi propia antorcha. Creo que eso es lo que mi papá querría.

—Probablemente tengas razón —dice Frank mientras asiente.

Reggie nos hace pasar y señala mi abrigo de *Pantera Negra*.

—Wakanda por siempre. —Cruza los brazos sobre el pecho.

Lo miro. De hecho, ha dicho bien la frase.

Frank y Reggie permiten que Jojo deje su bicicleta con ellos. Estamos por entrar cuando una voz grave dice:

—¿Cómo carajo habéis pasado sin fila?

Ni siquiera tengo que mirar. Sé que es un Corona. Probablemente buscan un motivo para empezar una pelea.

—Hombre, tranquilo —dice Frank—. La pequeña Law actuará hoy.

—Me importa una mierda lo que hace esa perra —dice un Corona con gorro gris—. Pueden llevar sus traseros al final de la fila.

—Espera —dice Trey—. Quién…

Jojo camina hacia el Corona.

—¿Con quién carajo crees que hablas?

Sujeto el cuello de su camiseta antes de que pueda acercarse más.

—¡Jojo, no!

—Hombrecito, ¡cierra tu jodida boca! —dice el Corona con gorro. Me mira—. Verás, creímos que te habíamos puesto en tu lugar después de esa mierda que rapeaste, pero aparentemente, no. Tu tía debería haber disparado a matar cuando tuvo la oportunidad. Ahora, lo único que hizo fue darte problemas.

En este punto, no sé cómo sigo en pie.

—¡Inténtalo si quieres! —dice Jojo—. ¡Te haremos trizas!

Los Coronas ríen a carcajadas.

Pero siento náuseas. Este niño habla en serio. Malik sujeta el brazo de Jojo.

—Vamos —dice él, y arrastra a Jojo consigo. Él y Sonny entran mirando hacia atrás a los Coronas.

Trey está a mi lado, mirando a cada uno de ellos de arriba abajo. Me lleva adentro.

Cada centímetro de mí está tenso hasta que cierran las puertas del gimnasio a nuestras espaldas.

Trey también respira hondo.

—¿Estás bien? —pregunta.

No, pero asiento porque se supone que debo estarlo.

—Oye, podemos ir a casa, ¿sí? —dice él—. No vale la pena pasar por todo esto.

—Estoy bien.

—Bri... —suspira.

—Detuvieron a papá, Trey. No puedo permitir que me detengan a mí también. —Él quiere discutir. Lo veo en sus ojos—. Escucha, no pueden hacer nada aquí esta noche. Reggie y Frank no permiten el ingreso con armas. Tengo que hacer esto.

Él muerde su labio.

—¿Y luego, qué? Esto no desaparecerá así como así, Bri.

—Pensaré en algo —respondo—. Pero ¿por favor? Debo quedarme.

Suspira con intensidad.

—Está bien. Es tu decisión.

Extiende el puño hacia mí. Lo choco.

No sé cómo ingresarán todas esas personas en la fila: el lugar ya está atestado. De pared a pared. El imbécil de Hype reproduce canciones de Lil Wayne por encima de las conversaciones.

Tardo un segundo en ver a Supreme. Está cerca del ring de boxeo. Alzo la mano para llamar su atención. Me ve y se acerca.

—¿Esto está bien también? —susurra Trey.

Tal vez él ha ocupado el lugar de mamá para que ella no ataque a Supreme, pero estoy segura de que a Trey tampoco le agrada el hombre. «¿Está bien también?» significa en verdad: «¿Quieres que me ocupe de él o no?».

—Esto está bien también —digo.

—¡La superestrella ha llegado! —anuncia Supreme. Permito que me abrace rápido—. Y veo que has traído a tu grupo, ¿eh? Trey, muchacho, no te he visto desde que eras un pequeño como este. —Despeina el cabello de Jojo.

Jojo esquiva la mano de Supreme.

—¡No soy pequeño!

Supreme ríe.

—Disculpa, hombre. Disculpa.

—Entonces, ¿eres Supreme? —le pregunta Sonny.

Prácticamente mira con los ojos entrecerrados al papá de Miles. Noto que requiere un gran esfuerzo de su parte no decir lo que piensa. Pero por lo que Sonny me ha contado, Miles no está listo para contarle a su padre sobre ellos.

—Quien viste y calza —dice Supreme, y me mira—. Le he guardado un asiento en primera fila a James. También te conseguí una sala de preparación en la parte trasera para que luego puedas hacer tu gran entrada.

—Te acompañaremos —dice Malik, mirando a Supreme. A él tampoco le encanta Supreme.

—Id vosotros. Yo iré con este pequeño pandillero a buscar un buen asiento —dice Trey—. Vamos, Jojo. Necesitamos tener una conversación. Cómo no exhibir tu trasero, clase para principiantes.

Los observo hasta que desaparecen en la multitud.

Supreme sujeta mi hombro.

—¿Lista para conseguir el contrato?

Creí que lo estaba. Pero como diría la tía Pooh, debo seguir adelante. Trago con dificultad.

—Sí. Hagámoslo.

Malik, Sonny y yo seguimos a Supreme detrás del escenario. Los muros del pasillo están cubiertos de carteles de leyendas del hip hop. Es como si observaran cada paso que doy.

Supreme me lleva a la «sala de preparación»: solía ser un depósito. Es diminuta, tiene pocas sillas y un refrigerador, pero es un lugar silencioso lejos del caos.

Supreme parte para que pueda concentrarme. Además, quiere ir a hacerle compañía a James en el frente.

Tomo asiento en una de las sillas. Sonny y Malik ocupan las otras dos. Inhalo hondo y suelto el aire.

—Lamento lo de los Coronas —dice Malik.

—Es culpa mía y de la tía Pooh.

—¿Todo por una canción? —pregunta Sonny.

Asiento.

—Qué tontería —dice.

—Pero Jojo estaba listo para ir a la guerra por ti —añade Malik con una sonrisa burlona. Sonny ríe.

—Como si realmente fuera a hacer algo. —Come algunas patatas del cuenco de refrigerios que está sobre la mesita de café—. Sé que no tomas en serio a ese niño, Bri.

—Sí. Nosotros también fingíamos ser «pandilleros» cuando éramos pequeños —añade Malik.

Tuvimos esa fase. Veía tanto a la tía Pooh haciendo símbolos de los Discípulos del Garden que supuse que yo también podía hacerlo. Incluso dibujaba el símbolo de los DG en mis cuadernos.

Pero no andaba por ahí diciéndoles a todos que los haría trizas.

Alguien llama a la puerta.

—Adelante —dice Sonny con la boca llena de patatas.

Scrap, sorpresivamente, entra a la sala.

—Ey, ¿Bri? ¿Tienes un minuto?

Enderezo la espalda.

—Sí. ¿Qué haces aquí?

Scrap saluda con un movimiento de cabeza a Malik y a Sonny.

—Tenía que venir a ver a mi rapera favorita. Además, tu amigo es el motivo por el cual estás aquí esta noche, ¿sabes?

Alzo las cejas.

—No, no lo sé.

—¡Yo te dije que hicieras una canción increíble! —responde Scrap—. También te dije que tenía que ser pegadiza. Lo sé, lo sé. Soy un genio, ¿cierto?

¿En qué planeta?

—Emm... Sí. Claro.

—Solo mencióname en el escenario y estaremos bien —afirma—. Hay alguien que quiere saludarte.

Me entrega su teléfono.

Es imposible que sea quien pienso que es.

—¿Hola?

—No he estado lejos mucho tiempo y ya no suenas como tú misma —dice la tía Pooh—. ¿Cómo serás una superestrella esta noche si suenas blanda como la mierda?

—Cállate. —Río, y ella también. Prácticamente había olvidado cómo sonaba su risa—. Maldición. Te extraño.

—Yo también te extraño —responde—. Oye, no tengo mucho tiempo, pero tenía que hablar contigo. Scrap me ha contado que actuarás esta noche. Sube y liquídalos, ¿sí? Si te quedas en blanco de nuevo, saldré de aquí solo para patearte el trasero. Lo juro por mamá.

Esa es su manera de decir «te quiero». No le cuento sobre los Coronas. No necesita preocuparse por eso ahora.

—No te preocupes. Yo me encargo.

—Sabes que tal vez saldré antes de lo esperado, ¿cierto? —dice—. Mi abogado cree que puede conseguirme la condena mínima. En especial porque no tengo delitos violentos.

Que ellos sepan. Pero lo aceptaré.

—Eso es genial.

Supreme regresa. Parece mirar a Scrap. Scrap lo mira de arriba abajo como si dijera: *¿tenemos un problema?*

Supreme me mira y señala su reloj.

—Debo irme —le digo a la tía Pooh.

—Bueno. Ve a liquidarlos —responde ella—. El cielo es el límite, superestrella.

—Veremos a los tontos desde la cima —concluyo por ella—. Te quiero.

—Tú y tu trasero sensible. Yo también te quiero. Ahora ve a hacer lo tuyo.

Me arden los ojos cuando le entrego a Scrap su teléfono.

—Gracias.

—Ni lo menciones —responde—. Ve a liquidarlos. Por Pooh.

Malik, Sonny y yo seguimos a Supreme al pasillo. Supreme me envuelve con un brazo y me aprieta contra un costado de su cuerpo.

—Mírate, pasando el rato con los DG —susurra—. Intentas lucir auténtica como sugerí, ¿eh?

Me aparto de él.

—No, yo no hago eso.

Ingresamos al gimnasio, y una ráfaga de sonido y luz nos golpea. Apenas hay lugar para moverse aquí, sin embargo, la multitud abre paso para nosotros. Supreme me guía hacia el ring de boxeo. Como afuera en la fila, las personas chocan palmas conmigo o me dan palmadas en la espalda mientras avanzo. Lo que sea por tocarme, como si fuera su modo de desearme suerte.

—Muy bien, ella ha empezado aquí en el Ring —le dice Hype a la multitud mientras avanzo—. Desde entonces, ha estado brillando, si entienden mi juego de palabras. —Es mucho más cursi de lo que creía—. Ha venido a estrenar su nueva canción, así que ¡recibid con un fuerte aplauso a Bri!

Extiendo mi puño hacia Sonny y Malik. Ellos lo chocan con los suyos, hacemos nuestro saludo. Aún somos la Trinidad profana.

—¡Bum! —decimos.

—No te bloquees esta vez —añade Sonny—. No quiero tener que retirarte el saludo.

Frunzo los labios. Él sonríe.

Supreme alza las cuerdas para que suba al Ring y me entrega el micrófono. El reflector me ilumina, al igual que lo hizo semanas atrás. Los gritos son ensordecedores.

Fuerzo la vista y miro a la multitud. Mi hermano, Jojo y Kayla están junto al Ring. Sonny y Malik se unen a ellos. James y Supreme están a su lado. Scrap ha hallado un lugar no demasiado lejos. Un poco más atrás de él, algo resplandece.

Una boca llena de dientes plateados me sonríe. El Corona con el gorro gris sujeta la cadena de mi papá y me lanza un beso. Sus amigos ríen con sorna.

Scrap sigue mi mirada. No lo escucho, pero leo sus labios.

Oh, joder, no.

Él me mira a los ojos y hace en silencio una pregunta letal:

¿Quieres que me ocupe de eso?

—Entonces... ¿No te presentarás, ni nada de eso? —pregunta Hype. Me había olvidado de que él estaba aquí. Mierda, había olvidado dónde estaba—. No me digas que te bloquearás de nuevo. Tendrás que llamarte la Dama en blanco.

Reproduce una batería como remate. ¿Quién diablos le ha dicho a este tipo que era gracioso?

El Corona alza más alto la cadena para que yo la vea. Sus amigos ríen a carcajadas.

Scrap pregunta de nuevo en silencio:

¿Quieres que me ocupe de eso?

—Todos quieren escuchar la canción, ¿no? —Hype le habla a la multitud. La respuesta es *sí*—. ¡Entonces, oigámosla!

La música empieza.

Se supone que debo decir el estribillo y luego repetir los versos que Dee-Nice escribió. Supreme y James me observan con expresión divertida, y es como si yo fuera su mascota a punto de hacer un truco.

Mascota. Rima con pelota. Trota. Idiota.

Grupos idiotas. Pandilleros, como los Coronas que me miran con desdén y los DG de Maple Grove a los que pertenece Scrap. Jojo quiere ser como ellos. Si hago esta canción, tal vez le daré más municiones. Y estaré haciendo exactamente lo que Hype me ha acusado de hacer: decir palabras que no son mías.

Como un clon, una copia.

Durante una eternidad, todos han actuado como si fuera el clon de mi papá. Supreme también se comporta como si yo fuera una marioneta. Pero mi hermano me ha llamado *regalo*. Mamá me llama su *milagro*. Si no soy nada, sé que soy su hija y soy la hermana de Trey.

Hermana. Muchas palabras riman con esa si se dicen correctamente.

Quizás eso es lo que soy para Jojo.

Pero él ha obtenido una imagen distorsionada. Ha interpretado mal mis palabras, al igual que Emily, y al igual que los Coronas. Todos están equivocados. Ninguno está en lo cierto.

Cierto. Despiertos.

Quizás es hora de despertar a todos.

—Para la música —digo en el micrófono.

El ritmo desaparece. Hay susurros y murmullos.

Supreme frunce el ceño. Oigo que James pregunta:

—¿Qué diablos sucede?

Los ignoro a los dos.

—Se suponía que debía subir aquí y hacer esta canción nueva, pero prefiero hacer algo que salga de mi corazón. ¿Les parece bien?

La respuesta es ¡claro que sí!, así de fuerte gritan.

—Oh, oh, ¡estamos por presenciar una improvisación estilo libre! —dice Hype—. ¿Necesitas música?

—No gracias, Hype lameculos.

Todos ríen.

Cierro los ojos. Hay suficientes palabras esperando en mi interior. Palabras que espero que Jojo escuche y comprenda.

Alzo el micrófono y las dejo salir.

Me niego a ser su burla, me niego a ser su mascota,
me niego a ser el motivo por el que un niño complota.

Me niego a pararme aquí y decir palabras que no me son propias.

Me niego a ser una marioneta, ser un clon, ser una copia.

Verás, de alguien la hija y hermana soy, a otros esperanza les doy. Y de alguien el espejo también soy.

Soy genial, soy una estrella, llámame como quieras

Pero nunca me dirás vendida y nunca me dirás pandillera.

En el Garden los niños están hambrientos,

los corazones se endurecen cual cemento,

disculpen un momento,

pero al carajo el sistema. ¿Sus suposiciones? Solo muestran dónde están sus intenciones.

Veréis, asumen que soy una delincuente que rapea sobre disparar con ira cegadora,

solo para llenar sus bolsillos de dinero mientras el mundo me grita «pecadora».

Esta es la trampa, ellos se hacen más ricos si aceptamos esa imagen como la verdad

como nuestra identidad.

No es solo el rap, esta mierda es más grande.

Culpan al hip hop, pero solo hablamos de lo que vemos, con valor.

Pero hablaré de lo que veo y nunca afirmaré eso soy, por mi honor.

Cuando digo que soy una reina, significa que mi corona no pueden quitar.

No hay nada contra tu pandilla, lamento tu confusión,

la venganza segrega al barrio, así que despierta y ten compasión.

Nunca me callarán y nunca mi sueño matarán aquí,

admitidlo, solo escribes brillante, si primero escribes Bri.

No estoy en venta.

Hay un estallido de vítores.

—¡Bri! ¡Bri! ¡Bri! —cantan, y mi nombre resuena en la sala—. ¡Bri! ¡Bri! ¡Bri!

¿Quiénes no cantan? Los Coronas. Supreme y James, tampoco. James camina hacia la puerta moviendo la cabeza de lado a lado. Supreme corre tras él. Mira hacia atrás, a mí, y aunque no veo sus ojos, leo fácilmente la expresión en su rostro: *Lo nuestro ha terminado.*

Bajo el micrófono hasta la cintura. Cuando era pequeña, solía pararme delante de espejos con cepillos e imaginar multitudes cantando mi nombre. Sin embargo, creo que nunca habría podido imaginar *esto.* Esta sensación. Veréis, por primera vez en la vida, sé exactamente dónde debo estar. Estoy haciendo lo que debo hacer. Diablos, lo que nací para hacer. La multitud podría estar en silencio, y de todos modos, lo sabría.

Cuando la tía Pooh me hizo escuchar hip hop por primera vez, Nas me dijo que el mundo era mío y yo creí que podía serlo. Ahora, de pie sobre este escenario, sé que lo es.

EPÍLOGO

Todas las palabras de la página están mezcladas, lo juro. Miro mi teléfono.

—¿Cuánto tiempo ha pasado?

Curtis también mira el suyo.

—Solo dos horas, princesa.

—¿Solo? —gruño. Nuestros libros de preparación para los ACT y nuestras laptops están desparramados a nuestro alrededor sobre el suelo de mi cuarto. Haremos otro examen de práctica mañana: falta poco más de un mes para el verdadero examen. Curtis viene mucho a casa para que estudiemos juntos. Creo que estoy lista, aunque nuestro estudio en general se convierte en otra cosa.

Por ese motivo precisamente digo:

—Necesitamos un descanso.

—Ah, ¿en serio?

—En serio —respondo.

—Déjame adivinar: ¿prefieres hacer esto?

Él es pura sonrisa mientras roba un beso breve. Un beso se convierte en dos, dos se convierten en tres y tres se convierten en besos apasionados en el suelo de mi cuarto devenido altar de Tweety. Mi mamá, Trey y yo hemos vivido con mis abuelos durante menos de una semana y no he tenido tiempo de redecorar.

—¡Oíd, oíd! —dice Trey desde la puerta. Curtis y yo nos separamos a toda velocidad—. ¡Eso no es estudiar, maldición!

Ruedo sobre mi espalda y gruño.

—En este momento, espero ansiosa el día en que te marcharás a la universidad.

—Desgraciadamente para ti, estás atrapada conmigo durante unos meses más —responde, y mira a Curtis—. Hermano, será mejor que tengas cuidado. No dudaré en conducir tres horas para patear traseros.

Curtis alza las manos con inocencia.

—Lo siento.

—Ajá —dice Trey—. Estoy vigilándote, Curtis.

Suspiro.

—¿No tienes que ir a buscar a Jojo?

Trey llevará a Jojo al partido de básquetbol de Markham State. Jojo no ha dejado de hablar de ello toda la semana como si fuera un partido de la NBA. Pobrecito, no se da cuenta de que Markham juega como la mierda.

—Me iré. —Patea mi puerta—. Pero mantén esta puerta abierta. Nadie tiene tiempo para que me llamen tío Trey. Le diré al abuelo que están aquí arriba, intercambiando gérmenes.

Trey parte por el pasillo. Curtis espera pocos segundos antes de acercarse y besarme.

—Gérmenes, ¿eh?

Pero aquí vamos, nos interrumpen de nuevo. Mamá tose exageradamente.

—Eso no es estudiar.

—Es lo que yo he dicho —exclama Trey desde donde sea que esté.

Curtis adopta una expresión avergonzada ridículamente tierna y, Dios mío, no puedo lidiar.

—Lo siento, señora Jackson.

Ella frunce los labios.

—Mm-hmm. Bri, ¿Cuál prefieres?

Alza dos atuendos. Uno consta de una falda entallada azul oscura con un blazer a juego que la tía Gina le ha comprado. El otro es un traje gris que ha conseguido la tía 'Chelle.

—Lucen muy parecidos... ¿Importa?

—Sí, importa —dice—. Tengo que lucir bien mi primer día.

El lunes comienza a trabajar en el distrito escolar como la secretaria del señor Cook. ¿Una de las primeras cosas que él quiere que haga? Organizar reuniones mensuales con la coalición de negros y latinos de Midtown para poder asegurarse de que las cosas andan bien. ¿El otro asunto? Buscar una nueva empresa de seguridad para el distrito.

—¿Qué, no usarás el que te ha comprado la abuela? —pregunto.

Mamá aprieta los labios. La abuela le ha comprado un traje estampado con flores. Es llamativo. Es atrevido. Te deja ciego si lo miras demasiado tiempo.

—Lo guardaré para la iglesia —miente—. Vamos. Ayúdame a elegir.

—El azul oscuro —respondo—. Dice «quiero estar aquí, trabajo en serio, pero igual tengo estilo y puedo hacerte añicos si me enfureces».

Chasquea los dedos y me señala.

—De eso estoy hablando. Gracias, cariño. Podéis volver a estudiar... ¡a estudiar! —repite alzando las cejas—. Curtis, si quieres, puedes quedarte a cenar. Prepararé gumbo.

Sí, la abuela de verdad le permite cocinar en su cocina. No, no sé a dónde llevaron los alienígenas a mi abuela verdadera o si alguna vez la recuperaremos.

—Gracias, señora Jackson —le dice Curtis a mamá.

Mi teléfono vibra en el suelo y el rostro sonriente de Sonny aparece en mi pantalla. Toco el botón del altavoz.

—¿Cómo estás, Sonny Bunny? —bromeo.

—Cállate, Bookie.

—Hola, Bri —dice Miles de fondo.

—Hola, Miles.

—¡Será mejor que tengan supervisión de un adulto por allí! —exclama mamá.

—Tranquila, tía Jay. No ocurre nada —dice Sonny—. Bri, necesitas ver Twitter. Algo grande acaba de pasar.

—¿Eh?

—En serio, Bri. Mira Twitter.

Curtis toma su teléfono. Escribo la página en mi laptop.

—¿Para qué? —pregunto.

—No creerás quién ha publicado tu estilo libre de la otra noche —dice.

—¿De qué...?

Tengo una notificación que dice 99+, como si Twitter no pudiera llevar más la cuenta. Hay un tweet que los usuarios no dejan de likear y retwittear. Hago clic y lo miro. Luego, miro la foto de perfil y también el nombre.

Mamá se acerca y lo mira conmigo.

—Dios mío —dice ella.

—«Esta chica es el futuro del hip hop». —Curtis lee el tweet en voz alta—. «@LawlessBri, tenemos que hacer una canción juntos. ¡Hagamos que suceda!».

Quien ha publicado ese tweet es...

Dios mío.

—Vaya, princesa —dice Curtis—. Joder, digo, guau, es algo que cambiaría tu vida.

Mamá igual lo mira de reojo.

—Bri, ¿quieres hacerlo, cariño?

Miro el tweet. Esto es grande. Podría ser la oportunidad que necesito.

—Sí —digo, y miro a mamá—. Siempre y cuando pueda hacerlo a mi manera.

AGRADECIMIENTOS

Como la última vez, esto probablemente sonará como un discurso de premiación de un rapero, pero, oídme, debe ser así tratándose de este libro, ¿no? Primero debo agradecerle a mi Señor y Salvador, Jesucristo. Ha sido un largo viaje y no habría llegado tan lejos sin ti. Gracias por cargarme y cuidarme. Lo que sea que quieras continuar haciendo a través de mí, soy tuya.

A mi increíble, maravillosa y fenomenal editora, Donna Bray. No hay suficientes adjetivos para describir a alguien tan increíble como tú. Este viaje no ha sido fácil, y no habría sobrevivido sin ti. Gracias por estar allí en cada paso del camino y por creer en mí tanto como lo haces. También, gracias por ser tan paciente jaja. ¡Lo logramos!

A Brook Sherman, el mejor agente literario que un autor podría tener. Gracias por ayudarme a continuar y por darme siempre tu apoyo. Aún más, gracias por saber que llegaría hasta aquí con este libro, incluso cuando ni yo sabía que lo haría. Estoy eternamente agradecida de llamarte mi agente y mi amigo.

A Mary Pender-Coplan; eres un ángel, un salvavidas y aún no sé qué hice para merecer a una cineasta tan increíble. Desde lo más profundo de mi corazón, gracias. Gracias, Akhil Hedge, por ser un ángel asistente maravilloso, y a Nancy Taylor, la anterior ángel asistente. Gracias a todos los de la UTA.

A cada persona de Balzar + Bray/HarperCollins. Siento que soy la autora más afortunada del mundo por tenerlos de mi lado. Su amor, apoyo y trabajo arduo no pasan desapercibidos. Nunca podré agradecerles lo suficiente. Un agradecimiento especial a Suzanne Murphy, Alessandra Balzer, Olivia Russo, Tiara Kittrell, Alison Donalty, Jenna Stmepel-Lobell, Anjola Coker, Nellie Krutzman, Bess Braswell, Ebony LaDelle, Patty Rosati, Rebecca McGuire, Josh Weiss, Mark Rifkin, Dana Hayward, Emily Rader, Ronnie Ambrose, Erica Ferguson, Megan Gendell, Andrea Pappenheimer, Kerry Moynagh, Kathy Faber y Jen Wygand.

A mi increíble familia editorial del Reino Unido Walker Books, mis animadores del otro lado del charco, en especial a Annalie Grainger y Rosi Crawley. Gracias por siempre darme un hogar lejos del hogar.

A mis editores internacionales, gracias por darme una oportunidad junto a mis historias.

A mi familia de Janklow & Nesbit, gracias por todo su amor y apoyo. Gracias especialmente a Wendi Gu. Gracias también a Stephanie Koven y a todos en Cullen Stanley International.

Molly Ker Hawn, el hecho de que me hicieras probar betabeles rostizados ha sido suficiente para ganarte mi eterna gratitud, pero gracias por tu amor, por tu apoyo y por ser simplemente una absoluta *badass*.

Marina Addison, de verdad no sé qué haría sin ti como asistente. Gracias por lidiar con todo el caos.

David Lavin, Charles Yao y todos en Lavin Agency, gracias por creer en mí, por apoyarme y por invertir en mí.

A mis amigos: Becky Albertalli, Adam Silvera, Nic Stone, Justin Reynolds, Dhonielle Clayton, Sabaa Tahir, Julie Murphy, Rose Brock, Tiffany Jackson, Ashley Woodfolk, Jason Reynolds, Sarah Cannon, Dede Nesbitt, Leatrice McKinney, Camryn Garrett, Adrianne Russell, Cara Davis, Justina Ireland, Heidi Heilig, Kosoko Jackson, Zoraida Córdova, Nicola Yoon, Ellen Oh. Cada uno de vosotros ha cumplido un rol en el nacimiento de este libro simplemente por apoyarme. Gracias.

A mi familia de la película EOQD: George, Marcia y Chase Tillman, Shamell Bell, Bob Teitel, Marty Bowen, Wyck Godfrey, Tim Bourne, John

Fishcer, Jay Marcus, Isaac Klausner, Elizabeth Gabler, Erin Siminoff, Molly Safrron, todos en Temple Hill, State Street y Fox 2000 y todo el elenco y los técnicos; gracias a todos por hacer que mis sueños se hagan realidad. Amandla, gracias por ser la mejor Starr que podría haber pedido, y sobre todo por ser tú misma. Me honra llamarte hermanita. Common, gracias por la inspiración y el aliento.

A todos mis familiares y amigos, gracias por saber que aún soy Angie. Por favor, no os enfadéis si vuestros nombres no están aquí. Sois demasiados como para nombraros a todos, pero sabéis que os aprecio y os quiero.

A mi mamá, Julia. Gracias por ser quien eres y por siempre asegurarte de que yo sepa quién soy. Te amo.

Al hip hop. Gracias por ser mi voz, por darme una voz y mostrarme la mía. El mundo te critica con frecuencia, y a veces con motivos. Diablos, a veces, soy una de tus mayores críticas. Pero lo hago desde el amor. He visto lo que eres capaz de hacer: puedes cambiar el mundo, lo harás y lo has hecho. Nunca renunciaré a ti. Siempre te apoyaré. Continúa despertando cerebros y armando alboroto.

Y por último, a aquellas rosas que crecen en el concreto de los verdaderos Garden del mundo: incluso cuando dudéis de vosotros mismos, incluso cuando intenten silenciaros, no guardéis silencio. No pueden deteneros: debéis alcanzar vuestra hora de brillar.

Angie Thomas hizo su debut con el libro más vendido en la lista del *New York Times*, ganador de diversos premios, *El odio que das*. Angie, una exrapera adolescente que tiene un título en escritura creativa, nació, creció y aún vive en Jackson, Misisipi.

Puedes encontrarla en línea en www.angiethomas.com

¿TE GUSTÓ
ESTE LIBRO?

Escríbenos a

puck@edicionesurano.com

y cuéntanos tu opinión.

ESPAÑA ⟩ 🅕 /MundoPuck 🐦 /Puck_Ed 📷 /Puck.Ed

LATINOAMÉRICA ⟩ 🅕 🐦 📷 /PuckLatam

▶ /PuckEditorial

¡Gracias por vivir otra
#EXPERIENCIAPUCK!

ECOSISTEMA DIGITAL

NUESTRO PUNTO DE ENCUENTRO

www.edicionesurano.com

2 AMABOOK
Disfruta de tu rincón de lectura
y accede a todas nuestras **novedades**
en modo compra.
www.amabook.com

3 SUSCRIBOOKS
El límite lo pones tú,
lectura sin freno,
en modo suscripción.
www.suscribooks.com

DISFRUTA DE 1 MES
DE LECTURA GRATIS

1 REDES SOCIALES:
Amplio abanico
de redes para que
participes activamente.

4 APPS Y DESCARGAS
Apps que te
permitirán leer e
**interactuar con
otros lectores**.